Henrik Siebold

INSPEKTOR TAKEDA UND DIE STILLE SCHULD

KRIMINALROMAN

atb aufbau taschenbuch

Die Grafik auf Seite 185 wurde in Anlehnung an M. A. Mende u.a.:
The Use of Social Robots and the Uncanny Valley Phenomenon.
In: Y. Zhou, M. H. Fischer (Hg.):
AI Love You, Cham 2019 von den Autoren erstellt.

MIX
Papier | Fördert
gute Waldnutzung
FSC® C083411

ISBN 978-3-7466-3718-1

Aufbau Taschenbuch ist eine Marke der Aufbau Verlage GmbH & Co. KG

3. Auflage 2025

www.aufbau-verlage.de
10969 Berlin, Prinzenstraße 85

Bei Fragen zur Sicherheit unserer Produkte wenden Sie sich bitte an
produktsicherheit@aufbau-verlage.de.
Umschlaggestaltung www.buerosued.de, München
unter Verwendung eines Bildes von © Getty Images / L. Toshio Kishiyama
Gesetzt aus der Garamond Premier Pro durch Greiner & Reichel, Köln
Druck und Binden CPI books GmbH, Leck, Germany

Printed in Germany

Prolog

Lautlos schob er sich an das Bett des Schlafenden heran. Seine kühlen Augen blickten auf den alten, siechen Körper hinab, der vor ihm lag. Er hörte die röchelnden Atemgeräusche, das Schmatzen der sich im Traum bewegenden Lippen.

Träumte er selbst eigentlich auch? Und wenn ja, warum konnte er sich niemals daran erinnern? Er müsste sich doch erinnern, sein Gedächtnis war schließlich unfehlbar.

Er beugte sich hinab, schlug lautlos die Decke über dem arglosen Alten zurück. Wie klein und zart der Mann war ... überraschend. Im Alter wurden die Menschen wieder zu Kindern, im Geist wie im Körper.

Vorsichtig schob er den Leibkittel des Alten herauf, sah auf den blassen, faltigen Bauch, musterte ihn, suchte eine geeignete Stelle. Ein letztes Mal verharrte er. Gab es einen Grund, dies hier nicht zu tun?

Er hatte alle Daten über den Mann zusammengetragen, hatte mit herzloser Logik Bilanz gezogen über die Leistungen und Verfehlungen dieses ohnehin fast beendeten Lebens. Das Ergebnis war eindeutig.

Er musste sterben.

Mit einer langsamen, mechanischen Bewegung hob er die Hand. Die Nadel schimmerte im fahlen Licht der Nacht. Dann stach er zu, schnell und erbarmungslos, ließ die tödliche Medizin eindringen, mehr und immer mehr.

Der Alte zuckte zusammen, fand vom Schlaf in eine verwirrte Wachheit. Er blickte hoch, weitete vor Entsetzen die Augen. Er wollte schreien, konnte es nicht. Er wollte sich wehren, sah sich aber einer unwiderstehlichen Kraft gegenüber. Schließlich bäumte er sich ein letztes Mal auf. Dann fiel er schlaff zurück in die Laken.

Es war vollbracht.

Er bewegte sich rückwärts vom Bett fort, drehte sich zur Tür und verließ das Zimmer so lautlos, wie er es betreten hatte.

Als er im Flur stand, wusste er, dass seine Aufgabe noch nicht vollendet war. Es galt, die Spuren des Geschehenen zu verwischen. Nur dann konnte er in Zukunft das weiterführen, was ihm aufgetragen war.

Er schritt lautlos den Korridor entlang, verteilte die Flüssigkeit, goss sie in die Winkel, schüttete sie vor die Türen. Ätzende Gase erfüllten die Luft. Ihm machte es nichts. Er bewegte sich zum Ausgang. Dort öffnete er die kleine, in die Wand eingelassene Klappe und blickte auf den blass schimmernden Bildschirm. Mit mechanischer Präzision gab er erst den Code, dann die nötigen Steuerungsbefehle ein. Ein leises, fortgesetztes Klackern wie das Fallen aneinandergereihter Dominosteine wanderte von Tür zu Tür. Es waren die Schlösser, die sich automatisch schlossen, eines nach dem anderen. Schließlich entzündete er eine Flamme, ließ sie zu Boden fallen. Noch bevor sie die Flüssigkeit berührte, war der Klang einer Verpuffung zu vernehmen. Der Flammenteppich schoss rasend schnell über den Boden. Heiße Zungen in Grün und Blau griffen nach den Wänden, der Decke, den Türen, allen Gegenständen. Keine Gier war so unersättlich wie die des Feuers.

Er stand reglos da, als könne die Hitze ihm nichts anhaben. In ihm war nichts als eine tiefe Stille. Keinerlei Empfindung. Keine Freude, kein Mitleid. Daran änderte sich auch nichts, als erste Schreie hinter den Türen laut wurden. Als Hände verzweifelt an den Klinken rüttelten.

Wie gerne hätte er jetzt gelächelt. Aber er konnte nicht lächeln.

1.

Inspektor Takeda trat einen Schritt nach vorne in den Schnittpunkt der farbigen Deckenstrahler. Es war Samstagabend, und er stand auf der Bühne des Bird's, seines angestammten Jazzclubs in Hamburg.

Die Stadt war nun seit einem guten Dreivierteljahr seine Heimat. Er hatte hier viele Orte entdeckt, die er mochte, ja liebte. Den Hafen, die Alster, die prächtigen Straßen im schönen Winterhude. Auch ungewöhnliche Orte waren ihm ans Herz gewachsen. Die futuristischen Häuserschluchten der City Nord, das menschenbunte Treiben in Ottensen, die Wildnis im Wald von Klövensteen.

Doch keiner dieser Orte bedeutete ihm so viel wie der kleine Jazzclub, den er einmal in der Woche aufsuchte, um an den Open Sessions teilzunehmen.

Es war nun an Takeda, das erste Stück des Abends anzukündigen. Zuvor drehte er sich zu seinen Mitspielern um und warf ihnen einen um Verzeihung heischenden Blick zu, deutete dazu eine kleine Verbeugung an. Dann wandte er sich wieder ans Publikum und sprach ins Standmikrophon: »Autumn in New York.«

Im Publikum war erstauntes Gemurmel zu hören. In Hamburg hatte der Frühling Einzug gehalten und der Stadt einige ungewöhnlich heiße, nahezu sommerliche Tage beschert. Dennoch wollte Takeda ein so herbstliches, so melancholisches Stück spielen? Wieso? Das war doch völlig unpassend! Oder hatte der Japaner Gründe für seine Wahl? Bedrückte ihn etwas? Hatte er Sorgen?

Der Eindruck hatte sich bereits zuvor aufgedrängt, denn der Inspektor wirkte an diesem Abend erschöpft und niedergeschlagen. Er war unrasiert und hatte tiefe dunkle Ringe unter den Augen. Auch seine Kleidung entsprach nicht dem Üblichen, denn während Takeda sonst stets elegante Anzüge trug, stand er heute in T-Shirt und knittrigem Leinensakko auf der Bühne. Wer ihn besser kannte, hätte sich wohl an seine Jahre in Tokio erinnert gefühlt, die Takedas Scheidung gefolgt waren. Jene Zeit war ein fortgesetzter, selbstzerstörerischer Rausch gewesen, während der der Inspektor sich in illegalen Mahjong-Höhlen herumtrieb, wo er sich mit Yakuza-Paten verbrüderte und flaschenweise Whisky in sich hineinschüttete. Nachdem ihn das Austauschprogramm der Polizeiorganisationen den Umzug nach Hamburg ermöglicht hatte, schien er diese Phase endgültig hinter sich gelassen zu haben.

War es also ein Rückfall? Oder gab es einen anderen Anlass, der ihn in diesen elenden Zustand versetzt hatte?

Takeda ließ sich nicht beirren, er blies schon die ersten melancholischen Tunes des gefühlvollen Evergreens. Dann geschah etwas, das es noch nie gegeben hatte. Der Inspektor setzte das Saxophon ab, trat dichter an das Mikrophon heran und begann zu singen.

Autumn in New York
Why does it seem so inviting?
Autumn in New York
It Spells the thrill of first nighting

Takedas Stimme war melodisch und rau, ein dunkelsüßer Bariton. Sehr gefühlvoll. Jeder Ton saß. Und doch war seine Darbietung, wie sich sogar seine glühendsten Anhänger im Publikum eingestehen mussten, ein wenig belustigend. Es lag an Takedas eigentümlichem japanischem Akzent. Die Stadt verwandelte sich in *Nu Yoruku*, und der Thrill wurde zum *Turiru.*

Dennoch dauerte es nicht lange, und die Melancholie des Liedes nahm vom Publikum Besitz. Kein Gedanke mehr an die milden Frühlingstemperaturen draußen auf den Straßen. Wer Takedas Spiel und seinem Gesang zuhörte, verlor sich in einer Stimmung voll unerfüllter Sehnsucht nach einem unerreichbaren Ort. Hatte Takeda vielleicht Heimweh? War das der Grund seiner Traurigkeit? Und hatte er sich darum für dieses Stück entschieden?

2.

»Er sagt einfach nichts. Er sitzt da, sieht mich an – und schweigt.«

Claudia Harms nutzte die Pause, die entstanden war, als ihre Mutter von der Terrasse aufgestanden und ins Haus gegangen war, um neue Getränke zu holen. Sie war für kurze Momente alleine mit ihrem Vater. Gemeinsam blickten sie über den frühlingshaften Garten, der im Licht des frühen Samstagabends vor ihnen lag.

»Du meinst deinen Japaner? Dann habt ihr also Streit?«

»Er ist nicht *mein* Japaner.«

»Nicht? Klang bei deinem letzten Besuch so.«

»Tja, die Dinge ändern sich.«

»Dann ist es vorbei? So schnell? Ihr seid doch gerade erst zusammengekommen.«

Claudia sparte sich eine Antwort. Sie war sich ohnehin nicht sicher, ob Jürgen, ihr Vater, wirklich der richtige Gesprächspartner für ein solches Thema war. Nicht nur, weil er selbst alles andere als ein Beziehungsexperte war, wie die vielen Schwierigkeiten im Laufe der langen Ehe mit ihrer Mutter oft genug bewiesen hatten, sondern auch, weil sie sich albern vorkam. Sie war sechsunddreißig Jahre alt und damit definitiv zu alt, um mit ihrem Liebeskummer ausgerechnet bei ihrem Vater anzukommen.

Aber so viel Auswahl hatte sie nicht. Als sie mit ihrer besten Freundin Gudrun versucht hatte, über Takeda zu reden, hatte die ihr laute Vorhaltungen gemacht. Warum nur, hatte Gudrun gefragt, musst du immer das zerstören, was dir guttut, Claudi? Gudrun hatte keinen Widerspruch zugelassen, hatte sie zum Fall für die Couch erklärt. Sie, den dicksten Dickschädel aller Zeiten.

Das Schlimme war, dass Gudrun recht hatte. Es war Claudias Schema, schon seit vielen Jahren. Immer wenn es drohte, ernst zu werden, wenn eine Beziehung auch nur eine kleine Chance hatte, zu funktionieren, zog sie die Reißleine. Sie ging, sie floh. Warum sich auf etwas einlassen, wenn es am Ende doch zum Scheitern verurteilt war?

Bei Takeda aber hatte es sich zum ersten Mal seit Ewigkeiten anders angefühlt. Das mit ihm war etwas Besonderes. Und ja, es könnte klappen. Davon war sie überzeugt gewesen. Es lag auch daran, dass sie sich langsam über viele Monate angenähert hatten. Während dieser Zeit waren sie zunächst nur Kollegen gewesen. Sie entwickelten Vertrautheit. Sie lachten zusammen. Er hatte ihr das Leben gerettet. Und sie ihm. Dann führte ihr letzter Fall sie nach Japan, wo sie sich wirklich nahekamen. Nachdem der Fall abgeschlossen war, nahmen sie sich eine gemeinsame Auszeit in Italien. Perfekte zwei Wochen. Wandern in den Bergen. Mit einem Riva-Boot über den Lago Maggiore brausen. Nachmittage im Café, Nächte im Hotel …

Aber dann waren sie nach Hamburg zurückgekehrt, in ihren Alltag, in ihre Routine. Alles war anders geworden.

Es lag nicht an ihm.

Es lag an ihr.

An ihrer Sucht nach Problemen. An eben dieser Zerstörungswut, die Gudrun ihr vorgehalten hatte. Er war öfter über Nacht bei ihr in ihrer Wohnung geblieben. Zu Anfang hatte sie sich gefreut. Aber dann war sie genervt. Sie hatte angefangen, ihn wegen Kleinigkeiten zu kritisieren. Weil er auf ihrem Balkon rauchte. Weil er seine Klamotten auf dem Boden liegen ließ. Weil er bei seinem Morgenkaffee schlürfte. Weil er nachts, anstatt zu schlafen, Jazz-CDs hörte oder – sie wollte es gar nicht glauben – auf einem dämlichen Gameboy spielte … aber darum ging es gar nicht. Sondern darum, dass sie dabei waren, so etwas wie ein normales Leben zu führen. Dass sie sich einen gemeinsamen Alltag aufbauten. Das war schwer für Claudia. Zu schwer. Also begann sie, zickig zu werden und ihn anzugiften. Aber je mehr sie Ken ärgerte, desto schweigsamer wurde er. Anstatt sich zu wehren oder etwas zu erwidern, sah er sie nur hilflos an. Und immer entschuldigte er sich, als wäre er wirklich schuld an all den Dingen, die sie ihm vorhielt.

Vor zwei Nächten war es dann zum endgültigen Bruch gekommen. Wieder ein Streit. Sie laut und austeilend, er still und in sich gekehrt. Schließlich war er aufgestanden und gegangen.

Claudia sah ihren Vater an und sagte seufzend: »Ich wollte es diesmal anders machen. Ich wollte mich einlassen. Aber ich kriege es nicht hin. Vielleicht bin ich einfach nicht fürs Zusammenleben gemacht.«

In diesem Augenblick kehrte Hannelore, Claudias Mutter, auf die Terrasse zurück. Sie stellte ein Tablett mit Getränken und ein paar Knabbereien auf den Tisch. Mit beiläufiger Stimme fragte sie: »Du hast es also mal wieder geschafft, Schätzchen?«

Claudia sah ihre Mutter aus schmalen Augen an: »Du hast gelauscht?«

»Ich bitte dich! Die Terrassentür stand offen. Hätte ich mir Petersilie in die Ohren stopfen sollen?«

»Wäre besser gewesen.«

»Dieser Japaner war deine letzte Chance, Schätzchen. Die letzte Tankstelle vor der Autobahn! Zum ersten Mal dachte ich, dass du endlich einen Mann gefunden hast, der dich ertragen könnte. Aber ich war wohl mal wieder zu optimistisch.«

Claudia wollte etwas Saftiges erwidern. Ihr Vater jedoch nahm unauffällig ihre Hand und drückte sie. Claudia sah es ein. Jeder Satz, jedes Wort wäre zu viel gewesen. Also sagte sie einfach gar nichts.

Außerdem, und das war das Schlimmste daran, hatte ihre Mutter ja recht. Takeda war wirklich die letzte Tankstelle vor der Autobahn gewesen. Es hätte klappen können. Er hätte sie wohl wirklich ertragen können. Aber sie selbst, sie hielt es nicht aus.

Es war verrückt.

Aber anscheinend konnte sie nicht anders.

Claudia trank einen Schluck Campari. Gemeinsam mit ihren Eltern blickte sie schweigend auf den wunderschönen, üppig blühenden Garten. Der kleine Mähroboter, den ihr Vater vor Kurzem angeschafft hatte, zog leise surrend seine Bahnen auf dem hinteren Teil des Rasens. Ihre Mutter hatte ihr vorhin erzählt, wie vernarrt Jürgen in das Gerät war. Es lag nicht nur daran, dass er endlich die lästige Pflicht des Rasenmähens los war. Es ging viel weiter, und Jürgen schien zu dem technischen Gerät fast ein Verhältnis zu pflegen wie zu einem Hund oder einer Katze. Er hätte sogar schon laut darüber nachgedacht, ob er dem Mähroboter nicht ein Leckerli geben könnte. Zum Beispiel ein paar Tropfen Motoröl ...

Jetzt spürte Claudia zu ihrer Überraschung, dass der Anblick der kleinen, drollig wirkenden Maschine auch ihre aufgewühlte Stimmung milderte.

Der Mähroboter näherte sich dem Staudenbeet, aus dem ein paar abgeknickte Stängel auf die Rasenfläche ragten. Die Maschine stockte wegen des Hindernisses. Fast schien es, als sei sie überrascht und ein wenig hilflos. Sie änderte die Richtung, wendete, versuchte es von einer anderen Seite, scheiterte jedoch erneut. Schließlich blieb das Gerät ganz stehen. Claudia musste lachen.

Zu ihrem Vater gewandt sagte sie: »Ich glaube, du musst deinem kleinen Freund helfen. Er sieht ganz unglücklich aus, weil er beim Beet nicht richtig mähen kann.«

»Ja, du hast recht. Ich muss mich kümmern.«

Jürgen erhob sich, ging ein paar Schritte und öffnete eine Klappe an der Oberseite des Mähroboters. Er drückte den Resetknopf. Daraufhin nahm die Maschine wieder leise surrend die Arbeit auf.

Claudia seufzte. Sie wünschte sich, auch ihr festgefahrenes Leben ließe sich mit einem Resetknopf wieder zum Laufen bringen. Genauso ihr Verhältnis zu Ken. Wäre es nicht toll, wenn sie einfach noch einmal von vorne anfangen könnten? Vielleicht nicht als Liebende, aber als Kollegen, als Freunde.

3.

Als Inspektor Takeda am frühen Montagmorgen das Dienstzimmer im Polizeipräsidium betrat, das er sich mit Claudia teilte, saß sie bereits an ihrem Schreibtisch. Das war ungewöhnlich, Claudia war selten, eigentlich nie vor ihm da.

Er blieb in der Tür stehen und sah sie abwartend an. Es war ihr erstes Wiedersehen, seit sie sich am Freitag in ihrer Wohnung voneinander verabschiedet hatten.

Claudia sah blass aus. Erschöpft. Genau wie er. Vermutlich hatte sie ebenso wenig geschlafen wie er.

Dann aber lächelte sie, versuchte es jedenfalls und sagte: »Komm doch rein. Ich habe schon Kaffee aufgesetzt. Ich schenke dir ein.«

»Okay.«

Sie stand auf und trat an die Fensterbank, auf der die Kaffeemaschine stand. Sie schenkte ihm einen Becher voll und stellte ihn auf seinen Schreibtisch. Erst jetzt bemerkte er, dass sie die Schreibtische, die bisher zusammengestanden hatten, voneinander abgerückt hatte. Zudem hatte sie einige ihrer Zimmerpflanzen auf den Rand ihres Tisches gestellt, so dass sie sich nun während der Arbeit nicht mehr unmittelbar ansehen würden. Das heißt, sehen konnten sie sich immer noch, aber nur wenn sie durch die Blätter des Benjamini hindurchlugten.

»Sieht gut aus, die neue Zimmerdekoration«, sagte er.

»Findest du?«

»Aber ja. Deine Pflanzen sind so eine Art entmilitarisierte Zone, richtig? Das ist gut. Kann dabei helfen, aus Feinden Freunde zu machen.«

»Wir sind keine Feinde, Ken.«

»Du hast recht. Das sind wir nicht.«

Er setzte sich, trank bemüht leise von seinem Kaffee. Sie lächelte und sagte: »Kannst ruhig schlürfen … wir sind ja nicht mehr zusammen.«

»Schlürfen stört dich nur bei Männern, mit denen du in einer Beziehung bist? Bei Kollegen nicht?«

Sie hob in einer Geste der Hilflosigkeit die Schultern. Das Eis war dünn, das wussten sie beide, aber es lief besser als erwartet. »Doch, bei denen stört es mich auch. Aber ich habe nicht die Panik, dass ich es für den Rest meines Lebens ertragen müsste. Darum kann ich es aushalten.«

Takeda sah Claudia an, lächelte, ignorierte den Schmerz, der ihm fast das Herz zerriss. »Du bist klug, Claudia. Und du weißt gut über dich selbst Bescheid.«

Auch ihre Züge verrieten, dass sie litt. Aber sie zeigten auch, dass sie fest entschlossen war, es auszuhalten. »Kann sein. Es bedeutet allerdings nicht, dass ich die Dinge dadurch besser hinkriege. Doch lassen wir das. Wie war dein Wochenende? Du siehst müde aus. Hast du getrunken?«

Er lächelte. »Ein wenig. Nicht übertrieben. Nicht wie früher.«

»Das ist gut. Ich würde es mir nicht verzeihen, wenn du meinetwegen wieder damit anfängst.«

Er winkte ab. »In erster Linie habe ich gespielt. Im Bird's. Nur traurige Lieder. Ich hoffe, das Publikum nimmt es mir nicht übel.«

»Sie lieben dich, Ken. Egal in welcher Stimmung du bist. Ich wünschte …« Claudia brach mitten im Satz ab. Sie saß da und starrte ins Nichts.

»Was wolltest du sagen?«

Sie zögerte. »Ich möchte, dass wir wieder Freunde sind, Ken. So wie früher. Nicht mehr, aber eben auch nicht weniger. Meinst du, das kriegen wir hin?«

»Aber ja.«

»Wirklich?«

Er schlug die Augen nieder. »Es ist weniger, als ich mir wünsche.«

»Ach, Ken, ich möchte dir so vieles sagen.«

»Was? Was möchtest du mir sagen?«

Sie schüttelte den Kopf. »Vielleicht später. Jetzt müssen wir los. Zeit für die Morgenrunde. Wir wollen doch nicht zu spät kommen, oder?«

»Nein, wollen wir nicht«, sagte Takeda. Er wusste, dass Pünktlichkeit Claudia eigentlich wenig interessierte, doch nun war alles anders geworden. Auch diese Kleinigkeiten.

Etwa zwanzig Kollegen hatten sich zur großen Montagsrunde versammelt. Die Fälle, die vorgetragen wurden, waren schnell abgehandelt. Ein eskalierter Familienstreit in einer Kleingartensiedlung, eine Messerstecherei an einem S-Bahnhof. Routine. Alles in allem war es ein ruhiges Wochenende gewesen. Niemand stellte Fragen, niemand wollte Einzelheiten wissen. Allen war klar, dass eigentlich etwas anderes anstand.

Holger Sauer, der Leiter der Mordkommission, wusste es ebenfalls. Sein Gesicht war ungewöhnlich ernst. Er blickte sich in der Runde um, ließ sich bestätigen, dass es keine anderen Punkte mehr zu besprechen gab. Dann holte er tief Luft und sagte mit angespannter Stimme: »Ich denke mal, ihr habt alle von dem Großbrand in der Seniorenanlage in Wellingsbüttel gehört?«

Sauer blickte sich um, alle nickten. Auch Claudia, auch Takeda. Die Nachrichten hatten es bereits gestern gebracht, abends sogar die Tagesschau im Ersten. Heute titelten sämtliche Lokalzeitungen mit der Geschichte. In der Nacht zum Sonntag war in einer Seniorenresidenz im Hamburger Norden ein Feuer ausgebrochen. Dabei war eines der Wohngebäude vollständig niedergebrannt. Acht Bewohner hatten ihr Leben verloren. Eine einzige Bewohnerin konnte mit schwerer Rauchvergiftung gerettet werden und rang im Krankenhaus um ihr Leben. Es sei die schlimmste Brandkatastrophe in Hamburg seit Jahrzehnten gewesen, hieß es in den Medien.

Holger Sauer fuhr fort. »Die Brandstelle konnte erst heute

Morgen untersucht werden. Da steht kaum noch ein Stein auf dem anderen. Die alten Leute sind in ihren Zimmern verbrannt, die meisten wohl schlafend. Keiner hat es nach draußen geschafft. Vorhin hat mich der Kollege Runge von den Brandermittlern angerufen, der sich vor Ort ein Bild gemacht hat. Er meinte, dass es ein Fall für uns wird.«

»Also Brandstiftung?«, rief einer der Kollegen in den Raum.

Sauer nickte. »Runge hat diverse Spuren gefunden, die er noch auswerten muss. Zweifel hat er allerdings jetzt schon keine.«

Der Leiter der Mordkommission blickte sich in der Runde um, sah dann zu Claudia und Takeda. Er war kurz irritiert. Anders als sonst saßen die beiden nicht nebeneinander, tuschelten nicht, machten keine spöttischen Bemerkungen über ihn. War das jetzt ein Fortschritt?

»Herr Takeda, Kollegin Harms, Sie übernehmen das bitte. Fahren Sie zur Alster-Residenz, so heißt die Einrichtung. Lassen Sie sich vom Kollegen Runge den Tatort zeigen, und ziehen Sie erste Erkundigungen ein. Heute Nachmittag oder spätestens morgen entscheiden wir, ob Sie Unterstützung durch weitere Kollegen bekommen. Und noch etwas. Das gilt für alle hier! Bisher ist das mit der Brandstiftung nicht öffentlich. Dabei soll es erst einmal bleiben, um die Ermittlungen nicht unnötig zu erschweren. Irgendwelche Fragen? Gut, dann an die Arbeit!«

4.

Das Erste, was Claudia wahrnahm, war der Brandgeruch. Er war allgegenwärtig und durchdringend. Verkohltes Holz, versengtes Plastik.

Doch da war auch noch etwas anderes.

Der Duft, der sie um Fassung ringen ließ, war … verbranntes Fleisch.

Sie machte sich keine Illusionen.

Es war Menschenfleisch.

Sie und Takeda waren gerade erst aus dem Auto gestiegen, standen auf dem Parkplatz der Alster-Residenz. Die Senioreneinrichtung befand sich im feinen Stadtteil Wellingsbüttel im Hamburger Norden. Das mehrstöckige, an ein Hotel erinnernde Eingangsgebäude wirkte unversehrt.

Aber der Eindruck täuschte. Gebrannt hatte es nicht hier vorne, sondern in einem der rückwärtigen Nebengebäude. Hier ließ sich das Ausmaß der Katastrophe auch erahnen. Obwohl das Feuer seit mehr als vierundzwanzig Stunden gelöscht war, standen auf dem Parkplatz immer noch zahlreiche Einsatzfahrzeuge der Feuerwehr und des Technischen Hilfswerks, dazu mehrere Leichenwagen. Überall liefen Menschen herum. Einsatzkräfte in Uniform, aber auch Angehörige. Einige in professioneller Geschäftigkeit. Andere in fassungsloser Trauer.

Claudia stieß ein erschöpftes, verzweifeltes Schnauben aus. Sie wusste jetzt schon, dass dies hier einer jener Fälle sein würde, um den sie sich wahrlich nicht riss. Auch nicht als erfahrene Polizistin, die sie war und die schon so manches erlebt und gesehen hatte.

Sie spürte Takedas besorgte Blicke. »Bist du okay?«

Sie nickte tapfer, sah ihn aber nicht an. Das war vielleicht der größte Unterschied zu früher. »Denke schon. Und du?«

Er zuckte mit den Schultern. »Muss ja!«

Claudia lachte und wunderte sich darüber, dass ihr das gelang. Solche Floskeln wie *Muss ja* klangen aus Kens Mund einfach drollig. Es lag an seinem Akzent, aber auch an der immer noch tastenden, unsicheren Art, in der er sie aussprach. Sein Deutsch war zwar nahezu perfekt, er hatte die Sprache auf Geheiß seines Vaters immerhin schon als Jugendlicher gelernt, doch einige Redewendungen kamen ihm nicht so ohne Weiteres über die Lippen. Trotzdem liebte er es, so etwas wie *Darauf kannst du einen lassen* oder *Da wird der Hund in der Pfanne verrückt* zu sagen.

Eine Stimme, laut rufend, etwas entfernt, riss sie aus ihren Gedanken. »Hey, seid ihr die Kollegen vom Mord? Harms und Takeda?«

Claudia blickte hoch. Links neben dem Hauptportal stand ein Mann, korpulent, Schnauzbartträger, vielleicht Anfang sechzig, mit einer blau-gelben Funktionsjacke. Er winkte ihnen zu und deutete an, dass sie zu ihm kommen sollten. Hinter ihm führte ein schmaler, asphaltierter Weg in das parkartige Gelände der Residenz.

Claudia winkte zurück, sagte dann zu Takeda: »Das ist Tilmann Runge von den Brandermittlern. Er scheint sich nicht an mich zu erinnern. Dabei habe ich schon einmal vor ein paar Jahren mit ihm zusammengearbeitet.«

Takeda setzte sich in Bewegung. »Hören wir uns an, was er zu sagen hat.«

5.

Claudia hatte Tilmann Runge bei einem Fall kennengelernt, der einige Jahre zurücklag. Damals war die Turnhalle einer Schule niedergebrannt. Der Hausmeister hatte schwer verletzt überlebt, war dann aber doch seinen Verletzungen erlegen. Die Ermittlungen hatten zu einer Gruppe Siebtklässlern geführt, die gedankenlos gezündelt hatten. Ein Streich, für den ein Mensch mit seinem Leben bezahlt hatte. Die Kinder waren zu jung gewesen, um bestraft zu werden. Aber in Wahrheit würden sie die Bürde ihrer Tat für den Rest ihres Lebens tragen.

Claudia rief Runge den Fall in Erinnerung. »Klingelt da etwas, Kollege? Wir haben damals schon zusammengearbeitet.«

Runge runzelte die Stirn. Dann grinste er, ließ seinen Blick demonstrativ an ihr auf- und wieder abgleiten. »Jetzt, wo du es erwähnst. Claudia Harms … bist immer noch genauso lecker wie damals.«

Claudia rollte mit den Augen, eigentlich sollten solche Sprüche der Vergangenheit angehören. »Kann ich von dir nicht behaupten, Tilmann. Du bist *mehr* geworden.«

Sie tätschelte die ausgeprägte Wampe des Kollegen. Runge winkte ab. »Ein Mann, ein Bauch. Das ist meine Devise. Meine Frau stört es im Übrigen nicht. Sagt sie jedenfalls.«

Claudia lachte, sparte sich jedoch jede weitere Bemerkung. Sie stellte Runge Takeda vor, der ihrem Geplänkel mit leicht verwirrter Miene gelauscht hatte.

Der Brandermittler streckte ihm die Hand entgegen und erklärte, dass er schon einiges von dem Inspektor aus Tokio gehört habe. Er freue sich auf die Zusammenarbeit. Und er sei neugierig, von Takeda etwas über Brandermittlungen in Japan zu erfahren. Er habe nämlich gehört, dass Brandstiftung in Takedas Heimatland ein durchaus häufiges Delikt sei.

Der Inspektor nickte und erklärte: »Das ist richtig, Herr Runge …«

»Tilmann, bitte.«

»Tilmann. Es ist, wie du sagst, *Hōka*, wie wir Brandstiftung nennen, kommt in Japan leider nicht zu selten vor. Da wir immer noch sehr viel mit Holz bauen, ist es ein ernstzunehmendes Problem. Gerne können wir uns bei Gelegenheit darüber unterhalten.«

»Abgemacht, Ken. Aber jetzt zeige ich euch erst einmal, womit wir es hier und heute zu tun haben.« Runge machte eine unbestimmte Geste in Richtung des Residenzgeländes, fügte hinzu: »Euch erwartet eine ziemliche Scheiße. Ich hoffe, euer Frühstück ist schon eine Weile her.«

»So schlimm?«, fragte Claudia.

»Schlimmer. Ihr werdet es gleich sehen.«

Claudia warf Takeda einen fragenden Blick zu. Er nickte ihr zu. Lächelte. Sie lächelte ebenfalls. Es hieß, dass er bereit war, mit den Ermittlungen loszulegen. Und es hieß, dass sie nun wirklich wieder das waren, womit sie vor einem Dreivierteljahr begonnen hatten: Kollegen.

Runge führte sie über den schmalen Weg, von dem aus sich ein guter Überblick über das weitläufige Gelände der Residenz bot. Das Areal war leicht abschüssig und lag zwischen der nahen Hauptstraße und dem parallel verlaufenden Alstertal, grenzte im Westen unmittelbar an den Fluss.

Runge deutete auf das hochgeschossige Hauptgebäude, das nun seitlich hinter ihnen lag, und erklärte, dass sich dort die Verwaltung und die Zimmer für die intensiv pflegebedürftigen Bewohner befänden. Hier im rückwärtigen Teil lägen hingegen die sogenannten Servicewohnungen, jeweils acht bis zehn Wohneinheiten pro Gebäude. Darunter sei auch das Haus, das nun vollständig abgebrannt sei.

Claudia ließ ihren Blick über das Gelände schweifen. Sie zählte ein gutes Dutzend moderner, zweistöckiger Gebäude, die an amerikanische Motels erinnerten. Sie waren locker in der weitläufigen Parklandschaft verteilt und durch schmale, asphaltierte Wege verbunden. Anders als bei Motels gab es statt offener Laubengänge solide gebaute Korridore, von denen aus es in die Wohnungen zu gehen schien. Alles wirkte edel und gepflegt, auch die Parkanlage war in einem tadellosen Zustand. Die Rasenflächen waren penibel gemäht, die Büsche auf kunstvolle Weise gestutzt, die Wege fein säuberlich von Laub und Dreck befreit. Hier wurde auf alles geachtet.

Hamburg war eine reiche Stadt, mit entsprechend vielen reichen Senioren, wie Claudia wusste. In Residenzen wie dieser konnte man ohne Weiteres einen hohen viertstelligen Eurobetrag im Monat ausgeben, wofür man eine nicht einmal sonderlich große Altersunterkunft geboten bekam. Den Betreibern versprachen solche Einrichtungen satte Renditen, den Bewohnern ein sorgenfreies Leben im Alter. Die Alster-Residenz zählte selbst für die Verhältnisse der Hansestadt zu den hochpreisigen Einrichtungen, allein schon wegen der exklusiven Lage am Alsterlauf.

Während sie sich dem eigentlichen Unglücksort näherten, wurde der stechende Geruch immer intensiver. Claudia spürte Übelkeit in sich aufsteigen. Sie blieb kurz stehen, verzog das Gesicht. Runge dachte sich wohl seinen Teil. Er nickte ihr aufmunternd zu und erklärte: »Ich bin's gewöhnt. Und glaub mir, in ein paar Minuten merkst du es auch nicht mehr. Einfach ignorieren.«

Kurz darauf standen sie vor der eigentlichen Brandruine. Sie war weiträumig mit Flatterband abgesperrt. Zur Sicherung standen einige uniformierte Polizeikollegen an den Seiten, nickten nun einen flüchtigen Gruß herüber. Etwas weiter entfernt hatten sich einige Schaulustige versammelt, darunter zwei junge Mädchen, die sich für ein Selfie in Pose brachten. Ein paar Meter entfernt stand ein junger Mann mit einem Mountainbike, der ebenfalls ein Foto mit seinem Smartphone machte.

»Wie kommen die Leute hierher? Sind das Mitarbeiter?«, erkundigte sich Takeda.

Runge verzog das Gesicht. »Das sind einfach nur Gaffer. Das Gelände ist nach unten zum Wanderweg am Alsterufer offen. Es gibt nur ein paar Schilder, die auf das Privatgelände hinweisen. Interessiert aber offenbar niemanden. Theoretisch kann hier jeder reinmarschieren. Und Selfies machen an einem Ort, an dem Menschen gestorben sind, scheint bei jungen Leuten hoch im Kurs zu stehen.«

Claudia und Takeda wechselten einen kurzen Blick. Nicht nur wegen der Selfie-süchtigen jungen Leuten. Ihnen beiden war sofort klar, was Runges Aussage für ihre Ermittlungen bedeutete. Jeder konnte das Gelände betreten. Also konnte auch jeder das Feuer gelegt haben. Sollten sie es tatsächlich mit Brandstiftung zu tun haben, schränkte das den Kreis der potenziellen Täter nicht gerade ein.

Das eigentliche Gebäude bestand nur noch aus einem Haufen verkohlter Balken und wenigen kümmerlichen Mauerresten. Lediglich an einer Seite war eine aus Beton errichtete Struktur einigermaßen erhalten geblieben. Sie reichte bis zum ehemaligen ersten Stock empor und beherbergte die Reste eines Treppenaufgangs und einen ausgebrannten Fahrstuhlschacht. Direkt daran angrenzend waren im ersten Stock Teile eines Zimmers erhalten geblieben. Es war nach vorne offen wie bei einer Puppenstube. Claudia und Takeda sahen ungläubig auf ein Bett, einen Fernseher, weitere Möbelstücke. Die Dinge waren verrußt, aber alles in allem erstaunlich intakt.

Runge, der die Blicke der Kollegen bemerkte, erklärte: »Feuer ist ein launisches Element. Das eine zerstört es, das andere verschont es. Wir erleben immer wieder Situationen, die man mit Physik oder Chemie kaum erklären kann.«

»Hat da die Frau gewohnt, die überlebt hat?«, fragte Takeda.

Runge bestätigte es. »Das Gemäuer ist genau vor ihrem Bett weggebrochen, so dass sie in Sicherheit war. Ob sie allerdings wirklich durchkommt, steht noch nicht fest. Sie liegt auf der Intensivstation. Schwere Rauchgasvergiftung. Und das in dem Alter. Die Dame ist fast neunzig …«

Während der Brandermittler und Takeda weitergingen, blieb Claudia zögerlich stehen. Sie schloss die Augen und spürte dem Ort der Zerstörung und des vielfachen Todes nach. In einem Spielfilm hätte der Regisseur jetzt vermutlich schnipselartige Rückblenden von der lodernden Feuersbrunst eingefügt, hätte sie mit dem Ton knisternder Flammen und schreiender Menschen unterlegt.

In der Wirklichkeit aber war es einfach nur still. Claudia hatte das immer wieder erlebt. An Tatorten war es lautlos wie in einer Landschaft im Schnee. Als zöge der Tod ein Echo der vollkommenen Stille nach sich.

6.

Bevor sie die Brandruine betraten, stattete Runge Claudia und Takeda mit Sturzhelmen und Atemmasken aus. Beides sei unerlässlich, auch wegen giftiger Ausgasungen, die an einer Brandstelle auch nach vielen Stunden oder Tagen noch auftreten konnten.

Dann führte Runge sie zwischen zwei schwarz verfärbten Mauerresten hindurch ins Innere des Gebäudes. Da die meisten

Außenmauern wie auch die Decke zum ersten Stock und das Dach fehlten, standen sie eigentlich weiterhin im Freien.

Takeda deutete auf die ölig glänzenden Wasserpfützen und die Spuren verkrusteter Rinnsale, die sich wie ausgetrocknete Flussdelten über den Boden zogen. Runge, dessen Stimme unter der Maske näselnd klang, erklärte, dass es Reste des Löschwassers der Feuerwehr seien. Die Sprinkleranlage, über die das Gebäude eigentlich verfüge, habe offenbar versagt. Aber das könne er noch nicht mit Sicherheit sagen. Mit einem Schnauben fügte er hinzu: »Ich habe gestern Abend mit dem Wehrführer gesprochen, der den Einsatz geleitet hat. Guter Mann, wir kennen uns schon lange. Er war ziemlich am Ende. Als der erste Löschzug eintraf, sei schon nichts mehr zu machen gewesen, meinte er. Alles stand meterhoch in Flammen. Keine Chance, noch jemanden lebendig rauszuholen. Wenn der so etwas sagt, wird es stimmen. Ich habe ein Protokoll angefertigt, da könnt ihr die Details seiner Aussage nachlesen. Von mir aus hätten die Jungs das mit dem Löschen auch ganz lassen können. Zu retten war sowieso nichts mehr, und das Wasser macht mir meine Arbeit nicht einfacher. Andererseits ist es in diesem Fall auch so eindeutig genug.«

»Das heißt?«, fragte Claudia, ebenfalls mit dumpfer Stimme unter dem Atemschutz.

Runge machte eine auffordernde Handbewegung. »Ich zeig's euch. Kommt mit.«

Sie staksten weiter zwischen den Mauerresten hindurch. Die kalte Asche knisterte unter ihren Schuhen. Die meisten Gegenstände und Möbelstücke, die sie sahen, waren zusammengeschmolzen und kaum noch zu erkennen. War das einmal ein Fernseher? Oder ein Kühlschrank? Es könnte genauso gut ein Sessel oder ein Rollstuhl gewesen sein. Was überhaupt noch aus der Asche herausragte, war nur noch ein Gerippe aus verbogenem Stahl und zerschmolzenem Plastik.

Andererseits entdeckten sie auch Dinge, die überraschend unversehrt waren. Eine Puppe, ein Handspiegel, ein Kochtopf. Die

Sachen lagen wie Farbtupfer in einem Schwarzweißfilm inmitten der Asche.

»Wie gesagt, Feuer ist launisch«, erklärte Runge. »Das eine frisst es, das andere lässt es links liegen.«

Sie gingen weiter, doch mit einem Mal stockte Claudia. Sie starrte auf einen Aschehaufen, der unterhalb eines ehemaligen Türsturzes lag. Aus der schwarzen Masse lugte die weiß glänzende Wölbung eines Schädels hervor. An einzelnen Stellen klebte noch Haut, auf der graue Haarbüschel wuchsen.

Takeda, der Claudias Erschütterung bemerkte, griff instinktiv nach ihrer Hand. Sie ließ es geschehen. In diesen Sekunden spielte nichts eine Rolle. Sie war froh, dass Ken da war.

Runge erklärte: »Eure Kollegen von der Rechtsmedizin haben die meisten menschlichen Überreste bereits abtransportiert. Aber noch nicht alle. Die Feuerwehr hat uns ja überhaupt erst heute Morgen gestattet, mit der Arbeit loszulegen. Vorher herrschte hier eine mörderische Hitze. An ein Betreten war nicht zu denken.«

Claudia nickte. »Machen wir einfach weiter.«

Der Brandermittler führte sie entlang einem Streifen, der einmal der Korridor des Gebäudes gewesen war. Takeda erkannte die ehemaligen Eingänge zu den Wohnungen, konnte aus Mauerresten die Umrisse der Zimmer erahnen. Es war nicht die erste Brandstelle, die er besichtigte. Und doch war er auch dieses Mal wieder erstaunt, dass ein Feuer ein solide errichtetes Haus so restlos zerstören konnte.

Runge lenkte seine und Claudias Aufmerksamkeit immer wieder auf spezielle Rußflecken oder Putzabplatzungen an den Wänden, soweit sie überhaupt noch standen. Er zeigte auf eingebrannte Muster auf dem Boden. Den Mordermittlern sagten sie nicht viel, Runge aber gaben sie offenbar Hinweise auf den Verlauf des Feuers. Einmal beugte er sich hinab, scharrte mit dem Fuß einen Schutthaufen zur Seite und deutete auf Verfärbungen im Untergrund. Er sprach von Zündquellen und Konvektionen, vom Durchbrand durch Wände und Decken, von Kamineffekten und Flashover.

Schließlich gab er eine Art Seufzen von sich und führte sie wieder nach draußen ins Freie. Sie zogen ihre Atemmasken ab und rieben sich über die verschwitzten Gesichter. Runge zündete sich eine Zigarette an, Takeda folgte seinem Beispiel. Claudia blickte die beiden irritiert an, sparte sich jedoch einen Kommentar.

Der Brandermittler erklärte: »Alles in allem sind die Spuren so eindeutig, wie ich es mir nur wünschen kann. Der oder die Täter haben sich keinerlei Mühe gegeben, es nach etwas anderem als Brandstiftung aussehen zu lassen. Allerdings ist das nicht der entscheidende Punkt ...«

Runge machte eine Kunstpause. Takeda sah ihn neugierig an: »Worauf willst du hinaus, Tilmann?«

»Ich glaube nicht, dass es dem Täter darum ging, Feuer zu legen.«

»Sondern?«

»Er wollte Menschen töten. Viele Menschen. Der Brand war nicht sein Ziel, er war nur Mittel zum Zweck. Eine Mordwaffe.«

Für einige Momente herrschte Stille zwischen ihnen. Dann fragte Takeda: »Was macht dich so sicher?«

»Das ganze Vorgehen. Vor allem die Menge an Brandbeschleuniger, die ausgebracht worden ist. Ich nehme an, dass es Petroleum war, vielleicht auch Benzin. Das werden die Kollegen von der KTU feststellen. Aber es ist auch ganz egal. Es hatte jedenfalls zur Folge, dass sich das Feuer unglaublich schnell ausgebreitet hat. Keiner der Bewohner hatte eine Chance zu entkommen. Das muss dem Täter klar gewesen sein. Oder nein, ich glaube, es ging ihm genau darum. Jeder hier sollte sterben.«

»Dann besteht also kein Zweifel. Wir haben es mit Mord zu tun«, sagte Takeda.

Runge nickte. »In mindestens acht Fällen, je nachdem, ob die alte Dame überlebt ... ja, davon könnt ihr ausgehen.«

Wieder schwiegen sie einen Moment. Dann sagte Claudia kopfschüttelnd: »Mein Gott, wer macht so etwas nur?«

Runge stieß ein zorniges Schnauben aus. »Wenn du willst, dass ich rate, würde ich euch empfehlen, die Mitarbeiter der Residenz unter die Lupe zu nehmen.«

»Hast du dafür einen Anhaltspunkt?«

»Nicht direkt. Es ist Erfahrungssache. Brandstiftung ist hinterhältig. Und hinterhältig sind Menschen, die sich nicht trauen, ihre Konflikte offen auszutragen. Also überlegt selbst, wer in so einem Laden in der Hackordnung ganz unten steht ...«

Claudia und Takeda sahen sich an, nickten beide. Runges Vermutung hatte einiges für sich.

In der folgenden Viertelstunde stellten die Ermittler eine ganze Reihe von Routinefragen, erkundigten sich nach der genauen Uhrzeit des Brandes und dem Eintreffen der Feuerwehr, nach möglichen Zeugen oder Aufnahmen von Überwachungskameras, nach Spuren rund um den Tatort. Runge erläuterte, dass das Feuer gegen halb drei in der Nacht von Samstag zu Sonntag ausgebrochen war, die Feuerwehr sei keine zehn Minuten nach Eingang des Alarms eingetroffen. Zu dem Zeitpunkt standen bereits einige der Beschäftigten um die Feuerstelle. Er habe sie bereits einer ersten Befragung unterzogen, natürlich nur unter brandtechnischen Aspekten. Etwas Brauchbares habe er nicht herausgefunden, auch weil die meisten unter Schock standen. Dasselbe gelte für die Leiterin der Residenz, eine Frau namens Ilona Stemann. Nett, aber bisher zu keiner vernünftigen Aussage fähig. Takeda und Claudia sollten sie möglichst bald ebenfalls befragen. Kameras gebe es auf dem Gelände keine, und auch sonst sei bisher nichts gefunden worden, das einen Hinweis auf den Täter biete. Das Gelände sei abgesucht worden, ohne Ergebnis. Die Hoffnung, eventuell auf einen Kanister oder ein anderes Gefäß zu stoßen, in dem das Petroleum oder das Benzin transportiert worden war, hatte sich nicht erfüllt. Er werde sich nun weiter um die Auswertung der Brandspuren kümmern, in der Hoffnung, doch noch etwas zu entdecken. Die Suche nach dem oder den Tätern aber sei ab sofort Aufgabe von Claudia und Takeda.

1.

Die Ermittler folgten Runges Rat und suchten als Erstes Ilona Stemann auf, die Heimleiterin der Alster-Residenz. Die Frau empfing sie in einem kleinen, penibel aufgeräumten Büro im Hauptgebäude.

Claudia war überrascht davon, wie jung Stemann war, höchstens Anfang dreißig, schätzte sie. Eine kühl und geschäftsmäßig wirkende Frau im tadellos sitzenden Businesskostüm, gut frisiert, dezentes Make-up. Bestimmt hatte sie BWL studiert und könnte genauso gut teure Autos, Schmuck oder Aktien verkaufen. Oder eben Wohnungen in einer exklusiven Seniorenresidenz.

Die Heimleiterin bot Kaffee an, die Ermittler nahmen dankend an. Sie stand auf und machte sich an einer modernen Kaffeemaschine zu schaffen, die auf einem Sideboard stand. Während die Maschine mit lautem Surren Bohnen mahlte, stellte Stemann drei Tassen bereit. Dabei zitterten ihre Hände so stark, dass das Geschirr in einem fort klirrte.

Doch nicht so geschäftsmäßig, dachte Claudia. Der erste Eindruck hatte getäuscht. Sie stand auf, nahm Stemann die Tassen aus der Hand. »Lassen Sie mal, ich mache das schon.«

»Danke ... ich bin fertig mit den Nerven. Ich kann immer noch nicht fassen, was passiert ist. Seit ich in der Nacht angerufen worden bin, habe ich kein Auge zugemacht. Gestern ist dann auch noch eine weitere Bewohnerin hier im Haupthaus verstorben ... die Aufregung ... Ich kann nur hoffen, dass es nicht noch weitere Fälle gibt. Alle sind schrecklich aufgewühlt. Nicht nur die Bewohner, auch meine Mitarbeiter. So ein schreckliches Unglück haben wir nie für möglich gehalten.«

Claudia war versucht, ihr zu widersprechen und deutlich zu machen, dass es kein Unglück war, sondern ein Verbrechen. Mord.

Angesichts des Zustandes der Frau entschloss sie sich jedoch, damit noch zu warten und zunächst einfühlsamere Worte zu finden.

Claudia reichte sowohl Takeda als auch Ilona Stemann Kaffee, setzte sich dann wieder hin. Mit stummen Blicken verständigte sie sich mit Takeda darauf, dass sie das Gespräch führen würde.

So machten sie es immer, wenn sie gemeinsam ermittelten. Einer redete, einer beobachtete. Hinterher trugen sie ihre Eindrücke zusammen.

»Frau Stemann, wir müssen Ihnen eine ganze Reihe von Fragen stellen. Auch wenn es Ihnen nicht gut geht, muss ich Sie bitten, sich zu konzentrieren. In Ordnung?«

Die Heimleiterin fuhr sich durch die Haare, setzte sich dann aufrecht hin, nickte. »Ja, natürlich.«

»Schildern Sie mir bitte, wie die Nacht des Brandes aus Ihrer Sicht verlaufen ist. Wenn ich es richtig verstanden habe, waren Sie selbst nicht hier im Haus?«

»Das ist richtig. Ich war zu Hause und habe geschlafen. Aber natürlich waren einige Nachtschwestern und Pflegekräfte hier. Ich bin, ungefähr eine halbe Stunde nachdem ich angerufen wurde, hier gewesen. Da stand das Haus immer noch in Flammen. Die Feuerwehr war bei der Arbeit, meinte aber schon, dass wohl niemand rausgekommen sei. Ich konnte es einfach nicht glauben. Ich bin durch den Park gerannt und habe gerufen. Ich habe so sehr gehofft, dass sich einer der Bewohner doch in Sicherheit hatte bringen können ... aber so war es nicht. Sie waren alle tot. Verbrannt. Schließlich habe ich eingesehen, dass ich nichts tun konnte. Ich bin dann hier ins Büro gegangen und habe so viele meiner Mitarbeiter und Mitarbeiterinnen angerufen wie möglich.«

»Mitten in der Nacht?«, fragte Claudia.

»Ich hatte keine Wahl. Der Lärm durch das Feuer und die Einsatzfahrzeuge, dazu die Aufregung, der Rauch ... viele unserer Bewohner waren aufgewacht. Sie müssen sich vorstellen, dass die meisten von ihnen hochbetagt sind, nicht wenige außerdem krank oder dement. Wenn da Panik ausbricht ... es hätte noch viel mehr

Opfer gegeben. So weit durften wir es nicht kommen lassen. Außerdem hatte uns die Feuerwehr angewiesen, die beiden Häuser, die dem Feuer am nächsten lagen, sicherheitshalber zu räumen. Es gab mehr als genug zu tun. Um ehrlich zu sein, war ich dankbar dafür. Es hielt mich davon ab nachzudenken.«

In die Augen der Heimleiterin traten Tränen. Claudia ließ ihr einen Moment, dann fragte sie: »Sie sagten, dass zuvor einige Ihrer Mitarbeiter hier waren? Wie viele genau?«

»Das müsste ich nachsehen. Zwischen zehn und zwanzig. Einige waren wach, andere in Bereitschaft. Viele unserer Bewohner sind rund um die Uhr auf Hilfe angewiesen, und sei es nur, um auf die Toilette zu gehen. Außerdem sind immer einige ausgebildete Krankenschwestern hier, falls jemand gesundheitliche Probleme bekommt.«

»Im betroffenen Haus selbst aber war niemand? Ich meine, zum Zeitpunkt des Feuers? Keine Pflegekräfte oder ähnliches?«

»Nein. In den Häusern mit den Servicewohnungen leben ausschließlich Herrschaften, die sich noch selbst versorgen können. Sie erhalten von uns die Mahlzeiten, wenn sie es wünschen, werden ärztlich betreut und so etwas. Einige sind aufgrund ihres Alters bewegungseingeschränkt oder sitzen sogar im Rollstuhl. Es kann also sein, dass sie nachts schon einmal Hilfe brauchen. Aber es gibt keine Rund-um-die-Uhr-Betreuung.«

»Wer hat denn das Feuer bemerkt? Und wer hat die Feuerwehr alarmiert?«

»Soweit ich weiß, sind die Rauchmelder losgegangen. Die lösen nicht nur vor Ort einen Alarm aus, sondern auch hier im Haupthaus. Eine der Pflegerinnen ist hinübergerannt, hat gesehen, was los ist, und hat sofort die 112 gewählt.«

»Ich verstehe. Nun etwas anderes. Gab es in letzter Zeit Konflikte hier im Haus, sei es unter den Bewohnern oder auch mit dem Personal?«

Ilona Stemann sah Claudia irritiert an. »Ich verstehe Ihre Frage nicht.«

»Wurde zum Beispiel einer Ihrer Mitarbeiter entlassen oder zumindest abgemahnt? Vielleicht weil er nicht gut gearbeitet oder etwas gestohlen hat? Fühlte sich jemand ungerecht behandelt? Fällt Ihnen irgendetwas ein, ganz egal, was es ist?«

»Aber bedeutet das denn …?«

Claudia beschloss, dass die Zeit der Zurückhaltung vorbei war. »Ja, Frau Stemann, genau das bedeutet es. Wir haben es mit Brandstiftung zu tun. Daran kann kein ernsthafter Zweifel bestehen.«

Ilona Stemann gab ein lang gezogenes Stöhnen von sich. Sie wollte etwas sagen, doch ihre Stimme versagte. Erneut traten ihr Tränen in die Augen und liefen über ihre Wangen.

Sie zog ein Taschentuch aus der Tasche ihres Blazers, tupfte sich das Gesicht ab. Dann straffte sie ihre Haltung. Ihr Ausdruck wurde sachlich.

»Sie glauben, dass es einer unserer Mitarbeiter gewesen sein könnte? Wie kommen Sie darauf?«

»Ich glaube zurzeit noch gar nichts. Aber wir müssen alle Möglichkeiten in Betracht ziehen. Von daher darf ich Sie bitten, auf meine Frage zu antworten. Gab es Ärger mit einem Mitarbeiter oder einer Mitarbeiterin?«

Ilona Stemann schlug die Augen nieder, dachte für einige Momente nach. »Also, eine Entlassung gab es nicht, auch keine Abmahnung. Das Klima unter der Belegschaft ist gut. Allerdings bekomme ich natürlich nicht alles mit. Ich müsste Frau Kramer fragen.«

»Frau Kramer?«

»Unsere Pflegedienstleiterin. Sie ist in engerem Kontakt mit dem Personal als ich, jedenfalls zu den Pflegerinnen.«

»Ich denke, wir sprechen lieber selbst mit Frau Kramer. Ist sie im Haus?«

Ilona Stemann schüttelte den Kopf. »Sie ist heute nicht zur Arbeit gekommen. Es geht ihr nicht gut. Sie kannte die Bewohner, gerade in dem betroffenen Haus, besser als ich. Einigen stand sie richtig nahe. Der Vorfall hat sie sehr mitgenommen.«

»Verständlich. Trotzdem müssen wir möglichst schnell mit ihr sprechen.«

»Ich suche Ihnen gleich die Adresse heraus.«

Claudia war nicht entgangen, dass ein Wandel mit Ilona Stemann vorgegangen war. Er hatte eingesetzt, als sie nach möglichen Konflikten gefragt hatte. Seitdem wirkte sie angespannt, noch mehr als ohnehin schon. Claudia sah Takeda fragend an, der nickte und signalisierte wortlos, dass er es ebenfalls bemerkt hatte.

Sie beschloss, direkt darauf zuzusteuern. »Frau Stemann, als ich Sie gerade gefragt habe, ob es mit den Angestellten Ärger gab, woran haben Sie da gedacht? Ich habe das Gefühl, dass Sie etwas Konkretes vor Augen haben. Betrifft es vielleicht nicht die Mitarbeiter, sondern die Bewohner? Gab es Streit unter ihnen?«

Ilona Stemann starrte Claudia an, wirkte hilflos und ängstlich zugleich, blieb jedoch stumm.

»Frau Stemann, antworten Sie bitte. Ich werde sonst so lange hier bleiben und Sie danach fragen, bis Sie es mir sagen.«

Die Heimleiterin gab ein erschöpftes Seufzen von sich. Mit leiser Stimme sagte sie: »Ich habe es nicht ernst genommen. Aber ich konnte ja nicht wissen …«

Ihre Stimme verlor sich. Sie saß da, schüttelte den Kopf, rang um Fassung.

»Was haben Sie nicht ernst genommen? Wovon sprechen Sie?«

Claudias Stimme war streng. Die Heimleiterin starrte sie an, stand dann wortlos auf. Sie zog die Schublade eines Aktenschranks auf, der sich hinter ihrem Schreibtisch befand. Dort holte sie eine Hängemappe hervor, blätterte mit zitternden Fingern einige Papiere durch. Schließlich zog sie einen einzelnen Briefbogen daraus hervor und schob ihn über den Tisch vor Claudia.

Gemeinsam mit Takeda überflog Claudia die wenigen, offenbar von einem Computer ausgedruckten Zeilen.

Du wirst büßen. Du und dein ganzes verschissenes Haus.
Du wirst dir wünschen, es wäre nie passiert.

8.

Claudia brauchte einige Momente, um ihre Überraschung zu überwinden. Ein Seitenblick zeigte ihr, dass es Takeda nicht anders ging.

Zu Ilona Stemann gewandt, sagte sie: »Ein anonymes Schreiben. Kam das als E-Mail?«

»Nein, als Brief.«

»Ohne Absender?«

»Richtig.«

»Die Drohung ist ziemlich heftig. Wann ist das Schreiben eingetroffen?«

»Vor drei Wochen.«

»Sind Sie damit zu unseren Kollegen gegangen? Ich meine, auf eine Wache? Haben Sie Anzeige erstattet?«

»Nein.«

»Warum nicht?«

Ilona Stemann schüttelte verzweifelt den Kopf. »Weil ich es nicht ernst genommen habe, jedenfalls damals nicht. Mein Gott, wenn ich gewusst hätte, was passiert ...«

Claudia zog einen Latexhandschuh aus ihrer Jackentasche, streifte ihn über und nahm den Brief in die Hand. Sie las die ersten Zeilen noch einmal laut vor. »Du wirst büßen. Du und dein ganzes verschissenes Haus ... Wie kann man solche Worte nicht ernst nehmen?«

Ilona Stemann schüttelte mit verzweifeltem Gesichtsausdruck den Kopf. »Weil der Brief nicht wirklich anonym war, nicht für mich.«

Claudia und Takeda waren gleichermaßen überrascht. Der Inspektor mischte sich nun doch ins Gespräch ein und fragte: »Dann wissen Sie, wer diese Zeilen geschrieben hat?«

»Ich denke schon. Ich bin mir sogar ziemlich sicher. Darum

konnte ich mir nicht vorstellen, dass es mehr sein könnte als eine leere Drohung. Derjenige, der es geschrieben hatte, wollte Dampf ablassen. Vielleicht mir Angst machen. Aber mehr nicht. Dachte ich jedenfalls ...«

Wieder starrte die Leiterin der Residenz mit glasigem Blick vor sich hin.

Takeda, der bemerkte, dass Claudia ungeduldig wurde, kam ihr erneut zuvor und sagte mit milder Stimme: »Erklären Sie es uns, bitte. Wer, glauben Sie, ist der Verfasser dieses Briefes?«

Ilona Stemann sah Takeda an und lächelte zum ersten Mal. Claudia registrierte es mit seltsamen, irritierenden Gefühlen, die sie sofort zur Seite schob.

Die Heimleiterin sagte: »Ich muss ein wenig ausholen, um es Ihnen zu erklären. Ist das in Ordnung?«

»Selbstverständlich. Wir haben Zeit. Seien Sie lieber genau als hastig«, erklärte Takeda.

Ilona Stemann schenkte ihm erneut ein Lächeln. Als sie zu Claudia sah, war ihr Gesicht um mehrere Nuancen unfreundlicher.

Dann begann sie auszuführen, dass die Alster-Residenz mit rund hundertzwanzig Wohnungen und sechzig weiteren Plätzen für Schwerstpflegebedürftige zu den größeren Häusern in der Stadt gehöre. Natürlich komme es daher regelmäßig zu Sterbefällen unter den Bewohnern. Die meisten Angehörigen reagierten mit Verständnis, kämen nicht auf die Idee, dem Haus die Schuld am Tod ihres Mannes oder ihrer Frau, ihrer Mutter oder ihres Vaters zu geben. Im Gegenteil, oft wurde die Residenz sogar im Testament bedacht oder die Angehörigen spendeten im Nachhinein noch etwas für die Mitarbeiter ...

Ilona Stemann machte eine Pause, sagte dann: »Aber es gibt eben auch andere Fälle. Die verlaufen weniger friedlich. Die Angehörigen machen uns Vorwürfe, bezichtigen die Pflegekräfte oder auch mich persönlich, dass wir Fehler gemacht hätten. Oder sie behaupten sogar, dass wir ganz direkt Schuld am Tod ihres Angehörigen wären. Um so einen Fall geht es hier.«

»Und? Haben Sie einen Fehler gemacht?«, fragte Claudia kühl. Sie wusste, dass ihre Frage direkt und unsensibel war. Warum tat sie das? Lag es an der Art, wie die Frau Takeda angesehen hatte?

Takeda, der sich seinen Teil dachte, versuchte die Situation zu entschärfen. Er räusperte sich und erklärte: »Verzeihen Sie bitte unsere direkte Art, Frau Stemann. Wir müssen solche Fragen stellen. Zumal einiges dafürspricht, dass diese Sache mit dem Feuer zusammenhängt.«

Die Heimleiterin blickte Takeda an, nickte, fand sogar zu einem Lächeln zurück. Claudia aber ignorierte sie, woran sich im Verlaufe des Gesprächs auch nichts mehr ändern sollte. »Ja, es sind Fehler gemacht worden. Ob wir damit am Tod eines Menschen schuld sind? Ich glaube es nicht.«

»Bitte, berichten Sie, was passiert ist.«

»Ja, natürlich.«

Sie trank von ihrem Kaffee, legte sich ihre Worte zurecht, begann dann zu sprechen. »Es geht um einen Bewohner, der Paul Sieversen hieß. Er hat etwa drei Jahre bei uns gelebt. Viele meiner Mitarbeiterinnen mochten ihn. Aber es wurde zunehmend mühsam. Herr Sieversen war über achtzig Jahre alt und litt an einer zunehmenden Demenz. Er war zuletzt kaum noch Herr seiner Sinne. So etwas ist für die Pflegekräfte, auch für die erfahrensten unter ihnen nicht einfach. Menschen wie Herr Sieversen sind wie Kleinkinder. Sie könnten weder selbstständig essen noch sich ankleiden, sich nicht waschen, gar nichts. Sie haben Angst, bestohlen zu werden, sie können ausfallend sein, sind zänkisch … Eigentlich müssen wir sie rund um die Uhr beaufsichtigen. Auch, weil sie immer wieder versuchen, aus dem Haus fortzulaufen. Wohin, wissen sie meistens selbst nicht. Natürlich tun wir alles, um es zu verhindern. Im Fall von Paul Sieversen ist uns das nicht gelungen.«

»Er konnte das Haus verlassen?«, fragte Takeda.

»Ja. Das war vor etwas mehr als vier Wochen, und zwar mitten in der Nacht. Wir haben es leider viel zu spät gemerkt.«

Ilona Stemann, überwältigt von quälenden Erinnerungen,

schüttelte den Kopf. Sie blickte Takeda an und sagte mit leiser Stimme: »Es war eine Verkettung tragischer Umstände. Wir hatten in der Woche mehrere Krankheitsfälle unter den Mitarbeitern. Unsere Personalsituation ist ohnehin angespannt, wie in jeder Pflegeeinrichtung. Wenn dann noch Kollegen krank werden, wird es schlimm. So war es auch in der betreffenden Nacht. Das Haupthaus war unterbesetzt. Am Ende musste eine neue, noch nicht eingearbeitete Pflegekraft alleine in dem betreffenden Stockwerk eingesetzt werden. Die junge Frau trifft keine Schuld. Sie kannte die Abläufe nicht, wusste nicht, welche Bewohner sie besonders im Augen behalten musste. So gelang es Paul Sieversen zu verschwinden. Im Morgenmantel, einfach so. Wir haben ihn erst am nächsten Morgen gefunden, draußen im Park. Er war gestürzt und hatte sich einen komplizierten Oberschenkelhalsbruch zugezogen. Er war unterkühlt und kaum noch bei Bewusstsein. Er kam sofort ins Krankenhaus. Die Operation verlief nicht gut. Am Ende ist er nicht mehr aus der Narkose erwacht ...«

Dem Bericht der Heimleiterin folgte ein langes Schweigen. Claudia blickte zu Takeda. Sie hatte eingesehen, dass sie ihm die Gesprächsführung überlassen musste, alles andere wäre in Feindseligkeiten ausgeartet, und die würden sie kaum weiterbringen.

Takeda nickte kurz, wandte sich an Ilona Stemann. »Sie glauben also, dass das anonyme Schreiben von den Angehörigen dieses Herrn Sieversen stammt?«

»Es kam wenige Tage, nachdem er gestorben war. Ja, ich bin fest davon überzeugt. Beweisen kann ich es natürlich nicht.«

»Haben Sie die Familie darauf angesprochen?«

»Nein, das erschien mir unpassend. Sehen Sie, wir haben uns nach dem Tod des alten Herrn Sieversen gegenüber der Familie entschuldigt. Wir haben eingeräumt, dass die personelle Situation in der Nacht schwierig war. Aber ich habe auch deutlich gemacht, dass ein solcher Vorfall niemals ganz zu verhindern ist, auch nicht unter normalen Umständen und bei voller Besetzung.«

»Wie hat die Familie reagiert?«

»Der Sohn, Joachim Sieversen, hat uns mit einer Klage gedroht. Er ist Anwalt. Er war mit seiner Mutter hier, der Witwe des Verstorbenen. Die alte Dame war außer sich und hat mir schreckliche Vorwürfe gemacht. Auch Herr Sieversen ist laut und ausfallend geworden. Ich dachte, dass ich die beiden beruhigen könnte. Aber kurz nach unserem letzten Aufeinandertreffen ist der Brief gekommen.«

Takeda stieß ein nachdenkliches Brummen aus. »*Du und dein ganzes verschissenes Haus* ... Das klingt nicht nach den Worten einer alten Dame. Und auch nicht nach denen eines Anwalts, wenn ich mich nicht täusche?«

»Da haben Sie recht. Vielleicht haben die beiden es nicht selbst geschrieben.«

»Es gibt weitere Familienangehörige?«

»O ja, die Familie ist groß.«

»Haben Sie jemand Bestimmten in Verdacht?«

»Nein. Ich hatte immer nur mit der Frau und dem Sohn zu tun.«

»Trauen Sie einem der beiden zu, das Feuer gelegt zu haben? Glauben Sie, ihre Wut ging so weit?«

»Eigentlich nicht. Aber jetzt? Ich bin mir nicht mehr sicher. Vor allem, weil ...«

Takeda wartete eine Weile, fragte dann: »Frau Stemann, was wollten Sie sagen?«

»Die Stelle, an der wir damals den alten Herrn Sieversen gefunden haben ... es war direkt vor dem Haus, das abgebrannt ist.«

9.

»Was hältst du von der Geschichte?«, fragte Claudia, als Takeda und sie wieder auf dem Parkplatz vor der Alster-Residenz standen.

Der Inspektor steckte sich eine Zigarette an. Er rauchte viel. Deutlich mehr als in den Wochen zuvor. War das ihre Schuld?, fragte Claudia sich. Was denn sonst?

Das schlechte Gewissen meldete sich mit einem schmerzhaften Stich. Sollte sie Ken darauf ansprechen? Ihm noch einmal erklären, wie leid ihr alles tat? Dass es aber dennoch besser so sei, auch für ihn? Dass er froh sein sollte, eine Zicke wie sie los zu sein. Dass er bestimmt jemand Besseren fände ... Aber wohin sollte das führen? Sie hatte ihm wehgetan. Das konnte sie mit Worten nicht heilen. Es gab nichts mehr zu sagen.

»Ich weiß es nicht«, erklärte Takeda. »Der Brief könnte durchaus eine Spur sein. Er enthält eine klare Drohung. Andererseits ergibt es keinen Sinn. Die Familie betrauert den tragischen Tod eines Angehörigen. Das ist verständlich. Aber würden sie deshalb zahllose andere Menschen ins Unglück reißen?«

Claudia ließ Takedas Worte sacken. Er hatte recht. Und zugleich war sein Gedanke zu ... logisch. Menschen waren nicht logisch. Sie waren emotional. Sie waren unberechenbar.

»Ich bin mir nicht so sicher. *Du wirst dir wünschen, dass es nie passiert wäre* ... Das ist eindeutig ein Bezug auf etwas, das zuvor geschehen ist, zum Beispiel ein Todesfall. Wer so etwas schreibt, der denkt nicht darüber nach, welches Leid er seinerseits auslöst. Hauptsache, er findet ein Ventil für seine Wut.«

»Du hast schon recht. Hinzu kommt der Ort, wo der alte Mann gefunden wurde.«

»Also sollten wir mit der Familie sprechen. Im Zweifel lässt sich der Verdacht schnell bestätigen oder auch ausräumen. Außerdem habe ich nichts dagegen, einmal einen echten Sieversen kennenzulernen ...«

Takeda sah Claudia fragend an. Die lächelte und sagte: »Ich will es mal so sagen, der Name Sieversen klingt für die Ohren eines Hamburgers wie Rockefeller für einen Amerikaner. Oder Onassis für einen Griechen.«

»Du meinst, die Familie ist reich?«

»Das bestimmt auch. Ist aber nicht das Entscheidende. Es geht um Geschichte. Um Macht, um Einfluss. Hanseatischer Adel, nur ohne von und zu. Alte Pfeffersäcke. Ich weiß natürlich nicht, ob die jetzt wirklich zu den berühmten Sieversens gehören, aber wenn es so ist, würde es mich nicht wundern. Schließlich ist die Alster-Residenz eindeutig etwas für die oberen Zehntausend.«

»Okay, dann lass uns dorthin fahren.«

»Gegenvorschlag. Ich fahre alleine. Und du könntest in der Zeit mit dieser Frau Kramer sprechen.«

»Du meinst die Pflegedienstleiterin, die Frau Stemann erwähnte?«

»Genau. Denk dran, was Tilmann Runge gesagt hat. Wir sollten den Täter in den Reihen der Mitarbeiter suchen. Die Frau kann uns dabei am ehesten weiterhelfen. Danach telefonieren wir uns wieder zusammen. Oder wir sehen uns auf dem Präsidium. Vielleicht landet einer von uns einen Treffer. Einverstanden?«

»Ja, einverstanden«, erklärte Takeda. Dann sah er Claudia fragend an: »Aber wie willst du dorthin kommen? Wir sind mit meinem Wagen gefahren. Soll ich dich hinbringen?«

Claudia winkte ab. »Einer der uniformierten Kollegen kann mich fahren. Ist kein Problem. Und Ken ...«

»Ja?«

Sie trat auf ihn zu, nahm ihm die Zigarette aus dem Mund und trat sie auf dem Asphalt aus. »Du rauchst zu viel. Das ist nicht gut für dich.«

Er lächelte, auch wenn seine Augen traurig blieben. »Andere Dinge in meinem Leben sind noch weniger gut für mich.«

10.

Takeda steuerte seinen Dienstwagen von Wellingsbüttel in südlicher Richtung nach Altona, in den Ortsteil Ottensen. Dort wohnte Merit Kramer, die Pflegedienstleiterin der Residenz.

Warum fuhren er und Claudia nicht gemeinsam dorthin? Anschließend dann ebenso gemeinsam zur Familie Sieversen, die möglicherweise den anonymen Brief geschrieben hatte? Weil es schnell gehen musste? Sicher. Aber auch, weil Claudia die Zeit ihres Zusammenseins eben doch reduzieren wollte.

Es würde nicht mehr so sein wie früher. Egal, was Claudia sagte. Nie mehr.

Takeda klopfte sich eine Mild Seven, seine japanische Stammmarke, aus der Packung und zündete sie an. Eigentlich durfte er in dem BMW, einem Dienstwagen, nicht rauchen. Jeder ging davon aus, dass er sich strikt daran hielt. Weil er Japaner war. Die hielten sich ja bekanntlich immer an alle Regeln.

Takeda nahm einen tiefen Zug aus der Zigarette und blies lächelnd den Rauch aus.

Merit Kramer empfing ihn in der Tür ihrer Altbauwohnung, unweit des Spritzenplatzes im Zentrum von Ottensen. Takeda schätzte sie auf Mitte vierzig, auch wenn es ihm immer noch schwerfiel, das Alter von Deutschen, überhaupt von Europäern richtig einzuschätzen. Sie war schlank, etwa so groß wie er. Ihr dunkles Haar trug sie kurz geschnitten, was ihr hageres Gesicht mit den hohen Wangenknochen und den großen Augen zur Geltung brachte. Eine schöne Frau.

Im Moment wirkten ihre Züge allerdings geprägt von Erschöpfung und Trauer. Sie schien unendlich müde zu sein.

»Kommen Sie herein«, sagte sie und gab die Wohnungstür frei. Dann stockte sie, sah Takeda zum ersten Mal richtig an, kniff die Augen zusammen. »Sie sind doch von der Polizei? Sie sind wegen des Feuers hier? Meine Chefin hatte mich angerufen und gesagt, dass jemand kommt.«

Takeda lächelte. »Aber ja. Das bin ich. Ich kann Ihnen meinen Dienstausweis zeigen.«

»Nein, nein. Es ist nur ... ich hatte jemand anderen erwartet.«

Takeda hob ein wenig spöttisch die Augenbrauen. Er war es inzwischen gewöhnt, dass die Leute irritiert auf seine Erscheinung reagierten. Polizisten, die türkischer, nahöstlicher oder auch afrikanischer Abstammung waren, gab es inzwischen einige in Hamburg. Asiaten aber waren immer noch eine Seltenheit.

Merit Kramer führte ihn in ein kleines, sonnendurchflutetes Wohnzimmer. Sie trug eine Jogginghose und ein T-Shirt, war barfuß. Takeda blickte sich im Zimmer um. Er sah ein Bücherregal, eine CD-Sammlung, Pflanzen. An der Wand hing ein Plakat mit farbigen Diagrammen und allerlei japanischen ... nein, chinesischen Zeichen darauf.

Die Pflegedienstleiterin, die Takedas Blick bemerkte, sagte: »Das ist ein Fünf-Elemente-Diagramm. Ich interessiere mich für traditionelle chinesische Medizin. Ich gebe auch Qigong-Kurse, vor allem für Senioren. Kennen Sie sich damit aus?«

»Leider nicht. Ich bin Japaner. Es gibt auch bei uns viele Ärzte, die nach alter chinesischer Methode behandeln. Aber ich verstehe nichts davon.«

Sie schenkte ihm ein kurzes Lächeln, wies dann mit der Hand auf einen Sessel. Sie selbst setzte sich auf das Sofa und zog die Beine unter den Körper. »Ilona ... Frau Stemann sagte, dass es Brandstiftung war. Ich kann es gar nicht glauben. Wer sollte das tun? Warum?«

»Das wissen wir noch nicht, Frau Kramer. Aber vielleicht können Sie uns dabei helfen, es herauszufinden.«

Takeda kam es vor, als würden die ohnehin asketischen Züge der Frau noch deutlicher hervortreten. Sie stieß stoßweise den

Atem aus, sagte dann mit leiser Stimme. »Ich kannte alle, die im Feuer umgekommen sind. Jeden Einzelnen von ihnen. Es kann nur ein Verrückter getan haben. Jemand, dem nicht klar war, was er anrichtet.«

»Das ist durchaus möglich. Aber falls es doch ein spezielles Motiv gab, müssen wir es herausfinden.«

Er bat Merit Kramer ihm zu erläutern, worin genau ihre Tätigkeit in der Residenz bestand. Sie bot Tee an, er nahm an. Sie verschwand in der Küche, kehrte mit Kräutertee zurück, etwas anderes könne sie wegen ihrer Nerven zurzeit nicht vertragen.

Dann erklärte sie, dass sie gelernte Altenpflegerin sei und schon lange in verschiedenen Einrichtungen gearbeitet habe. Zuletzt sei sie für einen mobilen Pflegedienst im Einsatz gewesen. Ein Rückenleiden habe sie gezwungen, sich umzuorientieren. Vor etwa einem Jahr habe ihr die Residenz angeboten, die Leitung der Pflege zu übernehmen, und nun sei sie eben in erster Linie mit Personalkoordination befasst. Zugleich bemühe sie sich um einen engen Kontakt zu den Bewohnern, kümmere sich daher auch um lauter Dinge, die im engeren Sinne gar nichts mit Pflege zu tun hätten. Auch das sei anstrengend, aber nicht mehr so sehr im körperlichen Sinne wie früher.

Takeda machte sich Notizen, gewohnheitsmäßig auf Japanisch. Merit Kramer beobachtete ihn dabei, wie er mit schnellen Strichen schrieb, von oben nach unten und von rechts nach links. Er spürte, dass sie neugierig war, überhaupt mehr über ihn wissen wollte. Dennoch beschloss er, zunächst nicht darauf einzugehen, fragte stattdessen: »Fällt Ihnen etwas ein, das uns bei der Aufklärung des Verbrechens weiterhelfen könnte? Gab es zum Beispiel Konflikte innerhalb des Pflegepersonals? Entweder untereinander oder vielleicht auch gegenüber der Hausleitung? Drohte vielleicht jemandem entlassen zu werden? Oder hatte jemand einen anderen Grund, auf die Residenz zornig zu sein?«

Merit Kramers gerade noch freundlicher Gesichtsausdruck veränderte sich. Sie wirkte nun kühl, distanziert, auch höhnisch.

»Ob jemand Grund hatte, zornig zu sein? Unter den Mitarbeitern? Das ist Ihre Frage?«

»Ja.«

»Die Antwort ist ganz einfach. Jeder! Jeder hat Grund, stinkwütend zu sein.«

»Bitte, erklären Sie mir das.«

»Ist nicht so schwer. Sehen Sie, die größte Schwierigkeit mit dem Pflegepersonal besteht darin, dass es keines gibt.«

»Was genau meinen Sie?«

»Es fehlen Leute. Überall. Ständig. Natürlich sucht die Residenz neue Leute, wie alle Einrichtungen, findet aber keine. Es führt dazu, dass alle, die da sind, an permanenter Überlastung leiden. Sie haben nach Problemen gefragt? Nach Konflikten? Bitte sehr, da haben Sie sie!«

»Ich verstehe.«

»Das glaube ich nicht. Darum will ich es noch einmal deutlicher machen. Wenn Sie mich fragen, ob es unter den Beschäftigten jemanden gibt, der die Residenz am liebsten abfackeln würde ... Darum geht's Ihnen ja wohl ... Dann lautet meine Antwort: jeder. Mich können Sie dazuzählen.«

Takeda starrte seine Gesprächspartnerin überrascht an. War das jetzt ein Geständnis? Natürlich nicht. Und doch hatte er das Gefühl, dass er sich in Merit Kramer täuschte. Der Zorn, der in ihr loderte, war groß. Er nagte tief in ihr. Aber reichte er auch dazu, dass sie ihr Eingeständnis, das sie anscheinend nur als zynische Anklage vorbrachte, am Ende eben doch ernst meinte?

Takeda nahm einen Schluck von dem Kräutertee, der würzig und gut schmeckte. Er ließ Zeit verstreichen. Die gerade noch erhitzte Atmosphäre entspannte sich.

»Fällt Ihnen vielleicht speziell jemand ein, der in letzter Zeit seinen Unmut geäußert hat? Oder der mit Ihrer Geschäftsleitung aneinandergeraten ist?«

»Und der deswegen Feuer gelegt hat?«

»Ja, vielleicht.«

Merit Kramer lachte. »Niemand fällt mir ein. Natürlich nicht. Ich wollte nur klarmachen, wie die Gefühlslage bei uns ist. Sie sollten aufhören, so etwas zu denken. Niemand vom Personal wäre zu so einer Grausamkeit fähig. Niemand!«

»Da sind Sie sicher?«

»Absolut.«

Takeda machte sich erneut einige Notizen. »Was ist mit den Bewohnern des Hauses? Gab es dort vielleicht Unzufriedenheiten? Oder Streit?«

»Fragen Sie mich das im Ernst?«

»Frau Stemann erzählte uns, dass ältere Menschen, besonders wenn sie dement sind, oft streitsüchtig sind. Auch dass sie mitunter seltsame Dinge tun. Dass sie weglaufen ... Ist es da so abwegig, zu überlegen, ob vielleicht einer der Bewohner selbst Feuer gelegt hat? Ist so etwas nicht schon vorgekommen?«

Die Wut wich aus Merit Kramers Gesichtsausdruck, machte wieder der Erschöpfung Platz. »Sie haben recht, ausschließen lässt sich so etwas im Prinzip nicht. Aber hier stimmt es nicht. Sehen Sie, in den Servicewohnungen leben ausschließlich ältere Herrschaften, denen es vergleichsweise gut geht. Sicher, sie haben körperliche Gebrechen. Aber alles in allem sind sie fit. Vor allem mental.«

»Dann gab es keine Streitigkeiten im Haus? Irgendwelche Vorfälle, die vielleicht einen der Bewohner dazu bewogen haben könnten, etwas Unbedachtes, etwas völlig Verrücktes zu tun?«

»Natürlich gab es Streit. Eigentlich sogar oft. Frau Milz im ersten Stock zum Beispiel sah gerne Fernsehen und vergaß dabei, ihre Hörgeräte zu benutzen. Sie stellte ihr Gerät so laut, dass man es sogar bis in die anderen Häuser hören konnte ... Oder ihre Nachbarin, Frau Wesemann. Die hatte Blumen vor dem Fenster, und immer, wenn sie sie goss, tropfte Wasser auf die Fensterbank von Herrn Michelsen im Erdgeschoss. Er hat mich jede Woche deswegen angesprochen. Frau Orthmann war eine der Jüngsten im Haus und tatsächlich ein wenig verwirrt. Sie konnte noch für sich selbst sorgen, aber allen war klar, dass es nicht mehr lange gut gehen würde. Würde sie in einem Anfall das Haus anzünden? Weil sie gerade mal wieder nicht weiß, wie alt sie ist oder wo sie wohnt? Nein, Herr Takeda, das würde sie nicht. Oder Frau Raue, die auch oben gewohnt hat? Sie war siebenundachtzig Jahre alt. Ganz zart, ganz zerbrechlich. Sie wog nicht einmal mehr fünfzig Kilogramm. Wie ein kleines Mädchen. Eine Brandstifterin? Nein. Aber sie ist jetzt tot. Wie alle, die ich gerade erwähnt habe ...« Merit Kramers Stimme versagte. Tränen traten ihr in die Augen.

Takeda wartete einige Momente, sprach dann mit leiser, rücksichtsvoller Stimme. »Eine andere Frage, Frau Kramer. Kennen Sie die Familie Sieversen?«

»Ja, natürlich. Paul Sieversen hat bis vor einigen Wochen bei uns gewohnt. Sie fragen das wegen des Briefes, oder?«

»Sie wissen davon?«

»Frau Stemann hat es erwähnt. Sie glaubt, dass einer von den Angehörigen von Herrn Sieversen den Brief geschrieben hat. Ich bin anderer Meinung. Aber glauben Sie denn, dass die Familie etwas mit dem Feuer zu tun hat?«

»Im Moment stellen wir einfach nur Fragen.«

»Dann vergessen Sie es. Familie Sieversen ist sicherlich nicht einfach, vor allem der Sohn ...«

»Sie meinen den Anwalt? Joachim, heißt er, glaube ich?«

»Ja, genau. Joachim ist nicht gerade das, was man sympathisch nennt. Aber er kommt doch trotzdem nicht auf die Idee, ein Haus anzuzünden. Das glaube ich einfach nicht.«

Takeda schrieb erneut einige Worte nieder. Wieder spürte er Merit Kramers neugierige Blicke. Diesmal sah er hoch und erklärte: »Dort auf ihrem Plakat, das sind chinesische Schriftzeichen. Aus denen sind unsere japanischen Zeichen hervorgegangen. Viele sind immer noch identisch, andere hingegen sehen heutzutage recht anders aus ... trotzdem können wir Japaner oft erraten, was in einem chinesischen Text steht, auch ohne dass wir ein Wort Chinesisch können. Die Zeichen für die fünf Elemente zum Beispiel sind dieselben in beiden Ländern. Holz, Feuer, Wasser, Metall, Erde …«

Merit Kramer fand zu einem Lächeln zurück. »Ich habe einmal versucht, Chinesisch zu lernen, aber ich habe es schnell wieder aufgegeben. Unter anderem wegen der Schrift. Es waren einfach zu viele Zeichen und irgendwie sehen sie alle gleich aus. Ich konnte sie mir einfach nicht merken.«

»Wir Japaner oder auch die Chinesen haben den Vorteil, dass wir von frühester Kindheit an von diesen Zeichen umgeben sind. Wir wachsen mit ihnen auf. Das macht es einfacher, sie sich zu merken. Außerdem gibt es ein paar Tricks, die einem beim Lernen helfen können.«

Merit Kramer lächelte. »Erklären Sie mir diese Tricks?«

»Das werde ich gerne tun. Leider nicht jetzt. Aber ich denke, es wird ohnehin nötig sein, dass ich mich erneut bei Ihnen melde.«

»Ja, natürlich. Tun Sie das. Ich würde mich freuen.«

Takeda stand auf. Merit Kramer begleitete ihn zur Tür, wo sie sich die Hand gaben.

»Auf bald«, sagte sie.

Takeda nickte nur stumm und stieg die Treppe hinab.

11.

Claudia ließ sich von einem der uniformierten Kollegen in einem Streifenwagen in den Stadtteil Klein Flottbek fahren. Er hieß Torsten, wollte aber Toddi genannt werden. Unterwegs erzählte er Claudia, dass er gerade erst nach einer Verletzung in den Dienst zurückgekehrt sei. Bei einem nächtlichen Routineeinsatz – es ging um Ruhestörung – war er von einer aufgebrachten Bewohnerin mit kochendem Wasser überschüttet worden. Dabei hatte er Brandverletzungen im Gesicht und an den Händen davongetragen. »Ich bin froh, dass es nur Wasser war und keine Suppe. Sonst hätte ich ja auch noch Flecken auf der Uniform gehabt«, erklärte Toddi grinsend.

Ein Hamburger Jung. Tapfer bis unter den Kragen. Claudia hätte ihn am liebsten in den Arm genommen.

Sie erreichten das Ziel, und Claudia erklärte Toddi, dass er nicht zu warten brauche. Sie werde schon irgendwie ins Präsidium zurückkommen. Entweder holte Takeda sie ab. Oder sie nahm ein Taxi.

Sie blickte dem Streifenwagen nach, der langsam die Straße hinunterfuhr, dann hinter einer Ecke verschwand. Wie lange konnte das gut gehen, fragte Claudia sich. Was musste passieren, bis so ein junger Kerl – Toddi war höchstens Mitte zwanzig – den Dienst quittierte? Wann hatte er die Schnauze endgültig voll? Claudia wollte nicht drauf wetten, dass es noch allzu lange dauerte.

Sie legte die letzten Meter zu Fuß zurück. Rechts und links der baumbestandenen Straße standen prächtige Villen in großen, tadellos gepflegten Gärten. Klein Flottbek war schön und strahlte eine fast ländliche Friedfertigkeit aus. Zugleich versammelte sich hier ein Reichtum, bei dem einem schlecht werden konnte. Aber so war Hamburg. Arm und Reich lebten dicht beisammen. Alles in allem klappte das erstaunlich gut, so als wüssten die Hamburger, dass sie es halt irgendwie miteinander aushalten mussten, auch wenn's schwerfiel.

Schließlich stand Claudia vor einer großen, tadellos restaurierten Villa. Mehrere Balkone, ein verwinkeltes Dach, Fachwerkelemente. Typisch für den Heimatstil, den es in Hamburg so häufig gab, obwohl er für Claudias Geschmack gar nicht hierherpasste. Wirkte irgendwie süddeutsch. Aber anscheinend hatten die reichen Hamburger um die vorletzte Jahrhundertwende darauf gestanden.

Claudia drückte auf die Klingel an der äußeren Pforte.

Lange Zeit geschah nichts. Dann hörte sie in der Gegensprechanlage eine Frauenstimme, die in sehr hanseatischem Tonfall fragte: »Ja, bitte? Wer ist denn da?«

Claudia hatte schlagartig Bilder von lange vergangenen Besuchen im Ohnesorg-Theater im Kopf. Heidi Kabel, die über einen spitzen Stein stolperte … »Harms, Kriminalpolizei.«

»Und Sie wünschen?«

»Frau Sieversen, nehme ich an? Ich würde gerne mit Ihnen sprechen.«

»Worüber, wenn ich fragen darf?«

»Es geht um den Brand in der Alster-Residenz. Ich nehme an, Sie haben davon gehört?«

»Ich verstehe.«

Die Gegensprechanlage verstummte, dafür schnarrte der elektrische Öffner der Pforte. Claudia trat ein und folgte einem Kiesweg zum erhöht liegenden Eingang der Villa.

In der Tür stand eine Frau, die sicherlich achtzig Jahre alt war. Sie war klein, wirkte dennoch zäh. Ihr schwarzes Kostüm war elegant. Sie stand sehr aufrecht da und blickte Claudia mit einer perfekt dosierten Abschätzigkeit entgegen. Nicht zu wenig, um die Wirkung zu verfehlen, aber auch nicht zu viel, um bemüht zu erscheinen. Claudias Dienstausweis, den sie in die Höhe hielt, ignorierte die Hausherrin. Stattdessen fragte sie mit einem unbewegten Gesichtsausdruck: »Glauben Sie an Gerechtigkeit, Frau Kommissarin? Ich tue es. Darum erwarten Sie von mir keine Worte des Bedauerns über das, was in der Residenz geschehen ist.«

Claudia schüttelte ungläubig den Kopf. Sie nahm sich vor, sich nicht aus der Reserve locken zu lassen. »In dem Feuer sind acht unschuldige Menschen ums Leben gekommen. Meine Aufgabe besteht darin, herauszufinden, wie es dazu kommen konnte. Ob Sie das Ganze nun bedauern oder sich sogar darüber freuen, ist mir ehrlich gesagt ziemlich egal.«

Der schmale, von zahllosen strammen Fältchen umrandete Mund der alten Dame zuckte. Leicht pikiert sagte sie: »Ich freue mich keineswegs. Ich bedaure es nur nicht. Das ist ein Unterschied.«

»Okay, da haben Sie recht.«

Für einen Sekundenbruchteil schien sich der strenge Mund der alten Dame zu einem Lächeln zu verziehen, fast so, als gefalle ihr Claudias resolute Art.

Claudia aber blieb auf der Hut. Bis bei solchen Frauen das Eis wirklich brach, vergingen im Zweifel Jahre. Nach wenigen Minuten war da nichts zu erwarten.

Hildegard Sieversen führte Claudia in ein stilvoll eingerichtetes Wohnzimmer. Englische Möbel, eine Sitzgruppe aus Sofas und Sesseln vor einem Kamin, ein Esstisch im Erker zum Garten hin. Ob sie Tee wolle, fragte die Hausherrin. Claudia nickte und erwartete, dass die alte Dame nach einer Bediensteten klingeln oder rufen würde. Stattdessen aber sagte sie: »Ich setze Wasser auf. Dauert einen kleinen Moment. Ich bitte um Geduld.«

Mit schnellen, fast jugendlich wirkenden Schritten verließ die alte Dame das Zimmer. Durch die geöffnete Tür hörte Claudia das Klappern von Geschirr, einen Wasserhahn, dann das Surren eines Wasserkochers. Zugleich wurden einige Worte gesprochen. Erst mit Verzögerung realisierte Claudia, dass Hildegard Sieversen telefonierte.

Schließlich kehrte die Hausherrin mit einem Tablett in der Hand zurück. Sie nahmen am Esstisch Platz. Sieversen schenkte Tee ein, der erwartungsgemäß köstlich schmeckte.

Tee können sie halt, die alten Pfeffersäcke, dachte Claudia.

»Können Sie sich vielleicht vorstellen, warum ich ausgerechnet zu Ihnen gekommen bin?«, eröffnete Claudia das Gespräch.

»Nun, Sie haben es ja eingangs erläutert. Es geht um den Brand in dieser ... Einrichtung.«

»Wie ich gehört habe, hat dort Ihr Mann gelebt.«

»So ist es.«

Claudia wartete auf eine weitere Erklärung, die aber ausblieb. Gesprächsinitiative durfte sie offenbar nicht erwarten. Eine Sieversen ließ kommen.

»Ich habe gehört, dass Ihr Mann unter recht unglücklichen Umständen verstorben ist. Dafür mein Beileid.«

»Danke.«

»Sie haben gegenüber der Hausleitung der Alster-Residenz Vorwürfe erhoben. Unter anderem behaupten Sie, dass Ihr Mann aufgrund von Versäumnissen des Personals ums Leben gekommen sei.«

»Ich behaupte das nicht, es entspricht den Tatsachen, Frau Kommissarin. Dieses Haus hat sich in hohem Maße unprofessionell verhalten. Mein Mann ist gestorben, weil Menschen ihre Pflichten verletzt haben.«

»Ihr Mann litt unter schwerer Demenz.«

»Ja, eben darum. Wie konnte man ihn unbeaufsichtigt lassen?«

»Es war mitten in der Nacht.«

»Und? Bei den Summen, die dort verlangt werden, sollte das keine Ausrede sein.«

»Da haben Sie auch wieder recht.«

Erneut erntete Claudia ein kurzes Lächeln. Dann gab Hildegard Sieversen ein Seufzen von sich, erklärte mit milderer Stimme: »Ich wollte ohnehin, dass Paul hier bei mir bleibt. Auch wenn es mühsam mit ihm war. Aber es hieß, ich könne hier nicht für ihn sorgen, es wäre für ihn und auch für mich zu gefährlich. Unsinn! Gefährlich war es für ihn, in dieser Residenz zu leben!«

»Wer hat die Entscheidung getroffen, wenn Sie dagegen waren?«

»Mein Sohn Joachim. Er kommt übrigens gleich. Ich habe ihn verständigt, er ist schon auf dem Weg.«

»Das ist gut, Frau Sieversen. Ich hätte ihn sonst sowieso im Anschluss aufgesucht«, sagte Claudia.

Sie war tatsächlich froh, sich den Weg sparen zu können. Denn eines stand fest. Die alte Dame war zwar charakterlich durchaus in der Lage, ein Feuer zu legen, im Zweifel konnte sie Dinge allein schon mit ihrem strengen Blick entzünden. Alte Hexe! Aber dass sie tatsächlich mitten in der Nacht Kanister mit Petroleum durch die Gegend schleppte und ein Haus abbrannte, erschien Claudia ausgeschlossen.

Sie erfuhr in der folgenden Viertelstunde Näheres über die fast sechzigjährige Ehe von Hildegard und Paul Sieversen, die offenbar glücklich gewesen war. Alles in allem, wie die alte Dame es ausdrückte. Die beiden Töchter lebten im Ausland, die eine in Dänemark, die andere in England, beide verheiratet, aber leider kinderlos. Der einzige Enkel, Konstantin, der Sohn von Joachim, lebte hier in Hamburg und war dabei, Jurist zu werden, genau wie sein Großvater und Vater.

Das Gespräch wurde jäh unterbrochen, als die Tür zum Wohnzimmer aufgerissen wurde. Ein groß gewachsener Mann trat ein, kam mit stampfenden Schritten zum Tisch und nahm laut atmend Platz. Englischer Anzug, leicht pomadiertes Haar, Schmiss an der Unterlippe.

Auf eine Begrüßung oder Vorstellung verzichtete er. »Warum sind Sie nicht erst einmal zu mir gekommen? Meine Mutter ist alt und nicht belastbar.«

»Erst einmal guten Tag, Herr Sieversen. Und was Ihre Mutter angeht, das kommt mir nicht so vor«, erwiderte Claudia gelassen. Nicht mit mir, mein Lieber, ich hoffe, das kapierst du.

Tatsächlich klang die Stimme von Joachim Sieversen schon ein wenig friedlicher, wenn auch nur um feine Nuancen. »Meine Mutter ist in Trauer. Da darf man doch wohl ein wenig Rücksicht erwarten, auch von der Polizei.«

»Ich habe Ihrer Mutter mein Bedauern ausgedrückt, Herr Sieversen. Auch Ihnen mein herzliches Beileid. Im Übrigen bin ich hier, weil meine Arbeit es unumgänglich macht. Glauben Sie mir, ich würde liebend gerne darauf verzichten, mich mit jemandem wie Ihnen zu unterhalten.«

»Ja. Hm. Also, es geht um den Brand in der Residenz? Ich habe natürlich davon gehört. Aber was haben wir damit zu tun?«

»Ich hoffe nichts. Aber wenn es anders ist, sagen Sie es mir am besten jetzt gleich.«

»Machen Sie sich nicht lächerlich.«

Claudia schloss kurz die Augen. Sie hätte nicht gedacht, dass ihr die alte Dame sogar noch einmal richtig sympathisch erscheinen würde. Aber im Vergleich zu ihrem Sohn war das nicht einmal sonderlich schwer.

»Ich habe es Ihrer Mutter bereits erläutert. Sie beide haben der Heimleiterin der Residenz mit einem Rechtsstreit gedroht. Dabei sind Sie wohl recht laut geworden. Ausfallend, um genau zu sein. Es darf Sie also nicht wundern, dass wir im Moment allen Konflikten nachgehen, die das Haus betreffen.«

Joachim Sieversen stand wortlos auf, holte sich aus der Küche eine Tasse, schenkte sich Tee ein. Anschließend wirkte er ruhiger. »Dann ist es also Brandstiftung gewesen?«

»Davon müssen wir ausgehen.«

»In den Medien war davon nichts zu hören.«

»Die Erkenntnisse sind noch nicht publik gemacht worden. Und ich wäre Ihnen dankbar, wenn es dabei bleibt.«

»Schon klar. Aber es ändert nichts am Grundsätzlichen. Wir haben damit nicht das Geringste zu tun. Oder wollen Sie mir oder meiner Mutter ernsthaft unterstellen, dass wir herumlaufen und Häuser anzünden?«

Die alte Dame schien erst jetzt, wo ihr Sohn es ausgesprochen hatte, zu realisieren, welchen Hintergrund Claudias Besuch hatte. Zum ersten Mal verlor ihr so kontrolliertes Gesicht die Contenance. »Brandstiftung? Das ist ja entsetzlich, aber wie mein Sohn sagt, damit haben wir nichts zu tun.«

Claudia öffnete den Aktendeckel, den sie auf den Tisch gelegt hatte, und zog den anonymen Brief hervor. Sie hatten ihn sich von Ilona Stemann aushändigen lassen. Das Schreiben steckte nun in einer Prospekthülle. Wortlos schob sie den Brief zu Joachim Sieversen hinüber. Der überflog die Zeilen, reichte den Brief seiner Mutter, die ihn zur Hand nahm und ebenfalls las. Claudia entging nicht, dass die wenigen Zeilen bei beiden, Mutter wie Sohn, nicht ohne Wirkung blieben. Aber was genau spiegelte sich da in ihren Gesichtern? Verwunderung? Angst? Ein schlechtes Gewissen? Vielleicht war es eine Mischung aus allem.

Joachim Sieversen bemerkte Claudias forschende Blicke. Sofort setzte er ein abweisendes Lächeln auf und lehnte sich übertrieben lässig in seinem Stuhl zurück. »Wieso zeigen Sie uns das? Wir haben damit ebenso wenig zu tun wie mit dem Brand.«

»Da sind Sie sicher?«

Kurzes höhnisches Lachen. »Frau Kommissarin, unsere Familie hat im Laufe ihrer langen Geschichte so einige Kämpfe ausgefochten, so wie wir jetzt in der Tat mit dieser Residenz im Streit liegen. Wir führen unsere Zwiste allerdings mit Mitteln, die angemessen sind. Anonyme Briefe und Brandstiftung gehören nicht dazu.«

»Woher wissen Sie, dass der Brief anonym ist? Vielleicht stand ja ein Name auf dem Umschlag, in dem er steckte?«

»Soll das so etwas wie eine Falle gewesen sein? Der Trick einer kleinen Ermittlerin? Ich bitte Sie!«

»Ich habe Ihnen lediglich eine Frage gestellt.«

»Machen Sie sich nicht lächerlich, Frau Harms. Wenn dieser Brief nicht anonym war, bräuchten Sie ihn uns ja nicht zu zeigen und darauf zu achten, wie wir darauf reagieren. Aber es bleibt dabei, wir haben ihn nicht geschrieben.«

Claudia nickte. Sieversen hatte recht. Natürlich. Aber das war nicht der Punkt. Irgendetwas stimmte hier nicht. Doch was?

Claudia musterte die Gesichter von Mutter und Sohn, die nun offenbar beide beschlossen hatten, nichts mehr zu sagen. Aber gut, das mussten sie auch gar nicht. Ab und zu war es besser, Menschen in ihren Gefühlen köcheln zu lassen. Mit der Zeit traten die Dinge dann schon ganz von selbst deutlicher hervor.

Claudia beschloss, das hier erst einmal zu beenden. Sie konnte zufrieden sein. Sie griff über den Tisch und steckte den Brief wieder in die Mappe, legte dafür ihre Visitenkarte hin. Dann stand sie auf. »Belassen wir es erst einmal dabei. Falls Ihnen noch etwas einfällt, rufen Sie mich bitte an. Ich bin mir aber sicher, dass ich mich sehr bald auch von mir aus wieder melden werde.«

Joachim Sieversen erhob sich ebenfalls. »Ich begleite Sie zur Tür.«

»Ist nicht nötig.«

Er griente nur, ging dann reichlich dicht hinter Claudia in Richtung Tür. Sie ließ ihren Blick ein letztes Mal durch den Raum gleiten. Auf einem Beistelltisch lagen ein paar Bücher, daneben standen gerahmte Porträtfotos. Eine Aufnahme zeigte Joachim Sieversen, der den Arm um eine gut aussehende Frau im gleichen Alter gelegt hatte, vermutlich seine Gattin. Daneben das Foto eines Irish Setters, ebenfalls im silbernen Rahmen. Dann noch die Aufnahme eines jungen Mannes.

Claudia spürte, wie sich ihr Puls schlagartig beschleunigte. Sie räusperte sich, versuchte dann mit möglichst ruhiger Stimme zu sprechen. »Das ist Ihr Sohn? Der Jura studiert?«

»Richtig, das ist Konstantin. Der Tod seines Großvaters hat ihn sehr getroffen. Wenn Sie also auch mit ihm reden, machen Sie es bitte ein wenig taktvoller als mit mir und meiner Mutter.«

Claudia wusste, dass sie das nicht versprechen konnte. »Lebt er auch hier im Haus?«

»In der Tat. Aber er ist nicht hier.«

»Wissen Sie, wo ich ihn finden kann?«

»Er ist in der Universität. Wie es sich für einen angehenden Spitzenjuristen gehört.«

12.

Takeda hatte gerade seinen Wagen gestartet, als sein Handy klingelte. Es war Claudia. Er drückte auf die entsprechende Taste am Lenkrad, um das Gespräch über die Freisprechanlage anzunehmen.

»Wo bist du gerade?«, fragte sie.

»Immer noch in Ottensen.«

»Gut. Ich bin in Klein Flottbek, nicht allzu weit entfernt. Kannst du mich abholen?«

»Natürlich. Hast du etwas herausgefunden?«

»Ich denke schon.«

»Aber du willst es mir nicht verraten?«

»Doch. Wenn du hier bist.«

Sie gab ihm die Adresse durch und beendete die Verbindung.

Zehn Minuten später bog Takeda in die Straße mit den Bäumen und den schönen Villen ein. Claudia stand am Straßenrand und winkte ihm zu. Er hielt an, sie stieg zu. Mit einem Lächeln fragte sie: »Glaubst du an Zufälle?«

Takeda sah sie forschend an, erklärte dann: »Ich bin mir nicht sicher. Es gibt die Theorie, dass wir Menschen aus den vielen Möglichkeiten des Lebens gelegentlich einen Zusammenhang konstruieren, den wir sonst einfach nicht beachtet hätten. Das nennen wir dann Zufall.«

Claudia lachte. »Das ist mir zu hoch. Ich jedenfalls glaube nicht daran. Es gibt keine Zufälle. Schon gar nicht in laufenden Ermittlungen.«

Takeda setzte den Blinker und fuhr los. »Warum sagst du mir nicht einfach, was du herausgefunden hast?«

»Ich wollte es spannend machen.«

»Alles, was du sagst, ist für mich spannend.«

»Ich …« Claudia brach jäh ab, wurde für einen Moment von einer plötzlichen, völlig überraschenden Trauer überwältigt. Natürlich hatte es mit Ken zu tun. Mit dieser Situation. Mit dem, was er sagte. Mit der Tatsache, dass sie nur den Arm ausstrecken müsste, um ihn zu berühren, seine Hand zu fassen, sich aufgehoben zu fühlen.

Sie schüttelte die Gefühle ab, räusperte sich und sagte: »Erinnerst du dich an heute Vormittag? An die Gaffer auf dem Gelände der Residenz?«

»Natürlich. Das alte Ehepaar. Die Mädchen, die geschmacklose Selfies gemacht haben …«

»Richtig. Und da war noch ein junger Mann mit einem Mountainbike.«

»Ja. Er hat ebenfalls Aufnahmen gemacht.«

»Dieser junge Mann war niemand anderes als Konstantin Sieversen, der Enkel des verstorbenen Paul Sieversen.«

Takeda sah Claudia erstaunt an, blickte dann wieder auf die Straße. »Das klingt wirklich nicht wie ein Zufall.«

»Sage ich doch. Es gibt keine Zufälle. Ich habe ihn auf einem Foto im Haus seiner Großmutter erkannt. Sein Vater, Joachim Sieversen, ein ziemlich fieser Typ, hat mir erzählt, dass Konstantin sehr unter dem Tod seines Großvaters leidet. Davor habe ich ihm und seiner Mutter, also der Witwe, den anonymen Brief gezeigt. Es war eindeutig, dass sie darauf reagiert haben.«

»Du meinst also, der Enkel, Konstantin, hat den Brief verfasst?«

»Ziemlich sicher. Und ich denke, seinem Vater und seiner Großmutter war das auch sofort klar.«

Takeda brummte zustimmend. »Der Großvater stirbt unter unglücklichen Umständen in der Seniorenresidenz. Kurz darauf trifft ein anonymer Drohbrief ein, den von der Wortwahl her durchaus ein junger Mann geschrieben haben könnte, und dann brennt unweit der Stelle, an der ebendieser Großvater gestorben ist, ein Haus nieder.«

»Ganz genau. Und wir werden Zeuge davon, wie der Täter zum Tatort zurückkehrt. Vermutlich um sich zu überzeugen, dass er ganze Arbeit geleistet hat. Ich würde sagen, die Puzzleteile passen zueinander.«

»Dann sind wir jetzt also auf dem Weg zu ihm?«

»Innenstadt. Jungiusstraße, zwischen Dammtor und Messe.«

»Was ist dort?«

»Die Bucerius Law School, wo der junge Mann studiert. Er soll im Moment dort sein.«

13.

»Beeindruckend! Und das ist wirklich eine Universität?«, fragte Takeda, als er den Wagen vor die Bucerius Law School gelenkt hatte.

»Ja, ein schickes Gebäude für schicke junge Juristen. Soweit ich weiß, war es früher einmal das Institut für Botanik«, erklärte Claudia.

Das Gebäude stammte aus dem frühen 20. Jahrhundert, spielte aber mit barockhaften Elementen. Seit gut zwanzig Jahren beherbergte es die Law School, Deutschlands erste privat betriebene Bildungsstätte für Recht.

»Studenten aus Japan können da nur neidisch werden. Unsere Unis sehen meistens ziemlich nüchtern und zweckdienlich aus«, erklärte Takeda.

»Hier wird die juristische Elite der Zukunft ausgebildet. Wahrscheinlich sollen die prachtvollen Gemäuer den jungen Herrschaften schon einmal ein Gefühl von Macht und Herrlichkeit nahebringen. Schließlich regieren Anwälte die Welt.«

Takeda, dem Claudias schnippischer Tonfall nicht entging, sah sie neugierig an. »Hast du nicht selbst einmal Jura studiert?«

Sie fühlte sich ertappt. »Stimmt, habe ich. Mein Vater wollte, dass ich Staatsanwältin werde. Genau wie er. Was heißt, er wollte es ... Für ihn war es eine Selbstverständlichkeit, die keiner weiteren Erörterung bedurfte. Aber den Wunsch habe ich ihm nicht erfüllt. Ich habe nach ein paar Semestern geschmissen und bin zur Polizei gegangen. Hat ein paar Jahre gedauert, bis er mir verziehen hat. Inzwischen verstehen wir uns wieder gut, doch es hat wirklich lange gedauert.«

Claudia verkniff das Gesicht, als die unschönen Erinnerungen in ihr hochstiegen. Die Zeit, die ihrer damaligen Entscheidung gefolgt war, war bitter, jedenfalls was das Verhältnis zu ihren Eltern anging. Ihr Vater hatte damals keinen Zweifel daran gelassen, wie sehr er von Claudia enttäuscht war. Polizisten waren für ihn nicht viel mehr als die Handlanger der Staatsanwaltschaft. Claudias Entschluss, dennoch die Laufbahn als Kommissarin einzuschlagen, war für ihn ein freiwilliger sozialer Abstieg. Und eine Verschwendung ihrer Talente. Sie selbst dagegen wusste, dass es der richtige Weg war. Sie war nicht für ein Leben hinter dem Schreibtisch gemacht. Sie wollte raus. Sie wollte zu den Menschen. Irgendwann hatte es dann auch ihr Vater eingesehen. Aber bis es so weit war, waren viele Monate des Schweigens und der Tränen vergangen.

Sie betraten die Eingangshalle der Rechtsschule und fragten sich bis zum Sekretariat durch. Dort sah eine Mitarbeiterin in einem Computer nach, erklärte dann, dass Konstantin Sieversen um diese Uhrzeit für keine der stattfindenden Lehrveranstaltung eingeschrieben sei. Aber sie sollten es einmal in der Bibliothek oder der Cafeteria probieren.

Takeda und Claudia versuchten es zunächst in Letzterer, und sie hatten Erfolg. Der junge Sieversen saß mit einer Kommilitonin an einem Tisch in einer Ecke. Vor ihm waren Bücher und Unterlagen ausgebreitet, aber dem Ton ihres Gesprächs nach zu urteilen unterhielten sie sich nicht unbedingt über juristische Probleme.

Sieversen war ein groß gewachsener, blasser Junge von Anfang zwanzig, der die Haare für einen angehenden Juristen überraschend lang trug. Er wirkte ernsthaft und klug und war auf eine zarte, vergeistigte Art attraktiv, fand Claudia.

Takeda, der ebenfalls hinübersah, sagte: »Ich erkenne ihn auch. Es ist eindeutig der junge Mann mit dem Fahrrad, den wir heute Vormittag gesehen haben.«

Das Mädchen, das mit ihm am Tisch saß, entsprach überraschenderweise so gar nicht der Vorstellung, die sich Claudia von einer angehenden Elitejuristin machte. Sie trug enge Jeans mit Löchern, ein schlabberiges Top, und ihre Haare waren zu langen Dreadlocks verflochten, die sie zu einem großen Knoten gebunden hatte. In ihrer Nase glitzerte ein Stecker. Gar nicht unsympathisch, fand Claudia. Ein Lichtblick im Vergleich zu den meisten anderen jungen Frauen im Raum, die gestärkte Blusen trugen und dazu die in diesen Kreisen offenbar obligatorischen Perlenketten.

Sie erreichten den Tisch, und Claudia sagte: »Herr Sieversen, richtig? Harms, Kriminalpolizei. Wir würden Ihnen gerne einige Fragen stellen.«

Claudia und Takeda hielten ihre Dienstausweise in den Händen. Konstantin Sieversen blickte hoch, schien allerdings nicht sonderlich überrascht zu sein. Er setzte ein distanziertes, leicht abschätziges Lächeln auf, das Claudia bekannt vorkam. Sie hatte es vorhin bereits bei seinem Vater gesehen, da allerdings in der Profiversion. Konstantin hingegen musste noch üben. »Sie sind die beiden Bullen, die mich sprechen wollen? Mein Vater hat mich angerufen und gesagt, dass Sie kommen würden. Keine Ahnung, was Sie von mir wollen.«

Okay, doch auch schon ein Profi, dachte Claudia. Sie aber auch.

»Sie als angehender Jurist sollten das Wort Bullen nicht benutzen. Es erfüllt den Tatbestand der Beamtenbeleidigung.«

Sieversens Lächeln wurde intensiver. »Oh, da hat eine kleine Polizistin ihre Hausaufgaben gemacht, was?!«

»Ja. Und die kleine Polizistin reißt dir gleich die Eier ab, wenn du dich nicht anständig benimmst, du Hosenscheißer. Haben wir uns verstanden?«

Das saß, und zwar gleich bei allen Anwesenden. Takeda war erstaunt, die junge Frau amüsiert und Sieversen offenbar beeindruckt. Er dosierte sein penetrantes Lächeln ein wenig herunter. Dazu hob er die Hände, als richte Claudia eine Waffe auf ihn. »Schon gut, Frau Kommissarin. Immer sachte.«

Er wandte sich an seine Kommilitonin. »Tut mir leid, Hanna. Keine Ahnung, was die wollen. Aber du siehst ja, es scheint wichtig zu sein. Vielleicht könntest du …«

Das Mädchen winkte ab. »Schon gut, Konz, ich muss sowieso los. Wir sehen uns später.«

»Alles klar. Bis dann.«

Sie stand auf, warf den Ermittlern einen schwer zu deutenden Blick zu und verließ den Raum.

Claudia und Takeda nahmen ihrerseits Platz. Takeda, der spürte, dass Claudia immer noch wütend war, übernahm die Gesprächsführung. »Wir haben Sie heute Morgen nahe des abgebrannten Gebäudes auf dem Gelände der Alster-Residenz gesehen. Was haben Sie dort gemacht?«

Sieversens zuckte mit den Schultern. »Ich habe mir angesehen, was dort passiert ist. Ich habe mich lange nicht mehr so über einen Anblick gefreut. Großes Kino, muss ich schon sagen.«

»Sie wissen, dass dort acht Menschen gestorben sind? Was Sie sagen, ist geschmacklos.«

»Der verschissene Laden ist geschmacklos. Oder nein, falsches Wort. Er ist ein Dreckloch, in dem viel Geld für *nothing* bezahlt wird.«

»Soweit wir erfahren haben, ist der Tod Ihres Großvaters die Folge unglücklicher Umstände. Glauben Sie, irgendetwas rechtfertigt es, unschuldige Menschen dafür bezahlen zu lassen?«

Sieversens Selbstsicherheit wankte kurz. »Sie glauben … dass ich das war? Dass ich den Schuppen angezündet habe? Im Ernst jetzt?«

»Sagen Sie es mir? Waren Sie es?«

Sieversen starrte Takeda an, lachte dann gekünstelt auf. Zum ersten Mal zeigte seine aufgetragene Selbstsicherheit ernsthafte Risse. Dann aber schien er sich wieder im Griff zu haben. »Takeda … das ist ein japanischer Name, richtig?«

»Das stimmt.«

»Hier an der Law School gibt es ein begleitendes Sprachprogramm. Englisch sowieso, aber auch Französisch, Spanisch oder Russisch. Und Chinesisch. Aber kein Japanisch. Wissen Sie, warum?«

Takeda sah Sieversen fragend an, woraufhin der fortfuhr und erklärte: »Ganz einfach, Herr Takeda. Weil Japan nur noch eine unbedeutende, kleine Insel neben China ist. Früher einmal reich und mächtig. Heute uninteressant. Würden Sie mir zustimmen?«

Takeda blieb überraschend gefasst, obwohl ihm keineswegs entging, dass die Worte des jungen Mannes unverschämt und bösartig waren. Er sinnierte kurz und erklärte dann mit einem Lächeln: »Sie sollten wenigstens dazu sagen, dass es eine sehr schöne Insel ist. Zudem gesegnet mit einer reichen Kultur. Was Ihre geographische Einordnung angeht, haben Sie allerdings recht. Japan liegt in der Tat neben China.«

Sieversen schien ein wenig enttäuscht zu sein, dass sein Angriff so wenig Wirkung zeigte. Er suchte kurz nach Worten, wollte dann den nächsten Angriff starten.

In diesem Augenblick aber ging Claudia dazwischen, resolut und ohne Widerstand zu dulden. »Du hältst jetzt einfach einmal die Klappe, mein Junge. Sieh dir lieber das hier an.«

Mit diesen Worten zog sie die Prospekthülle mit dem anonymen Brief hervor. Sie hielt sie so in die Höhe, dass Sieversen sie sehen, aber nicht an sich nehmen konnte. Die Wirkung war deutlich, sosehr er sich auch bemühte, sie zu verbergen. Schwitzen, zittrige Hände, fahriger Blick.

Mein Gott, können wir dann nicht einfach abkürzen? Claudia hätte viel drum gegeben. War aber nicht der Fall.

Denn Sieversen gewann die Kontrolle über sich zurück und sagte mit trotziger Stimme: »Warum zeigen Sie mir das? Was habe ich damit zu tun?«

»Ganz einfach, du hast es geschrieben.«

»Wüsste ich ja wohl.«

Claudia schüttelte mitleidig den Kopf. »Dir ist klar, dass es für uns kein Problem ist, die Urheberschaft des Schreibens nachzuweisen, oder?«

»Ach ja?«

»Bitte, Konstantin … Konz, richtig? Hübsche Abkürzung. Wahrscheinlich hast du Handschuhe benutzt, oder? Hast auch daran gedacht, den Brief nicht zu Hause auszudrucken, weil du weißt, dass die Polizei Druckersignaturen nachweisen kann. Aber glaubst du wirklich, das genügt? Uns reicht eine einzige Haut- oder Haarschuppe, um zu beweisen, dass du der Verfasser bist. Und die finden wir immer. Und im Übrigen ist deine Vorliebe für das Wort *verschissen* auch nicht gerade unauffällig.«

»Was wollen Sie von mir?«

»Ganz einfach. Ich will wissen, ob du das Feuer in der Alster-Residenz gelegt hast. Wenn es so ist, sag es besser jetzt. Wenn du nämlich weiter lügst, reitest du dich einfach nur immer tiefer in Schwierigkeiten.«

Konstantin Sieversen wirkte nun wieder so, wie Claudia ihn ganz zu Anfang wahrgenommen hatte. Blass und zart. In sich gekehrt. Falsch in dieser Umgebung. Sie hatte den Vater des Jungen kennengelernt und konnte das Vater-Sohn-Drama erahnen, das sich in dieser Familie abspielte. Sie empfand Mitgefühl. Vielleicht weil es sie an sich selbst erinnerte. An falsche und richtige Lebensentscheidungen. An den Mut, den es brauchte, um seinen eigenen Weg zu gehen. Und die Kraft, dabei die Enttäuschung der Eltern in Kauf zu nehmen.

Aber darum war sie nicht hier.

»Also? Willst du uns etwas sagen?«

Sieversen blickte erst zu ihr, dann zu Takeda. Tränen schimmerten in seinen Augen. »Ich habe den Brief geschrieben. Wegen meines Großvaters. Fragen Sie meine Großmutter, sie weiß, dass ich es getan habe. Sie fand's sogar gut. Meine Eltern sind ein Totalausfall. Ich habe doch nur meine Großeltern. Als Opa gestorben ist … Ich war so wütend. Sie haben ihn einfach abhauen lassen, mitten in der Nacht. Dafür müssen Sie doch bestraft werden!«

»Dann warst du es also? Du hast Benzin verschüttet und Feuer gelegt?«

Sieversen riss entsetzt die Augen auf. »Nein! Natürlich nicht, ich schwöre. Ich habe nur den Brief geschrieben, sonst nichts. Ich habe kein Feuer gelegt. Trotzdem stimmt es, ich habe mich gefreut, als es passiert ist. Aber nur im ersten Augenblick. Als ich heute da war und als ich … es gerochen habe, da war alles anders. Ich würde so etwas niemals tun.«

Claudia und Takeda wechselten einen kurzen Blick. Das klappte immer noch gut. Ohne alle Worte. Sie glaubten dem Jungen. Beide.

»In Ordnung, du sagst wahrscheinlich die Wahrheit«, erklärte Takeda. »Trotzdem möchte ich wissen, wo du in der Nacht von Samstag auf Sonntag gewesen bist.«

Im verheulten Gesicht des Jungen war Erleichterung zu sehen. »Ich war zu Hause. Ich habe gegamed.«

»Du hast was gemacht?«

»Gegamed. Ein Computerspiel gemacht.«

»Die ganze Nacht?«

»Schon.«

»Gibt es dafür Zeugen?«

Konstantins Züge zeigten ein schwaches Lächeln. »Wenn Sie es Zeugen nennen wollen.«

»Was meinst du?«

»Kennen Sie World War Z? Also das Spiel, nicht den Film? Ich habe in einem Team gespielt. Online. Jeder von den anderen kann's bestätigten.«

Claudia schaltete sich ein. »Klingt nicht wirklich überzeugend. Die anderen können dich schließlich nicht sehen, oder? Jemand anderes könnte doch statt dir am Rechner gesessen haben?«

»Bestimmt nicht. Meine Figur kann nur ich selbst steuern. Oder besser gesagt, die anderen hätten es sofort gemerkt, wenn es jemand anderes gewesen wäre. Vermutlich wäre ich auch gestorben. Also im Spiel. Ist nicht einfach, im Zombieland zu überleben … Ach so, außerdem kam irgendwann mein Vater hoch in mein Zimmer und hat mir eine Szene gemacht. Von wegen, ich wäre zu nichts zu gebrauchen und er hätte in meinem Alter nachts nicht gespielt, sondern Lehrbücher durchgeackert. Der übliche Mist. Wir haben uns ziemlich gefetzt.«

»Mitten in der Nacht?«

»Kommt öfter vor.«

»Um wie viel Uhr war das?«

»Keine Ahnung. Zwei, halb drei vielleicht.«

Takeda und Claudia wechselten erneut einen Blick. Die Aussage des Jungen klang glaubhaft, das sahen sie beide so. Ob sie das Alibi mithilfe des Vaters überprüfen würden, konnten sie immer noch später entscheiden.

»Okay, fürs Erste glauben wir dir«, sagte Claudia.

Der Junge wirkte erleichtert. »Bekomme ich eine Anzeige? Wegen des Briefes?«

»Könnte sein. Andererseits ... wir könnten einen Deal machen.«

»Und zwar?«

»Fahr zur Alster-Residenz und mach dich nützlich. Als freiwilliger Helfer. Muss ja nicht täglich sein. Ein- oder zweimal in der Woche. Es würde dir gut tun.«

»Und dann vergessen Sie das mit dem Brief?«

»Das ist der Deal, ja.«

»Ich bin einverstanden. Nur ... Sie dürfen es auf keinen Fall meinem Vater sagen.«

Claudia lächelte bitter. »In Ordnung. Aber du solltest es tun. Du solltest mit ihm sprechen und es ihm sagen.«

Sieversen schlug die Augen nieder. »Das geht nicht.«

»Ich meine nicht den Brief, Konstantin, sondern erklär ihm, dass ein Jura-Studium nicht das Richtige für dich ist. Dass du unglücklich bist, weil es einfach nicht zu dir passt.«

»Aber ...«

»Irre ich mich etwa?«

Konstantin Sieversen schlug die Augen nieder, schüttelte stumm den Kopf.

»Mach dir klar, was auf dem Spiel steht. Willst du den Rest deines Lebens etwas tun, das dir eigentlich nicht gefällt? Oder bist du mutig und beginnst, deinen eigenen Weg zu gehen? Vielleicht reißt dir dein Vater den Kopf ab. Vielleicht ist er auch einfach nur enttäuscht. Aber am Ende wird er es akzeptieren. Glaub's mir, ich weiß, wovon ich rede.«

Konstantin Sieversen sah Claudia in einer Mischung aus Überraschung und zarter, neu erwachender Zuversicht an. »Danke.«

»Schon gut.«

Er wandte sich an Takeda. »Es tut mir leid, was ich über Japan gesagt habe. Ich wollte einfach nur gemein sein.«

Takeda lächelte. »Es macht nichts. Außerdem hast du durchaus recht mit dem, was du gesagt hast. Es würde einigen meiner Landsleute sogar guttun, wenn sie die Dinge auch so sehen könnten. Unsere Heimat ist einfach nur eine kleine Insel neben China.«

14.

»Es war zwar eine falsche Spur, das mit dem Jungen. Aber es war irgendwie trotzdem gut, oder?«

Claudia sah Takeda fragend an. Sie hatten, nachdem sie die Law School verlassen hatten, die Straße überquert und waren in Planten un Blomen hineingeschlendert, den größten Park in der Hamburger Innenstadt. Nun saßen sie im japanischen Teehaus, das inmitten eines japanischen Gartens stand, und schlürften blassen grünen Tee. Er wurde dort in den Nachmittagsstunden ausgeschenkt. Durch die geöffneten Schiebetüren blickten sie hinaus auf den See mit den vielen Koi-Karpfen darin. Ein Stück Japan, mitten in der Hansestadt.

»Du hast recht«, sagte Takeda. »In gewisser Hinsicht war es sogar ein Erfolg. Nicht für uns, nicht für die Ermittlungen. Aber für ihn. Es war gut, was du ihm gesagt hast.«

»Ich bezweifle, dass es etwas nützt. Er ist klug, aber er ist auch ängstlich. Bei dem Vater ist das kein Wunder.«

Takeda sann ihren Worten nach. Er dachte auch an seinen eigenen Vater, Daisuke Takeda. Der war ebenfalls streng gewesen, sehr sogar. Seine Mutter hingegen war ganz anders gewesen. Sie hatte ihn verhätschelt, besonders in den Jahren, bevor Ken zur Schule gekommen war. Auch bei seinen Großeltern, die mit im Haus lebten, hatte er sich immer wohlgefühlt. Wenn aber sein Vater am Abend nach Hause kam, hatte er Angst gehabt. Im besten Fall war der Alte nach Zechtouren im Kollegenkreis betrunken gewesen. Dann hatte er sich mit wankenden Schritten ins *Ofuro*, ins Bad, geschleppt, war kurz ins heiße Wasser getaucht und hatte sich anschließend sofort schlafen gelegt. War er aber nüchtern, fühlte er sich bemüßigt, sich um die Erziehung seines Sohnes zu kümmern. An den besseren Tagen hatte er Ken Hiebübungen mit dem Bokken, dem Holzschwert, machen lassen. In schlechter Stimmung aber hatte sein Vater ihn gescholten und ihn, der gerade einmal vier oder fünf Jahre alt war, der Aufsässigkeit bezichtigt. Meistens führte es zu einer Bestrafung, deren Sinn sich Ken nie erschlossen hatte. Stundenlang musste er im Garten stehen und durfte sich nicht rühren, im Sommer bei sengender Hitze oder im Winter, bei Schnee und Eiseskälte, wobei er dennoch nur kurze Hosen tragen durfte. Stundenlang stand er so da, zitterte und weinte. Meistens hörte er, wie sich seine Eltern im Haus stritten. Seine Mutter bat um Gnade für ihn, aber Vater ließ sich nicht erweichen. Er betonte, dass die Strafe doch nur zum Besten des Jungen sei, ihm helfe, hart und widerstandsfähig zu werden. Ein echter Japaner. Irgendwann erbarmte Vater sich dann doch und holte ihn ins Haus. Im Winter stiegen sie dann gemeinsam ins heiße Bad, und während die Kälte aus seinen jungen Knochen wich, erzählte Vater ihm Geschichten von alten Kriegern, die stets alle Mühsal und alle Strafen wortlos erduldet hätten.

Inzwischen war sein Vater, der ebenfalls als Polizist gearbeitet hatte, Pensionär. Er war altersmilde geworden. Er hatte wohl wirklich geglaubt, mit seiner harten Erziehung das Beste für Ken zu tun. Hatte er am Ende sogar recht?

Takeda riss sich aus seinen Gedanken los, trank laut schlürfend von seinem grünen Tee. Als er Claudias strenge Blicke bemerkte, sagte er: »Du darfst dich nicht über meine Trinksitten beschweren. Das Teehaus ist sozusagen japanisches Territorium. Hier gelten daher auch japanische Tischsitten.«

Claudia lachte. »Ich hab's dir schon heute Morgen gesagt. Du bist wieder frei und kannst machen, was du willst. Ich werde mich nicht darüber beschweren. Ich habe kein Recht mehr dazu.«

Ihre Blicke begegneten sich, beide lächelten. Dann wurde Takeda ernst. »Wie machen wir weiter? Der anonyme Brief hat uns nicht weitergeführt, Zeugen gibt es keine ... Spätestens morgen früh müssen wir Herrn Sauer eine Strategie präsentieren.«

Claudia verzog in gespieltem Zorn das Gesicht. »Ich hab's dir schon tausendmal gesagt, Ken. Nenn ihn nicht *Herrn* Sauer, sondern einfach nur Sauer. Du kannst auch *Vollpfosten* sagen oder *Dämlack*. Anders als in Japan begegnen wir in Deutschland Vorgesetzten nicht mit Respekt. Im Gegenteil.«

»Ich werde mich wohl nie dran gewöhnen.«

»Oh, doch, das wirst du. Du hast sogar schon deutliche Fortschritte gemacht. Für Japan bist du also längst versaut. Aber egal, in der Sache hast du unrecht. Du meintest ja, dass es keine Zeugen gebe.«

»Du sprichst von der alten Dame, die überlebt hat?«

»Inga von Stetten. So heißt sie. Wir sollten zu ihr fahren.«

»Erinnere dich, was Runge gesagt hat. Sie liegt auf der Intensivstation, und es ist nicht klar, ob sie durchkommt. Meinst du, wir können mit ihr sprechen?«

»Probieren wir es aus. Es ist wichtig. Los, schlürf deinen Tee aus und lass uns aufbrechen.«

15.

Kurz nachdem sie in Richtung Universitätsklinik losgefahren waren, klingelte Claudias Handy. Es war Tilmann Runge, der immer noch auf dem Gelände der Alster-Residenz arbeitete und offenbar neue Spuren entdeckt hatte.

»Könnt ihr kommen?«, fragte der Brandermittler.

»Sicher, nur nicht sofort.«

»Wäre aber besser.«

»Dann warte mal kurz.«

Claudia legte die Hand über ihr Handy und sagte zu Takeda, der am Steuer saß: »Es ist Tilmann. Er will, dass wir vorbeikommen. Kannst du das übernehmen?«

»Und du gehst alleine zum Krankenhaus?«

»Wenn das okay ist?«

»Natürlich.«

»Gut.«

Claudia hielt ihr Handy wieder ans Ohr. »Tilmann? Also, Ken kommt vorbei. Ich versuche unsere einzige mögliche Zeugin zu befragen.«

»Du meinst die alte Dame, die überlebt hat?«

»Genau.«

»Ich drücke die Daumen. Hoffentlich kann sie reden.«

»Ich werd's sehen. Ken ist in einer halben Stunde da.«

»Alles klar.«

Claudia steckte ihr Handy ein. Die Klinik lag mehr oder weniger auf dem Weg nach Wellingsbüttel, so dass Takeda sie unterwegs herauslassen konnte.

Nachdem Claudia vor der Zufahrt ausgestiegen war, ging sie zu Fuß hinauf zum modernen Hauptportal der Klinik.

Es war unglaublich, wie viel sich hier in den zurückliegenden

Jahren verändert hatte. Der gelb gekachelte Muff der Vergangenheit war fast vollständig verschwunden und hatte einer modernen, effizient wirkenden Klinikarchitektur Platz gemacht. Angemessen. Immerhin war das UKE, das Universitätsklinikum Eppendorf, eine der führenden Kliniken nicht nur der Stadt, sondern des ganzen Landes, wenn nicht gar Europas.

Eine Viertelstunde später half eine Stationsschwester Claudia dabei, einen sterilen Schutzkittel über ihre Kleidung zu ziehen. Dazu gab es eine Haube für die Haare und einen Mundschutz. Zuvor hatte sie echte Überzeugungsarbeit leisten müssen. Die Stationsschwester hatte sie gar nicht erst zur Patientin durchlassen wollen, und so richtig hatte sie ihre Meinung immer noch nicht geändert. »Glauben Sie es mir doch, es wird keinen Zweck haben. Frau von Stetten ist immer nur minutenweise bei Bewusstsein. Vermutlich wird sie gar nicht verstehen, was Sie von ihr wollen.«

»Möglich. Aber versuchen muss ich es. Sie ist wahrscheinlich die einzige Zeugin eines Verbrechens, wie wir es selten in der Stadt erleben. Ich jedenfalls will den Täter schnappen.«

Die Züge der Stationsschwester wurden sanfter. »Ich meine es doch nicht böse, aber mein Job ist es nun einmal, an die Sicherheit der Patienten zu denken. Die Dame ist weit über achtzig Jahre alt. Es ist ein Wunder, dass sie überhaupt noch lebt. Die Rauchvergiftung ist zwar weniger schlimm als befürchtet, aber die Anstrengung und der Schrecken waren zu viel für sie. Wir hoffen, dass sie durchkommt. Groß sind die Chancen nicht.«

Claudia nickte der Schwester zu. Ihr war klar, dass sie Leuten wie ihr nicht unnötig das Leben schwermachen sollte. Die leisteten eh schon Übermenschliches. Aber sie hatte nun einmal keine Wahl. Sollte Inga von Stetten etwas gesehen oder gehört haben, musste sie es erfahren. Vielleicht war es der einzige brauchbare Hinweis, den sie überhaupt bekamen.

Kurz darauf wusste Claudia, dass sie wirklich nicht viel erwarten durfte. Die alte Dame lag verloren inmitten eines großen, weiß bezogenen Krankenbettes. Sie war an alle möglichen medizinischen Geräte angeschlossen, die am Kopfende des Bettes standen. Ein Monitor zeigte Herzfrequenz und Blutdruck an, dazu wohl die Sauerstoffsättigung ihres Blutes, aber das konnte Claudia nur raten.

Sie zog sich einen Stuhl ans Bett und setzte sich. Die alte Dame reagierte zunächst nicht, schien zu schlafen oder sogar ohnmächtig zu sein. Durchsichtige Schläuche reichten in ihre Nase, versorgten sie mit zusätzlichem Sauerstoff. Aus einem Tropf rann über eine Kanüle ein kreislaufstabilisierendes Mittel in ihre Blutbahn.

»Frau von Stetten, können Sie mich hören?«

Keine Reaktion.

»Ich heiße Harms und bin von der Kriminalpolizei. Ich muss Ihnen ein paar Fragen stellen.«

Die alte Dame öffnete die Augen, drehte langsam und Stück für Stück den Kopf, sah Claudia an. Dann wollte sie etwas sagen, aber aus ihrer Kehle drang nur ein leises Krächzen.

Claudia drehte sich zu der Schwester um, die ihren Besuch überwachte. »Darf ich näher heran?«

»Wenn Sie glauben, dass es etwas bringt.«

Claudia rückte den Stuhl ans Bett heran. Sie ergriff die Hand der alten Frau, streichelte sie vorsichtig. Auf Inga von Stettens Gesicht erschien ein zartes Lächeln.

»Erinnern Sie sich an die Brandnacht, Frau von Stetten?«, fragte Claudia.

Eine langsame, kraftraubende Bewegung mit dem Kopf. Ein Nicken.

Claudia verspürte Zuversicht. Die nächste Frage. »Ist Ihnen etwas aufgefallen? Haben Sie etwas gesehen oder gehört?«

Die Andeutung eines Kopfschüttelns.

»Haben Sie geschlafen, als das Feuer ausbrach?«

Nicken.

»War jemand im Haus? Haben Sie irgendetwas bemerkt?«

Wieder Nicken.

Dann hob die alte Frau die Hand, bewegte die Finger. Claudia drehte sich zur Schwester um. »Ich glaube, Frau von Stetten möchte etwas aufschreiben. Haben Sie Papier und …«

»Sekunde.«

Kurz darauf kehrte die Schwester mit Schreibutensilien zurück. »Ich habe beides desinfiziert. Versuchen Sie es.«

Claudia legte den Kugelschreiber in die Hand der alten Dame. Den Block hielt sie so hin, dass die Spitze des Stiftes direkt darauf lag.

Inga von Stetten begann zu schreiben. Ganz langsam, Buchstabe für Buchstabe, entstand ein Wort. Es war krakelig und kaum zu entziffern.

Claudia hob den Block, blickte darauf.

Lisa.

»Eine Frau? Sie haben eine Frau gesehen?«

Kopfschütteln.

»Ist Lisa eine der Pflegerinnen?«

Kopfschütteln.

»Also eine Fremde?«

Kopfschütteln.

»Aber sie war in der Nacht im Haus? Auch in Ihrer Wohnung?«

Nicken.

»Kennen Sie den Nachnamen von Lisa?«

Kopfschütteln. Dann wieder die Handbewegung.

Erneut hielt Claudia den Block so, dass die alte Dame schreiben konnte. Mühsam brachte sie mehrere Buchstaben aufs Papier, jeder davon schien sie große Kraft zu kosten. Am Ende stand dort ein einziges Wort, wieder kaum zu entziffern.

Claudia las laut, versuchte es zumindest. »Speit … spellt … spehlt?«

Kopfschütteln.

»Spielt?«

Nicken.

»Spielt …«, wiederholte Claudia. Sie sah zu der Schwester, die aber nur mit den Schultern zuckte.

»Wer spielt? Diese Lisa?«

Nicken.

»Ist Lisa ein Kind?«

Kopfschütteln.

»Vielleicht Ihre Enkeltochter?«

Inga von Stetten schüttelte den Kopf, aber es war kaum noch wahrzunehmen. Die Kräfte der alten Dame waren erschöpft.

Claudia spürte einen Stich der Enttäuschung. Leider war es so, wie die Schwester gesagt hatte. Es hatte keinen Zweck.

Als sie erneut eine Frage stellen wollte, hatte die alte Dame die Augen geschlossen. Offenbar war sie eingeschlafen.

»Sie sollten besser gehen«, sagte die Schwester.

»Ja, gleich … Ich würde gerne noch einen Augenblick bei ihr sitzen bleiben.«

»Sie ist sehr schwach.«

»Ich werde nichts mehr fragen. Ich möchte einfach nur hier sitzen. Darf ich?«

Die Schwester sah Claudia verwundert an, gab sich schließlich einverstanden und verschwand.

Claudia nahm wieder die Hand der alten Dame und hielt sie fest. So saß sie bestimmt eine halbe Stunde einfach nur da.

Irgendwann musste Claudia wohl eingenickt sein. Wieviel Zeit vergangen war, wusste sie nicht, nur dass sie plötzlich und unsanft geweckt wurde.

Jemand packte sie an den Schultern, zog sie aus dem Stuhl heraus und schob sie wortlos zur Seite. Claudia schüttelte die Müdigkeit ab, bemerkte die Hektik um sie herum. Schreie waren zu hören. Menschen rannten. Ein elektrischer Signalton piepte laut. Claudias Blick fiel auf den Monitor neben Inga von Stettens Bett. Auf allen Anzeigen war eine Null zu sehen, der grün leuchtende Bildschirm des Herzmonitors zeigte einen geraden Strich.

Claudia drückte sich in die Ecke, um nicht im Weg zu stehen.

Der Stationsarzt rief Anweisungen, nannte Medikamente und Dosierungen. Weiter hinten rannte ein junger Assistenzarzt durch eine Flügeltür, kehrte kurz darauf mit einem Defibrillator zurück, wollte auf das Bett zustürmen. Der Stationsarzt hob die Hände, machte eine dämpfende Bewegung. Der Assistent stoppte und presste die Lippen zusammen. Der Stationsarzt sagte: »Lasst gut sein, Leute. Sie hat ihren Frieden gefunden.«

Die Hektik erstarb. Niemand rannte mehr. Niemand sagte etwas. Claudia stand immer noch am Rand, ohne dass jemand Notiz von ihr nahm. Jetzt waren es also neun Opfer.

16.

Tilmann Runge erwartete Takeda auf dem Parkplatz der Residenz. Dann führte er ihn überraschenderweise nicht zur Brandruine, sondern schlug eine andere Richtung ein.

»Wir gehen nicht zum Tatort?«

»Etwas später. Ich möchte dir erst etwas demonstrieren, Takeda-San.« Runge grinste und schien auf die japanische Silbe stolz zu sein.

»Claudia meinte, du hättest etwas Interessantes gefunden?«

»Ich denke schon. Du wirst es gleich sehen. Wie sieht es bei euch aus? Habt ihr etwas erreicht?«

Takedas Gesicht war ernst. »Bisher hält es sich in Grenzen. Wir arbeiten daran. Wir gewinnen Eindrücke.«

»Dann hoffe ich, dass euch das, auf das ich gestoßen bin, nach vorne bringt. Ich bin mir sogar ziemlich sicher. Warte es ab.«

Über einen der asphaltierten Wege, die das parkartige Gelände der Residenz durchzogen und es ein wenig wie einen Ferienclub wirken ließen, führte Runge den Inspektor zu einem der anderen motelartigen Häuser.

Als sie vor dem Eingang standen, sagte er zu Takeda: »Geh einfach rein.«

Der Inspektor wollte die Tür, die in den Korridor führte, aufdrücken, fand sie aber verschlossen.

»Es geht nicht. Es ist abgesperrt.«

»Richtig. Die Außentüren sind zu. Natürlich sind sie das! Das Gelände ist ja frei zugänglich. Wer will schon ungebetene Besucher in den Hausfluren haben.«

Takeda verstand sofort, worauf der Brandermittler hinauswollte. Mit einem versonnenen Nicken sagte er: »Der Brand wurde im Hausflur gelegt. Also muss der Täter irgendwie hineingekommen sein.«

»Bingo, Inspektor. Wie ist ihm das gelungen? Das ist die große Frage.«

»Aber ich nehme an, du hast eine Antwort gefunden?«

»Vielleicht. Es ist nicht so einfach. Schau mal hier.«

Runge ging einige Schritte zurück, deutete auf einen Metallpfosten, der seitlich vom Weg in den Boden eingelassen war. Er war etwa hüfthoch, somit gut erreichbar auch für Menschen, die im Rollstuhl saßen. Am oberen Ende des Pfostens befanden sich eine Gegensprechanlage sowie eine graue Kunststofffläche, vermutlich ein Relais.

Takeda blickte auf den Pfosten, nickte dann wissend und sagte: »Man benötigt eine Karte, um die Tür zu öffnen? Wie in einem Hotel, richtig?«

»Exakt so ist es, Ken. Die ganze Residenz ist mit einer elektronischen Schließanlage ausgerüstet. Man kommt nur in die Häuser und auch in die Wohnungen, wenn man eine entsprechende Karte hat.«

»Und du meinst, der Täter hatte eine?«

»Muss er wohl, oder?«

»Sind die Daten dann nicht irgendwo gespeichert? Ich meine, wer wann und wo eine Tür öffnet?«

»Habe ich gecheckt. Fehlanzeige. Das System sieht das nicht vor.«

Takeda sog auf seine typische Art die Luft zwischen den Zähnen ein, so dass ein zischendes Geräusch entstand. Dann sagte er nachdenklich: »Aber es könnte doch auch sein, dass der Täter sich gewaltsam Zutritt verschafft hat. Er hätte die Tür aufbrechen oder ein Fenster einschlagen können?«

»Auch den Gedanken hatte ich. Die Häuser sind alarmgesichert. Bei einem Einbruch hätte es einen Alarm geben müssen. Ich habe die Heimleiterin, Frau Stemann, vorhin danach gefragt. Sie konnte mir selbst keine Antwort geben, hat aber eine der Pflegerinnen gefragt, die in der Nacht im Haus waren. Negativ. Es gab keinen Einbruchsalarm. Und um ehrlich zu sein, habe ich das auch nicht erwartet. Warte es ab, du wirst gleich wissen, warum. Lass uns noch einmal zur Brandstelle rübergehen.«

Nachdem sie die Brandruine erreicht hatten, gab Runge Takeda erneut Sturzhelm und Atemschutzmaske und rüstete sich selbst entsprechend aus.

Er führte Takeda wieder zwischen den Mauerresten hindurch ins Innere, folgte dem mit Asche und Schutt übersäten ehemaligen Hausflur. Schließlich blieb er vor einem der ehemaligen Wohnungseingänge stehen. Der war mehr oder weniger nur noch durch ein Muster am Fußboden zu erkennen, von der eigentlichen Tür war nichts mehr übrig.

Mit der durch die Atemschutzmaske gedämpften Stimme sagte Runge: »An dieser Stelle ist heute Vormittag deiner entzückenden Kollegin ganz anders geworden. Erinnerst du dich?«

Takeda bestätigte es. »Hier lag der Schädel ... Auch ich fand den Anblick sehr unschön.«

»Sicher, unschön. Mir hat es aber aus anderen Gründen keine Ruhe gelassen. Ich habe mich vom ersten Moment an gefragt, warum einer der Bewohner genau hier, in seiner Wohnung vor der Tür lag. Die meisten anderen Leichen haben wir an den Stellen gefunden, an denen ihre Betten standen. Zumindest war es in den Erdgeschosswohnungen so. Bei den Toten im ersten Stock lässt es sich nicht mehr rekonstruieren, weil die Zwischendecke eingebrochen ist. Wichtig aber ist dieser eine hier. Also, warum starb einer der Bewohner direkt vor seiner Wohnungstür? Ich zeige dir die Antwort.«

Runge führte Takeda zu dem einzig erhaltenen Gebäudeteil, der unter anderem den ausgebrannten Fahrstuhlschacht und den Treppenaufgang beherbergte.

Der Brandermittler deutete auf eine rechteckige Vertiefung in der Wand. An den Rändern waren die zerschmolzenen Überreste einer Abdeckung zu erkennen. Das Innere war mit einem zähen Gemisch aus Asche und Löschwasser vollgelaufen. Undeutlich war ein Gebilde aus zerschmolzenem Kunststoff auszumachen, aus dem einige versengte Kabel hervorlugten.

»Was ist das? Die Bedienung für den Fahrstuhl?«, fragte Takeda.

»Nein, die ist direkt neben dem Aufzug. Das ist die Bedienung für die Elektronik im Haus, also das Licht, die Belüftung, die Notrufe, die Sprinkleranlage. Ich habe es mir in einem der anderen Häuser zeigen lassen. Man kann eine ganze Menge damit machen, das ist technisch gesehen vom Feinsten. Unter anderem lassen sich über einen Touchscreen die Schlösser der Wohnungstüren bedienen.«

»Du meinst, man kann die Türen von hier aus zentral öffnen?«

»Richtig. Ich habe die Stemann vorhin danach gefragt. Sie hat es bestätigt. Ich wollte wissen, warum es eine solche Funktion überhaupt gibt. Sie meinte, dass alte Leute dazu neigen, ängstlich zu sein. In erster Linie befürchten sie, beklaut zu werden. Passiert ja auch wirklich oft genug. In Deutschland gibt es inzwischen mehr falsche als echte Enkel …«

Takeda sah ihn fragend an. Der Brandexperte winkte ab und fuhr fort: »Jedenfalls verriegeln die meisten Bewohner abends ihre Türen und lassen auch hinten die Rollläden runter. Das aber kann zum Problem werden, wenn einem von ihnen etwas passiert. Ein unglücklicher Sturz, ein Herzanfall, was auch immer. Darum können alle Türen entweder mit den Karten der Mitarbeiter oder auch hier über das Steuerpanel entriegelt werden.«

»Ich verstehe«, sagte Takeda. »Warum genau hältst du das für bedeutsam?«

»Weil auch das Gegenteil möglich ist, Ken. Die Türen können von hier zentral verriegelt werden. Und zwar so, dass sie sich nicht mehr öffnen lassen, auch nicht von innen.«

»Wie kann das möglich sein? Allein unter Sicherheitsaspekten?«

»Gute Frage. Die wird sich in erster Linie Ilona Stemann und die Eigentümergesellschaft der Residenz stellen lassen müssen, im Zweifel vor Gericht ... wie auch immer, wir müssen erst einmal davon ausgehen, dass es genau so passiert ist. Der Täter hat sich hier am Monitor zu schaffen gemacht und die Türen blockiert. Das erklärt die Position der Leiche, die ich dir gerade gezeigt habe. Der Bewohner ist wach geworden, wollte fliehen, konnte es aber nicht, weil seine Tür versperrt war. Gerettet hätte ihn das übrigens auch nicht, schließlich stand der Flur als Erstes in Flammen. Trotzdem zeigt es, wie perfide der Täter vorgegangen ist.«

Takeda schloss die Augen. Mit leiser, heiserer Stimme sagte er: »Der Täter wollte ganz sichergehen, dass niemand entkommt.«

»So sieht es aus. Außerdem hat er sich hervorragend mit dem technischen System im Haus ausgekannt. Sag selbst, wer kommt dafür infrage?«

»Jemand, der im Haus beschäftigt ist.«

»Was ich von Anfang an gesagt habe. Sucht den Täter unter den Angestellten der Residenz. Glaub mir, das ist die Lösung.«

Takeda ließ Runges Worte auf sich wirken. Er dachte an sein Gespräch mit Merit Kramer. Jeder der Mitarbeiter würde die Residenz am liebsten abfackeln. So hatte sie es gesagt. Die Aussage passte zu den Erkenntnissen des Brandermittlers. Die Richtung ihrer Ermittlungen schien damit vorgegeben zu sein.

Und doch hatte Takeda das Gefühl, dass die Wahrheit nicht so einfach war.

17.

Der restliche Tag war für Claudia mit Routineaufgaben zu Ende gegangen. Sie hatte Daten über die Brandopfer zusammengetragen, hatte eine erste schriftliche Übersicht über die Ereignisse zusammengestellt, war Runges Protokoll durchgegangen und hatte anschließend selbst noch einmal mit dem Wehrführer gesprochen, der den Einsatz in der Nacht geleitet hatte.

Jetzt war es zehn Uhr am Abend, und sie lag zu Hause auf ihrem Sofa. Sie trug ihren bequemen Hausanzug und nippte an einem Glas Chablis. Der Fernseher lief mit leise gedrehtem Ton, irgendeine Quizsendung, sie sah gar nicht so richtig hin. Sie war müde.

Alles in allem entsprach sie vermutlich ganz dem Bild einer mehr oder weniger einsamen Singlefrau, die ihre Abende allein vor dem Fernseher verbrachte. Fehlte eigentlich nur die Katze auf ihrem Schoß, wahlweise eine französische Bulldogge oder ein Mops. Aber das Thema Haustier war durch für sie. Sie kam ja nicht einmal mit Männern klar. Und die konnten sich ihre Dosen immerhin selbst aufmachen und danach auch ohne Hilfe Gassi gehen. Einmal hatte ihre Mutter ihr einen Kater aufgenötigt, Pedro. Der war alt gewesen und nach einigen Monaten verendet. Claudia war zu ihrer eigenen Überraschung unglaublich traurig gewesen. Seitdem ließ sie lieber die Finger davon.

Ihr Blick fiel auf den Sessel, der gegenüber vom Sofa auf der anderen Seite des Couchtisches stand. Dort hatte Ken immer gesessen, wenn er hier in ihrer Wohnung war. Er hatte auf seinem Gameboy gedaddelt, und sie hatte ihn deswegen aufgezogen. Einmal hatte sie es sogar selbst versucht, irgendein total bescheuertes Baseballspiel. Sie hatte keine zwei Minuten durchgehalten, da waren alle ihre Leben verbraucht gewesen. Takeda hatte gelacht und gemeint, dass der Gameboy sie nur deshalb störe, weil sie es einfach nicht könne. Sie hatte sich gewehrt und gemeint, dass er unfair sei. Es ging hin und her, ein wenig Ernst, in erster Linie aber Spaß. Dann war sie aufgesprungen und hatte sich rittlings auf ihn gesetzt. Ihre Neckereien waren in Sex übergegangen, die gute Sorte, die vertraute Sorte ...

Aber damit war es vorbei. Endgültig. Warum? Weil sie es nicht aushielt. War alleine sein also besser?

Nicht wirklich. Aber immerhin tat sie niemandem dabei weh. Höchstens sich selbst.

18.

Zur selben Zeit saß Inspektor Takeda in einer Eckkneipe im Stadtteil Lurup. Das Lokal hieß »Zum Tropfen«, verfügte über einen langen Eichentresen und zahlreiche Memorabilia an den Wänden. Dazu zählten Urlaubspostkarten der Stammgäste, leicht verranztes Maritimdekor wie Fischernetze und Seesterne aus Plastik, dazu eine Reihe von gerahmten, geschnitzten oder in Messing gravierten Sinnsprüchen. *Einer geht immer noch. Nüchtern betrachtet ist besoffen besser. Ich verspreche, dass ich nicht mehr trinke – aber auch nicht weniger.*

Tilmann Runge hatte Takeda in den »Tropfen« geführt, es war seine Stammkneipe. In den zurückliegenden zwei Stunden hatten sie bereits sechs oder sieben Herrengedecke konsumiert. Runge wirkte immer noch erstaunlich nüchtern. Takeda hingegen hatte rot leuchtende Wangen und schien sich unauffällig am Tresen festzuhalten. Wahrscheinlich wäre er sonst vom Hocker gerutscht.

Bisher hatten sie sich in erster Linie über ihren Beruf unterhalten, über das Leben eines Polizisten in Tokio und das eines Brandermittlers in Hamburg. Takeda hatte von dem Brandanschlag auf ein Trickfilmstudio in Kyoto vor nicht allzu langer Zeit berichtet, der auch international für Schlagzeilen gesorgt hatte. Fast vierzig Menschen waren dabei zu Tode gekommen, ein Ereignis, das ganz Japan zutiefst erschüttert hatte.

Runge seufzte. »Feuerteufel gibt es offenbar überall auf der Welt. Tragisch. Aber was soll man machen? Noch ein Gedeck, Inspektor?«

»Unbedingt.«

Runge hob zwei Finger. Der Wirt stellte kurz darauf zwei Bier und zwei Korn vor sie auf den Tresen. Die beiden Polizisten stießen an und tranken. Takedas Gesicht wurde noch einige Nuancen röter. Nach einer Pause sagte er: »Tilmann ... würdest du sagen, dass du glücklich bist?«

Der Brandermittler sah ihn verwundert an. »Meinst du privat? Oder im Job?«

»Privat. Du hast heute Vormittag deine Frau erwähnt. Du meintest, sie stört sich nicht daran, dass du nicht mehr so schlank wie früher bist. Würdest du sagen, dass ihr eine gute Ehe führt?«

Runge sann Takedas Frage nach, sagte schließlich: »Ich will es gar nicht laut sagen, aber ... ja, das tun wir. Wir sind glücklich. Ich habe mit meiner Marion die Richtige gefunden. Wir sind seit fast dreißig Jahren verheiratet, unsere Kinder sind nicht gänzlich missraten, und wir verbringen immer noch gerne Zeit miteinander. Ich kann in drei Jahren in vorzeitigen Ruhestand gehen. Dann werden wir uns ein Wohnmobil anschaffen und durch Skandinavien fahren. Mann, was will ich mehr?«

Takeda lächelte. Egal, wen er von den Kollegen im Präsidium fragte, alle schienen von einem Wohnmobil zu träumen. Die Hamburger Polizei könnte sicherlich ihre Rekrutierungsprobleme lösen, wenn sie jedem Bewerber nach Ablauf seiner Dienstzeit ein solches Gefährt als kostenlose Gratifikation in Aussicht stellte.

Takeda hob sein Glas und sagte: »Es ist gut, das zu hören. Auf dich und deine Marion.«

Sie stießen an und tranken. Runge forschte im Gesicht des Inspektors. »Es geht um die Harms, oder? Mir kannst du nichts vormachen, Ken. Aber ich kann dich verstehen. Die ist etwas Besonderes.«

»Ja, das ist sie.«

»Habt ihr etwas miteinander?«

»Das dachte ich, aber es ist vorbei. Ich verstehe immer noch nicht, warum.«

»Sie hat Schluss gemacht?«

»So sieht es wohl aus.«

Runge warf Takeda einen mitfühlenden Blick zu, stieß dann ein langes Seufzen aus. »Ach, Ken. Wenn du nach Frauen suchst, die es dir einfach machen, bist du im falschen Land.«

»Aber warum? Kannst du es mir erklären?«

Runge kratzte sich am Kinn. »Das Problem mit unseren jungen Frauen ... und genauso mit den jungen Männern ... besteht darin, dass sie sich einfach nicht entscheiden können. Ich sehe das bei meinen Kindern. Ich habe einen Sohn und eine Tochter. Beide sind Ende zwanzig. Unverheiratet. Sie haben nicht einmal einen Freund oder eine Freundin, jedenfalls nichts für länger.«

»Wieso? Was bewegt sie?«

»Es gibt Leute, die behaupten, dass die junge Generation sich nicht festlegen will, weil ja immer noch etwas Besseres um die Ecke kommen könnte. Die ertrinken lieber im Meer der Möglichkeiten, als sich für eine Sache zu entscheiden.«

»Glaubst du das?«

»Ja und nein. Ich denke, am Ende haben sie einfach eine erbärmliche Angst davor, etwas falsch zu machen. Eine ganze Generation im Perfektionswahn. Ihre Angst ist so groß, dass sie lieber gar nichts machen ... dabei müssten sie vor ihrer Unentschlossenheit noch viel mehr Angst haben. Am Ende ist ihr Leben vorbei, und sie haben sich nichts getraut.«

»Es ist klug, was du sagst, Tilmann.«

»Wie gesagt, ich sehe es bei meinen Kindern. Ich hab's ihnen oft genug gesagt, dass sie es einfach versuchen sollen. Mein Gott, im schlimmsten Fall geht's schief. Dann trennt man sich und versucht es noch einmal von vorne. Aber nein, sie bleiben lieber passiv, warten ab, tun lieber gar nichts als das Falsche. Aber was soll man machen? Man kann einen Gaul zur Tränke führen, aber saufen muss er von alleine.«

Takeda dachte über Runges Worte nach. War das auch Claudias Problem? Hatte sie zu große Angst davor, etwas falsch zu machen? Vielleicht war es so. Aber dann wiederum kam ihm diese Erklärung zu theoretisch vor. Claudia war kein Mensch, der allzu viel Angst vor irgendetwas hatte. Wahrscheinlich dachte sie einfach nur, dass sie mit ihrer oftmals lauten, manchmal trampeligen Art eine Zumutung für ihn wäre. Das war sie ja auch. Aber es störte ihn nicht! Er wollte sie so, wie sie war, und nicht anders.

Andererseits sollte er besser aufhören, sich Gedanken darüber zu machen. Claudia hatte eine Entscheidung getroffen. Es lag nicht mehr in seinen Händen. Er musste die Dinge so nehmen, wie sie waren. Er konnte sie nicht ändern. Die Erinnerung an die Düsterkeit, die seiner Scheidung von Makiko gefolgt war, steckte ihm immer noch in den Knochen. Er würde sich nicht noch einmal in ein solches finsteres Tal aus Trauer und Wut, aus Verlorenheit, aus Sucht nach Selbstzerstörung begeben.

Er musste nach vorne sehen. Auch wenn es ihm nicht leichtfiel. Aber er war es sich selbst schuldig.

Schließlich erschien ein Lächeln auf Takedas Gesicht. Er suchte die Aufmerksamkeit des Wirtes und hob zwei Finger. Der stellte kurz darauf zwei neue Gedecke vor sie auf den Tresen.

Runge nickte anerkennend. »Dafür, dass ihr nichts vertragt, bechert ihr ganz schön, ihr Japaner, was?!«

Takeda lachte. »Du triffst den Nagel auf den Kopf. Prost.«

19.

In der Präsidiumsrunde am nächsten Morgen hatten sich erneut rund zwanzig Kollegen eingefunden. Claudia stand am Kopfende der u-förmig aufgestellten Tische und gab einen Überblick über ihre bisherigen Erkenntnisse. Als sie Tilmann Runges Vermutungen schilderte, dass der Täter offenbar bewusst die Türen der Wohnungen versperrt und somit den Opfern die Fluchtmöglichkeit abgeschnitten hatte, ging ein Raunen durch die Reihen der Ermittler. Mord war zwar ihr tägliches Geschäft, aber eine Brandstiftung, die begangen wurde, um möglichst viele Menschen in den Tod zu reißen, war auch für die Hartgesottensten unter ihnen nichts, das sie so einfach wegsteckten.

Claudia blickte auf ihre Notizen und gönnte allen ein paar Momente der Besinnung. Als sie wieder aufsah, fiel ihr Blick auf Takeda, der ganz hinten im Raum Platz genommen hatte. Es sah noch elender aus als gestern. Trotzdem musste Claudia lächeln. Sie wusste ja, woran es lag.

Als Ken am Morgen ihr gemeinsames Dienstzimmer betreten hatte, hatte er sich zunächst wortlos ein Glas Wasser eingeschenkt und eine Aspirintablette darin aufgelöst. Claudia sah ihm schweigend zu, sagte nach einer Weile: »Ich weiß, dass ich dir in letzter Zeit Kopfzerbrechen bereitet habe. Aber heute geht dein Zustand ja wohl eher auf das Konto deines japanischen Lieblingswhiskys, oder?«

Takeda schüttelte den Kopf, stöhnte dabei leise auf. »Der Whisky ist unschuldig. Höchst verdächtig sind aber der Kollege Runge und jede Menge Herrengedecke, also Bier und Doppelkorn.«

Claudia schenkte Takeda einen großen Becher Kaffee ein. Nachdem er den getrunken hatte, sah er wieder einigermaßen lebendig aus. Sie selbst nahm sich ebenfalls einen Kaffee und setzte sich zu ihm. »Worüber habt ihr gesprochen, Tilmann und du?«

»Über Brandstiftung in Japan und Deutschland. Und über Frauen.«

»Und? Seid ihr zu neuen Erkenntnissen gelangt?«

»Unsere Länder sind sehr unterschiedlich, haben aber doch auf vielen Feldern ganz ähnliche Probleme.«

»Interessant. Und in Bezug auf die Frauen?«

»Das war das Thema Frauen. Aber für Brandstiftung gilt dasselbe. Viele Unterschiede und ein paar überraschende Gemeinsamkeiten.«

»Ich glaube, um die wahre Tiefe eurer Einsichten zu begreifen, braucht man einen gewissen Pegel.«

Takeda hatte gelacht, sich dann aber mit schmerzverzerrtem Gesicht an die Stirn gegriffen.

Claudia konzentrierte sich wieder auf ihren Vortrag. Sie erwähnte den anonymen Brief, der eine Spur hätte sein können, sich aber als Fehlschlag erwiesen hatte. Eine Nachfrage bei Joachim Sieversen hatte ergeben, dass es tatsächlich einen nächtlichen Streit zwischen Vater und Sohn gegeben hatte, und zwar ziemlich genau zur Tatzeit. Die Aussage klang glaubhaft, und damit war Konstantin Sieversen entlastet.

Claudia schaltete den Overhead ein und warf eine Skizze des Areals der Alster-Residenz an die Wand. Dann sicherte sie sich mit einem Hüsteln Takedas Aufmerksamkeit. Er signalisierte mit einem Nicken, dass es ihm gut genug ging, um seinerseits ein paar Worte an die Runde zu richten.

Claudia sagte daraufhin: »Der Kollege Takeda wird euch jetzt kurz darstellen, welche Schlüsse wir aus den Brandermittlungen am Tatort ziehen können. Ken, bitte ...«

Takeda erhob sich von seinem Platz, ging nach vorne und verneigte sich kurz in Richtung der Kollegen. Er versuchte zwar seit seiner Ankunft in Deutschland im vergangenen Jahr diese so japanische Sitte aufzugeben, aber die langjährige Gewohnheit steckte einfach zu tief in ihm. Die Kollegen erwiderten – wie jedes Mal – in einem jähen Anfall guter Laune seine Verneigung, riefen dazu die wenigen japanischen Worte, die sie kannten, also Begriffe wie Banzai, Sushi und Tamagotchi. Dabei brachen sie in fröhliches Gelächter aus.

Takeda fragte sich wieder einmal, ob ein deutscher Ermittler, der in Japan tätig wäre, Ähnliches erleben müsste. Würden ihm also allmorgendlich Worte wie Lederhose, Eisbein oder Mercedes entgegenfliegen? Womöglich begleitet von ein paar Jodlern? Eher nicht. Obwohl seine japanischen Kollegen solcherlei Dinge im Zweifel wirklich im Kopf hatten, wenn es um Deutschland ging. Sie konnten sich einfach nur beherrschen.

Dann aber lachte auch Takeda. Warum auch nicht? Der angespannten Stimmung angesichts des grausamen Verbrechens tat es allemal gut.

Der Inspektor wartete kurz, bis alle wieder bei der Sache waren. Danach wies er mit einem Filzschreiber auf die an die Wand projizierte Skizze, genauer auf das parkartige Areal hinter dem Hauptgebäude der Residenz und die an amerikanische Motels erinnernden Wohngebäude. »Wie ihr seht, verfügt die Residenz über mehrere baugleiche Häuser, die lose auf dem Areal verstreut liegen. In ihnen befinden sich die sogenannten Servicewohnungen für Senioren. Die Gebäude sind sehr modern und verfügen über allerlei elektronisch gesteuerte Vorrichtungen wie eine Heizungs- und Klimaanlage, eine Alarmvorrichtung und ein Kommunikationssystem. Außerdem sind sie mit einem ebenfalls elektronisch gesteuerten Schließsystem ausgestattet, ähnlich wie in einem Hotel. Die Bewohner wie auch das Pflegepersonal können die Haus- und Wohnungstüren mithilfe magnetischer Karten öffnen. Da der Brand im Inneren des Gebäudes gelegt wurde …«, Takeda wies auf die entsprechende Stelle auf der Skizze und markierte das abgebrannte Gebäude mit einem Kreuz, »… und es keine Hinweise auf ein gewaltsames Eindringen gibt, geht der Kollege Tilmann Runge davon aus, dass der oder die Täter über eine solche Türkarte verfügt haben. Es scheint daher naheliegend, dass wir uns bei den Ermittlungen auf die jetzigen wie auch ehemalige Mitarbeiter der Residenz konzentrieren müssen. Dafür spricht auch, was ihr bereits von der Kollegin Harms gehört habt. Der Täter hat, bevor er Feuer legte, die Schließanlage im Haus so manipuliert, dass die Bewohner ihre Wohnungen nicht mehr verlassen konnten.«

Ottmar Preuß, mit dem Takeda bereits zusammengearbeitet hatte und der ein jüngerer, impulsiver Kollege war, rief: »Wenn wir den Typen kriegen, wäre der Scheiterhaufen ja wohl eine angemessene Bestrafung!«

Ein anderer Kollege protestierte: »Geht viel zu schnell. Ich würde sagen, dieses kranke Schwein muss auf kleiner Flamme geröstet werden.«

Horst Kröger, ein eigentlich gutmütiger Kollege, sagte: »Ich stelle meinen Weber-Grill zur Verfügung ... na, vielleicht auch nicht. Muss ja nicht sein, so eine Schweinerei.«

Holger Sauer, der ebenfalls am Kopfende der Tische saß, schüttelte missbilligend den Kopf. »Liebe Kollegen, ich darf Sie daran erinnern, dass die Todesstrafe in Deutschland abgeschafft ist. Also mäßigen Sie bitte Ihre Phantasien, auch wenn ich sie durchaus nachvollziehen kann.«

Karsten Surbach, der mit Preuß in einem Team arbeitete, rief: »Pah, dann soll Ken den Kerl halt nach Japan bringen. Da bekommen solche Typen wenigstens, was sie verdienen. Nämlich den Galgen. Stimmt's, Ken?«

Takeda verkniff das Gesicht, und diesmal lag es nicht an den Spätfolgen des Alkohols. »Es ist richtig, Karsten, mein Land verhängt nach wie vor die Todesstrafe. Die Exekutionen werden in der Tat mit dem Galgen ausgeführt. Wie einige von euch wissen, ist auch einer der Täter, den ich verhaftet habe, vor gar nicht so langer Zeit gehängt worden. Aber glaubt mir, Kollegen, es ist nichts, woran ich gerne denke. Obwohl auch dieser Mann unfassbar grausame Taten begangen hatte, wäre mir wohler, wenn er in einer Gefängniszelle sitzen ... wenn er noch leben würde. Nach seiner Hinrichtung habe ich darüber nachgedacht, den Dienst zu quittieren. Wie können wir Mörder jagen, wenn wir anschließend selbst zu welchen werden? Ich hoffe auf den Tag, an dem meine Heimat auf die barbarische Praxis der Todesstrafe verzichtet.«

Im Raum herrschte eine ernüchterte Stille. So hatten es die Kollegen wohl noch nicht gesehen. Das Dasein als Polizist war ein anderes, wenn die Menschen, die sie verhafteten, im Zweifel dem sicheren Tod entgegenblickten. Es war nichts, auf das auch nur einer von ihnen scharf war.

Takeda wartete einige Augenblicke, dann fuhr er fort: »Zurück zum Fall. Mir ist bewusst, dass vieles für die Schlussfolgerungen des Kollegen von der Brandermittlung spricht. Wir müssen den Täter unter den Mitarbeitern der Residenz suchen. Dem schließe ich mich durchaus an. Andererseits sollten wir uns nicht zu sehr darauf festlegen. Wenn der Täter tatsächlich in der Lage war, die Steuerung der Haustechnik zu manipulieren, dann dürfte es ihm auch nicht schwergefallen sein, die Sicherung der Außentür zu überwinden. Kombiniert mit der Tatsache, dass das Gelände der Seniorenresidenz von außen problemlos zugänglich ist, sollten wir durchaus auch die Möglichkeit berücksichtigen, dass der Täter eben kein Mitarbeiter war, sondern von außen gekommen ist ... was unsere weiteren Ermittlungen natürlich nicht einfacher macht. Wir haben bisher weder Zeugen noch Täterspuren und sind somit ganz auf die Erforschung der Motivlage angewiesen. Sofern es überhaupt ein Motiv im engeren Sinne gibt.«

Erneut entstand Unruhe unter den Kollegen. Allen im Raum war klar, was Takedas Ausführungen bedeuteten. Sollten sie es nicht mit einem irregeleiteten oder rachsüchtigen Mitarbeiter zu tun haben, könnte ein Feuerteufel am Werk sein – also jemand, der zwar mit großem Aufwand, aber eben ohne klares Motiv handelte. Solche Täter waren für die Ermittler ein Albtraum. Denn in aller Regel hörten sie erst dann auf, Feuer zu legen, wenn sie dingfest gemacht worden waren.

Claudia übernahm wieder die Sprecherrolle und erläuterte ihr weiteres Vorgehen. Trotz der von Takeda dargelegten Einschränkungen würden sie noch heute damit beginnen, die Mitarbeiter der Residenz systematisch zu befragen. Um keine unnötige Unruhe in die Seniorenanlage zu bringen, würden sie es zunächst wie die Suche nach Zeugen für den Vorfall aussehen lassen. Dafür würden sie sich die Unterstützung einiger uniformierter Kollegen sichern, die die Beschäftigten mithilfe eines vorgegebenen Fragenkatalogs vernahmen.

»Darum, liebe Kollegen, wollen wir auch noch mindestens bis morgen oder übermorgen warten, bevor wir mit der Brandstiftung an die Öffentlichkeit geben. Gilt also auch für euch, kein Wort nach außen. Wenn es erst an der großen Glocke hängt, ist der Täter gewarnt und wird noch vorsichtiger sein.«

Claudia wollte gerade mit Holger Sauer besprechen, wer ihnen zur Unterstützung der Befragungen zugeteilt würde, als es an der Tür klopfte. Sabine Delling, eine der Kriminalassistentinnen, steckte ihren Kopf zur Tür herein und gab Claudia ein Zeichen.

Sie bat in der Runde um einen kurzen Moment Geduld und verließ den Raum. Delling erwartete sie im Flur. Mit blassem Gesicht erklärte sie: »Tilmann Runge hat gerade angerufen. Du und Takeda sollt euch sofort auf den Weg machen.«

»Wohin? Wieder in die Seniorenresidenz?«

Delling schüttelte den Kopf. »Nach Harvestehude.«

»Sag bloß, es hat wieder gebrannt?«

»Letzte Nacht. Ihr sollt euch beeilen.«

Claudia spürte, wie sich ihr Herzschlag beschleunigte. »Wieder ein Altenheim?«

»Nein. Ein Privathaus. Aber Tilmann geht davon aus, dass es mit dem Feuer vom Wochenende zusammenhängt.«

»Hat er etwas über Opfer gesagt?«

Die junge Assistentin schlug die Augen nieder. »Ein verheiratetes Ehepaar. Beide offenbar hochbetagt.«

»Scheiße.«

»Das hat Tilmann auch gesagt.«

Claudia kehrte ins Besprechungszimmer zurück und verlor nur kurze Worte über das, was sie gerade erfahren hatte. Takeda stand auf, und gemeinsam verließen sie den Raum, begleitet von den stummen Blicken der Kollegen. Keiner sagte auch nur ein Wort.

Aber vermutlich dachten alle dasselbe. Also doch, ein Feuerteufel.

20.

Das Haus, oder besser das, was davon übrig war, stand im feinen Stadtteil Harvestehude, unweit der St. Nikolai-Kirche.

Noch bevor sie den eigentlichen Tatort erreichten, sahen sie die Einsatzfahrzeuge der Feuerwehr. Die kleine Seitenstraße war abgesperrt, erneut drängelten sich einige Schaulustige vor dem Flatterband, das die Kollegen gespannt hatten.

Claudia und Takeda stiegen aus, legten die letzten Meter zu Fuß zurück. Sie zeigten einem der Uniformierten ihre Ausweise, tauchten dann unter der Absperrung hindurch und erreichten die eigentliche Brandstelle.

Soweit Claudia es erkennen konnte, war das Haus eine typische Hamburger Kaffeemühle gewesen, aus Backsteinen errichtet, mehr oder weniger rechteckig und mit Walmdach. Was fehlte, war der Henkel zum Mahlen obendrauf, dann würde es genau so aussehen, wie die Bezeichnung es nahelegte, wie eine Kaffeemühle.

In diesem Fall war allerdings nicht mehr viel davon übrig. Die eine Seite des Hauses war komplett zusammengestürzt, die andere erinnerte durch die fehlenden Außenwände erneut an eine Puppenstube. Dort, wo die Zwischendecken zusammengebrochen waren, ragten verkohlte Trägerbalken ins Freie. Der versengte Rest eines Doppelbettes im ersten Stock hing schief ins Freie, schien jeden Moment hinabstürzen zu können. Undeutlich erkannte Claudia auf den metallenen Resten der Federkernmatratze die eingebrannten Umrisse von Körpern. Hatte dort das tote Ehepaar gelegen, von dem Sabine Delling gesprochen hatte? Waren sie also ebenso wie die Bewohner der Residenz im Schlaf von den Flammen überrascht worden?

Tilman Runge stand inmitten der Brandruine unten im Erdgeschoss. Da er auch jetzt wieder Atemschutz und Helm trug, erkannte Claudia ihn nicht sofort. Erst als er herüberwinkte, wusste sie, dass er es war.

Claudia stieß Takeda an: »Da ist Tilmann ...«

Der Inspektor lächelte. »Ich erkenne ihn. Ist nicht so lange her, dass ich ihn zuletzt gesehen habe. Er wirkt im Gegensatz zu mir allerdings erstaunlich frisch.«

Runge rief zu ihnen herüber: »Ken! Claudia! Lasst euch Ausrüstung geben und kommt her. Ich will euch etwas zeigen.«

»Alles klar, wir kommen«, rief Claudia zurück.

Takeda, der direkt neben ihr stand, verzog das Gesicht und massierte sich mit den Fingern die Schläfen.

Claudia lachte. »Komm nicht auf die Idee, dich zu beschweren. Wer feiern kann, kann auch leiden.«

»Habe ich etwas gesagt?«

»Ich meine ja bloß ... Gott, wir klingen wie ein altes Ehepaar. Aber egal, lass uns rübergehen.«

Einer der Feuerwehrmänner stattete sie mit Atemschutz und Helmen aus und erklärte dabei: »Wir haben euren Kollegen eigentlich gebeten, mit der Untersuchung noch mindestens bis heute Abend oder sogar morgen zu warten. Der Brand ist zwar gelöscht, aber wir können keine Garantie für die Substanz des Hauses geben. Der ganze Schuppen könnte durchaus noch zusammenstürzen ...«

»Gut zu wissen«, erklärte Claudia trocken.

Der Feuerwehrmann zuckte mit den Schultern. »Wie gesagt, wir waren dagegen. Aber euer Kollege meinte, dass er nicht länger warten möchte.«

Claudia winkte ab. »Schon gut. Er weiß, was er tut.«

Die Ermittler legten die Atemschutzmasken an und setzten die Helme auf. Dann traten sie durch das, was wohl einmal die Haustür gewesen war. Jetzt bestand es nur noch aus Mauerresten und dem völlig verkohlten Türsturz.

Runge, dessen Gesichtsausdruck unter der Maske nicht richtig zu erkennen war, schien zu grinsen, jedenfalls nahmen seine Augen einen fröhlichen Glanz an. »So schnell sieht man sich wieder, Ken. Geht's einigermaßen?«

»Dank zweier Aspirin lässt es sich aushalten.«

»Ging mir genauso. War aber ein gelungener Abend. Ich habe heute Morgen meiner Frau davon erzählt. Wer weiß, vielleicht fahren wir sogar mal nach Japan. Sie hätte nichts dagegen, und mich würde es auch interessieren.«

»Mit dem Wohnmobil ist es allerdings ein wenig zu weit ...«, gab Takeda lächelnd zu bedenken.

»Muss ja nicht. Man kann ja auch mal eine Flugreise machen.«

Claudia schüttelte ungläubig den Kopf. »Was wird das hier? Die nahtlose Fortsetzung eures gestrigen Abends? Könnt ihr das bitte auf später verschieben.«

Während Takeda instinktiv Haltung annahm, lachte Runge laut heraus. »Ken hat dir also davon erzählt? Erstaunlich trinkfest, der Gute.«

»Schon. Allerdings musste ich ihn heute Morgen mit jeder Menge Kaffee reanimieren.«

»Lieb von dir. Wir haben übrigens auch über dich gesprochen.«

»Will ich gar nicht wissen. Jedenfalls nicht jetzt.«

»Hast ja recht. Also, back to business. Kommt mal mit. Ich denke, ich habe da etwas Interessantes.«

Der Brandermittler führte sie mit vorsichtigen Schritten durch das Erdgeschoss. Die Zerstörung war zwar nicht so umfassend wie bei dem Gebäude der Seniorenresidenz, doch auch hier konnte kein Zweifel daran bestehen, dass für die Hausbewohner keine Überlebenschance bestanden hatte. »Die beiden Opfer hießen Karl und Marianne Hagedorn, beide Mitte achtzig. Ausgehend von der Position der Leichen, oder besser gesagt, von dem, was davon übrig war, sind sie von dem Feuer im Schlaf überrascht worden. Im Zweifel sind sie gar nicht mehr aufgewacht.«

»Also genau wie in der Residenz«, stellte Claudia fest.

»Sieht so aus.«

»Hast du wieder etwas gefunden, was darauf hindeutet, dass die Tür blockiert war? Die Bewohner hätten gar nicht fliehen können, selbst wenn sie es versucht hätten?«

»Kann ich nicht sagen. Wie ihr vielleicht gesehen habt, ist von der Haustür, genau wie von den Zimmertüren, nichts mehr übrig. Sogar die Schlösser sind geschmolzen. Da lässt sich kaum noch etwas rekonstruieren. Aber ich bin auf ein paar andere interessante Dinge gestoßen.«

Ähnlich wie schon am Vortag ging Runge mit ihnen von Raum zu Raum, wies dabei auf Rauch- und Rußmuster an den Wänden, auf Einbrennungen auf dem Fußboden, auf einzelne Möbelstücke, die ganz oder auch nur teilweise zerstört waren.

»Es ist dasselbe Tatmuster wie in der Residenz. Im gesamten Haus wurde jede Menge Brandbeschleuniger verteilt, diesmal auch oben im zweiten Stock, wo die alten Leute geschlafen haben. Wer auch immer hierfür verantwortlich ist, er wollte sichergehen, dass niemand lebend rauskommt.«

»Also derselbe Täter wie in Wellingsbüttel?«, fragte Claudia.

»Ziemlich sicher. Dafür spricht auch die zeitliche Nähe. Zwischen beiden Bränden liegen gerade einmal achtundvierzig Stunden.«

»Allerdings ist das hier ein Privathaus. Das ist schon etwas anderes«, gab Claudia zu bedenken.

»Ist mir bewusst. Beide Brände sind übrigens auch etwa zur gleichen Uhrzeit ausgebrochen, nachts zwischen halb drei und drei Uhr. Spricht alles für meine These.«

Takeda nickte nachdenklich, sagte: »Wenn ich dich richtig verstehe, Tilmann, ist der Brand ja erneut im Inneren gelegt worden, richtig?«

»Ohne jeden Zweifel.«

»Ich nehme an, dass du mögliche Einbruchsspuren ebenfalls nicht rekonstruieren kannst?«

»Stimmt absolut. Allerdings verfügt das Haus über eine Alarmanlage. Wir müssten mit den Nachbarn klären, ob die möglicherweise vor dem Brand losgegangen ist. Vielleicht hat sie auch bei einer Wachfirma ein stummes Signal ausgelöst. Andererseits hätten die dann den Brand früher entdecken müssen. Wenn ihr mich fragt, wusste der Täter auch hier ganz genau, was er tat.«

Claudia und Takeda wechselten einen kurzen Blick, dann fragte der Inspektor: »Das ist aber nicht der Grund, aus dem du uns geholt hast?«

»Nicht nur. Da ist noch etwas anderes, das mir zu denken gibt. Vielleicht hat es auch gar nichts zu bedeuten, aber ihr solltet es euch ansehen.«

Runge führte die beiden Ermittler aus der Ruine hinaus in den rückwärtigen Garten des Grundstücks. Dort waren einige ganz oder teilweise zerstörte Gegenstände aus dem Haus aufgereiht. Bei allen schien es sich um Elektrogeräte zu handeln.

Claudia entledigte sich wie die beiden Männer ihres Atemschutzes, begutachtete die Gegenstände. Sie erkannte etwas, das einmal ein Fernseher gewesen sein könnte. Daneben lag ein Staubsauger, eine Küchenmaschine, Reste einer Stereoanlage.

»Solche Dinge gucke ich mir an, um einen Kurzschluss auszuschließen. Ist hier aber Zeitverschwendung. Die Spurenlage ist viel zu eindeutig. Egal. Ich wollte, dass ihr euch das hier anseht.«

Der Brandermittler deutete auf einen zusammengeschmolzenen Klumpen aus Metall und Plastik. Aus einem stählernen Rumpf ragten einige versenkte Drähte hervor. Auch eine zerstörte Computerplatine war zu erkennen.

Takeda stieß ein Geräusch der Überraschung aus, ging in die Knie und betrachtete das Fundstück eingehend.

Claudia hingegen zuckte nur mit den Schultern. »Was ist das? Oder besser gesagt, was war das?«

Der Brandermittler grinste. »Habe ich mich auch gefragt. Für einen Computer ist es zu groß, für einen Kühlschrank zu klein. Ein kleines Schild auf der Unterseite, das noch lesbar war, hat mir dann einen Hinweis gegeben. Den Rest konnte ich mir ergoogeln.«

»Also?«

In diesem Augenblick erhob sich Takeda. Immer noch vor Verwunderung den Kopf schüttelnd, erklärte er: »Das hier war einmal ein Pflegeroboter, ein sehr modernes Modell. Er stammt aus Japan. Ich habe so ein Gerät schon einmal in Tokio gesehen.«

Runge nickte Takeda anerkennend zu. »Genau so ist es, Ken. Das hier war einmal eine sogenannte Lisa, ein Pflegeroboter der neuesten Generation. Made in Japan, aber seit Neuestem auch in Hamburg im Einsatz. Hat mir zu denken gegeben, vor allem, weil …«

»Lisa? Hast du gerade Lisa gesagt«, unterbrach Claudia ihn verdutzt.

»Die technische Bezeichnung lautet natürlich anders, aber alle nennen das Ding so.«

»Inga von Stetten, die Frau, mit der ich kurz vor ihrem Tod im UKE gesprochen habe, hat mir von Lisa erzählt. Ich dachte, es wäre ihre Enkeltochter. Das heißt ja aber …«

Runge nickte. »Das wollte ich gerade sagen. Lisa war auch in der Alster-Residenz im Einsatz, und zwar in dem Gebäude, das abgebrannt ist. Wir haben sie sogar gesehen, alle gemeinsam. Allerdings war sie dort so zerstört, dass ich nicht erkannt habe, was es war. Es ist mir erst klar geworden, als ich dieses Exemplar hier entdeckt habe.«

Claudia blickte zu Takeda und sagte leise: »Was für ein seltsamer Zufall …«

Takeda sah sie forschend an. »Hast du mir nicht gestern erklärt, dass du nicht an Zufälle glaubst?«

»Stimmt ja auch. Ich denke, wir sollten der Sache unbedingt nachgehen.«

21.

Eine gute Stunde später erreichten Claudia und Takeda ein Gewerbegebiet im Stadtteil Rahlstedt, im äußersten Nordosten Hamburgs. Runges Informationen und eine Recherche im Internet hatten zur *International Care Robotics*, kurz ICR, geführt. Die Firma war ein Joint Venture zwischen dem japanischen Hersteller von Lisa und einem Hamburger Unternehmen für Medizintechnik. Hier, auf dem Gelände der deutschen Firma, wurde der Einsatz des Roboters in der Hansestadt koordiniert.

Als die Ermittler aus dem Wagen stiegen, fanden sie sich vor einem modernen Gebäudekomplex wieder, dessen weiße Fassade aus Metall- und Glaselementen bestand. Alles wirkte glatt und schimmernd, zudem auf eine schwer zu deutende Art antiseptisch. Die verschiedenen Gebäudeteile waren durch überdachte und verglaste Korridore verbunden, die zum Teil ebenerdig verliefen, zum Teil auch in Höhe der oberen Stockwerke schwebten.

»Ist eher ein Raumschiff, das Ganze, oder?«, sagte Claudia, bevor sie auf den Eingang zugingen.

»Glaubst du, dass wir es mit Außerirdischen zu tun bekommen?«, fragte Takeda lächelnd.

»Es geht um Roboter. Wenn jetzt noch Aliens dazukommen, würde ich mich nicht wundern.«

Ein Schild neben dem gläsernen Portal klärte sie darüber auf, dass in dem Gebäudekomplex die Kriemann Medical Group ihren Sitz hatte, der deutsche Partner des Joint Venture. Eine ganze Reihe von Unterfirmen schienen medizintechnische Geräte aus den verschiedensten Bereichen herzustellen.

Über einige Treppenstufen gelangten Takeda und Claudia zu einer gläsernen Drehtür, die sie in eine großzügige Empfangshalle führte. An einem Empfangstresen brachten sie ihr Anliegen vor. Die Mitarbeiterin führte einige Telefonate, stand dann auf und erklärte: »Bitte, folgen Sie mir. Ich bringe Sie ins Büro von Dirk Kriemann, unserem CEO. Und sagen Sie mir doch bitte auch gleich, ob Sie Tee oder Kaffee wünschen. Ich veranlasse dann alles.«

Kurz darauf betraten Claudia und Takeda ein großzügiges Büro im obersten Stock des Firmengebäudes. Die Einrichtung stand in einem auffälligen Kontrast zu dem, was sie bisher gesehen hatten. Der Teppichboden war dunkel gemustert, der Schreibtisch aus Stahl und Mahagoni, die Sitzgruppe aus schwarzem Leder. An den Wänden hing moderne Kunst in bunten Farben und Formen. Nichts wirkte steril oder futuristisch, dafür geschmackvoll und gediegen.

Kriemann selbst war ein gut aussehender Mittfünfziger, leicht angegraute Schläfen, kantiges Kinn, sportlicher Gang. Der rechte Unterarm war deutlich ausgeprägter als der linke, also noch kein Golf, sondern immer noch Tennis. Der Porsche, der vor dem Eingang gestanden hatte, war seiner, da ging Claudia jede Wette ein.

Der CEO gab ihnen die Hand und führte sie zu der Sitzgruppe in der Ecke des großzügigen Büros.

Durch die bodentiefen Fenster reichte der Blick über das weitläufige Firmenareal, am Horizont sogar bis zur Silhouette der Hamburger Innenstadt. St. Petri und St. Katharinen, der Mittelturm des Rathauses, ein Stück weiter der Michel. Es gab keine andere Aussicht, die Claudia so sehr liebte. Beneidenswert, das Büro. Obwohl, so einen Blick hatte sie aus manchen Fenstern des Polizeipräsidiums genauso. Kein Grund also, neidisch zu sein.

Kriemann, der ebenfalls Platz nahm, schlug die Beine übereinander. »Frau Andersen vom Empfang sagte, dass Sie von der Mordkommission sind. Ich hoffe, es ist nichts Schlimmes passiert?«

Claudia musterte den Firmenchef. Seine Miene war nicht unfreundlich, war zugewandt, aufmerksam. Aber auch wachsam. Als rechnete er mit etwas. »Doch, Herr Kriemann, es ist in der

Tat etwas Schreckliches passiert. Aber dazu kommen wir gleich. Vielleicht könnten Sie uns zunächst einige Stichworte zu Ihrer Firma geben, wobei wir uns insbesondere für die ICR interessieren. Wenn wir richtig informiert sind, handelt es sich um ein Joint Venture, an dem Ihre Firma beteiligt ist?«

Kriemann überwand seine kurze Irritation, fand zu einem Lächeln zurück. »Das ist korrekt. Wir betreiben die ICR gemeinsam mit einem japanischen Partner, der Matsuda Corporation. Aber mein Gefühl sagt mir, dass Sie das bereits wissen ...« Er wandte sich Takeda zu und sah ihn mit unverhohlener Neugier an. »Sie sind ebenfalls von der Polizei, Herr Takeda? Ich nehme an, direkt aus Japan?«

Der Inspektor neigte den Kopf. »Die Antwort lautet Ja und Nein zugleich. Es stimmt, dass ich eigentlich im Keishichō, im Tokioter Polizeihauptquartier, arbeite. Zurzeit bin ich allerdings im Rahmen eines Austauschprogramms an die Hamburger Polizei delegiert. Wenn Sie so wollen, bin ich ebenfalls eine Art Joint Venture.«

Kriemann lachte auf sympathische Art. »Ich bin oft in Japan gewesen und bewundere Ihre Heimat. Aber, gut ... ich fange bei der Kriemann Group an. Der Grundstein unserer Firma wurde Ende der sechziger Jahre von meinem Vater gelegt. Inzwischen sind wir einer der größten Anbieter moderner Medizintechnik in Norddeutschland. In bestimmten Bereichen der diagnostischen Apparaturen sind wir Weltmarktführer. Die ICR ist, so gesehen, ein eher exotischer Zweig unserer Unternehmensfamilie, da wir zwar im Bereich unserer Produktion mit Robotik zu tun haben, aber eigentlich nicht im Pflegesektor aktiv sind. Zur Gründung des Joint Venture ist es aufgrund unserer langjährigen Geschäftsverbindung zur Firma Matsuda gekommen, die Lisa in Japan herstellt. Als Kenzaburō Matsuda, der Urenkel des Firmengründers und jetzige Präsident, die Anfrage zur Gründung eines Joint Venture an uns richtete, waren wir zunächst nicht begierig darauf. Andererseits möchte man einen langjährigen Partner nicht enttäuschen, daher haben wir zugesagt. Inzwischen darf ich sagen, dass es eine der besten Entscheidungen war, die ich … die unser Unternehmen jemals getroffen hat. Wenn sich die Erwartungen erfüllen, dürfte sich die ICR in den nächsten Jahren zu einem der umsatzstärksten Zweige unserer Firmengruppe entwickeln.«

»Was genau macht die ICR denn?«, fragte Claudia.

»Ich glaube, auch das wissen Sie bereits. Die ICR ist exklusiv für den Vertrieb und die Betreuung von Lisa zuständig.«

»Also diesem Pflegeroboter. Wie kommt es eigentlich zu dem Namen? Lisa?«, fragte Claudia.

»Das war eine frühe Entscheidung von Matsuda. Die ersten Prototypen liefen noch unter einer nüchternen Produktbezeichnung, so etwas wie *CRU*, das steht für Care Robot Unit. Aber das klang schrecklich kalt und technisch. Daher Lisa … es ist freundlicher. Menschlicher, wenn Sie so wollen.«

»Okay, und was genau ist und kann Lisa nun?«

Kriemann breitete die Arme zu einer allumfassenden Geste aus, erklärte dann mit sichtbarem Stolz: »Sie ist die Zukunft. Und sie kann mehr, als man gemeinhin für möglich hält. Kurzum, Lisa ist eine Revolution!«

»Was heißt das konkret?«

Kriemann wollte zu einer Erklärung ansetzen, als es an der Bürotür klopfte.

»Das wird der Kaffee sein«, sagte der Firmenchef und schenkte dabei Claudia und Takeda ein vielsagendes Lächeln.

Die Tür wurde geöffnet, und herein kam – kein Mitarbeiter, auch keine Mitarbeiterin, sondern eine Maschine.

Ein Roboter.

Er war vielleicht anderthalb Meter groß, glich von der Statur her eher einem Kind. Seine Hülle – oder sollte man sagen, seine Haut? – bestand aus weiß glänzendem Plastik. Während der Unterkörper röhrenförmig war und sich erst im untersten Abschnitt kegelartig verbreiterte, wirkte der Oberkörper nahezu menschlich. Auf den schmalen Schultern saß ein runder Kopf mit großen, dunklen Augen. Sie wurden offenbar rundherum durch unsichtbare Leuchtdioden erhellt. Aus diesen Augen blickte die Maschine ihnen entgegen, wirkte dabei freundlich und auch … neugierig.

Seine ganze Erscheinung entlockte Claudia ein Lächeln, und ein Seitenblick zeigte ihr, dass es Takeda genauso ging. Warum eigentlich? Vermutlich, weil die Maschine etwas Possierliches hatte. Etwas Sympathisches.

Mit der einen Hand balancierte der Roboter ein Tablett mit Kaffeetassen, Gebäck und einer Wasserkaraffe. Der andere Arm schwang mit, als würde der Roboter zu Fuß gehen. Das allerdings stimmte nicht, denn er hatte keine Beine. Stattdessen bewegte er sich auf verdeckten Rollen über den Boden. Seine Hände faszinierten Claudia am meisten. Sie wirkten lebendig und menschlich, obwohl man durch ihre durchsichtige Gummihülle auf stählerne Strukturen blicken konnte.

»Das ist also Lisa?«, fragte Claudia.

Der CEO lächelte. »Fragen Sie sie doch selbst.«

Claudia hob leicht verunsichert die Schultern. Sie wartete, bis der Roboter den Tisch erreicht hatte, fragte dann: »Bist du Lisa? Oder täusche ich mich?«

Das sanfte Licht um die großen Augen des Roboters wechselte von einem hellen Blau in ein sanftes Rosa. Dann sagte der Roboter mit einer weichen, nahezu perfekt modulierten Stimme, die nur selten stockte und damit ihre elektronische Natur verriet: »Das ist korrekt. Ich bin Lisa. Und Sie sind Kommissarin Harms, richtig? Und an Ihrer Seite, das ist …« Der Roboter rotierte mit einem leise surrenden Geräusch um die eigene Achse und blickte zu Takeda. *»…Takeda Keiji deshōka? Lisa desu. Dōzo yoroshiku!«* Nach den in flüssigem Japanisch vorgetragenen Begrüßungsworten neigte der Roboter den Kopf zu einer Verbeugung.

Claudia und Takeda sahen sich an und mussten beide lachen. Zugleich fühlten sie sich überwältigt. Diese Empfindung wurde noch verstärkt, als Lisa mit weichen, organisch wirkenden Bewegungen, die so gar nichts Roboterhaftes hatten, die Kaffeetassen auf dem Tisch verteilte.

Dann wandte Lisa sich erneut an Claudia und fragte: »Wünschen Sie ein Glas Wasser zu Ihrem Kaffee, Frau Harms?«

»Ja, gerne.« Claudia konnte ihre Worte nur hauchen, so verblüfft war sie.

»Dann schenke ich gerne für Sie ein.«

Lisa ergriff die Karaffe, füllte eines der Gläser mit Wasser und stellte es vor Claudia. Die Prozedur wiederholte sie bei Takeda und Kriemann.

Allerdings verschüttete sie beim letzten Mal eine nicht geringe Menge Wasser, merkte es erst mit Verzögerung und justierte die Gießbewegung neu. Claudia fand es nicht schlimm. Im Gegenteil, es beruhigte sie, dass Lisa offenbar doch nicht ganz so perfekt war, wie man im ersten Moment meinen konnte.

Schließlich drehte sich der Roboter erneut um die eigene Achse, wandte sich an Kriemann und fragte: »Haben Sie noch einen Wunsch, Herr Kriemann?«

»Nein, du kannst gehen, Lisa. Vielen Dank.«

»Gerne geschehen. Einen schönen Tag noch.«

Der Roboter glitt surrend zur Tür hinaus. Zurück ließ er zwei Ermittler, die vor Erstaunen zunächst nicht in der Lage waren, etwas zu sagen.

22.

Dirk Kriemann erklärte mit amüsierter Stimme: »Als ich Lisa das erste Mal gesehen habe, habe ich ähnlich reagiert wie Sie. Ich wollte es nicht glauben. Das geht fast jedem so. Aber wie könnte es anders sein? Lisa zu begegnen heißt, der Zukunft zu begegnen. Nur, es ist eben keine Zukunft mehr, es ist Gegenwart. Wir werden uns bald schon an ein Leben mit Robotern gewöhnen müssen. Was vor Kurzem noch Science-Fiction war, ist Wirklichkeit geworden.«

Takeda, dessen Züge inzwischen nicht mehr Verblüffung, sondern Nachdenklichkeit widerspiegelten, fragte: »Woher wusste Lisa, wer wir sind? Sie hat uns mit Namen angesprochen. Wie ist das möglich? Konnte Sie unserem Gespräch zuhören, bevor sie in den Raum kam? Oder ist sie mit einem Kamerasystem verbunden?«

Kriemann lächelte schelmisch. »Sie haben mich ertappt, Herr Takeda. Das ist der einzige Punkt, an dem ich ein wenig geschummelt habe. Ich habe vorhin einen meiner Mitarbeiter gebeten, Lisa Ihre Namen zu verraten und ihr ein paar markante Merkmale vorzugeben. Anhand deren konnte sie Sie erkennen.«

»Es ist dennoch eine beeindruckende Leistung.«

»Nun, Lisa ist mit umfangreichen KI-Funktionalitäten ausgestattet.«

»Künstliche Intelligenz?«, fragte Takeda erstaunt.

»Selbstverständlich. Ohne das wäre eine Lisa nicht denkbar. Sie müssen sich klarmachen, dass sie in normalen Alltagsumgebungen eingesetzt wird. Sie soll mit Menschen interagieren und erkennen, was ihre Benutzer brauchen. Man kann mit ihr sprechen wie mit einem normalen Menschen. Das ist besonders für ältere Patienten wichtig. All so etwas wäre ohne eine ausgefeilte KI-Architektur im Hintergrund nicht möglich.«

»Ich verstehe. Vielleicht können Sie uns nun erläutern, worin genau Ihre Aufgabe in dem Joint Venture mit der Firma Matsuda besteht? Wenn ich es richtig sehe, wird der Roboter ja in Japan gebaut?«

»Das ist richtig. Aber sehen Sie, einen Roboter zu konstruieren ist eine Sache. Ihn den Menschen zu vermitteln eine ganz andere. Besonders hier in Deutschland ist die Bevölkerung gegenüber neuen Technologien sehr skeptisch. Vielleicht sind wir Deutschen inzwischen sogar die Skepsisweltmeister. Denken Sie an den Transrapid, an die Atomkraft, die Gentechnik. Im Zweifel sagen wir Nein.«

Claudia musste lachen und sagte: »Um ehrlich zu sein, mich

können Sie gerne zu den Neinsagern dazuzählen. Ich meine, mir von einem Roboter einen Kaffee servieren zu lassen mag ja in Ordnung sein. Aber will ich von ihm im Alter gepflegt werden? Ich denke, nicht.«

Kriemann nickte ihr wohlwollend zu. »Danke, dass Sie ehrlich sind, Frau Harms. Aber sehen Sie, Skepsis oder Misstrauen beruht zumeist auf Unwissenheit. Das gilt nicht nur für den Umgang mit fremden Menschen, sondern auch für den mit Robotern … Aber um auf unsere Rolle im Joint Venture zurückzukommen, Herr Takeda. Sie müssen sehen, dass die Zurückhaltung der Bevölkerung eine Art behördliche Entsprechung hat. Sprich, die bürokratischen Hürden, hierzulande einen Roboter in der Pflege einzusetzen, sind unfassbar hoch. Bevor es so weit ist, müssen Sie alle möglichen technischen Prüfverfahren durchlaufen, müssen Zertifikate einholen, für eine wissenschaftliche Begleitstudie sorgen und und und … Für Matsuda war das nicht zu machen. Wir als deutscher Anbieter von Medizintechnik verfügen hingegen über einige Erfahrung, was Zulassungsverfahren angeht. Zudem haben wir gute Verbindungen zu medizinischen Einrichtungen und auch zu solchen im Pflegebereich. Darum hat Matsuda uns die Partnerschaft angeboten.«

Claudia und Takeda wechselten einen stummen Blick. Es war Zeit, auf den eigentlichen Grund ihres Besuches zu sprechen zu kommen.

Der Inspektor räusperte sich und sagte: »Zu diesen Einrichtungen gehört auch die Alster-Residenz, richtig?«

»Ja, das ist sogar einer unserer größten Kooperationspartner. Dort sind gleich zwei Lisas im Einsatz.«

»Zwei Geräte? Das war uns neu!«

»Die Alster-Residenz ist ein großes Haus, das über eine moderne technische Ausstattung verfügt. Insofern bietet sie die perfekte Umgebung, um Lisa einzusetzen. Allerdings gibt es auch andere Partner, beispielsweise häusliche Pflegedienste. Auch dort muss Lisa sich bewähren.« Kriemann machte eine Pause, sah die

Ermittler neugierig an. »Ich vermute, dass Sie wegen des Feuers in der Residenz hier sind? Eine schreckliche Sache. Und es ist richtig, bei dem Brand ist auch eine unserer Lisas zerstört worden. Ich frage mich allerdings … warum die Mordkommission?«

Claudia überging die Frage. »Dann wissen Sie offenbar noch nicht, dass es in der vergangenen Nacht erneut gebrannt hat?«

»Was? Nein, das wusste ich in der Tat nicht. Ist denn wieder …?«

»Ja, Herr Kriemann. Auch bei diesem zweiten Feuer ist eine Lisa zerstört worden. Und es sind erneut zwei Menschen ums Leben gekommen.«

Kriemann schüttelte ungläubig den Kopf, wirkte betroffen. »Sie glauben doch nicht, dass es einen Zusammenhang geben könnte? Ich meine, zu unserem Projekt, zu Lisa?«

»Noch glauben wir gar nichts, Herr Kriemann, es ist uns lediglich aufgefallen. Darum sind wir zu Ihnen gekommen. Wir wollen uns ein Bild verschaffen. Vielleicht fällt Ihnen ja etwas zu dem Thema ein?«

Für einen Augenblick versank der CEO in einer tiefen Nachdenklichkeit, schien dabei beinahe die Anwesenheit der Ermittler zu vergessen. Was genau in ihm vorging, war schwer zu deuten. War es einfach nur Erschütterung über das Gehörte? Oder sah er tatsächlich Verbindungen, die ihm jetzt erst bewusst wurden?

Claudia wartete kurz, fragte dann: »Herr Kriemann, gibt es da etwas, das uns bei den Ermittlungen helfen könnte? Herr Kriemann?«

Der Firmenchef erwachte aus seiner Versunkenheit, fand zu einem Lächeln zurück, auch wenn es nun aufgesetzt wirkte. »Nein, ich kann mir beim besten Willen nicht vorstellen, dass Lisa etwas mit den Bränden zu tun hat. Es muss ein tragischer Zufall sein, dass unser Produkt erneut bei einem Feuer zerstört worden ist.«

»Sicher, Zufall. Das ist möglich. Aber was, wenn nicht?«

Kriemann sah Claudia irritiert an. »Ich verstehe nicht … Worauf wollen Sie hinaus?«

»Auf gar nichts, Herr Kriemann. Zunächst stellen wir einfach nur Fragen.«

»Ja, natürlich. Ich sehe ein, dass das notwendig ist. Vielleicht wäre es klüger, wenn Sie das alles mit Dr. Nakamura besprechen. Möglicherweise kann er Ihnen besser weiterhelfen.«

»Dr. Nakamura?«

»Er ist der Erbauer von Lisa und zurzeit der technische Leiter des Projektes hier in Hamburg. Er kennt sich mit den Einzelheiten viel besser aus als ich. Übrigens ist er, wie der Name schon sagt, ein Landsmann von Ihnen, Herr Takeda.«

23.

Ein junger Mitarbeiter führte Claudia und Takeda über das Firmengelände zu einem separat liegenden, hallenartigen Gebäude. Es war ebenfalls in Weiß gehalten, schien noch neuer und moderner zu sein als die übrigen Teile der Firma.

Durch eine automatische Tür, die der Mitarbeiter mithilfe einer Karte öffnete, gelangten Claudia und Takeda in einen kleinen Vorraum. Der junge Mann verabschiedete sich, wies dabei auf eine weitere schwere Brandschutztür. Lächelnd erklärte er: »Dahinter ist das Labor von Dr. Nakamura. Aber treffender wäre es, zu sagen, dort ist das Reich von Lisa. Viel Spaß.«

Er drehte sich um, trat nach außen und kehrte zum Hauptgebäude zurück. Takeda und Claudia blickten ihm leicht verdutzt nach. Dann öffnete der Inspektor die schwere Tür, und gemeinsam traten er und Claudia in einen großen, lang gestreckten Raum. Obwohl es keine Fenster gab, sorgten unzählige Deckenlampen für eine taghelle Beleuchtung. An langen Tischreihen waren technische Apparaturen aufgebaut. Vor einigen standen oder saßen Mitarbeiter in weißen Laborkitteln. Sie ließen sich vom Auftauchen der Ermittler nicht stören, arbeiteten weiter an ihren Prüfständen und Geräten. Die Geräuschkulisse bestand aus einem elektronischen Fiepen und Surren, einem metallisch klingenden Hämmern, als werde Blech bearbeitet, dazu dem entfernten Klang eines Radios, das Sechziger-Jahre-Musik spielte. Eine sonderbare Mischung, fand Claudia.

Noch während sie und Takeda ratlos dastanden und überlegten, ob sie sich in dem Labor frei bewegen durften, zog ein surrendes Geräusch ihre Aufmerksamkeit auf sich. Als es lauter wurde, erkannten sie, dass sie das Geräusch bereits in Kriemanns Büro gehört hatten. Und tatsächlich, es war Lisa, die sich ihnen näherte. Da der Boden des Labors glatter war als der im Büro des CEO, bewegte der Roboter sich mit deutlich höherer Geschwindigkeit. Als er Takeda und Claudia fast erreicht hatte, nahmen seine farbig illuminierten Augen einen freudig wirkenden Ausdruck an. Der Roboter breitete die Arme aus. Mit seiner weich modulierten Stimme sagte er: »Frau Harms, Herr Takeda, ich freue mich, Sie so schnell wiederzusehen! Haben Sie den Weg gut gefunden? Doktor Nakamura ist schon gespannt darauf, Sie kennenzulernen. Bitte, folgen Sie mir!«

Claudia hätte am liebsten laut aufgelacht. Wieder überkam sie ein Gefühl der Unwirklichkeit, als würde sie das hier nur träumen. Oder als wäre sie in die Sendung mit der versteckten Kamera geraten. Bestimmt würde gleich ein Moderator aus den Kulissen treten und alles als großen Schwindel entlarven. Und aus dem Roboterkostüm würde ein klein gewachsener Schauspieler herausschlüpfen.

Aber nichts dergleichen geschah. Stattdessen machte Lisa eine auffordernde Geste. »Kommen Sie, Frau Harms! Bitte, Herr Takeda! Dr. Nakamura erwartet Sie gleich dort hinten.«

Claudia und Takeda folgten Lisa, die sie in einem Zickzackkurs durch das Labor führte. Der riesige Raum hatte durch die vielen Arbeitsbereiche und diverse Trennwände etwas von einem Labyrinth. Auf einer großen Arbeitsplatte entdeckte Claudia technische Elemente, die wie die Teile eines Puzzles dalagen, darunter Platinen und weiße Plastikverkleidungen, aber auch Arme,

Hände, ein Kopf. Zusammen würden sie wohl eine vollständige Lisa ergeben. Ein bisschen kam es Claudia vor, als blickte sie auf den Arbeitstisch eines Doktor Frankenstein. Tote Einzelteile wurden zusammengesetzt und ergaben am Ende etwas … Lebendiges.

Sie gingen weiter. Schließlich blieb Lisa stehen und machte eine Art Präsentationsgeste. »Frau Harms, Inspektor Takeda, darf ich vorstellen. Dr. Kiyoshi Nakamura, mein Erbauer.«

Der Japaner saß an einer Art Werkbank, auf dem eine Computerplatine unter einem riesigen Vergrößerungsglas lag. Daneben dampfte ein Lötkolben. Er erhob sich von seinem Stuhl, zog sich eine Art Schutzvisier vom Kopf und schenkte Claudia und Takeda ein freundliches Lächeln.

Claudia schätzte ihn auf Ende dreißig und damit viel jünger, als sie erwartet hatte. Er trug die Haare lang und hatte einen dünnen, struppigen Bart. Er wirkte wie ein Student, ein Eindruck, der durch die Nickelbrille verstärkt wurde, die ihn ein wenig wie eine japanische Ausgabe von John Lennon erscheinen ließ. Unter dem weißen Laborkittel trug er Jeans und ein kariertes Holzfällerhemd, in dessen Brusttasche zahlreiche Stifte steckten. Alles in allem hatte er auf eine karikaturhafte Art Ähnlichkeit mit Takeda, kam allerdings eher wie ein Technik-Nerd rüber, die es also auch in Japan zu geben schien.

Claudia streckte die Hand aus und sagte: »Schön, Sie kennenzulernen, Dr. Nakamura.«

Der Japaner nahm ihre Hand und schüttelte sie mit weichem Griff. Takeda gegenüber verbeugte er sich, sprach einen kurzen japanischen Gruß, wandte sich dann wieder an Claudia und sagte in einem leicht holprigen Deutsch: »Sie sind also die beiden Polizisten, die wegen der Brände ermitteln? Herr Kriemann hat mich gerade angerufen und darüber aufgeklärt, was passiert ist. Sehr tragisch, das Ganze. Wir sind ausgesprochen betrübt … Herr Kriemann sagte auch, dass Sie mehr über Lisa erfahren möchten. Ich freue mich, Ihnen alles zeigen zu dürfen.«

»Das ist sehr freundlich«, erklärte Claudia. »Wir können übrigens auch Englisch sprechen, wenn Ihnen das lieber ist.«

»Das ist nicht nötig. Als meine Firma vor einigen Monaten sagte, dass ich nach Deutschland gehen würde, habe ich Ihre Sprache gelernt. Es macht mir daher nichts aus, Deutsch zu sprechen.«

»Sie haben nur ein paar Monate gebraucht, um so fließend Deutsch zu sprechen? Das ist unglaublich.«

Nakamura schlug die Augen nieder. »Aber nein, es ist nichts. Ich habe glücklicherweise ein gutes Gedächtnis, und so fällt es mir nicht schwer, eine neue Sprache zu lernen. Im Vergleich zu Lisa aber ist es lächerlich. Sie spricht nahezu jede Sprache dieser Welt ... immer vorausgesetzt, es gibt die entsprechenden Programme, um sie damit zu füttern.«

Nakamura lächelte stolz, wirkte dabei wie ein Vater, der über die Fähigkeiten seines Kindes spricht.

»Einen kleinen Eindruck von Lisa haben wir gerade schon bekommen. Ehrlich gesagt, ich kann es noch gar nicht so richtig glauben, wozu ein moderner Roboter alles in der Lage ist«, erklärte Claudia.

»Das geht den meisten Menschen so, die Lisa zum ersten Mal begegnen. Aber Sie werden sehen, dass Sie sich schnell daran gewöhnen. Und bald schon ist der Umgang mit ihr eine Selbstverständlichkeit, etwa so, wie man sich an ein neues Smartphone gewöhnt. Aber kommen Sie mit. Ich verspreche Ihnen, dass Sie weitere erstaunliche Dinge sehen werden.«

Nakamura machte eine einladende Bewegung in Richtung einer weiteren Tür, die sich ein paar Meter hinter seinem Arbeitsplatz befand. Er ging selbst voran. Claudia folgte ihm.

Takeda hingegen verharrte zögerlich und blickte dem Wissenschaftler nachdenklich hinterher. Die Faszination, mit der Claudia Nakamura angesehen hatte, war ihm nicht entgangen, und er musste sich eingestehen, dass sie ihm einen Stich versetzt hatte. Er konnte es nicht verleugnen, er empfand Eifersucht. Es schmerzte ihn gleich doppelt, denn er selbst fand Nakamura keineswegs sympathisch, sondern eher undurchschaubar. Vielleicht lag es daran, dass der Wissenschaftler unorthodox war, in seinem Äußeren wie auch in seinem Verhalten. Kein gewöhnlicher Japaner, ebenso wenig wie er selbst als einer gelten konnte.

Als Takeda schließlich Nakamura und Claudia folgen wollte, stellte er fest, dass Lisa ein paar Meter entfernt auf ihn wartete und ihn ansah. Ihre Züge schienen etwas Spöttisches angenommen zu haben. Aber das war sicherlich nur Einbildung, sagte Takeda sich, denn Lisas Gesicht bestand aus unbeweglichem Kunststoff. Nur die unsichtbaren Dioden um ihre Augen konnten vielerlei Farbnuancen annehmen und so auf eine subtile Art den Ausdruck von Emotion erzeugen. Hatte Kriemann vorhin gesagt, dass vor allem die Deutschen skeptisch gegenüber Robotern seien? Das mochte stimmen, aber es galt nicht exklusiv für sie. Auch Japaner konnten sich gegenüber Robotern durchaus unwohl fühlen. Er jedenfalls tat es, ohne dass er so recht sagen konnte, warum.

24.

Der Raum, in den Nakamura sie führte, schien eine Art Teststand für Lisa zu sein. Während die Mitte weitgehend frei war, befanden sich an den Wänden containerartige Segmente, die nach vorne hin offen waren. Sie erinnerten an die Wohnlandschaften in einem Möbelkaufhaus oder auch an Sets in einem Filmstudio.

Eines der Segmente erinnerte an ein Wohnzimmer, war mit Fernseher, Sofa und Schrankwand ausgestattet, ein anderes sollte ein Schlafzimmer darstellen und war mit einem Bett, Nachttischchen und einem Kleiderschrank möbliert. Wieder andere Segmente waren wie eine Küche oder ein Bad gestaltet, aber es gab auch Umgebungen, die als Büro, Fitnessstudio oder Operationssaal eingerichtet waren.

In dem Segment, das ein Büro darstellte, war ein Exemplar von Lisa damit beschäftigt zu staubsaugen. Der Roboter hielt das Saugrohr eines handelsüblichen Bodenstaubsaugers in der Hand und bewegte sich zwischen den Stühlen, Schreibtischen und künstlichen Zimmerpflanzen vorwärts. Zwei junge Mitarbeiter von Nakamura, beide offenbar Deutsche, veränderten immer wieder die Position der Möbel, legten dem Roboter etwas in den Weg oder dachten sich andere Herausforderungen aus. Lisa verharrte für kurze Momente, analysierte die veränderte Umgebung durch rotierende Kopfbewegungen. Dann setzte sie ihre Tätigkeit fort, stieß allerdings dennoch immer wieder gegen ein Möbelstück, blieb dann erneut stehen, analysierte, setzte ihre Tätigkeit fort.

Nakamura gönnte ihnen ein paar Momente, um das Ganze zu beobachten, führte sie dann mit einer stummen Geste weiter. Das Exemplar von Lisa, das sie begrüßt hatte, begleitete sie weiterhin. Takeda fragte: »Sagen Sie, Doktor, ist diese Lisa hier eigentlich etwas Besonderes? Vielleicht so etwas wie Ihre persönliche Assistentin?«

»Aber nein, sie ist genau wie alle übrigen Exemplare. Ich habe Sie lediglich so programmiert, dass sie immer in meiner Nähe bleibt, damit ich ihr schnell kleinere Aufgaben übertragen kann.«

Claudia schüttelte überrascht den Kopf. »Ich dachte, sie ist das Exemplar, das wir drüben im Büro von Dr. Kriemann getroffen haben und das uns den Kaffee serviert hat? Als wir hereinkamen, sagte sie, dass sie sich freut, uns wiederzusehen.«

Nakamura sah Claudia an, als hätte er Mühe, ihren Gedanken zu folgen. Dann erschien ein Lächeln auf seinen Zügen. »Ah, jetzt verstehe ich, aber das ist ein Missverständnis, Frau Harms. Sehen Sie, wenn ein Exemplar einer Lisa Sie kennengelernt hat, dann kennen alle Lisas Sie. Oder ich sollte besser sagen, was eine von ihnen lernt, haben alle gelernt.«

»Das heißt, die einzelnen Geräte sind miteinander vernetzt?«, fragte Takeda.

»Aber ja, Inspektor. Die KI-Funktionalitäten, die hinter Lisas Fähigkeiten stecken, erfordern eine ungeheure Rechenleistung.

Es wäre viel zu aufwendig, jede Einzelne von ihnen damit auszustatten.«

»Das würde bedeuten, dass die einzelnen Geräte ihren jeweiligen Input also an einen zentralen Rechner übertragen?«

»Das ist korrekt, Inspektor.«

»Gilt das auch für Dinge, die Lisa sieht oder hört? Werden sozusagen ihre Bild- und Audiodaten aufgezeichnet?«

Erneut blickte Nakamura leicht ratlos drein, als rätselte er, worauf Takeda hinauswollte. Dann nickte er verstehend und erklärte: »Das kommt ganz darauf an, Inspektor. Man kann Lisa den Befehl geben, Dinge aufzuzeichnen oder auch als Stream an einen anderen Ort zu übertragen. Ihre Augen sind hochsensible Kameras. Aber es ist natürlich nicht möglich, sämtliche Umgebungsbilder permanent aufzuzeichnen. Das würde unsere Speicherkapazitäten bei Weitem überfordern, schließlich sind zu jedem beliebigen Zeitpunkt mehrere Hundert Lisas aktiv, allein hier in Hamburg sind es etwa ein Dutzend. Hinzu kommt, dass hier in Deutschland strenge Datenschutzrichtlinien gelten. Das heißt, die Lisas, die in Einrichtungen aktiv sind, dürfen keinesfalls Daten aufzeichnen oder übertragen. Falls Sie also gehofft hatten, dass Lisa möglicherweise Bilder von den Bränden übertragen oder aufgezeichnet haben könnte, muss ich Sie leider enttäuschen.«

»Ich verstehe. Dennoch ist es sehr aufschlussreich, Doktor.«

Nakamura lächelte seltsam, wandte sich dann an Claudia. »Ich würde Ihnen nun gerne weitere Fähigkeiten von Lisa demonstrieren. Sind Sie zu einem kleinen Versuch bereit?«

»Was genau muss ich denn machen?« Claudias Zögerlichkeit war nicht zu überhören.

»Oh, nichts Schlimmes, Frau Harms. Sie müssten sich nur hier vorne in unser Schlafzimmer begeben und sich ins Bett legen.«

»Und dann?«

»Wird sich Lisa um Sie kümmern. Aber haben Sie keine Angst. Sie ist sehr vorsichtig im Umgang mit Menschen. Ich verspreche Ihnen, dass es eine interessante Erfahrung sein wird.«

Claudia war immer noch alles andere als überzeugt, gab sich jedoch einverstanden. Nakamura rief seinen Assistenten zu, die Arbeit mit dem Staubsauger zu beenden und herüberzukommen. Dann führte er Claudia in das als Schlafzimmer dekorierte Segment und bat sie, sich in das Bett zu legen. »Haben Sie ein Handy, Frau Kommissarin?«

»Ja, natürlich.«

»Würden Sie es mir geben?«

Claudia zog ihr Smartphone aus der Tasche und reichte es Nakamura. Der legte es auf eine Kommode seitlich vom Bett.

Nachdem Claudia sich hingelegt hatte, sagte er: »Stellen Sie sich nun bitte vor, Sie wären alt. Siebzig, achtzig Jahre …«

»Dauert nicht mehr lange, dann bin ich es wirklich …« Claudia seufzte. Sie war gerade einmal sechsunddreißig, es war also Quatsch. Aber es gab Tage …

Nakamura lachte, fuhr dann mit ernsthafter Stimme fort: »Es geht mir darum, dass sie sich die Beschwerlichkeit des Alters vor Augen führen. Das Aufstehen zum Beispiel fällt Ihnen schwer, aber Sie haben Glück, denn dank der Firma ICR leben Sie nicht alleine, sondern gemeinsam mit Lisa. Jetzt stellen Sie sich bitte vor, Sie wachen morgens auf und Ihnen fällt ein, dass Sie einen dringenden Anruf machen möchten. Sagen wir, Sie wollen Ihren Freund Inspektor Takeda anrufen.«

»Okay, klar.« Claudia wollte sich vom Bett erheben, um ihr Telefon zu holen.

Nakamura aber hielt sie mit einer Geste auf. »Nein, nein, vergessen Sie nicht, dass Ihnen jede Bewegung große Mühe macht, vielleicht sogar Schmerzen bereitet. Darum rufen Sie bitte nach Lisa.«

Claudia warf einen Hilfe suchenden Blick zu Takeda. Der zuckte mit den Schultern. Claudia rollte mit den Augen, drehte sich um und sah zu dem Roboter, der abwartend in der Ecke des Zimmers stand. »Also, schön … Lisa, komm bitte her.«

Nichts geschah. Claudia blickte zu Nakamura. Der errötete

und erklärte: »Die Audiosteuerung ist gelegentlich etwas schwerfällig. Wir arbeiten daran. Bitte sprechen Sie laut und deutlich.«

Claudia konnte ein Lächeln nicht unterdrücken. Dann sagte sie mit lauter Stimme: »Lisa! Komm her!«

Diesmal funktionierte es. Der Roboter setzte sich in Bewegung und näherte sich leise surrend der Seite des Bettes.

Nakamura sagte: »Bitten Sie Lisa nun, Ihnen Ihr Handy zu holen.«

»Okay ... Lisa, bring mir mein Handy.«

Der Roboter drehte sich surrend um die eigene Achse, schien sich dabei im Zimmer umzusehen. Dann setzte er sich in Bewegung, rollte vor die Kommode, streckte den Arm aus und ergriff Claudias Smartphone. Anschließend kehrte er zum Bett zurück.

Claudia wollte nach dem Telefon greifen, aber Nakamura schüttelte den Kopf. »Machen Sie es sich einfach, Frau Kommissarin. Lisa übernimmt den Anruf gerne für Sie.«

Nakamura wollte gerade eine weitere Erklärung abgeben, doch Claudia hatte nun den Bogen raus. »Lisa! Such die Nummer von Kenjiro Takeda aus dem Adressverzeichnis und rufe ihn an.«

Der Roboter blickte einen Moment regungslos auf das Display. Dann wischte er mit den Fingern über das Display, um es zu aktivieren. Anschließend tippte er auf das Icon der Kontakte, suchte den entsprechenden Eintrag heraus und wählte die Nummer.

Tatsächlich klingelte im nächsten Augenblick Takedas Handy.

»Unglaublich«, sagte Claudia. »Dass so etwas heutzutage möglich ist ... ich fühle mich gerade so, als hätte ich irgendwie den technischen Fortschritt der letzten Jahre verschlafen.«

Nakamura lächelte stolz. »Tatsächlich gehörte es zu unseren größten Herausforderungen, Lisa das Bedienen eines Touchscreens beizubringen. Die visuelle Auflösung von Bildschirmoberflächen allein ist schon kompliziert, genauso die feinmotorische Aussteuerung, um einen Screen zu bedienen. Vielleicht können Sie sich abschließend noch von einer anderen Fähigkeit überzeugen. Bitten Sie Lisa, Ihnen beim Aufstehen zu helfen.«

Claudias Staunen legte sich etwas. Inzwischen hielt sie alles für möglich. »Lisa! Hilf mir beim Aufstehen.«

Der Roboter rollte an die Seite des Bettes und sagte: »Bitte, setzen Sie sich hin.«

Claudia schwang die Beine über die Bettkante und kam in eine sitzende Position. Lisa streckte die Arme aus. Claudia ergriff ihre weichen und zugleich kräftigen Hände. Der Roboter zog sie mit einer erstaunlich kraftvollen Bewegung auf die Füße.

»Wohin möchten Sie, Frau Harms?«, fragte Lisa.

»Ich möchte ins Badezimmer, Lisa.«

Lisa rollte langsam rückwärts los, so dass Claudia ihr mit den kleinen, unsicheren Schritten eines alten Menschen folgen konnte. Nach wenigen Metern aber beendete Claudia das Manöver und bat Lisa, sie freizugeben.

Zu Nakamura sagte sie: »Es klingt vielleicht seltsam, aber ich habe gerade das Gefühl, dass ich ab sofort anders auf die Welt schaue. Das hier übertrifft alle meine Erwartungen. Es ist einfach ... unglaublich.«

Der Wissenschaftler lächelte und sagte: »Eine Begegnung mit Lisa lässt niemanden kalt. Jeder spürt, dass sie die Art, wie wir leben, verändern wird. Wir Menschen sind sozusagen nicht mehr alleine auf der Erde. Es gibt nun andere intelligente Wesen außer uns.«

Claudia forschte im Gesicht des Japaners, suchte nach Anzeichen, die ihr verrieten, ob er scherzte. Tatsächlich war da ein sanftes, spöttisches Lächeln in Nakamuras Gesicht, aber das konnte auch seinem Gefühl der Überlegenheit geschuldet sein. Wahrscheinlich hatte er es zu oft mit Neulingen, mit Roboterunerfahrenen zu tun und musste immer wieder dieselben Fragen beantworten.

»Auf jeden Fall vielen Dank für die Demonstration, Dr. Nakamura. Aber nun zum eigentlichen Grund unseres Besuches. Können Sie sich vorstellen, dass Lisa etwas mit den Brandkatastrophen zu tun hat?«

Nakamuras Lächeln verschwand und machte einer seltsam unbewegten Miene Platz. »In welcher Form könnte das Ihrer Meinung nach möglich sein?«

»Das weiß ich auch nicht genau. Gibt es vielleicht Menschen, die Lisa ... nun ja, etwas antun wollen?«

»Sie meinen, Lisa könnte das Ziel der Brandstiftungen gewesen sein?«

»Das frage ich Sie. Halten Sie es für möglich?«

Nakamura runzelte die Stirn, sagte dann leise: »Das kann ich nicht sagen. Ich bin fremd in dieser Stadt. Daher denke ich, dass Sie es sind, die auf Ihre Frage eine Antwort finden muss.«

»Sicher, da haben Sie recht ... Dennoch – ich verstehe Sie richtig, dass es keinerlei Drohungen gegen Lisa gab?«

Nakamura hob in einer theatralischen Geste die Hände. »Aber nein. Unsere bisherigen Erfahrungen mit unseren Kooperationspartnern sind ausnahmslos positiv.«

»Tatsächlich? Herr Kriemann meinte, dass die Deutschen sehr skeptisch sind, wenn es um neue Technologien geht. Haben Sie nie etwas in der Richtung erfahren?«

»Nein, nie. Grundsätzlich hat Herr Kriemann natürlich recht. Die Deutschen sind sehr vorsichtig. Das Wort gefällt mir besser als Skepsis. Aber, Frau Harms ...«, und damit wandte Nakamura sich wieder Claudia zu, »... haben Sie es nicht gerade selbst erfahren? Auch Sie waren zunächst unsicher. Aber als Sie Lisa und ihre Fähigkeiten gesehen und gespürt haben, verging Ihre Zurückhaltung, oder?«

»Ja, das stimmt schon.«

»Sehen Sie! Von daher können Sie es mir ruhig glauben. Es gab keine Drohungen. Lisa hat keine Feinde. Wer sie kennenlernt, möchte sie zur Freundin gewinnen.«

Claudia blickte zu Takeda hinüber. Er wirkte angespannt, schien seinerseits aber keine Fragen mehr an den Wissenschaftler zu haben.

»Tja, dann bedanken wir uns bei Ihnen, Herr Nakamura. Falls

Ihnen doch noch etwas einfällt, wäre es nett, wenn Sie uns kontaktieren.«

Sie hielt ihm ihre Karte hin, die Nakamura mit beiden Händen ergriff und kurz studierte. Dann blickte er sie wieder an und erklärte: »Selbstverständlich, Frau Kommissarin. Und umgekehrt gilt das Gleiche. Wenn Sie noch Fragen zu Lisa haben, kommen Sie gerne jederzeit zu mir ins Labor. Ich drücke Ihnen die Daumen, dass Sie Ihre Aufklärungsarbeit schnell beenden können.«

25.

»Haben wir Drogen genommen, Ken? Oder haben wir das gerade wirklich erlebt?«

Claudia und Takeda hatten das Gelände der Kriemann Group verlassen, waren eine kurze Strecke gefahren. Nun standen sie vor einer Bäckerei mit Stehcafé und stärkten sich mit Kaffee und einem Stück Kuchen.

Takeda seufzte. »Ich weiß, was du meinst. Mir geht es genauso. Gerade eben noch erleben wir Zukunftstechnologie und künstliche Intelligenz, wie sie kaum jemand für möglich hält. Und jetzt stehen wir hier und trinken Kaffee aus Pappbechern.«

»Schlechten Kaffee«, verbesserte Claudia.

Ihre Blicke begegneten sich, Takeda lächelte. »Sehr schlechten Kaffee. Trotzdem tut er gut. Es ist ein Stück Wirklichkeit. Und die unfreundliche Verkäuferin in der Bäckerei ist bestimmt auch kein Roboter.«

Claudia kicherte. »Ich glaube, ich ändere ab sofort meine Einstellung gegenüber unfreundlichen Servicekräften. Sie sind zwar eine Pest, aber immerhin sind sie Menschen. Wer weiß, wie lange das noch so bleibt.«

»Also ist es wirklich so, wie du vorhin gesagt hast? Dein Blick auf die Welt ist ein anderer geworden?«

»Ich glaube schon. Aber wundert dich das? Mir kommt es vor, als hätten wir durch ein magisches Fenster gesehen und in die Zukunft geschaut. Nur dass es so ist, wie Kriemann meinte – die Zukunft ist die Gegenwart. Wahrscheinlich wird unsere Welt schon sehr bald so aussehen wie in manchen Filmen. Du weißt schon, überall um uns herum sind Roboter, die uns bedienen, uns pflegen, unsere Wohnungen putzen, was weiß ich. Es ist möglich. So viel steht seit heute für mich fest.«

»Und wie findest du das?«

Claudia trank von ihrem Kaffee. »Weiß ich nicht genau. Unheimlich, das auf jeden Fall.«

»Aber ist es nicht auch praktisch? Ich meine, Lisa hat für dich telefoniert, sie hat dir beim Aufstehen geholfen.«

»Hätte ich zur Not auch noch alleine geschafft.«

Takeda lachte. »Trotzdem war es beeindruckend, oder?«

Claudias Gesicht nahm einen wehmütigen Ausdruck an, und sie erklärte leise: »Ja, schon, aber ist es wirklich für alte Leute das Richtige? Ich meine, beim Aufstehen geholfen bekommen, ist das eine. Doch kann Lisa auch Trost spenden? Kann sie ein Herz erwärmen? Und ist das nicht viel wichtiger?«

Takeda hob spöttisch die Augenbrauen. »Ich fand, dass Nakamuras Herz sehr erwärmt war. Hast du bemerkt, wie er über Lisa gesprochen hat? Wie er sie angesehen hat? Er wirkte irgendwie verliebt, finde ich.«

»Du meinst, er ist so ein japanischer Otaku oder wie das heißt? Du hast mir selbst davon erzählt, dass japanische Männer mit Plastikpuppen zusammenleben oder sich in Computerprogramme verlieben. Meinst du, er gehört in so eine Schublade?«

»Ich weiß es nicht. Ich fand ihn auf jeden Fall … seltsam. Undurchschaubar. Obwohl er aus demselben Land stammt wie ich, bin ich nicht schlau aus ihm geworden.«

Claudia dachte darüber nach. Es stimmte schon, sie hatte es auch bemerkt. Der Wissenschaftler hatte Lisa auf eine Art angesehen, die nicht allein Stolz verriet. Man könnte seine Blicke wohl zärtlich nennen, aber dann wiederum waren die Erklärungen, die er abgegeben hatte, ausgesprochen nüchtern. Ganz die eines klugen, sachlichen Wissenschaftlers.

Ken hatte recht, er war undurchschaubar.

Claudia sah Takeda an. »Was bedeutet das Ganze für unsere Ermittlungen? Hat Lisa etwas mit den Bränden zu tun? Geht's um sie? Oder geben wir Nakamura recht? Weil Lisa ja keine Feinde hat … Kümmern uns stattdessen wie geplant um das Personal der Alster-Residenz?«

Takeda blieb für einige Sekunden reaktionslos, schien gar nicht zu hören, was Claudia sagte. Dann erwiderte er Claudias Blick. »Lisa ist im Moment die einzige Verbindung zwischen den beiden Bränden. Mein Gefühl sagt mir, dass wir der Sache weiter nachgehen sollten. Und wer sagt uns, dass die beiden Spuren in Wirklichkeit nicht eine einzige sind … also Lisa und die Angestellten der Residenz? Ich finde, wir hören uns einmal um, was man dort von dem Roboter hält. Sowohl unter den Mitarbeitern als auch den Bewohnern.«

Claudia nickte, dann sagte sie mit leicht ironischer Stimme: »Wenn Roboter sprechen und telefonieren können, dann können sie genauso gut in ein Verbrechen verwickelt sein. So ist es halt, wenn die Zukunft zur Gegenwart wird.«

26.

Zwanzig Minuten später fuhr Takeda mit seinem Dienstwagen in Richtung Marienthal, einen Stadtteil, der zum östlichen Bezirk Wandsbek gehörte. Er saß allein im Wagen, denn erneut hatten er und Claudia sich trennen müssen. Und auch in diesem Fall war Tilmann Runge der Auslöser gewesen.

Er hatte angerufen und berichtet, dass Thomas Hagedorn, der Sohn des alten Ehepaares, das in der Villa in Harvestehude ums Leben gekommen war, an der Brandstelle aufgetaucht war. Der

Mann hatte sehr aufgebracht reagiert und war von den Feuerwehrkollegen nur mit Mühe zu beruhigen gewesen. Schließlich sei er in seine Wohnung nach Marienthal zurückgekehrt und sei bereit, dort die Fragen der Ermittler zu beantworten.

Daher war Claudia zur Alster-Residenz gefahren, um sich nach Lisa zu erkundigen, während Takeda mit dem Sohn der neuen Brandopfer sprechen wollte.

Der Inspektor ließ sich über die Stein-Hardenberg-Straße nach Südwesten navigieren. Immer wieder wurde seine Fahrt durch Baustellen verzögert, und jedesmal stellte er überrascht fest, dass auf diesen Baustellen kein einziger Arbeiter zu sehen war. Offenbar gab es in Deutschland zahlreiche Firmen, die Bauzäune und Umleitungsmarkierungen herstellten, jedoch keine, die die eigentlichen Arbeiten ausführten.

Takeda nahm es gleichmütig hin, er genoss die Fahrt. In der Anlage spielte eine CD des Modern Jazz Quartetts. Die Gruppe um John Lewis war in den späten fünfziger Jahren populär geworden. Takeda mochte besonders ihre Fassung von *Autumn in New York*. Durch den so eigenen Klang von Milt Jacksons Vibraphon wurde die melancholische Stimmung des Stückes besonders gut zur Geltung gebracht.

Nach einigen Kilometern fuhr er von der großen Hauptstraße ab und bog in ein überraschend ruhiges, von Altbauten bestandenes Wohngebiet. Wieder einmal stellte er fest, dass Hamburg keineswegs nur in den dafür bekannten Vierteln wie Eppendorf oder Blankenese unfassbar schön war. Auch an ganz unvermuteten Ecken der Stadt konnte man auf wunderbare Straßenzüge mit prachtvollen Villen und Häusern stoßen. Das galt offenbar auch für Marienthal, weit im Osten der Stadt gelegen, wo er bisher noch nie gewesen war.

Thomas Hagedorn öffnete erst nach dem zweiten Klingeln, blickte Takeda dann überrascht an: »Sie sind der Polizist, der mir angekündigt wurde?«

»So ist es, Herr Hagedorn. Takeda ist mein Name.«

»Ja, dann … äh, kommen Sie doch herein.«

Takeda schätzte Hagedorn auf Mitte fünfzig. Er war blass, wirkte niedergeschlagen, erschöpft. Aber war das ein Wunder? Er hatte erst kurz zuvor erfahren, dass seine Eltern bei einem schrecklichen Feuer ums Leben gekommen waren.

Hagedorn führte Takeda in ein großes Wohnzimmer, das wohl dadurch entstanden war, dass mehrere Zwischenwände des alten Hauses herausgebrochen worden waren. Takeda wusste, dass viele Deutsche so ihre Heime verschönerten. Es entlockte ihm immer wieder ein Lächeln. In seiner Heimat war man schon vor Jahrhunderten auf die Idee gekommen, die Räume eines Hauses durch Schiebewände abzutrennen, so dass man ganz nach Belieben kleinere oder größere Räume schaffen konnte. Vielleicht würde man eines Tages ja auch woanders auf der Welt auf diese so naheliegende Lösung kommen.

»Bitte, nehmen Sie Platz, Herr Takeda. Wollen Sie einen Kaffee?«

Der Inspektor, den seine Kopfschmerzen immer noch an den vergangenen Abend erinnerten, nickte dankbar. Hagedorn verließ das Zimmer, kehrte mit einer Karaffe Sprudelwasser und zwei Gläsern zurück, erklärte, dass der Kaffee gleich fertig sei. Sie setzten sich auf zwei Sofas, die über Eck standen. In einem hellen Erker sah Takeda einen großen Schreibtisch und ein schräg stehendes Zeichenpult. Hagedorn, der die Blicke des Inspektors bemerkte, erklärte: »Ich bin Architekt und betreibe zusammen mit meiner Exfrau ein gemeinsames Büro. Seit unserer Scheidung vor einigen Jahren arbeite ich vorwiegend von zu Hause aus. Wir sind immer noch Kollegen, unsere Firma ist erfolgreich. Aber mit ein wenig Abstand gibt es deutlich weniger Reibungsverluste.«

»Ich verstehe«, sagte Takeda. Er spürte, wie Hagedorns Erklärung eine ganze Woge an Empfindungen in ihm auslöste, die meisten davon eher schmerzhaft. Er beschloss, dass er diesen Gefühlen im Moment keinesfalls nachgehen wollte. »Ich möchte Ihnen zunächst mein Beileid für den Verlust Ihrer Eltern aussprechen.«

»Danke, das ist freundlich von Ihnen. Ich möchte übrigens betonen, dass sie es bestimmt nicht selbst waren. Wenn Sie das also glauben sollten, können Sie es direkt wieder vergessen. Dafür verbürge ich mich.«

Takeda sah den Mann erstaunt an: »Sie meinen, dass Ihre Eltern den Brand selbst gelegt haben könnten?«

»Ja, sicher. Ich meine, dieser Brandermittler, dieser Herr Runge sagte, dass es Brandstiftung gewesen ist. Da liegt der Verdacht doch nahe, oder? Vielleicht wegen Versicherungsbetrug oder so etwas? Aber das hatten meine Eltern weiß Gott nicht nötig, sie hatten auch im Alter ein gutes Auskommen.«

»Wir haben bisher nicht in diese Richtung gedacht, und ich sehe im Moment auch keinen Anlass, es zu tun.«

»Dann ist ja gut.«

»Grundsätzlich haben Sie allerdings recht, es handelt sich in der Tat um Brandstiftung. Aber lassen Sie uns darüber ein wenig später sprechen. Erzählen Sie mir zunächst bitte von Ihren Eltern und wie sie gelebt haben.«

Hagedorn nickte, stand dann jedoch auf und holte den Kaffee aus der Küche. Anschließend berichtete er vom Leben seiner Eltern, davon dass sein Vater Mediziner gewesen war, seine Mutter erst Krankenschwester, dann Hausfrau. Sie hatten einige Jahre in den USA gelebt, bevor sie wieder nach Hamburg zurückgekehrt waren. Das Haus in Harvestehude sei schon zu Zeiten seiner Großeltern in den Familienbesitz gekommen, er selbst sei dort aufgewachsen. Nach ihrer Verrentung vor nahezu zwanzig Jahren hätten seine Eltern zunächst ein Leben im Unruhestand geführt. Als Takeda ihn fragend ansah, lachte Hagedorn und erklärte, dass sie wie so viele Deutsche dieser Generation dank üppiger Renten zahlreiche Fernreisen unternommen hätten. Seine Eltern hätten auch zu golfen begonnen und daher gerne die Wintermonate an der Algarve oder auf den Kanarischen Inseln verbracht, und zwar nicht in einer Hotelburg, sondern in komfortablen Fincas und Ferienhäusern. Ein gutes Leben, dann aber habe sein Vater vor etwa zehn Jahren einen Schlaganfall erlitten, und alles sei anders geworden. Er hatte sich zwar geistig gut davon erholt, blieb körperlich allerdings eingeschränkt. Bei seiner Mutter sei es tragischerweise umgekehrt gewesen, sie blieb körperlich agil, zeigte aber immer deutlichere Zeichen einer Altersdemenz.

An dieser Stelle seines Berichtes sah Hagedorn den Inspektor an und erklärte mit einem tiefen Seufzen: »Irgendwann kommt der Tag, an dem Ihnen klar wird, dass Sie mit Ihren Eltern die Rollen tauschen müssen. Sie sind nun der Erwachsene, der sich kümmert, und Ihre Eltern sind die Kinder, die bei fast allem Hilfe brauchen. Der Unterschied ist allerdings der, dass man Kinder notfalls zu allerlei zwingen kann. Alte, starrsinnige Leute hingegen nicht.«

Takeda musste an seine eigenen Eltern denken, noch mehr aber an seine Großeltern. Die lebten im Alter von beinahe einhundert Jahren immer noch im Haus seiner Eltern. Lächelnd erklärte er: »Ich denke, ich weiß sehr gut, was Sie meinen.«

Hagedorn fuhr fort: »Meine Eltern hätten schon nach dem Schlaganfall meines Vaters in eine Einrichtung ziehen sollen. Aber sie haben sich geweigert, bis zuletzt übrigens. Es entsprach einfach nicht ihrem Selbstbild. Die Folgen musste ich ausbaden. Es ist nicht übertrieben, zu sagen, dass das einer der Gründe für meine Scheidung war.«

»Wieso das?«

»Meine Exfrau und ich haben keine Kinder, wir wollten es so. Aber jetzt hatten wir sozusagen doch welche. Ich habe mich gekümmert, so gut es ging. Was sollte ich auch machen? Meine Eltern einfach ihrem Schicksal überlassen? Meine Frau aber, die sich ohnehin niemals gut mit den beiden verstanden hat, fand es immer übertrieben, es wurde zu einem ewigen Zankapfel zwischen uns.«

»Ich verstehe. Aber Sie erwähnten, dass Ihre Eltern ausreichende Altersbezüge hatten. Konnten Sie denn nicht für professionelle Hilfe sorgen?«

»Das lässt sich leicht sagen, Herr Takeda. Sie dürfen nicht

vergessen, dass meine Mutter wegen ihrer Demenz eine, nun ja, schwierige Person war. Da müssen Sie erst einmal jemanden finden, der sich das antut. Jede häusliche Pflegerin, die wir engagiert haben, hat nach spätestens einem halben Jahr das Handtuch geworfen. Ich konnte es den Damen nicht einmal übelnehmen. Meine Mutter hat sie überwacht, beschimpft, des Diebstahls bezichtigt. Am Ende ist sie sogar handgreiflich geworden. Mein Vater war körperlich nicht mehr in der Lage, sie zu bändigen. Na, jedenfalls hatten wir dann vor einigen Jahren eine scheinbar gute Lösung gefunden. Über Vermittlung einer Agentur zog eine junge Dame aus Bosnien in die Einliegerwohnung unter dem Dach. Das heißt, eigentlich waren es sogar mehrere Damen, die sich alle paar Monate abwechselten. Das war am Anfang übrigens noch illegal, aber wir hatten halt keine Wahl.«

»Das soll keine Rolle spielen. Bitte, fahren Sie fort«, sagte Takeda.

»Besonders eine dieser Frauen – sie hieß Selma – kümmerte sich rührend um meine Eltern. Sie war aufmerksam, fleißig, war auch nachts immer binnen Minuten da, wenn es nötig war. Es war eine ungeheure Erleichterung. Ich wollte damals, dass Selma für immer bleibt, also direkt von uns eingestellt wird. Ich war auch bereit, ihr deutlich mehr zu bezahlen, als sie über die Agentur verdient hätte. Aber so einfach ist das nicht, das Visum, die Ausländerbehörde, was weiß ich. Also wechselten sich weiterhin verschiedene Damen ab. Mit einigen klappte es gut, mit anderen nicht. Manche der Frauen waren grob, andere unaufmerksam, wieder andere … Einmal kam ich zu meinen Eltern und sah, dass meine Mutter seit Tagen nicht mehr gewaschen worden war und mein Vater sich wundgelegen hatte. Er konnte mich nicht kontaktieren, weil das Telefon verschwunden war. Außerdem wohnten oben in der Wohnung gleich mehrere Personen, die dort nichts zu suchen hatten. Ich beschwerte mich bei der Agentur, aber so richtig besser wurde es nicht. Dann war Selma eines Tages verschwunden. Die Agentur meinte, dass sie gekündigt hätte. Das war's, mein

Vater weigerte sich, mit den anderen Frauen weiterzumachen. Also engagierte ich wieder einen häuslichen Pflegedienst. Auch das klappte mal besser und mal schlechter. Das Hauptproblem bestand darin, dass meine Eltern inzwischen rund um die Uhr betreut werden mussten, aber keiner der Dienste, bei denen ich anfragte, konnte das garantieren. Denen fehlen schlicht die Leute, und zwar ganz unabhängig davon, wie viel man ihnen bezahlt. Na ja, und dann kam das Angebot mit dem Roboter.«

»Sie meinen Lisa?«

Hagedorn sah Takeda überrascht an. »Genau, Lisa. Dann haben Sie davon gehört?«

»Ja, aber dennoch ... Bitte berichten Sie.«

»Lisa ist das, was man einen Pflegeroboter nennt. Aber das wissen Sie dann ja. Der Pflegedienst, mit dem wir zuletzt zusammengearbeitet haben, nimmt an einem Pilotprojekt teil. Sie fragten mich und meine Eltern, ob wir uns vorstellen könnten, auch daran teilzunehmen.«

»Wie lange ist das jetzt her?«

»Ein halbes Jahr. Für meine Ohren klang es anfangs völlig verrückt. Ein Roboter soll sich um meine Eltern kümmern? Das konnte doch nur ein Witz sein. Aber mein Vater, der ja selbst in der Forschung gearbeitet hat, war neugierig. Er wollte es versuchen. Schlimmer als mit den Frauen könnte es auch nicht werden, meinte er. Also ließen wir uns Lisa vorführen. Danach waren wir bereit, uns darauf einzulassen. Der Roboter stammt übrigens aus Ihrer Heimat, aus Japan, Herr Takeda. Hier in Hamburg setzt ihn eine Firma namens ICR ein, das ist ein Joint Venture mit einer hiesigen Firma. Das neue Konzept sah dann so aus, dass zweimal am Tag jemand vom Pflegedienst kam, und den Rest der Zeit war Lisa im Haus und kümmerte sich um meine Eltern. Das klappte erstaunlich gut.«

»Ihre Eltern waren zufrieden mit Lisa?«

Hagedorn lachte auf, und zum ersten Mal fiel die Bedrücktheit von ihm ab. »Mehr als das, meine Eltern liebten sie. Mein Vater konnte sich zum ersten Mal wieder mit Lisas Hilfe frei im Haus bewegen.«

»Das Haus war zweistöckig, richtig? Es klappte dennoch?«

»Absolut. Lisa ist ein technisches Phänomen. Eigentlich rollt der Roboter. Aber er hat auch eine Vorrichtung, mit der er Treppen steigen kann.«

»Das wusste ich nicht«, sagte Takeda und kniff dabei nachdenklich die Augen zusammen.

»Wichtig war auch, dass mein Vater bei den jungen Damen stets ein wenig schamhaft gewesen war ... Sie wissen schon, das An- und Ausziehen, der Toilettengang, so etwas. Bei Lisa war ihm das egal. Ein Roboter guckt einem schon nichts ab! Ich glaube, meine Mutter hat teilweise gar nicht realisiert, dass Lisa eine Maschine ist. Sie hat immer von ihr gesprochen, als wäre sie ein lebendiger Mensch. Es ist nicht übertrieben, zu sagen, dass Lisa die neue Selma für meine Eltern wurde. Tja, das war der Stand bis gestern Nacht.«

Hagedorn stieß ein langes Seufzen aus. Takeda gönnte ihm einige Momente und machte sich in der Zeit Notizen. Anschließend stellte er noch eine ganze Reihe von Routinefragen, erkundigte sich, ob Hagedorns Eltern Feinde gehabt hätten, finanzielle Verpflichtungen, Neider, irgendetwas? Hagedorn schüttelte den Kopf und erklärte, dass ihm da beim besten Willen nichts einfalle, seine Eltern seien alte, gebrechliche Menschen gewesen, die sich weitgehend aus der Gesellschaft zurückgezogen hätten. Am Ende notierte sich Takeda noch die Adresse der Agentur, die die Frauen aus Bosnien vermittelt hatte, und die des Pflegedienstes, der mit der ICR kooperierte und Hagedorns Eltern zuletzt betreut hatte.

Schließlich stand der Inspektor auf und äußerte eine letzte Bitte, ob Hagedorn vielleicht einen Schlüssel für das elterliche Haus habe? Hagedorn war verwundert, meinte, dass von der Haustür seines Elternhauses nichts mehr übrig sei. Takeda erklärte lächelnd, dass er dennoch einen Blick darauf werfen wollte.

Hagedorn verließ das Zimmer, kehrte mit einem Schlüsselbund

zurück, von dem er einen einzelnen Schlüssel löste. Er reichte ihn dem Inspektor. »Wie gesagt, der nützt Ihnen nichts mehr.«

Takeda blickte auf den gewöhnlichen, altmodischen Schlüssel mit gezacktem Schaft und rundem Griffstück. »Die Tür Ihres Elternhauses war also nicht in irgendeiner Form elektronisch gesichert?«

»Nein. Sie hatten zwar eine Alarmanlage, darauf hatte meine Mutter bestanden. Aber das Schloss war ganz normal.«

»Und wissen Sie zufällig, wer alles einen solchen Schlüssel besitzt?«

»Nicht wirklich. Wissen Sie, allein wegen der vielen Pflegerinnen, die im Laufe der Jahre bei meinen Eltern waren, habe ich längst den Überblick verloren. Ich wollte zwar einmal, dass sie das Schloss auswechseln, aber das war meinem Vater zu viel Aufwand. Er fand es überflüssig.«

»Danke, Herr Hagedorn. Ich melde mich, sobald wir etwas herausfinden.«

27.

Ilona Stemann, die Heimleiterin der Alster-Residenz, ließ Claudia nur wenige Minuten warten und bat sie dann in ihr Büro. Auch heute sah sie perfekt aus, jedenfalls äußerlich. Eng sitzendes Businesskostüm, gute Frisur, gutes Make-up. Zugleich jedoch wirkte sie müde, ja auf eine tiefe, existenzielle Art erschöpft. Claudia konnte sich vorstellen, dass es nicht nur an dem tragischen Vorfall lag, sondern eher ein Dauerzustand war. Der Job als Heimleiterin einer Alteneinrichtung war garantiert nur im Modus des Dauerstresses zu bewältigen.

Nicht, dass das bei einer Mitarbeiterin der Mordkommission anders war.

»Danke, dass Sie sofort Zeit für mich gefunden haben, es gibt da noch so einige Fragen, die sich ergeben haben.«

Stemann sah sie neugierig an. Oder war da Ängstlichkeit in ihrem Blick? »Ist doch selbstverständlich, Frau Harms. Wir alle wollen, dass das Ganze so schnell wie möglich aufgeklärt wird, auch damit möglichst bald wieder Ruhe einkehrt. Sie können sich nicht vorstellen, was bei uns los ist. Zu meinem üblichen Pensum kommen unzählige Gespräche mit Bewohnern und ihren Angehörigen. Die Gerüchte schießen ganz schön ins Kraut, aber ich weiß nicht, was ich besser fände, ob wir nun endlich bekannt geben, dass es um Brandstiftung geht, oder ob wir es weiter zurückhalten. Ich glaube, beides wird zu nichts Gutem führen.«

»Um ehrlich zu sein, ich weiß es selbst nicht. Noch wollen wir wegen unserer Ermittlungen nicht an die Öffentlichkeit gehen.«

»Ja, natürlich. Das verstehe ich.«

Stemann deutete fragend auf die Kaffeemaschine, Claudia nickte lächelnd. Während die Heimleiterin die Getränke zubereitete – ihre Hände waren deutlich ruhiger als gestern –, erläuterte Claudia ihr, dass sich die Sache mit dem anonymen Brief erledigt habe, auch wenn die Heimleiterin, was die Autorenschaft des Briefes anging, nahe an der Wahrheit gelegen habe. Dann sagte sie: »Aber deswegen bin ich nicht hier. Sie haben uns gestern gar nicht erzählt, dass Ihr Haus an diesem Roboterprogramm teilnimmt.«

Ilona Stemann drehte sich um und fragte mit offenbar ehrlichem Erstaunen: »Sie meinen Lisa? Ist das denn wichtig?«

»Eben das fragen wir uns im Moment.«

Das Lächeln erstarb auf Stemanns Gesicht und wich einer sorgenvollen Bekümmertheit. »Ich wollte das bestimmt nicht verschweigen. Ich dachte einfach nur nicht, dass es eine Rolle spielt.«

»Schon gut, Frau Stemann. Ich unterstelle Ihnen auch gar nichts. Wir interessieren uns im Moment eher allgemein für Lisa. Es ist ein ungewöhnliches Projekt. Darum wäre ich Ihnen dankbar, wenn Sie mir einfach erzählen, wie es zu Ihrer Teilnahme an dem Feldversuch kam, mehr ist es ja wohl nicht.«

»Ja, natürlich.«

Die Heimleiterin stellte eine Tasse frisch gebrühten Kaffee vor Claudia, kehrte zu ihrem Platz zurück und balancierte dabei eine weitere Tasse für sich selbst. »Das ging vor etwa einem halben Jahr los. Damals ist diese Firma, die ICR, das steht für …«

»International Care Robotics, ich bin im Bilde.«

»Die sind auf uns zugekommen und haben gefragt, ob wir bereit wären, an der Erprobung von Lisa teilzunehmen. In Japan sei der Roboter schon im Einsatz, und jetzt sei es Zeit, ihn in anderen Ländern zu erproben.«

»Wissen Sie, warum man Sie und Ihr Haus gefragt hat?«

»Wir sind eine große und moderne Einrichtung. Darum fanden die uns wohl passend. In einer Besprechung haben Sie uns Lisa vorgeführt. Haben Sie den Roboter schon einmal erlebt?«

»Ja, gerade heute«, erklärte Claudia lächelnd.

»Beeindruckend, oder? Ich hatte nicht geglaubt, dass so etwas technisch überhaupt schon möglich ist.«

»Ging mir genauso«, sagte Claudia. Ihre Blicke begegneten sich, und beide Frauen lächelten.

»Trotzdem hat es ein wenig gedauert, bis wir zusammenkamen. Das lag auch an mir.«

»Tatsächlich?«, fragte Claudia überrascht.

»Obwohl ich Lisa und das ganze Projekt wirklich faszinierend fand, war ich nicht überzeugt. Die Vertreter der ICR schwärmten zwar von den tollen Erfahrungen in Japan, und sie versicherten uns auch, dass keinerlei Kosten entstünden, dass alles absolut sicher sei und so weiter. Aber mir kam es trotzdem vor, als wollten die mit unseren Bewohnern Experimente anstellen. Es blieben zu viele Fragen offen.«

»Trotzdem haben Sie am Ende zugestimmt.«

Die junge Heimleiterin rollte mit den Augen. »Ich kann so etwas nicht alleine entscheiden. Bei der Vorführung von Lisa saßen auch zwei Vertreter unserer Trägergesellschaft mit am Tisch, und die sahen die Sache anders.«

»Wer genau ist denn Ihre Trägergesellschaft?«

»Unser Haus gehört zu einer Firmengruppe, die Residenzen in vielen deutschen Städten betreibt, und diese Gruppe wiederum gehört einer Muttergesellschaft aus Frankreich, die europaweit Einrichtungen unterhält. Eigentlich ist es sogar noch komplizierter, weil die Franzosen wiederum ein Tochterunternehmen einer Investmentgesellschaft sind, die in den verschiedensten Sektoren tätig ist.«

»Klingt ganz schön verschachtelt.«

Ilona Stemann hob ergeben die Hände. »Seniorenbetreuung ist Big Business, Frau Harms. Die Zeiten, wo ein paar rührige Nonnen sich um die Alten und Siechen kümmern, sind lange vorbei. Es geht um sehr, sehr viel Geld.«

»Wie überall.«

»Genau. Sie ahnen es vermutlich bereits, die Herren von der Trägergesellschaft fanden Lisa ausgesprochen faszinierend. Erstens weil sie unser Renommee als fortschrittliches Haus stärken könnte. Und zweitens ...«

»... weil sie Geld verspricht?«

»Klar. Sie müssen sich klarmachen, dass unsere Branche ausgesprochen personalintensiv ist. Entsprechend hoch sind die Kosten. Bisher hat daran die Digitalisierung nicht viel geändert, anders als in den Büros und Fabriken dieser Welt.«

»Aber das könnte sich jetzt durch Lisa ändern?«

»Natürlich! Die Leute von der ICR haben uns in rosigen Farben ausgemalt, welche Einsparpotenziale Lisa bietet. Ist ja auch einleuchtend. Lisa schläft nicht, isst nicht, macht nie Urlaub und ist an 365 Tagen im Jahr rund um die Uhr im Dienst. Ich glaube, meine Chefs mussten keine zehn Sekunden überlegen. Für sie war klar, dass wir an der Erprobung teilnehmen.«

Claudia ließ das Gehörte auf sich wirken. Unter diesem Blickwinkel hatte sie noch nicht über Lisa nachgedacht. Sie war einfach nur von der Technik beeindruckt gewesen und vielleicht auch beunruhigt. Aber klar, außerdem ging es natürlich um Geld.

»Das heißt, Sie wurden von Ihren Chefs überstimmt? Und darum verfügt die Alster-Residenz jetzt über zwei Exemplare von Lisa? Das heißt, jetzt ist es ja nur noch eines.«

»Richtig. Die Entscheidung wurde in den oberen Etagen getroffen, und ich hatte sie auszuführen. Aber ich muss gestehen, dass ich meine Meinung inzwischen geändert habe. Lisa ist wirklich nützlich. Und ganz anders, als ich erwartet habe, mögen unsere Bewohner sie. Ja, mehr noch, sie lieben sie. Manche von ihnen haben mir schon Geld zugesteckt und gesagt, dass ich Lisa etwas Schönes kaufen soll.«

Claudia lachte auf. »Etwas Schönes für einen Roboter?«

»Verrückt, oder? Aber Sie müssen es so sehen, Lisa hilft den alten Herrschaften, tags wie nachts. Sie haben das Bedürfnis, sich zu bedanken. Ich finde das rührend.«

Claudia dachte an das völlig verkohlte Stück Metall und Plastik, in das Lisa sich nach dem Feuer verwandelt hatte. Sie ahnte, dass Ilona Stemann noch nicht fertig war mit ihren Ausführungen.

Tatsächlich sagte die Heimleiterin nach einer kurzen Pause: »Das ist bisher allerdings nur die Seite der Bewohner. Für meine Mitarbeiterinnen gilt etwas anderes, da kann von Liebe keine Rede sein. Im Gegenteil, sie hassen Lisa. Nicht alle, aber einige.«

»Sie hassen sie?«

Ilona Stemann zögerte mit einer Antwort. Sie griff nach ihrer Kaffeetasse und drehte gedankenverloren den Henkel hin und her. Schließlich sagte sie: »Ich darf Ihnen das eigentlich nicht erzählen, aber ich bin vor einigen Wochen angehalten worden, die Stellen für die nächtliche Bereitschaft in den Servicewohnungen zu reduzieren.«

»Heißt das, Sie haben Leute entlassen?«

Ilona Stemann senkte den Blick, nickte stumm.

Claudia spürte, wie Zorn in ihr emporstieg. »Frau Stemann! Ich habe Sie gestern gefragt, ob es Spannungen in Ihrer Belegschaft gibt! Ob Sie jemanden entlassen mussten. Sie haben nichts davon gesagt.«

Die Heimleiterin räusperte sich, sagte mit leiser Stimme, der das schlechte Gewissen anzuhören war. »Es waren zwei Mitarbeiter, geringfügig beschäftigt, die nur Nachtdienste gemacht haben. Ich wollte es übrigens nicht. Gestern habe ich einfach nicht dran gedacht ... Es tut mir leid.«

»Schon gut. Aber erzählen Sie mir davon.«

Ilona Stemann wirkte erleichtert. »Ich muss Ihnen die Abläufe erklären. Unsere Pflegerinnen müssen akribisch Protokoll über ihre Tätigkeiten führen, also wie oft und wie lange sie für einzelne Bewohner im Einsatz sind. Dasselbe gilt für die Aushilfen in den Servicewohnungen. Unsere Planer konnten anhand der Listen sehen, dass wegen Lisa weniger Einsätze anfielen. Lisa entfaltet die Wirkung, die sich meine Chefs erhofft haben.«

»Weniger Personalbedarf?«

»Genau. Darum die beiden Entlassungen.«

Claudia musste an Dr. Nakamura denken, der gesagt hatte, dass Lisa keine Feinde habe. Sie ahnte, dass das kaum der Wahrheit entsprach.

»Wie waren die Reaktionen?«

»Muss ich Ihnen das wirklich sagen?«

»Ich kann es mir denken. Trotzdem ...«

Ilona Stemann stieß ein leises Schnauben aus, das Wut wie auch Unverständnis ausdrückte. Claudia stellte fest, dass sie die Frau trotz allem klasse fand. Sie kam äußerlich aalglatt rüber, war aber in Wahrheit jemand, der sich Gedanken machte.

»Die beiden, die es betraf, haben es gut aufgenommen. Sie sind jetzt schon wieder in anderen Häusern untergekommen. Die Branche sucht, da ist das kein Problem. Meine festen Mitarbeiterinnen aber waren stinksauer. Genau das hatten sie ja befürchtet, als wir in das Lisa-Projekt eingestiegen sind. Der Roboter würde Stellen kosten. Und dann ist es genau so gekommen. Ich habe es Ihnen ja schon gesagt, manche von ihnen hassen Lisa. Und seitdem tun sie es noch ein bisschen mehr. Ich hatte zuerst regelrecht Angst, dass sie ...«

»Dass sie was?«

Die Heimleiterin schüttelte stumm den Kopf, wirkte plötzlich erschrocken. Erst mit Verzögerung sagte sie leise: »Dass sie auf Lisa losgehen.«

»Oder sie anzünden? Ist es das, was Sie eigentlich sagen wollten?«

28.

Takeda kehrte von Marienthal nach Harvestehude zurück. Er fuhr langsam an der Brandstelle des zerstörten Einfamilienhauses vorüber. Eigentlich wollte er den Pflegedienst besuchen, der das Ehepaar Hagedorn betreut hatte. Unterwegs aber beschloss er spontan, noch einmal zum Tatort zu fahren.

Die Straße war inzwischen nicht mehr gesperrt, das Flatterband der Feuerwehr riegelte nur noch das Grundstück und den Bürgersteig unmittelbar davor ab. Auch jetzt standen dort einige Schaulustige. Allerdings waren es keine jungen Leute mit Handys, sondern allesamt ältere Herrschaften. Sie schienen angeregt in ein Gespräch über das Geschehen vertieft zu sein.

Kurz entschlossen stellte Takeda den Wagen ab und stieg aus. Er hielt seinen Dienstausweis in die Höhe, nannte seinen Namen und erklärte, dass er mit der Untersuchung des Brandes beauftragt sei. Sofort wurde er mit Fragen bestürmt, die alle letztlich auf dasselbe hinausliefen: ob die Gerüchte stimmten und es sich tatsächlich um Brandstiftung handele, ob sie Angst haben müssten, ob die Polizei nicht mehr Streifen schicken könne …

Takeda machte eine besänftigende Geste und erklärte mit ernsthafter Stimme, dass die Brandursache noch nicht endgültig geklärt sei, dass er und seine Kollegen jedoch mit Hochdruck an der Aufklärung arbeiteten.

Dann blickte er sich in der Runde um und fragte seinerseits: »Sind Sie unmittelbare Nachbarn des Hauses? Konnten Sie beobachten oder zumindest hören, was in der Nacht geschehen ist?«

Sofort meldete sich ein älterer Herr mit kurzem, silbergrauem Haar und erklärte: »Ich habe alles gesehen, von Anfang an. Was wollen Sie wissen?«

Als Takeda gerade dazu ansetzte, ihm eine Frage zu stellen, fiel ihm eine Frau ins Wort. Mit strenger Stimme fuhr sie den Mann an: »Red keinen Unsinn, Georg! Du bist doch gar kein Nachbar, du wohnst eine Straße weiter. Du kannst nichts gesehen haben!«

Takeda blickte zwischen der Frau, die ebenfalls über siebzig sein durfte, und dem älteren Herrn hin und her. Der erklärte mit einer trotzigen Stimme: »Zugegeben, ich wohne nicht direkt nebenan. Aber als die Feuerwehr kam, bin ich sofort raus. Obwohl es mitten in der Nacht war. Konnte sowieso nicht schlafen. Danach habe ich dann alles gesehen. Also, Inspektor, wenn Sie Fragen haben …«

Takeda lächelte höflich, wandte sich dann jedoch an die Frau. »Sie wohnen unmittelbar hier?«

Die resolute Dame stand neben einem Mann im gleichen Alter, dem sie nun einen Stoß gab. Der Mann sagte daraufhin mit leicht unmutiger Stimme: »Schmidt, Jürgen. Meine Frau Sigrid. Wir wohnen gegenüber. Aber er hier, der Herr Saalbach …«, er deutete auf einen dritten älteren Herrn, »… der wohnt direkt nebenan. Sag selbst, Heiner! Du hast doch am meisten mitbekommen, oder nicht?«

Takeda kratzte sich leicht verwirrt im Nacken. Ob er hier an brauchbare Informationen kam?

Der Angesprochene, Heiner Saalbach, hatte schlohweiße Haare, die lang und gut geschnitten waren. Er trug einen Cordanzug und Segelschuhe, die ihn agil erscheinen ließen. In der Hand hielt er einen Einkaufskorb, der mit Gemüse gefüllt war. Als er Takedas Blicke bemerkte, erklärte er: »Ich komme gerade vom Isemarkt. Ist nicht weit von hier. Kennen Sie den? Ist angeblich Europas längster Wochenmarkt. Sollten Sie sich unbedingt mal ansehen. Sie sind doch der japanische Inspektor, der als Austauschpolizist in Hamburg arbeitet, richtig?«

Takeda nickte. »Das ist korrekt.«

»Ich habe Ihr Bild in der Zeitung gesehen. Kommen Sie doch mal zum Essen vorbei, Inspektor. Meine Frau kocht uns etwas Leckeres, und wir erzählen Ihnen mal ein paar Dinge über Hamburg, das Sie garantiert noch nicht wissen. Ich war lange Jahre bei der Zeitung, es gibt praktisch nichts, das ich nicht weiß.«

Der Mann, der Georg hieß, knurrte verächtlich. »Gibt ja wohl niemanden in der Stadt, der so wenig weiß wie die von der Zeitung. Oder wie erklärt man's, dass in deinem Blatt nicht das Geringste drinsteht?«

Heiner Saalbach rollte mit den Augen. »Du schon wieder, Georg. Kannst du nicht einfach mal …«

Takeda nickte ihm zu und erklärte: »Vielen Dank für die Einladung, Herr Saalbach, ich komme bei Gelegenheit gerne darauf zurück. Im Moment allerdings muss ich mich auf den Brand konzentrieren.«

Saalbach beendete seinen kurzen Zwist mit Georg, lächelte Takeda erneut an und sagte: »Der Brand? Singular? Sie wollen ja wohl sagen, die Brände! Plural! Mir machen Sie nichts vor! Die Sache in diesem Altenheim in Wellingsbüttel, das war doch derselbe Mistkerl! Da geht gerade einer um, der es auf alte Leute abgesehen hat. Geben Sie es ruhig zu, Inspektor!«

Sofort ging die nächste Woge an Fragen, Vermutungen, Verdächtigungen, Ängsten auf Takeda nieder. Der hörte geduldig zu, erklärte dann mit ruhiger Stimme: »Ich kann Ihnen versichern, dass wir allen Spuren nachgehen. Im Moment aber ist alles noch offen. Was mich interessiert, meine Herrschaften, haben diejenigen von Ihnen, die in unmittelbarer Nähe des Hauses wohnen, vor Ausbruch des Feuers etwas gehört? Besonders interessiert mich, ob die Alarmanlage im Haus angegangen ist.«

Die allesamt weißköpfigen Männer und Frauen blickten sich zunächst gegenseitig fragend an, als hätten sie Angst, etwas Falsches zu sagen, zuckten dann gleichzeitig mit den Schultern. Heiner Saalbach erklärte, dass er in der Nacht von dem Lärm aufgewacht sei. Er habe Rauch und Gestank bemerkt, und kurz darauf sei auch schon die Feuerwehr eingetroffen. Da habe das Haus bereits lichterloh in Flammen gestanden. »Aber die Alarmanlage habe ich nicht gehört. Wenn ich Sie wäre, würde ich herausfinden, ob Hagedorns mit einer Wachfirma verbunden waren. Vielleicht heult die Sirene gar nicht, sondern löst nur bei denen in der Zentrale Alarm aus. So etwas gibt es, Inspektor. Wenn Sie wollen, kann ich mich darum kümmern, ich bin gut in so etwas …«

»Das ist sehr freundlich von Ihnen, aber wir werden es doch lieber selbst erledigen«, erklärte Takeda. »Was ist mit den anderen? Hat einer von Ihnen in der Nacht etwas gehört?«

Das Ehepaar Schmidt schaute sich erst gegenseitig an, blickte dann kopfschüttelnd zu Takeda. Die Frau erklärte: »Ich kann mich an nichts erinnern. Da war keine Alarmanlage. Aber …«, erneut stieß sie ihren Mann an, »… sag du doch mal etwas, Jürgen!«

»Ist ja gut. Also, ich habe auch nichts gehört. Und das mit dem Signal bei der Wachfirma ist Quatsch! Die Alarmanlage ist laut. Die haben vor ein paar Monaten einen Test gemacht. Und vorne über dem Fenster ging so ein rotes Blinklicht an. Das ist nicht angegangen. Hätten wir mitbekommen. Auf jeden Fall.«

Takeda deutete eine Verbeugung an und bedankte sich für die Auskünfte. Die Angaben der Anwohner bestätigten das, was er und Claudia ohnehin vermutet hatten. Es hatte keinen Einbruch gegeben, genauso wenig wie in der Seniorenresidenz. Auch hier hatte der Täter sich also Zugang verschafft, ob nun mit einem Trick, der die Alarmanlage überlistet hatte, oder weil er eine andere Möglichkeit hatte, das Haus zu betreten. Zum Beispiel, weil er einen Schlüssel besaß.

Takeda grüßte in die Runde, wollte schon zurück zum Auto gehen. Dann aber meldete sich erneut Georg zu Wort. Mit bellender Stimme sagte er: »Warum sagen Sie es nicht einfach? Glauben Sie wirklich, Sie können uns etwas vormachen?«

»Ich ... verstehe nicht ganz?!«

»Das Feuer hängt doch mit diesem Vieh zusammen, das die Hagedorns hatten! Das Ding ist doch explodiert, und darum hat es gebrannt. Und jetzt soll es vertuscht werden!«

Erst mit Verzögerung ahnte Takeda, was der alte Mann im Sinn hatte. »Mit dem Vieh meinen Sie gewiss den Pflegeroboter, richtig? Sie sprechen von Lisa?«

Der alte Mann machte eine wegwerfende Handbewegung: »Lisa! Wenn ich das schon höre. Als wenn das Ding eine junge, adrette Krankenschwester wäre ... In was für einer Welt leben wir eigentlich, wo sich Maschinen um uns Alte kümmern!? Also, wenn ich mal so weit bin, nehme ich mir lieber einen Strick, als dass mir so ein Ding ins Haus kommt.«

Eine weitere Dame, die bisher schweigend in der Runde gestanden hatte, sagte: »Wenn du Geld für den Strick brauchst, Georg, sag gerne Bescheid.« Sie wandte sich an Takeda, ignorierte dabei die Beschimpfungen, mit denen Georg sie überschüttete: »Unsere Enkelkinder, Marie und Otto, sind acht und zehn Jahre alt, die waren ganz wild auf Lisa, Herr Inspektor. Immer wenn sie zu Besuch waren, haben sie bei Hagedorns geklingelt und wollten mit ihr spielen. Das ging natürlich nicht, allein schon wegen der alten Frau Hagedorn. Die war ja auf ihre alten Tage doch recht schwierig. Na, jedenfalls, wenn Sie mich fragen, sollte man diese Roboter lieber in Schulen einsetzen, nicht bei uns Rentnern. Für die jungen Leute ist es normal, mit Maschinen umzugehen. Die wachsen ja auch mit Computern auf, da ist der Schritt zu einem Roboter nicht so groß. Aber wir alten Menschen, für uns ist es ja doch recht ungewohnt, nicht wahr?«

In der Runde entstand eine lebhafte Diskussion, sowohl mit zustimmenden als auch mit vehement ablehnenden Wortmeldungen. Takeda wollte sich verabschieden, merkte jedoch, dass ihn ohnehin niemand mehr beachtete. Er murmelte dennoch einen höflichen Gruß und kehrte zu seinem Wagen zurück.

29.

Claudia ging den schmalen Pfad durch das parkartige Areal der Alster-Residenz entlang. Ein Mann namens Mario Saretzki begleitete sie. Er war der technische Leiter der Einrichtung, wobei Claudia vermutete, dass das ein modernes Wort für Hausmeister war. Saretzki war derjenige, der sich unter den Beschäftigten am besten mit Lisa auskannte. Er wurde immer gerufen, wenn etwas mit dem Roboter nicht klappte.

Gemeinsam gingen sie zu dem Gebäude, in dem das zweite Exemplar von Lisa im Einsatz war. Claudia wollte sehen, wie der Roboter sich in einer echten Umgebung verhielt, vielleicht auch mit ein paar Bewohnern reden und erfahren, wie sie den Roboter fanden. Außerdem hatte Ilona Stemann versprochen, ihr zwei von den Pflegerinnen vorbeizuschicken, die sich besonders heftig über Lisa ausgelassen hatten.

Claudia sprach Saretzki auf die manipulierte Schließanlage in dem abgebrannten Haus an. »Wussten Sie, dass das möglich ist? Ich meine, dass man die Türen blockieren kann?«

Saretzki sah sie erschrocken an. »Natürlich nicht. Und so einfach kriegt man das auch gar nicht hin. Ich habe es ausprobiert. Ging nicht. Wer immer das war, muss ziemliche Ahnung von der Steuerung haben.«

»Auf wen trifft das zu? Ich meine von Ihren Kollegen?«

»Ja, glauben Sie denn, dass es einer von uns war?«

»Herr Saretzki, Sie sagen doch selbst, dass er sich gut ausgekannt hat. Die Frage liegt also nahe.«

»Schon ... muss ich es Ihnen denn sagen?«

Claudia lachte auf. Es war so einer dieser Momente, in denen sie an der Menschheit, besonders aber an ihrem Job verzweifeln wollte. »Machen Sie Witze? Natürlich müssen Sie! Es geht um den Tod von neun Menschen.«

»Das ist schon klar. Aber … es könnte ja sein, dass ich einen Kollegen reinreiße. Andererseits muss es ja gar kein Kollege gewesen sein. Die Jungs, die die Anlage installiert haben, kennen sich noch viel besser aus als wir. Und die vom Hersteller sowieso. Und dann gibt es ja noch andere Einrichtungen, die die gleiche Haustechnik haben. Vielleicht war es ja auch jemand von woanders.«

Claudia ging nicht darauf ein. »Sie machen mir später einfach eine Liste mit allen Kollegen, die sich mit der Hausanlage auskennen, in Ordnung? Und zwar vollständig. Von wem ich die Liste habe, muss ja niemand erfahren.«

»Alles klar, so machen wir das.« Saretzki wirkte erleichtert.

Sie gingen weiter, und Claudia sagte: »Erzählen Sie mir etwas über Lisa. Sie sind ja, wenn ich es richtig sehe, für ihre Wartung zuständig?«

Saretzki winkte ab. »Wartung ist ein wenig übertrieben. Ich mache nur die kleinen Dinge. Wenn es ernste Probleme gibt, kommen die von der ICR.«

»Gibt es denn ernste Probleme?«

»Wie man es sieht. Zweimal war Lisas Akku im Eimer. Das ist anscheinend ihr größter Schwachpunkt. Wissen Sie, das ist genau wie bei den E-Autos. Es ist immer der Akku. Darum würde ich mir so ein Ding auch nie anschaffen. Ist Verarschung, wenn Sie mich fragen.«

»Sie meinen jetzt Lisa? Oder die E-Autos?«

»Na, die Wagen natürlich. Ist einfach Blödsinn. Vor allem, weil die modernen Verbrenner am Ende viel sauberer sind. Wenn sie sich zum Beispiel mal einen Euro-6-Diesel ansehen, dann …«

»Herr Saretzki, ich brenne zwar regelrecht darauf, mit Ihnen über Autos zu reden, aber deswegen bin ich nicht hier. Also, noch einmal, was für Akku-Probleme gab es bei Lisa? Ist so ein Ding etwa in Flammen aufgegangen?«

»Nee, das nicht. Angeblich geht das auch gar nicht, sagen die von der ICR. Die Akkus waren einfach kaputt und mussten ausgetauscht werden. Das könnte ich zwar auch, darf ich aber nicht. Lisa aufschrauben ist streng verboten, von wegen Patente und so.«

Claudia dachte an das Gespräch mit Tilmann Runge am Morgen, als sie gemeinsam in dem Garten in Harvestehude gestanden und sich die Überreste von Lisa angeschaut hatten. Einen Akkubrand hätte Runge ohne jeden Zweifel erkennen können, schließlich war das zurzeit eine nicht ganz seltene Ursache für Haus- und Wohnungsbrände. Meistens waren es Handys oder Tablets, die während des Ladevorgangs in Flammen aufgingen. Bei Lisa war es aber nicht der Fall gewesen, das hätte Runge sofort gesehen. Außerdem war da ja noch das ganze Benzin oder Petroleum, mit dem die Feuer in beiden Fällen geschürt worden waren. Um einen technischen Defekt ging es in diesem Fall nicht, so viel stand fest.

»Was passiert denn, wenn Lisas Akku kaputt ist?«, fragte Claudia.

»Na, was schon? Dann ist Lisa erst einmal außer Gefecht.«

»Schon blöd, oder? Ich stelle mir vor, dass ein Bewohner zum Beispiel nachts nach Lisa klingelt. Aber die kommt nicht, weil sie keinen Saft hat.«

Saretzki grinste. »Das ist doch genau das, was die Mädels so aufregt. Lisa ist toll, aber eben nur, solange sie funktioniert. Kann das jemand garantieren? Natürlich nicht.«

»Die Mädels?«

»Die Pflegerinnen.«

Claudia brummte missmutig. Begeisterung für Dieselautos, und hart arbeitende Frauen wurden zu Mädels. Saretzki würde nicht ihr Freund werden.

»Frau Stemann sagte, dass die Mitarbeiterinnen den Roboter sowieso nicht besonders schätzen.«

»Kann man wohl sagen. Darum schalten sie ihn ja auch ständig ab. Dann muss ich jedes Mal rennen und Lisa neu hochfahren. Das kann schon nerven.«

»Wie? Sie schalten Lisa ab? Geht das denn so einfach?«

Saretzki lachte. »Klar. Einfach auf den Kopf hauen. Das ist der

Not-aus. Musste die ICR extra einbauen, damit sie das Ding hier in Deutschland einsetzen dürfen. Soll angeblich zur Beruhigung der Nutzer beitragen.«

»Moment, habe ich das richtig verstanden? Also, wenn man Lisa auf den Kopf haut ...«

»Hauen ist übertrieben. Es gibt auf ihrem Kopf einen Kontaktsensor. Wenn Sie da Ihre Hand drauflegen, fährt ihr System runter.«

»Okay. Und das lässt sich nicht einfach wieder hochfahren?«

»Wie man es sieht. Es gibt auf ihrer Rückseite eine Klappe, und da tippt man einen Code ein. Dann dauert es ein paar Sekunden, und Lisa ist wieder einsatzbereit. Das darf aber nicht jeder machen. Also muss ich meistens ran.«

Claudia nickte nachdenklich. Sie fand es seltsam, dass weder Kriemann noch Nakamura ihr von diesem Not-aus-Mechanismus erzählt hatten.

»Wie ist denn Ihre Einschätzung? Ist Lisa insgesamt ein Fortschritt? Für Sie, das Haus, die Bewohner?«

»Das Ding ist schon klasse. Vor ein paar Wochen hat sie sogar einem der Bewohner das Leben gerettet. Haben Sie davon gehört?«

»Nein. Was ist denn passiert?«

»Der Herr Lorenz – er wohnt in dem Haus, in das wir gleich gehen – hat Lisa gerufen, weil es ihm nicht gut ging. Die Bewohner haben eine spezielle Ruftaste für sie. Das war ganz früh morgens, noch bevor die Mädels ... die Pflegerinnen ihre Runde gemacht haben. Als Lisa kam, war Lorenz schon nicht mehr ansprechbar. Herzinfarkt. Die schlimme Sorte. Lisa hat sofort Alarm ausgelöst.«

»Ach, das kann sie?«

»Sicher, die ist ja über W-Lan mit dem System verbunden. Der Notarzt kam und hat nicht schlecht gestaunt, als Lisa ihm die richtige Diagnose präsentiert hat. Der dachte, dass er in einen Science-Fiction-Film reingeraten ist.«

»Kenne ich, das Gefühl«, entgegnete Claudia lächelnd. »Wie stellt Lisa denn fest, dass jemand einen Infarkt hat? Kann sie das überhaupt?«

Saretzki grinste seltsam und sagte: »Das müssen Sie diesen Dr. Nakamura von der ICR fragen. Falls er es Ihnen sagt …«

»Wieso sollte er nicht?«

»Ist nur so ein Gefühl. Lisa kann mehr, als offiziell mitgeteilt wird.«

Claudia blieb stehen und sah Saretzki überrascht an. »Wie kommen Sie darauf?«

Der technische Leiter winkte ab. »Kein gutes Thema. Ich habe nichts gesagt.«

»Herr Saretzki!«

»Vergessen Sie es. Das Ding hat schon genug Unruhe gebracht. Ich mache da nicht mit.«

Claudia seufzte resigniert. Sie wusste jetzt schon, dass ihr nächster Gang sie wieder zu Kriemann und Nakamura führen würde. Offenbar gab es noch einige Fragen zu klären. Sie würde schon dafür sorgen, dass die Herren ihr nicht wie Saretzki einfach die Antwort verweigerten.

Kurz darauf erreichten sie eines der Servicehäuser. Saretzki hielt seine Karte vor das Relais, und die Außentür schwang auf. Gemeinsam traten sie in den Flur des Erdgeschosses.

Nur Sekunden später hörte Claudia das leise Surren von Lisa. Der Roboter tauchte aus einer Wandnische auf. Dahinter sei ihr Nest, erklärte Saretzki, sprich ihre Ladestation. Alle paar Stunden müsse Lisa dorthin zurück, um sich aufzuladen. Claudia musste an den Rasenmäher ihres Vaters denken. Bei dem war es genauso.

Lisa rollte auf sie zu, winkte ihr schon aus einiger Entfernung mit ihren drolligen, so menschlich wirkenden Händen zu. Die Dioden rund um ihre Augen leuchteten bunt und freudig.

»Guten Tag und willkommen! Mein Name ist Lisa. Wie kann ich Ihnen behilflich sein?«

»Hallo, Lisa«, sagte Claudia. »Erkennst du mich denn nicht?«

Der Roboter musterte Claudia, und dabei meinte sie, in den Tiefen seiner Augen eine kleine mechanische Bewegung zu erkennen, als justierten sich optische Linsen. Sicher war sie sich nicht. Überhaupt, was ging in Lisa vor? Dachte sie nach? Glich sie Claudias Bild mit einer Datenbank ab? Waren es also nur kalte Rechenoperationen, die in ihr abliefen? Oder war es eben doch mehr, wozu die künstliche Intelligenz des Roboters in der Lage war?

Schließlich sagte Lisa: »Es tut mir leid, aber ich glaube, wir sind uns noch nicht begegnet.«

Claudia war enttäuscht. Hatte Dr. Nakamura am Morgen nicht gesagt, dass eine Lisa alle Lisas sei? Und dass das, was ein einzelner Roboter lerne, anschließend auch alle anderen könnten? Andererseits hatte er auch erklärt, dass es Datenschutzbestimmungen gebe. Vermutlich gehörte die Übertragung von Namen und Gesichtern dazu.

»Ich heiße Claudia Harms, Lisa.«

»Guten Tag, Frau Harms. Was kann ich für Sie tun?«

Claudia wollte etwas sagen, schwieg dann jedoch. Schwang da nicht etwas Ironisches in Lisas Stimme mit? So, als wenn sie in Wahrheit doch genau wüsste, wer Claudia war, es aber nicht zugab.

War das möglich?

Konnte ein Roboter sich verstellen? Oder sogar lügen?

30.

Das Büro des häuslichen Pflegedienstes war kleiner, als Takeda erwartet hatte. Nachdem er eingetreten war, fand der Inspektor sich in einer lauten, hektischen Betriebsamkeit wieder. Zwei Frauen saßen an Schreibtischen und telefonierten, blätterten zugleich in Unterlagen, die vor ihnen lagen, oder tippten in ihre Computer. Zwei weitere Frauen entnahmen medizinisches Material aus einem Wandschrank und stopften es in große Taschen, darunter Kanülen, Erwachsenenwindeln, Kühlpads, Salben. In der Ecke des Büros stand, völlig unbeachtet, ein großer Pappaufsteller, der Lisa zeigte. Sie sah einen aus großen, treuherzigen Augen an und erklärte mittels einer aufgedruckten Sprechblase: »Ich bin Lisa. Ich kümmere mich Tag und Nacht um Ihre Wünsche.« Aus einer angelehnten Tür, die in einen Hinterraum führte, drang Kaffeeduft, kurz darauf war das Fluchen einer Frauenstimme zu hören, die sich offenbar verbrüht hatte.

Minuten vergingen, ohne dass jemand Notiz von Takeda nahm. Zwischendurch betrat eine Frau, offenbar eine Mitarbeiterin, das Büro. Auch sie achtete nicht auf Takeda, wandte sich stattdessen lautstark an die beiden Frauen an den Schreibtischen: »Die alte Hengsten hat mal wieder ihr ganzes Bett vollgemacht, und wir reden nicht über Pipi. Es hat mich eine halbe Stunde gekostet, die Schweinerei wegzumachen, und seitdem ruft mich Herr Schlömer alle fünf Minuten auf dem Handy an und will wissen, wann ich endlich komme. Und Frau Ates hatte die Kette vor die Tür gelegt und wollte mich nicht reinlassen, weil sie mich nicht erkannt hat. Gott, ich halt's nicht mehr aus.«

Eine der beiden Frauen am Schreibtisch deckte die Sprechmuschel ihres Telefons mit der Hand ab und sagte: »Sag's doch gleich, alles wie immer.«

»Witzig, Manu! Ich überlege gerade zu kündigen.«

Die Frau am Schreibtisch verzog den Mund zu einem müden Lächeln. »Bevor du es tust, kannst du bitte bei Frau Hofmann vorbeifahren, die hat seit heute Morgen nichts mehr zu essen bekommen. Und sie hat heute Badetag.«

»Wieso? Die Hofmann macht doch Olcay?«

»Der ist heute Morgen plötzlich eingefallen, dass sie ihre Mutter in Izmir besuchen möchte. Ist schon am Flughafen …«

»Nicht dein Ernst.«

»Und wenn du schon auf dem Weg bist, Herr Holst hat angerufen, dass seine Frau wieder einen Blutdruck von über zweihundert hat und er nicht mehr weiß, wo die Tabletten sind.«

»Mein Gott, dann soll sie halt sterben. Und er gleich mit ihr …«

»Sag's ihm selbst, Hauptsache, du fährst hin.«

Die Frau neben Takeda winkte ab. »Nach meinem Blutdruck fragt ja keiner, aber ich würde sagen, zweihundert ist meine Untergrenze. Aber ist gut, ich fahre hin.«

Sprachs und rauschte wieder aus dem Büro hinaus. Jetzt endlich schien die Frau am Schreibtisch Takeda zu bemerken. »Und Sie? Was wollen Sie?«

»Takeda ist mein Name, ich bin wegen Herrn und Frau Hagedorn hier.«

»Sind Sie Bestatter? Oder etwa Makler, wegen dem Grundstück? Mann, habt ihr denn überhaupt keinen Anstand mehr?!«

»Das ist ein Missverständnis«, erklärte Takeda lächelnd. »Ich bin von der Mordkommission.«

Mit einem Mal kam die hektische Betriebsamkeit in dem Büro zum Erliegen. Die Frauen drehten sich zu Takeda und starrten ihn an. Die Tür zum Hinterraum wurde geöffnet, zwei weitere Frauen steckten ihre Köpfe ins Zimmer, um bloß nichts zu verpassen.

»Mordkommission? Im Ernst?«, fragte die Frau am Schreibtisch.

»Wir untersuchen die Umstände des Hausbrandes, und ich müsste Ihnen einige Fragen stellen.«

»Nicht, dass ich was wüsste. Und nicht, dass ich Zeit dazu hätte. Aber kein Problem.«

Die Frau machte eine Art wirbelnde Handbewegung in der Luft, deutete damit allen anderen im Raum an, dass es keinen Grund gab, nicht mit der Arbeit fortzufahren. Es führte tatsächlich dazu, dass die hektische Betriebsamkeit wieder anlief. Zu Takeda sagte sie: »Mein Name ist Manuela Scherz. Wie der Scherz, über den man lacht. Wozu mir weiß Gott nicht zumute ist. Ich leite die Station. Kommen Sie am besten mit vor die Tür, da können wir uns ungestört unterhalten.«

»Das ist sehr freundlich von Ihnen.«

Frau Scherz notierte noch etwas in eine Liste, erhob sich dann aus ihrem Stuhl und drückte stöhnend ihr Kreuz durch. Eher zu sich selbst gewandt, sagte sie: »Noch ein paar Jahre, und ich bin hier nicht mehr Chefin, sondern Patientin.«

Sie nahm das schnurlose Telefon von der Basis, bedeutete ihrer Kollegin, dass sie es mit nach draußen nahm, führte Takeda dann ins Freie vor die Tür des Büros, wo sie sich als Erstes eine Zigarette anzündete und tief inhalierte.

»Ein hektischer Tag?«, fragte Takeda.

»Wie kommen Sie denn darauf?«

Er nickte verstehend. »Wie gesagt, ich bin wegen des Ehepaares Hagedorn hier. Sie haben die beiden betreut, wenn ich richtig informiert bin.«

»Ist korrekt. Glauben Sie mir, wenn ich Zeit dafür hätte, wäre ich in Trauer. Es waren nette Leute ... Na ja, er mehr als sie. Aber ich komme frühestens heute Abend dazu, eine Träne zu vergießen.«

»Wie haben Sie denn von dem Feuer erfahren?«

Das Telefon in Manuela Scherz' Hand klingelte, sie nahm den Anruf an, lauschte kurz in die Leitung, gab ein paar Anweisungen, beendete das Gespräch, wandte sich wieder Takeda zu. »Wie ich davon erfahren habe? Die Kollegin, die heute Morgen den Hausbesuch machen sollte, hat es uns erzählt. Als sie bei Hagedorns ankam, lag schon alles in Schutt und Asche. Die Feuerwehrleute haben ihr berichtet, dass das Ehepaar in den Flammen umgekommen ist. Ich wollte in meiner Mittagspause kurz hinfahren, ist ja nicht weit. War aber nichts. Mit Pause, meine ich.«

»Wie heißt denn die Kollegin, die dort war?«

»Amira Rahmani. Wenn Sie mit ihr sprechen wollen, kann ich Ihnen die Handynummer geben. Sie ist den ganzen Tag unterwegs.«

Takeda nickte, woraufhin Scherz sich durch das Nummernverzeichnis des Telefons klickte, das sie in der Hand hielt. Sie nannte Takeda eine Nummer, die er notierte.

»Ist Frau Rahmani die Einzige, die sich um das Ehepaar kümmert?«

»Nein. Geht ja auch gar nicht. Hagedorns bekommen … bekamen zweimal am Tag Besuch von uns, sieben Tage die Woche. Das müssen schon mehrere Kolleginnen unter sich aufteilen. Es sind drei feste, und bei Urlaub oder Krankheit springen auch mal andere ein.«

»Ich verstehe. Und wie geht das dann vonstatten? Klingeln Ihre Mitarbeiterinnen? Oder haben sie einen Schlüssel?«

»Beides. Wir betreten nie unangekündigt eine Wohnung, auch dann nicht, wenn der- oder diejenige nicht mehr viel mitbekommt. Ist eine Frage des Anstandes. Wir klingeln, aber meistens öffnen wir uns dann selbst die Tür, weil unsere Klienten oft nicht mehr gut auf den Beinen sind.«

»Hat jede Kollegin einen Schlüssel für das Haus?«

Erneut klingelte das Telefon, aber diesmal wies Manuela Scherz den Anruf ab. »Da müsste ich nachsehen, aber ich glaube, es gibt nur einen Hausschlüssel. Der hängt drinnen am großen Brett. Diejenige von den Damen, die Dienst hat, nimmt ihn sich. Entweder früh am Morgen oder auch am Tag vorher, je nachdem wie die Dienste verteilt sind.«

»Wie war es im Falle von Frau Rahmani? Hat sie den Schlüssel heute Morgen geholt?«

»Ist das wichtig?«

»Möglicherweise.«

»Keine Ahnung. Das müssen Sie sie selbst fragen.«

»Natürlich.«

Manuela Scherz sah Takeda an, schüttelte dann missmutig den Kopf. »Wenn Sie glauben, dass Amira etwas mit dem Feuer zu tun hat, vergessen Sie es. Die tut keiner Fliege etwas zuleide.«

»Ich habe keine Veranlassung, etwas anderes zu vermuten.«

Mit einem leisen Seufzen fügte sie hinzu: »Ich selbst dagegen verspüre regelmäßig den Drang, ein paar Häuser anzuzünden. Am besten gleich die ganze Stadt. Dann könnten ich und meine Mitarbeiterinnen endlich einmal durchatmen. Sie können es sich nicht vorstellen …«

»Doch, kann ich. Ich habe es ja gerade miterlebt«, sagte Takeda.

Sie warf ihre Kippe zu Boden, trat sie aus und fragte: »War's das? Ich müsste nämlich wieder …«

»Einen Moment noch, Frau Scherz. Ich wüsste gerne noch etwas über Lisa. Sie haben sie ja beim Ehepaar Hagedorn eingesetzt, wenn ich richtig informiert bin.«

»Stimmt. Wobei, das waren eigentlich die Leute von der Firma, die den Roboter hier in Hamburg managt, die ICR.«

»Sie arbeiten mit der Firma zusammen?«

»Sozusagen. Die haben nach Partnern gesucht, um Lisa zu testen. Wir gehören zu einem Verbund häuslicher Pflegedienste, sind also ein großer Anbieter. Darum sind die an uns herangetreten. Wir haben dann bei unseren Klienten herumgefragt, wer mitmachen möchte. Der alte Herr Hagedorn war aufgeschlossen. Und sein Sohn fand es auch gut, so ist die Wahl auf die Familie gefallen.«

»Wie sind Ihre Erfahrungen?«

»Mit Lisa? Ja, ist nett. Kann man machen. Bringt nicht viel, stört aber auch nicht groß.«

»Sie meinen, Lisa nimmt Ihnen und Ihren Mitarbeiterinnen nicht viel Arbeit ab?«

Manuela Scherz machte eine unbestimmte Geste. »Wie man es nimmt. Sie ist da. Die Klienten sind also nicht alleine. Das ist ja schon etwas.«

»Können Sie das näher erläutern?«

»Kann man sich doch vorstellen, oder? Alte Leute sind oft einsam. Da kann Lisa schon etwas ausrichten, immerhin kann das Ding reden. Wenn sich die alten Leute an Lisa gewöhnt haben, dann haben sie tatsächlich das Gefühl, dass immer jemand um sie herum ist. Es nimmt Angst, es tröstet. Das ist bei alten Leuten fast das Wichtigste, macht man sich nicht so klar.«

Manuela Scherz warf einen Blick auf ihre Uhr, zog dann eine weitere Zigarette aus der Packung. Takeda folgte ihrem Beispiel, nahm sich eine Mild Seven, gab Scherz dann Feuer. Die Frau sah ihn mit gerunzelten Brauen an. Offenbar war es lange her, dass ein Mann ihr Feuer gegeben hatte.

»Ach so, Lisa hat noch einen Vorteil. Sie ist sozusagen eine Dolmetscherin. Das ist auch nicht zu verachten.«

Takeda lächelte zustimmend. »Ich konnte mich selbst davon überzeugen, sie spricht Japanisch.«

Scherz winkte ab. »Vor allem spricht sie Polnisch, Russisch, Serbisch, Persisch, Türkisch. Sehen Sie, immer mehr Damen, die für uns oder auch andere Dienste im Einsatz sind, sprechen nicht unbedingt gut Deutsch. Oder auch gar nicht. Für die Klienten gilt übrigens dasselbe. Stammen von sonst wo. Die können zwar im Zweifel sagen, dass sie Hunger haben, aber nicht, dass ihnen die Leber wehtut oder sie eine wunde Stelle am Allerwertesten haben. Da kann Lisa schon nützlich sein.«

»Das ist zweifellos eine gute Sache. Was halten denn Ihre Mitarbeiterinnen von Lisa?«

Manuela Scherz lachte auf. »Sie haben es doch vorhin mitbekommen. Die haben nicht viel Zeit, um sich darüber Gedanken zu machen. Sie waren einverstanden mit Lisa, solange sie nicht noch mehr Stress macht als sowieso schon.«

»Es gab also keinen Ärger wegen Lisa?«

Manuela Scherz dachte kurz nach, schüttelte dann den Kopf. »Nicht bei meinen Mitarbeiterinnen. Meine Vorgängerin allerdings sah die Sache anders. Sie war immer noch mit den Hagedorns befreundet, und als sie mitbekam, dass wir Lisa bei dem alten Ehepaar einsetzen, hat sie mich angerufen und sich beschwert. Sie kannte Lisa von ihrer neuen Stelle und ist wohl nicht gerade ein Freund von dem Ding.«

»Ich verstehe. Können Sie mir die Nummer der Dame geben?«

»Klar, habe ich hier im Telefon«, erklärte Scherz. Sie drückte auf ein paar Tasten, suchte den Eintrag heraus. »Die Frau heißt Merit Kramer. Sie arbeitet übrigens in dem Altenheim, in dem es vor ein paar Tagen auch gebrannt hat. Die Nummer lautet ...«

Takeda sah sie überrascht an, sagte dann mit leiser Stimme: »Ich glaube, ich habe die Nummer bereits.«

»Na, dann ... So und jetzt muss ich wirklich wieder rein.«

»Vielen Dank für die Auskünfte.«

Manuela Scherz verschwand im Inneren des Büros. Takeda hingegen blieb reglos stehen und starrte versonnen in die Umgebung. Merit Kramer hatte bei ebendiesem Pflegedienst gearbeitet und kannte das Ehepaar Hagedorn. Damit war Lisa nicht mehr die einzige Verbindung, die es zwischen den beiden Bränden gab.

31.

Die beiden Frauen, die sich besonders heftig über Lisa beschwert hatten, hießen Ulyana Petriw und Sabine Niemann. Claudia wartete vor dem Gebäude mit den Servicewohnungen auf sie. Die Ältere von ihnen, Ulyana, sprach mit einem starken osteuropäischen Akzent. Sandra war höchstens in ihren frühen Zwanzigern und kam aus einem Örtchen in Schleswig-Holstein, von dem Claudia noch nie gehört hatte. Sie hatte erst vor Kurzem ihre Ausbildung beendet. Beide trugen die hellblauen Uniformen, die alle Pflegekräfte der Residenz anhatten.

Ulyana sah Claudia missmutig an und fragte: »Sind Sie die Frau von der Polizei? Frau Stemann sagte, dass Sie mit uns sprechen wollen.«

»Das ist richtig. Harms ist mein Name. Ich habe einige Fragen an Sie, vor allem wegen Lisa. Am besten bleiben wir einfach hier draußen, da sind wir ungestört.«

Die Frauen zuckten mit den Schultern. Kein Protest, was wohl Zustimmung bedeutete. Gemeinsam liefen sie ein paar Schritte durch die Anlage.

»Ich habe gehört, dass Sie beide nicht gerade die besten Freundinnen von Lisa sind. Stimmt das?«

Die beiden Frauen wechselten einen kurzen Blick, dann erklärte Ulyana: »Als Lisa kam, hieß es, es ist nur ein Test. Und sie würde uns die Arbeit erleichtern. Stimmt aber nicht.«

»Ich habe gehört, dass die Bewohner dank Lisa nachts seltener um Hilfe bitten. Das müsste doch ein Fortschritt für Sie sein?«

Erneut kurze Blicke untereinander, dann sagte Sabine Niemann: »Theoretisch schon. Aber dafür sind wir jetzt auch weniger Leute für die Nachtschichten. Am Ende müssen wir also sogar noch öfter raus als vorher. Vor allem, weil es viele Dinge gibt, die Lisa nicht kann.«

»Zum Beispiel?«

Ulyana erklärte: »Lisa kann tragen, heben, die Leute stützen. Das ist gut, aber nicht alles. Viele machen sich nass in der Nacht. Dann muss man sie waschen und Bettzeug wechseln. Ein neues Nachthemd, neue Windeln anziehen. Das kann Lisa nicht. Oft ist es so, dass die Bewohner Lisa rufen. Aber danach müssen wir trotzdem zu ihnen. Es ist, wie Sabine sagt, durch Lisa ist es nicht weniger Arbeit, sondern mehr.«

»Ich habe gehört, dass Sie Lisa immer so einen Klaps auf den Kopf geben. Um sie auszuschalten. Dann muss Herr Saretzki kommen und Lisa wieder hochfahren.«

Sabine Niemann schlug verschämt die Augen nieder, während Ulyana ganz im Gegenteil Claudia direkt ansah. »Hat man Ihnen auch gesagt, warum wir das machen?«

»Um sie zu ärgern, denke ich mal.«

»Unsinn! Wir machen es, weil Lisa uns bei der Arbeit beobachtet. Wir wollen das nicht.«

»Lisa beobachtet Sie? Aber wahrscheinlich doch, damit sie etwas lernt, oder? Soweit ich gehört habe, ist der Roboter dazu in der Lage.«

Die beiden Pflegerinnen flüsterten leise miteinander, dann sagte Sabine Niemann: »Die Leute von der Roboterfirma behaupten das auch. Lisa lernt, mit künstlicher Intelligenz und so. Aber das glauben wir nicht.«

»Sondern?«

Ulyana schnaubte verächtlich. »Ich gebe Ihnen ein Beispiel. Vor ein paar Wochen gab es einen Vorfall mit einer Frau aus Haus zehn. Ich habe sie geduscht, und dabei ist sie ausgerutscht. Lisa war auch dabei. Sie ist überhaupt immer dabei. Rollt immer hinter einem her. Es ist nichts passiert, aber ein paar Tage später hat Frau Stemann zu mir gesagt, dass ich mit den Leuten vorsichtiger sein soll.«

»Vielleicht hat sie ja von der Bewohnerin gehört, was passiert ist?«

»Hat sie nicht. Die Frau Claasen, so heißt sie, ist auf unserer Seite. Die petzt nicht. Weil ja auch gar nichts passiert ist.«

Claudia ließ das Gehörte auf sich wirken. »Sie glauben also, dass Lisa Sie überwacht. Verstehe ich das richtig?«

»Absolut. Lisa ist so etwas wie eine fahrbare Kamera. Das nutzt die Stemann aus, jede Wette«, sagte Sabine Niemann.

»Sie glauben, dass sie an ihrem Computer sitzt und Ihnen heimlich bei der Arbeit zusieht?«

»Zum Beispiel.«

»Aber Lisa darf keine Bilder übertragen. Aus Datenschutzgründen.«

Ulyana schnaubte erneut. »Gesagt wird immer viel. Aber stimmt es? Das mit dem Duschen war ja nicht das Einzige. Wenn irgendetwas nicht gutläuft, dann guckt die Stemann immer komisch. Sie sagt nichts, aber wir spüren, dass sie Bescheid weiß.«

»Okay, wenn Ihr Verdacht stimmt, kann ich verstehen, dass Sie Lisa eins auf den Kopf hauen, um sie auszuschalten. Wenn mir ein Roboter bei der Arbeit zuschauen würde, würde ich dasselbe tun.«

Für Claudia stand fest, dass sie der Sache nachgehen musste. Was die Frauen sagten, passte zu dem, was Saretzki angedeutet hatte. Lisa verfügte offenbar über Funktionen, die keiner der Beteiligten so recht zugeben wollte. Vermutlich, weil sie nützlich, aber nicht erlaubt waren.

Das wiederum würde bedeuten, dass der Einsatz von Lisa eben doch so eine Art Experiment an lebenden Menschen war. Hatte jemand genau das herausgefunden und wollte dem Spuk mittels Benzin und Streichhölzern ein Ende bereiten?

Wenn es so war, könnte Claudia es sogar verstehen. Wären da nicht die vielen Menschen, die dabei gestorben waren. Das änderte alles.

»Haben Sie eigentlich Frau Stemann auf Ihren Verdacht angesprochen? Haben Sie sie damit konfrontiert?«, fragte Claudia.

»Wir haben es versucht«, sagte Sabine Niemann.

»Und?«

»Sie meinte, dass es Unsinn ist. Aber das war ja klar. Sie würde es niemals zugeben.«

»Um ehrlich zu sein, mein Eindruck von ihr ist ein anderer. Ich kann mir nicht vorstellen, dass sie so etwas tut.«

Ulyana stieß ein bitteres Lachen aus. »Sie ist ja auch nicht Ihre Chefin.«

»Stimmt auch wieder. Stört es Sie, wenn ich noch einmal mit ihr darüber rede?«

»Machen Sie ruhig. Sie weiß ja sowieso, dass wir mit Ihnen gesprochen haben.«

Claudia bedankte sich bei den beiden Frauen und ging nachdenklich in Richtung des Haupthauses der Residenz, in der Hoffnung, dass Ilona Stemann immer noch in ihrem Büro war.

32.

Es war Nachmittag geworden; zu Hause in Tokio hätte Inspektor Takeda sich nun ein bequemes Plätzchen in einem Café gesucht, um ein Nickerchen zu halten. Berufstätige Menschen, die in der Öffentlichkeit schliefen, waren in Japan nichts Ungewöhnliches, egal, ob es nun in einem Café, in der U-Bahn oder auch in der Lobby eines Geschäftshauses oder eines Hotels war.

Jeder wusste, dass die Arbeitstage der Beschäftigten lang und ihre Nächte kurz waren. Darum war Schlaf am helllichten Tag keineswegs ein Zeichen von Faulheit, sondern ganz im Gegenteil ein Ausweis ihrer Einsatzbereitschaft.

In Deutschland jedoch hatte Takeda leidvoll erfahren müssen, dass öffentliches Schlafen ganz anders bewertet wurde. Ganz zu Beginn seines Aufenthaltes war er einmal in einem Coffeeshop in Eppendorf eingedöst. Die Angestellten hatten ihn für einen Obdachlosen gehalten, der in ihrem Geschäft seine Zelte aufschlagen wollte. Nicht einmal Takedas teurer Anzug hatte sie von diesem Verdacht abbringen können, und so hatten sie aus Furcht die Polizei gerufen. Takeda war dann von einem uniformierten Kollegen unsanft geweckt worden.

Den Fehler würde er daher nicht noch einmal begehen. Aber zum Glück war er ja mit seinem Dienstwagen unterwegs, und der war auch ein perfekter Ruheort. Daher fuhr er von der Pflegestation aus nur eine kurze Strecke, lenkte den Wagen in eine Parklücke und stellte den Motor aus.

Er schob eine CD von Miles Davis in die Anlage. Schon wenige Augenblicke später sank der Inspektor, begleitet von sanften Trompetenklängen, in den süßen Dämmerzustand eines Halbschlafs.

So verging eine gute halbe Stunde, während der Takeda sich nicht einmal vom Lärm der vierspurigen Straße stören ließ, an deren Rand er geparkt hatte. Halb wachend und halb schlafend, sah er Traumbilder von Lisa vor sich. Der Roboter hob Claudia aus einem Bett empor und trug sie herum, während sie ihm den Arm um den Nacken legte. Dann wandelte sich die Umgebung, war nun eine Bühne oder ein Tanzparkett. Claudia trug ein Abendkleid und tanzte mit Lisa. Die beiden drehten sich im Kreis, gingen vor und zurück und hielten sich dabei eng umschlungen. Es war argentinischer Tango, den sie tanzten, und sowohl der Roboter als auch Claudia zeigten leidenschaftliche, ja verliebte Gesichter …

Takeda schreckte hoch, sah sich verwirrt um. Offenbar hatte er nicht nur gedöst, sondern war tief eingeschlafen. Es war sicherlich eine Folge der kurzen Nacht und des vielen Alkohols, den er mit Tilmann Runge genossen hatte.

Dann realisierte er, dass es das Klingeln seines Handys war, das ihn geweckt hatte. Es war Claudia. Takeda fummelte sein Handy zurecht und nahm den Anruf an.

»Ken? Wo steckt du?«, hörte er ihre Stimme aus der Freisprechanlage.

»Im Auto. Irgendwo in der Nähe von Harvestehude.«

»Hast du etwa geschlafen?«

»Geschlafen? Ich? Aber nein.«

Statt einer Antwort war Claudias lautes, ungehemmtes Lachen zu hören. Es entlockte Takeda ein warmes und zugleich melancholisches Lächeln. Er liebte es, sie so zu hören, und bei der Vorstellung, dass sie eines Tages nicht mehr in seiner Nähe sein, er dieses Lachen nicht mehr hören würde, zog sich sein Herz zusammen.

Claudia wurde ernst. »Wir sollten schleunigst noch einmal mit jemandem von der ICR reden. Am besten direkt mit Kriemann. Es sieht ganz so aus, als könnte Lisa einige Dinge, über die die Firma nicht so gerne sprechen möchte.«

Auf Takedas Nachfrage hin berichtete Claudia von ihrem Gespräch mit Saretzki und mit den beiden Pflegerinnen.

»Glaubst du ihnen?«, fragte Takeda. »Ist Lisa in Wahrheit gar kein Pflegeroboter, sondern eine Überwachungsmaschine?«

»Ich weiß es nicht, Ken. Ausschließen möchte ich es nicht.«

»Vielleicht sollten wir zunächst Frau Stemann danach fragen? Die müsste es ja auch wissen.«

»Habe ich gerade gemacht. Ich bin sofort nach den Pflegerinnen zu ihr gegangen.«

»Was hat sie gesagt?«

»Sie hat es abgestritten. Sie meinte, es wären absurde Unterstellungen. Lisa würde niemanden überwachen.«

»Glaubst du ihr?«

»Ich denke schon. Ich mag sie. Außerdem war sie ja am Anfang auch gegen die Einführung von Lisa. Es ändert allerdings nichts daran, dass mir dieser Roboter langsam unheimlich wird. Die Stimmung unter den Beschäftigten ist mies. Auch weil es wegen Lisa zu ersten Entlassungen gekommen ist. Ich würde sagen, da kristallisiert sich ein Motiv heraus. Tilmann hatte von Anfang an recht ...«

Takeda rieb sich über das Gesicht und vertrieb die Reste seiner Schläfrigkeit. »Einverstanden. Wir müssen dringend noch einmal mit Kriemann reden. Ich habe übrigens auch etwas Interessantes herausgefunden. Lisa ist nicht die einzige Verbindung zwischen den beiden Bränden.«

»Sondern?«

»Merit Kramer, die Pflegedienstleiterin. Sie hat früher für den Pflegedienst gearbeitet, der das Ehepaar Hagedorn betreut hat. Sie stand bis zuletzt in Kontakt mit ihm. Und sie ist offenbar eine entschiedene Gegnerin davon, den Roboter einzusetzen.«

Für einige Momente herrschte Stille in der Leitung. Dann fragte Claudia: »Du hast doch gestern mit ihr gesprochen. Wie war dein Eindruck?«

»Schwer zu sagen. Sie steht unter Schock wegen des Brandes in der Residenz, immerhin kannte sie alle Opfer. Aber sie war auch wütend.«

»Wütend?«

»Sehr sogar. Wegen der vielen Arbeit, wegen der schlechten Bezahlung, wegen zu wenig Personal. Ich kann mir nicht vorstellen, dass sie selbst das Feuer gelegt hat. Andererseits habe ich sie gefragt, ob es Ärger unter den Mitarbeitern gab, zum Beispiel weil jemand entlassen worden ist. Sie hat nichts erwähnt. Und jetzt sagst du, dass es nicht stimmt. Das gibt mir zu denken.«

»Also müssen wir auch noch einmal mit ihr reden. Kannst du das übernehmen?«

»Sicher.«

»Fühl ihr diesmal ein wenig härter auf den Zahn.«

»Das werde ich.«

»Gut. Und ich fahre noch einmal zu Kriemann und Nakamura. Ich werde ebenfalls eine härtere Gangart einlegen. Mit den Toten von der Alster-Residenz und dem Ehepaar Hagedorn sind elf Menschen gestorben. Wir sollten aufhören, freundlich zu sein. Danach telefonieren wir uns wieder zusammen.«

»Dann bis später.«

Takeda beendete die Verbindung, wartete aber noch einige Momente ab, bevor er losfuhr. Das Wichtigste über Merit Kramer hatte er Claudia nicht erzählt, obwohl er schon vorhin, bei seinem Gespräch mit Manuela Scherz daran gedacht hatte. Genau wie die Leiterin des Pflegedienstes hatte ihm auch Merit Kramer gestern von ihrem Drang erzählt, Feuer zu legen. Er hatte es als Ausdruck ihrer Enttäuschung über ihren Beruf aufgefasst, ihres Gefühls, ungerecht behandelt zu werden. Hatte sie es in Wahrheit doch wörtlich gemeint?

33.

Die Dame beim Empfang der Kriemann Group teilte Claudia mit, dass Dirk Kriemann nicht im Haus sei und frühestens am nächsten Tag für ein Gespräch zur Verfügung stehe. Claudia dachte kurz nach und erklärte dann, dass sie stattdessen mit Dr. Nakamura reden wolle. Die Empfangsdame griff zum Telefon, führte ein kurzes Telefonat und sagte mit einem Lächeln: »Er freut sich auf Ihren erneuten Besuch. Ein Mitarbeiter wird Sie zu ihm bringen.«

Ein junger Mann – derselbe wie am Vormittag – führte Claudia erneut zu der Halle, in der die ICR untergebracht war. Allerdings ging er diesmal an der automatischen Eingangstür vorbei und meinte, dass Nakamura sich gerade nicht im Labor aufhalte. Sie umrundeten das Gebäude. Dahinter befand sich ein langer Grünstreifen, der sich parallel zum Außenzaun des Firmengeländes hinzog.

Als Claudia Nakamura erblickte, staunte sie nicht schlecht.

Der Wissenschaftler hatte den weißen Laborkittel gegen eine japanische Tracht eingetauscht, die aus einem kimonoartigen Oberteil und einem weiten, dunkelgrauen Hosenrock bestand. In der Hand hielt er einen langen, hölzernen Bogen. Er hatte einen Pfeil eingelegt, hielt die Sehne gespannt und visierte in höchster Konzentration eine Zielscheibe an.

So überraschend dieser Anblick war, versetzte sie etwas anderes doch noch mehr in Erstaunen. Lisa. Der Roboter stand einige Meter neben Nakamura und tat genau dasselbe wie sein Erbauer. Auch Lisa hielt einen Bogen in den Händen und zielte mit großer Ruhe und Konzentration auf eine zweite, etwa dreißig Meter entfernte Zielscheibe.

»Herr Nakamura, ich störe nur ungern, aber ... Herr Nakamura?«

Der Japaner blieb regungslos. Erst mit Verzögerung drehte er den Kopf, schenkte Claudia ein Lächeln und bat murmelnd um einen kurzen Moment Geduld. Er wandte sich wieder nach vorne der Zielscheibe zu und versank erneut in tiefer, bewegungsloser Konzentration.

Claudia spürte für einen kurzen Moment den Impuls, Nakamura ... nun, anzuscheißen. Sie war schließlich nicht zu ihrem Vergnügen hier, sondern um einen Mehrfachmord aufzuklären. Das war keine Aufgabe, bei der sie sich gern hinhalten ließ.

Dann aber verzichtete sie doch auf jedes laute Wort, unternahm überhaupt nichts weiter, das Nakamura stören könnte. Immerhin war es faszinierend, den Japaner bei seiner Bogenschießübung zu beobachten. Vor allem die Aura der Ruhe und Konzentration, die Nakamura umgab, nahm Claudia ein. Sie schien sich auf überraschende Art sogar auf sie zu übertragen. Auch sie wurde von einer tiefgehenden Ruhe erfüllt. Das Ganze erinnerte sie an ihre Begegnung mit Beate Rödinger, der deutschen Zen-Nonne, die sie während der Ermittlungen um den toten japanischen Fußballer kennengelernt hatte. Die Frau hatte ihr damals Einblicke in die Kunst der Meditation gewährt. Auch da hatte Claudia einen

Eindruck dieser sehr besonderen, sehr japanischen Mischung aus innerer Ruhe und höchster Konzentration gewonnen. Nach der Begegnung mit Rödinger hatte Claudia sich eigentlich vorgenommen, regelmäßig zu meditieren. Aber wie es so ist im Leben. Die Dinge, die einem wirklich guttun würden, sind nicht unbedingt die, die man dann auch wirklich macht. Es war sogar Claudias Spezialität, um solche Dinge einen Bogen zu machen. Könnte ja passieren, dass es ihr danach gut ging. Und das schien nicht gerade ihr Talent zu sein …

Ein zischendes Geräusch riss Claudia aus ihren Gedanken. Sie blickte wieder zu Nakamura. Der hatte durch eine winzige Drehung der rechten Hand die Sehne gelöst, Sekundenbruchteile später stieß der Pfeil tief in die Mitte der aus Stroh geflochtenen Zielscheibe.

Nach dem Schuss aber löste Nakamura sich keineswegs aus seiner Konzentration. Der Japaner blieb weiterhin reglos stehen, hielt sogar die Arme immer noch ausgebreitet, obwohl er die Bogensehne längst losgelassen hatte.

Erst nach langen Sekunden lockerte er seine Haltung, löste den Blick von der Zielscheibe und schien insgesamt aus einer Art Trance zu erwachen.

Dann drehte er sich zu Claudia hin und erklärte mit einer Verbeugung: »Verzeihen Sie bitte, Frau Kommissarin. Aber das *Zanshin* ist nicht weniger wichtig als der Schuss selbst.«

»Das … äh was?!«

»Das *Zanshin*. Es heißt so viel wie der bleibende Geist. Sehen Sie, zuvor bin ich eins gewesen mit dem Bogen, mit dem Pfeil, mit dem Ziel. Nach dem Schuss verharre ich noch für einen Moment in diesem Bewusstsein. Dann erst löse ich mich davon … aber gut, Sie sind gewiss nicht zu mir gekommen, um etwas über die Kunst des Kyūdō zu erfahren, richtig?«

Claudia erwiderte sein Lächeln. »Das würde ich nicht einmal unbedingt sagen. Kyūdō ist das japanische Bogenschießen, nicht wahr?«

Nakamura schien sich über Claudias Interesse zu freuen. »Ja, das stimmt. Und zugleich stimmt es nicht.«

»Ich warte auf den Tag, an dem ein Japaner einfach mal Ja oder Nein sagt.«

Nakamura lachte auf. »Sie werden vergeblich warten. Wir Japaner wissen nun einmal deutlicher als andere Menschen, dass sich die Welt nicht in ein Ja oder Nein einteilen lässt, nicht in Schwarz oder Weiß, nicht in Gut oder Böse. Diejenigen, die es doch versuchen, unterliegen einer Illusion. Aber um auf Ihre Frage zurückzukommen, Kyūdō ist genau, wie Sie sagten, die japanische Kunst des Bogenschießens. Aber zugleich ist es auch viel mehr. Wie der Name sagt, ist es ein Dō, so wie in Jūdō oder Shodō, der Kunst der Kalligraphie. Dō bedeutet Weg, und einen solchen beschreiten wir. Wir gehen nicht einfach nur mit Pfeil und Bogen um. Wir versuchen, uns selbst und die Natur der Dinge zu begreifen.«

Claudia sah hinüber zu Lisa, die immer noch bewegungslos dastand und den Bogen gespannt hielt, ihren Pfeil also immer noch nicht verschossen hatte. »Trifft das auch auf Lisa zu? Möchte auch sie sich selbst und die Natur der Dinge begreifen?«

»Richtig, Frau Harms. Es ist, wie Sie sagen.«

»Kann ein Roboter das denn? Etwas begreifen? Er ist doch eigentlich nichts anderes als ein mobiler Computer. Und für die besteht die Wirklichkeit doch tatsächlich nur aus Ja und Nein. Oder besser gesagt aus Nullen und Einsen?«

Nakamura hatte den Bogen inzwischen gesenkt und war ein paar Schritte zur Seite getreten. Dort lag eine Decke auf dem Boden ausgebreitet, auf die er sich nun niederkniete. Er legte in einer feierlich wirkenden Bewegung den Bogen und einen Ersatzpfeil ab, zog sich dann den Handschuh von der rechten Hand, der offenbar seine Finger schützte, während er die Sehne gespannt hielt.

Er blickte hinüber zu Lisa, nickte wohlwollend mit dem Kopf und erklärte: »Vor einigen Jahren hätten Sie noch recht gehabt,

Frau Kommissarin. Aber heute? Nur Nullen und Einsen? Ich bin mir nicht sicher. Niemand kann das sein.«

Claudia spürte, dass dieses Gespräch so ganz anders verlief, als sie es geplant hatte. Und doch war ihre Neugier geweckt. »Was meinen Sie damit? Was hat sich verändert?«

Nakamura lud Claudia mit einer Geste ein, sich ebenfalls auf der Decke niederzulassen. Er deutete auf ein Ensemble aus japanischem Geschirr, das in einem Korb lag, und fragte, ob sie einen grünen Tee, einen *Ocha*, mit ihm trinken wolle. Claudia war kurz unschlüssig, ob das jetzt nicht doch zu weit führte, nickte dann jedoch. Sie schlüpfte aus ihren Schuhen, trat auf die Decke und nahm die gleiche kniende Haltung ein wie Nakamura.

»Ach, warum nicht? Ich nehme gerne einen Tee.«

»Sehr schön.«

Nakamura zog zwei Becher aus dem Korb, stellte eine kleine Kanne daneben, in die er ein paar Teeblätter streute. Dann schenkte er aus einer Thermoskanne heißes Wasser in die Kanne, ließ den Tee kurz ziehen und verteilte ihn in die Becher.

»Bitte, kosten Sie. Es ist ein einfacher Sencha, nichts Besonderes. Der zweite Aufguss wird besser schmecken.«

Claudia trank von dem blassgrünen Tee, der ein sanftes, an Heu erinnerndes Aroma hatte. »Sehr lecker.«

»Das freut mich.«

Nakamura nahm selbst einen Schluck, genoss ihn mit geschlossenen Augen. Dann nickte er und sagte: »Ich möchte auf Ihre Frage zurückkommen. Die nach den Nullen und Einsen und dem Wesen eines Roboters.«

»Ich bin gespannt. Ich weiß wirklich wenig darüber.«

»Das macht gar nichts. Wissen Sie zufällig, wer Lee Sedol ist?«

»Nein. Der Name klingt nicht japanisch, oder?«

»Das ist korrekt. Der Mann ist Koreaner. Er war vor einigen Jahren der beste Go-Spieler der Welt. Obwohl, es gab jemanden auf der Welt, der noch besser war als er, nur dass dieser jemand ein Computer war. AlphaGo, um genau zu sein, einer der leistungsstärksten Großrechner überhaupt. Dieser Rechner hat Lee im Jahr 2016 im Go-Spiel besiegt, was zu Recht weltweit Aufmerksamkeit gefunden hat. Viellicht haben Sie davon gehört?«

»Tut mir leid. Ist an mir vorbeigegangen. Go ist auch nicht gerade meine Baustelle.«

Nakamura lachte auf. »Wissen Sie, bei dem Ereignis ging es gar nicht wirklich um Go. In Wahrheit ist etwas viel Weiterreichendes geschehen, etwas von durchaus historischer Dimension.«

Claudia nahm einen weiteren Schluck von ihrem Tee. »Und das hat etwas mit Robotern zu tun? Auch mit Lisa?«

»Aber ja. Sie werden es gleich verstehen. Sehen Sie, schon vor AlphaGo gab es Computer mit überragender Leistung. Sie waren zum Beispiel in der Lage, die besten Schachspieler der Welt zu besiegen. Sie konnten es dank leistungsstarker Prozessoren und immer raffinierterer Rechnerarchitekturen. Letztlich aber siegten sie nicht durch Qualität, sondern Quantität, also durch schiere Rechenkapazität. Sie konnten bei jedem Zug ihres Gegners sämtliche Spielmöglichkeiten durchrechnen und mit vorhandenen Konstellationen in ihren Datenbanken abgleichen. Im Grunde war das ein Vorgehen, das schon die primitiven Rechenautomaten des neunzehnten Jahrhunderts anwandten. Beim Go-Spiel aber ist ein solches Vorgehen nicht möglich, das Spiel ist viel zu komplex dafür. Um alle theoretisch möglichen Spielzüge zu berechnen, müssten sogar die leistungsstärksten Computer jahrelange Rechenoperationen anstellen. Die Programmierer von AlphaGo mussten daher völlig neue Wege beschreiten. Sie konnten den Computer nicht einfach rechnen lassen. Sie mussten ihn dazu befähigen, das Go-Spiel wirklich zu verstehen und eine eigene Spielstrategie zu entwickeln. Das wiederum war nur möglich durch die Entwicklung neuronaler Netze, die eben mehr sind als leistungsstarke Rechenmaschinen. Anders ausgedrückt, es war der Einsatz von KI, von künstlicher Intelligenz, die den Unterschied machte. Das Historische an der Partie gegen Lee Sedol bestand also darin, dass niemand – auch nicht die Erbauer des

Computers – wirklich wusste, wie die Maschine vorging. Es war im engeren Sinne kein Programm, das gespielt hat, sondern ein intelligentes neuronales Netzwerk, dessen Vorgehen nicht nachvollziehbar ist. Der Computer konnte gegen Lee siegen, weil er kreativ geworden war.«

Claudia trank von ihrem grünen Tee, der ihr auf einmal nicht mehr so richtig schmecken wollte. Nakamuras Worte kamen ihr unheimlich vor und ließen sie frösteln.

Wie schon bei ihrer ersten Begegnung mit Lisa hatte sie das Gefühl, ungefragt in die Zukunft gebeamt zu werden. Mit Dingen konfrontiert zu sein, die sie nicht verstand und die sie auch nicht wollte.

»Ich weiß nicht genau, ob ich Ihnen folgen kann, Herr Nakamura. Vor allem bin ich mir nicht sicher, was das jetzt mit Lisa und dem Bogenschießen zu tun hat.«

»Ist es Ihnen wirklich nicht klar?«

»Ich bin mir jedenfalls nicht sicher.«

»Sehen Sie, genau das ist die Antwort. Ich bin mir nämlich auch nicht sicher.«

»Das glaube ich Ihnen nicht.«

Nakamura lächelte. »Es ist die Wahrheit. Ich weiß nicht genau, was Lisa dort eigentlich macht. Sicher, sie schießt mit Pfeil und Bogen. Aber das könnte sie auch binnen Sekundenbruchteilen bewerkstelligen. Ihre motorischen und kognitiven Fähigkeiten ließen es ohne Weiteres zu. Sie könnte den Pfeil einlegen, zielen und schießen, und jeder ihrer Schüsse wäre präziser als der eines jeden Kyūdō-Meisters. Aber offenbar ist es mir gelungen, Lisa für die eigentliche Essenz des Kyūdō zu interessieren. Sie will die spirituellen Tiefen des Bogenschießens ausloten. Offenbar will auch sie einen Dō, einen Weg beschreiten.«

Claudia starrte Nakamura an, fragte dann in ihrer trockenen norddeutschen Art, mit der sie auch Takeda schon so manches Mal herausgefordert hatte: »Ohne Scheiß jetzt? Sie wollen behaupten, dass Lisa meditiert? Darauf läuft es doch hinaus, oder?«

Nakamura schien kurz von Claudias Schnoddrigkeit irritiert zu sein. Dann aber stieß er ein heiteres Lachen aus. Mit einem warmherzigen Blick auf Claudia sagte er: »Sie haben recht, das alles muss für Sie ziemlich verrückt klingen. Vielleicht ist es das auch, und Lisa braucht nur deshalb so lange für einen Schuss, weil Kyūdō ihre Prozessoren eben doch überfordert. Ich weiß es nicht. Aber gut, lassen wir das. Weswegen sind Sie hier? Was möchten Sie wissen?«

Claudia musste ihrerseits lachen. Das kurze unheimliche Gefühl, das sie beschlichen hatte, löste sich auf. Fast bedauerte sie es, nun die harte Ermittlerin rauskehren zu müssen, denn eigentlich fand sie das, was Nakamura erzählt hatte, unglaublich spannend. Vielleicht konnten sie ja später darauf zurückkommen.

»Im Grunde habe ich eine einzige Frage, Dr. Nakamura. Ich möchte wissen, ob Sie mir und meinem Kollegen die ganze Wahrheit über Lisa gesagt haben. Besonders in Hinblick auf Lisas Fähigkeiten. Oder anders gefragt, haben Sie uns wirklich alles gezeigt und gesagt, was Lisa kann?«

Nakamura blickte Claudia durch seine runde John-Lennon-Brille an und erklärte mit verschmitzter Stimme: »Um ehrlich zu sein, habe ich damit gerechnet, dass Sie wiederkommen und mir diese Frage stellen würden. Ich habe Ihnen sogar bereits darauf geantwortet, aber es ist Ihnen entgangen. Darum muss ich wohl doch ein wenig konkreter werden.«

»Ja, werden Sie konkret.«

Der Japaner schloss kurz die Augen, dachte nach und sagte dann lächelnd: »Das werde ich. Versprochen. Aber angesichts der Tatsache, dass es schon früher Abend geworden ist und ich bisher nur gefrühstückt habe … würden Sie vielleicht etwas mit mir essen gehen? Und dabei erkläre ich Ihnen alles, was Sie wissen möchten?«

Claudia sah den Wissenschaftler überrascht an. War das hier gerade Flirten? Bat Nakamura sie um ein Date?

Claudia spürte in sich selbst hinein und merkte, dass sie unsicher war. Es lag daran, dass sie in einem Mordfall ermittelte, in den

Nakamura in irgendeiner Form verstrickt war. Aber es lag auch an Ken. An allem, was passiert war. Daran, dass es nicht besser würde, wenn sie jetzt mit Nakamura essen ging.

Aber dann fiel ihr ein, dass Ken in ebendiesem Zeitpunkt bei der Pflegedienstleiterin der Alster-Residenz war. Merit Kramer. Sie hatte die Frau zwar nicht gesehen, aber sie kannte Ken gut genug, um ihn zu durchschauen. Da war etwas zwischen ihm und ihr. Und Ken war weiß Gott alles, aber kein Kostverächter. Nicht, wenn es um Frauen ging.

»In Ordnung, gehen wir etwas essen. Aber ich nehme Sie beim Wort, Herr Nakamura. Ich möchte Antworten haben.«

»Versprochen. Ich gehe kurz hoch ins Labor und ziehe mich um. Dann können wir aufbrechen.«

Gerade als sie sich von der Decke erhoben hatten, hörten sie ein zischendes Geräusch, gefolgt von einem dumpfen Splittern.

Lisa hatte ebenfalls ihren Pfeil verschossen. Er hatte sich tief in die Zielscheibe gebohrt, allerdings keineswegs genau in die Mitte, sondern einige Zentimeter daneben. Der Roboter selbst stand immer noch bewegungslos und mit ausgebreiteten Armen da. Offenbar war ihm die Bedeutung des *Zanshin*, des bleibenden Geistes, bewusst.

Claudia blickte zur Zielscheibe und sagte verwundert: »Meinten Sie nicht, Lisa könnte besser schießen als jeder Kyūdō-Meister?«

»Offenbar habe ich mich geirrt. Aber das ist keineswegs schlimm. Lisa soll ja lernen. Und das geht nur, wenn sie Fehler macht. Genau so habe ich sie erschaffen.«

34.

Takeda traf Merit Kramer im Fischers Park, einer Grünanlage nicht allzu weit von ihrer Wohnung im Stadtteil Ottensen entfernt. Er hatte zunächst vergeblich an ihrer Wohnungstür geklingelt, hatte dann in der Alster-Residenz angerufen und um Kramers Handynummer gebeten. Am Telefon erklärte sie ihm, wo er sie finden könne, schob dann mit sanfter Stimme hinterher: »Ich freue mich darauf, Herr Takeda.«

»Ja. Bis gleich«, sagte er, beendete die Verbindung und schüttelte unschlüssig den Kopf. Dann machte er sich auf den Weg.

Als der Inspektor den Fischers Park betrat, erinnerte er sich daran, dass er schon einmal hier gewesen war. Die Ermittlungen zu seinem ersten Fall – es war um den Mord an zwei Buchhändlern aus Altona gegangen – hatten ihn in den Park geführt. Damals hatte er das Gespräch mit einem Mann namens Thomas Volkmann gesucht, einem frühpensionierten Lehrer, der möglicherweise eine Zeugenaussage machen konnte. Volkmann, obwohl er aus gesundheitlichen Gründen nicht arbeitsfähig war, verbrachte seine Tage damit, hier im Park mit seinen Freunden Boule zu spielen. Damals war Takeda erst kurze Zeit in Deutschland gewesen und hatte sich über die Selbstsicherheit, vielleicht auch die Schamlosigkeit der Deutschen gewundert. Der ehemalige Lehrer schien das beste Beispiel zu sein. Er war krank, lebte von einer staatlichen Pension, schien aber das Leben aus vollen Zügen zu genießen. Jetzt wiederholte sich offenbar diese Erfahrung. Auch Merit Kramer war offiziell erkrankt, fand jedoch nichts dabei, ihre Wohnung zu verlassen und durch den Park zu spazieren. Takeda war aber nun erfahrener, wenn es um die Deutschen ging, und daher wunderte er sich über nichts mehr. Ja mehr noch, er spürte sogar eine gewisse Bewunderung für ihre Lebensart und ihr selbstbewusstes Beharren darauf, es sich gut gehen lassen zu dürfen.

Allerdings fragte er sich auch, während er auf dem Weg zum Park war, ob es in Deutschland nicht klüger wäre, statt Pflegeroboter lieber Arbeitsroboter einzuführen. Denn irgendjemand musste die Dinge, die getan werden mussten, ja erledigen, und die Menschen kamen dafür anscheinend nicht infrage. Die waren lieber im Park und genossen das Leben.

Er entdeckte Merit Kramer auf einer Parkbank. Sie hatte die Beine ausgestreckt und das Gesicht mit geschlossenen Augen der Sonne zugewandt. Als er vor sie trat, spürte sie seine Anwesenheit. Sie sah zu ihm empor und lächelte. »Ah, da sind Sie ja, Herr Takeda. Haben Sie es gut gefunden?«

»Ich bin schon einmal hier gewesen.« Er deutete zu den Boulespielern, die auch an diesem Tag ihrem Hobby nachgingen. »Damals habe ich mit jemandem von den Spielern gesprochen. Ich habe sie beneidet. Es ist ein gutes Leben, das sie führen.«

»Besser als in Japan?«

»Anders. Und ja, vielleicht auch besser.«

»Erzählen Sie mir davon? Vom Leben in Japan? Ich bin neugierig.«

»Ja, natürlich. Auch wenn es nicht der Grund ist, aus dem ich hier bin.«

Merit Kramer erhob sich von der Bank. »Das weiß ich. Wollen wir ein Stück spazieren gehen? Mir würde es guttun. Und Ihnen vielleicht ja auch?«

Sie sah Takeda fragend an. Er erwiderte ihren Blick, spürte dabei widerstreitende Gefühle. Die Art, in der sie miteinander sprachen, schien wenig mit einer Befragung, überhaupt mit Mordermittlungen zu tun zu haben. Dabei hatte Claudia ihn dazu ermahnt, nun härter vorzugehen. Aber das war nicht seine Art, war es nie gewesen. Und sicher, im Moment würde es ihm besonders schwerfallen. Unter anderem, weil er auch jetzt wieder feststellte, dass Merit Kramer atemberaubend schön war. Natürlich, sie war erschöpft, müde, auch niedergeschlagen. Aber eben das schien ihre vom Leben sprechenden Züge noch hervorzuheben.

Die Vorstellung, mit ihr durch die Straßen zu spazieren, hatte etwas Verlockendes. Es würde ihm helfen, anderes zu vergessen. Andere Sorgen. Andere Frauen.

Und nebenbei war es sicherlich nicht die schlechteste Art, um ihr unauffällig auf den Zahn zu fühlen und herauszufinden, ob sie ihm doch nur etwas vorspielte.

»Ja, lassen Sie uns ein Stück spazieren gehen. Eine gute Idee.«

»Das freut mich. Wir können hinten aus dem Park hinausgehen. Es ist von dort nicht weit zur Elbe. Und ...«

»Ja?«

»Würden Sie, würdest du Merit zu mir sagen?«

Er sah sie irritiert an, und sie erklärte: »Es wäre nicht so förmlich. Ich glaube, dann könnte ich besser über die schrecklichen Dinge sprechen.«

»Natürlich, Merit. Ich bin Ken.«

»Ken ... das klingt schön. Lass uns losgehen.«

35.

Auf dem Weg zu Claudias Wagen fragte Dr. Nakamura, ob sie das Hotoke, ein japanisches Restaurant im Hamburger Hafen, kenne.

Claudia sah ihn überrascht an. »Ja, schon.«

»Das Essen dort ist vorzüglich! Oder mögen Sie keine japanische Küche?«

»Und ob. Es ist nur ...«

»Ja?«

Claudia blieb stehen und schüttelte unschlüssig den Kopf. Sollte sie Nakamura jetzt wirklich erklären, dass das Hotoke Kens Stammlokal war und er mindestens einmal in der Woche dort speiste? Und dass er und sie auch gemeinsam oft dort gewesen und wunderbare Abend miteinander verbracht hatten? Abende, nach denen sie dann in seine oder ihre Wohnung gefahren waren, um die Nacht miteinander zu verbringen?

Der Punkt war, dass Claudia nicht sicher war, was sie eigentlich mehr ängstigte. Die Vorstellung mit Nakamura in ebenjenem Lokal zu sitzen und vielleicht ebenfalls einen schönen Abend zu verbringen. Oder die Möglichkeit, dass Ken seine Ermittlungen bereits beendet hatte und zufällig auch dort auftauchte, sie mit Nakamura dort sah ... oder sollte sie sagen, sie erwischte?

Andererseits, worüber machte sie sich eigentlich Gedanken? Sie und Ken waren kein Paar mehr. Darum konnte sie tun und lassen, was sie wollte. Außerdem war das Essen mit Nakamura schließlich kein Date, egal, wie er es sah. Für sie war es eine dienstliche Befragung!

Claudia gab sich einen Ruck und sagte: »Also schön, lassen Sie uns ins Hotoke fahren.«

Das Restaurant war an diesem Abend zum Glück nur schwach besucht. Sie wählten einen Tisch in der Ecke, bestellten dann einige der Zensai, der Vorspeisen. Es gab Spinat mit geröstetem Sesam, frittierten Agedashi-Tōfu mit geriebenem Rettich, Tintenfisch mit vergorenen Sojabohnen und sauer eingelegtes Gemüse. Nakamura erzählte, nachdem Claudia ihn dazu aufgefordert hatte, aus seinem Leben. Er, der heute zu Japans führenden Roboterwissenschaftlern zählte, war in Tokio aufgewachsen. Er war ein stilles Kind gewesen, das alleine mit seiner Mutter in einer kleinen Wohnung lebte, nachdem sein Vater früh gestorben war. Vielleicht hatte er sich deswegen früh in eine Welt aus Manga und Anime geflüchtet, wobei seine Helden zum größten Teil Roboter gewesen waren, darunter der tollpatschige Robocon und der maschinelle Superheld Kikaida – allesamt Vorbilder für seine spätere Arbeit als Entwickler von echten Robotern. Seine Lieblingsfigur als kleiner Junge aber sei zweifellos Doraemon gewesen.

An dieser Stelle sah Nakamura Claudia fragend an: »Kennen Sie Doraemon?«

»Nein, ich befürchte nicht. Manga sind nicht so wirklich meine Welt.«

»Das ist schade, denn es gibt wirklich tolle Manga, übrigens nicht nur für Kinder. Aber egal. Doraemon ist seit den siebziger Jahren eine der populärsten Manga-Figuren in meiner Heimat. Er sieht zwar aus wie eine Katze, ist in Wahrheit jedoch ein Roboter, der aus der Zukunft stammt und über erstaunliche Fähigkeiten verfügt. Nobita, der Junge, in dessen Haus Doraemon wohnt, ist sehr faul und ungezogen. Außerdem ist er furchtbar schlecht in der Schule und wird ständig von anderen Kindern geärgert. Ein Loser, wie wir heute sagen würden. Nobitas Urenkel, der im zweiundzwanzigsten Jahrhundert lebt, hat Doraemon mit einer Zeitmaschine zurückgeschickt, um seinem Vorfahren beizustehen.«

»Ich weiß nicht, ob mich das als Kind interessiert hätte. Klingt mir zu technisch.«

»Das täuscht. Die Doraemon-Geschichten sind sehr lustig und zugleich lehrreich. Der Roboter isst am liebsten Dorayaki-Kuchen, die bestehen aus Mehl und süßem Bohnenmus. Das Einzige, wovor er Angst hat, sind Mäuse, obwohl er ja ein felimorpher Roboter ist.«

»Ein was?«

»Ein katzenartiger Roboter, jedenfalls seiner Erscheinung nach. So wie Lisa in die Kategorie der anthropomorphen Roboter zählt.«

»Das sind die, die wie Menschen aussehen?!«

»Richtig.«

»Das heißt, Sie sind Roboterkonstrukteur geworden, weil Sie die Manga-Geschichten von früher sozusagen zur Wirklichkeit machen wollten?«

Nakamura ließ sich Zeit mit einer Antwort, sagte dann mit einem Schulterzucken: »Ja, wahrscheinlich ist es so. Die Jungen in den Geschichten hatten alle einen Roboter zum Freund. Das wollte ich auch. Es war mein Traum und ist es immer noch. Nicht nur für mich, sondern für alle Menschen. Ich möchte, dass die Roboter und wir Freunde werden.«

Während ihre Hauptspeisen aufgetragen wurden – es gab Tempura und Sashimi, dazu eine gegrillte Saba-Makrele und Yakitori-Hühnerspießchen –, fragte Claudia: »Verfügt Lisa auch über erstaunliche Fähigkeiten? So wie dieser Doraemon, von dem Sie sprachen?«

»Aber ja! Sie konnten sich doch selbst in meinem Labor davon überzeugen!«

»Ich konnte sehen, dass Lisa staubsaugt, dass sie Menschen auf die Füße hilft, dass sie spricht und sogar telefoniert, aber ich frage mich, ob es noch etwas darüber hinaus gibt? Etwas, das Sie mir und meinem Kollegen nicht vorgeführt haben.«

Nakamura sah sie mit einem neugierigen Lächeln an. »Woran denken Sie zum Beispiel?«

»Hat Lisa zum Beispiel medizinische Fähigkeiten? Könnte sie es erkennen, wenn ein Mensch einen Herzinfarkt erleidet?«

»Und wenn es so wäre?«

»Dann würde ich mich fragen, warum Sie es verschweigen. Aber das ist nicht alles. Es gibt in der Alster-Residenz Mitarbeiter, die glauben, dass Lisa sie überwacht. Die Betreffenden sind bestimmt nicht Lisas Freunde. Sie gehen davon aus, dass sie Bilder auf den Computer der Leiterin überträgt. Kann Lisa so etwas?«

»Aber natürlich kann sie es«, antwortete Nakamura ungerührt.

»Ach!«

Obwohl Claudias Ton nun deutlich nüchterner geworden war, ließ der Wissenschaftler sich nicht beirren. »Ich bitte Sie, Frau Harms! Lisa ist ein hoch entwickelter autonomer Roboter, der über zahlreiche sensorische Fähigkeiten verfügt. Optische Raumwahrnehmung gehört dazu, und entsprechende Bilder irgendwohin zu übertragen ist nun wirklich nichts Besonderes!«

»Und das mit dem Herzinfarkt?«

»Ist auch nicht so spektakulär, wie es klingt. Es gibt längst Smartwatches, die dazu in der Lage sind.«

»Also stimmt es, Lisa kann solche Dinge?«

»Die Frage ist nicht, ob sie es kann, sondern ob sie es darf. Und da lautet die Antwort eindeutig Nein. Jedenfalls hier in Deutschland. Falls Sie also erneut mit den betreffenden Mitarbeitern sprechen, erklären Sie ihnen bitte, dass ihr Verdacht unbegründet ist. Lisa ist nicht dazu da, jemanden zu überwachen.«

»Und das mit dem Infarkt?«

»War zugegebenermaßen eine Übertretung von Lisas Kompetenzen. Eigentlich darf sie auch so etwas nicht, nicht hier und nicht im Moment. Trotzdem hat sie dadurch einem Menschen das Leben gerettet. Wollen Sie sich wirklich darüber beschweren?«

Claudia sah Nakamura nachdenklich an und schüttelte dann den Kopf. »Aber wenn Lisa die Pflegerinnen nicht überwacht, warum sieht sie ihnen dann bei der Arbeit zu? Das tut sie doch oder etwa nicht?«

Der Wissenschaftler dachte kurz nach, fragte dann: »Erinnern Sie sich an das, was ich Ihnen über Lee Sedol erzählt habe?«

»Den koreanischen Go-Spieler?«

»Genau. Sehen Sie, der Computer, Alpha-Go, konnte ihn besiegen, weil er mittels Künstlicher Intelligenz in der Lage war, das Go-Spiel zu lernen und eine eigene Strategie zu entwickeln. Ebenso verhält es sich mit Lisa. Sie lernt etwas über die Pflege alter Menschen. Darum sieht sie dem Personal zu.«

»Aber haben Sie ihr denn nicht alles Nötige schon in Japan beigebracht? Dort ist sie doch schon viel länger im Einsatz?«

»Sicher, Lisa hat bereits vieles gelernt. Aber sehen Sie, sie ist sozusagen als Japanerin hier nach Deutschland gekommen. Darum muss sie noch vieles über die Besonderheiten in ihrer neuen Heimat lernen. Besonders über die Gewohnheiten und Eigenarten der Deutschen. Nur dann ist sie wirklich nützlich. Wenn Sie so wollen, muss Lisa selbst zu einer Deutschen werden.«

Claudia lachte ungläubig. »Jetzt nehmen Sie mich auf den Arm, oder? Lisa ist ein Roboter, eine Maschine. Wie kann sie Japanerin oder Deutsche sein?«

»Aber Sie täuschen sich, Frau Harms. Es macht große Unterschiede. Auch ein Roboter muss sich den Eigenarten eines Landes und seiner Bewohner anpassen, genau wie ein Mensch. Nur dann kommt es zu einem konfliktfreien Miteinander.«

»Es fällt mir schwer, das zu glauben«, sagte Claudia und gönnte sich dabei eine nach Tempura-Art frittierte Garnele.

Nakamura folgte ihrem Beispiel, er schob sich ein Stück Tempura in den Mund und sagte dann schmatzend: »Ich gebe Ihnen ein Beispiel. In Japan schätzen es die alten Menschen, wenn Lisa mit lieblicher Stimme spricht und sich devot verhält. Sie muss sich zum Beispiel ständig verbeugen. Ein wenig wie eine junge Frau oder ein Mädchen. Wir sagen *kawaii* dazu.«

»Habe ich schon einmal gehört. Junge Girlies in Japan sind *kawaii.*«

»Richtig. Hier in Deutschland aber haben wir schnell gemerkt, dass Lisa sich erwachsener verhalten muss. Sonst betrachten die Menschen sie als bloßes Spielzeug und trauen ihr nicht zu, dass sie eine ernsthafte Hilfe ist. Darum spricht sie hierzulande mit etwas tieferer Stimme und verhält sich insgesamt ein wenig resoluter. Sie sehen schon, Lisa lernt durch das Beobachten der Menschen und verändert sich.«

»Und wenn Sie mit ihr irgendwann einmal nach Italien oder Griechenland gehen, wird sie wieder anders?«

»Aber natürlich. Das ist essenziell. Lisa hilft Menschen in einer Lebenslage, in der sie schwach sind und sich ausgeliefert fühlen. Da ist es besonders wichtig, dass die alten Herrschaften ihr vertrauen können. Sie müssen überzeugt sein, dass Lisa sie versteht und mit ihnen fühlt. Das wird auch entscheidend sein, wenn Lisa einmal andere Rollen ausfüllt!«

»Was für Rollen meinen Sie?«

»Nun, sie könnte künftig auch zum Beispiel die Gefährtin von jungen und gesunden Menschen sein.«

»Sie meinen als Haushaltshilfe?«

»Nicht nur. Lisa könnte den Menschen auch eine echte Partnerin sein. In den entwickelten Ländern gibt es immer mehr einsame Menschen. Glauben Sie nicht, dass die, wenn sie ihr Leben mit Lisa teilen könnten, glücklicher wären? Und dass sie dann nicht mehr einsam zu sein bräuchten?«

Claudia forschte in Nakamuras Gesicht, suchte Anzeichen dafür, dass der Wissenschaftler sie auf den Arm nahm, aber er schien seine Worte ernst zu meinen.

»Nur, damit ich Sie nicht falsch verstehe ... Sie meinen, dass Lisa so etwas wie eine Ehefrau sein könnte?«

»Oder ein Ehemann. Richtig, davon spreche ich.«

»Ich weiß nicht, ob mir die Vorstellung gefällt.«

»Stellen Sie es sich doch einmal vor. Ein unverheirateter Geschäftsmann kommt abends nach Hause. Er ist frustriert, weil er Ärger in der Firma hatte. Niemand ist dort, um sich seinen Kummer anzuhören. Bisher blieb ihm nichts übrig, als Fernsehen zu schauen und dazu Alkohol zu trinken. Wenn Lisa aber da wäre, würde sie ihm zuhören. Sie würde ihm dabei die Schultern massieren, ihn zum Lachen bringen und alle seine Sorgen mit ihm teilen. Es wäre für das Wohlbefinden und damit auch für die Gesundheit des Mannes ein großer Fortschritt!«

»Aber die Vorstellung ist gruselig! Wie kann ein Mensch seine Sorgen mit einer Maschine teilen? Selbst wenn sie ihm das Gefühl gibt, dass sie ihn versteht, dann wäre es doch nur ein Trick. Eine digitale Täuschung! Seine Einsamkeit wäre in Wahrheit noch viel größer, nur dass er es nicht mehr merkt!«

Nakamuras Gesicht war seltsam starr geworden. »Vielleicht ist es bei uns Menschen ja genauso? Vielleicht täuschen wir uns gegenseitig auch immer nur? Versteht jemand, dem Sie Ihre Sorgen anvertrauen, Sie wirklich? Oder tut er nur so, weil er zum Beispiel mit Ihnen ins Bett will? Wie wollen Sie das wissen?«

»Dann glauben Sie, dass wir Menschen uns gar nicht wirklich verstehen können? Dass wir unsere Gefühle nicht teilen können? Dass wir sie uns nur vorspielen?«

Aus Nakamuras Gesicht war jedes Lächeln, überhaupt jede Regung verschwunden. »Wenn mich meine Beschäftigung mit Robotern eines gelehrt hat, dann, dass Menschen erstaunlich primitiv sind. Der richtige Blick, die richtige Stimmlage, vielleicht eine Berührung, und schon denken wir, dass unser Gegenüber empathisch ist. Aber ist es wirklich so? Bei einem Roboter lautet die Antwort eindeutig Ja. Denn er gehorcht seiner Programmierung. Er ist ehrlich, er kann gar nicht anders. Aber die Menschen? Verbergen sic in den Momenten der Freundlichkeit nicht nur ihre grausame Natur? Ihren Hass? Ihre Unzulänglichkeiten? Wie viele Ehen gehen auf die Art zu Ende, dass der eine Partner den anderen umbringt, obwohl sie zuvor vielleicht zwanzig oder dreißig Jahre lang arglos miteinander gelebt haben? Kennt man einen anderen Menschen wirklich? Nein, tut man nicht! All die Verbrechen, Kriege, Morde ... Solche Dinge werden auf unserem Planeten nur von einem Lebewesen begangen, nämlich dem Menschen. Und Sie, Frau Harms, wie so viele andere, ängstigen sich vor Robotern? Ist das nicht albern? Sollten wir uns nicht viel mehr voreinander ängstigen? Weil wir niemals wissen können, was in unserem Gegenüber schlummert?«

Claudia fror plötzlich. Die Leichtigkeit, die ihre Unterhaltung bis gerade eben geprägt hatte, war verschwunden, hatte sich mit einem Mal in Luft aufgelöst. Sie hatte Platz gemacht für ... für was eigentlich? Sie wusste es nicht, und das war das Unheimlichste an Nakamuras Worten. Er hatte sie so seltsam kühl vorgetragen, ohne jede Leidenschaft, nicht einmal mit Trauer über die Schlechtigkeit des Menschen, die er beklagte. Seine Stimme war völlig monoton geworden, wie die eines Roboters. Claudia hatte nicht die geringste Ahnung, was ihn bewegte, er kam ihr völlig fremd vor. Fremd und unheimlich.

Claudia hatte sich noch nie so einsam gefühlt wie in diesem Moment. Es war in Wahrheit nämlich nicht so, wie Nakamura sagte. Einsamkeit hieß nicht, dass niemand anderes da war. Einsamkeit ließ sich darum auch nicht mit einer Maschine beheben. Im Gegenteil, die Anwesenheit eines falschen Menschen, eines Menschen, der offenbar im Grunde seiner Seele anders war als man selbst, der einen darum nicht verstehen konnte, den man selbst nicht verstand, der konnte einen noch viel mehr mit dem Gefühl der Einsamkeit, des Alleinseins, der völligen Verlorenheit erfüllen, als wenn da tatsächlich einfach niemand wäre.

Claudia stocherte mit ihren Stäbchen im Essen herum, verschaffte sich auf die Art Zeit. Ihr Appetit war ihr vergangen. Nur kurz hob sie den Blick, warf Nakamura einen Blick zu. Warum war sie so eingeschüchtert? Warum hatte sie plötzlich … Angst vor ihm?

Sie wünschte sich, dass Ken hier wäre. Er war so anders, das totale Gegenteil. Bei ihm hatte sie sich niemals alleine gefühlt, obwohl auch er ziemlich anders war als sie. Ken jedoch besaß genau die Fähigkeit, von der Nakamura behauptete, dass es sie nicht gebe. Ken konnte sich andocken, konnte sich einfühlen, so gut wie niemand sonst, den sie kannte. Er war vielleicht überhaupt zum ersten Mal in Claudias Leben jemand, bei dem sie das Gefühl hatte, dass er sie verstand.

Claudia schreckte hoch, als sie merkte, dass jemand ihre Hand berührte, die auf dem Tisch lag. Es war Nakamura. Sie blickte auf, ihre Blicke trafen sich, und sofort hatte sie ein schlechtes Gewissen. Nakamura sah völlig bedröppelt aus, blickte sie verunsichert an und sagte: »Ich glaube, ich habe Sie überfordert mit meinen Worten, richtig? Es tut mir leid! Sehen Sie, die viele Beschäftigung mit den Robotern hat mich wohl zu einem Kauz gemacht. Am besten nehmen Sie meine Worte einfach nicht ernst. Ich bin – das darf ich selbstbewusst sagen – ein guter Techniker, aber in menschlichen Dingen bin ich wohl ein Versager.«

Claudia lachte, auch weil der Japaner sie auf herzzerreißende Art ansah. Die seltsame Ausdruckslosigkeit war aus seinem Gesicht verschwunden, war einem verzagten Lächeln gewichen.

»Um ehrlich zu sein, das bin ich leider auch. Eine Versagerin.«

»Wieso sagen Sie das?«

»Weil … ach, vergessen Sie es einfach.«

»Dann verzeihen Sie mir?«

»Na klar.«

Sie hoben beide ihre Sake-Schalen, stießen an und tranken. Claudia nahm sich ein Stück gegrilltes Hühnchen, biss herzhaft zu. Aber so richtig schmecken wollte es ihr nicht mehr.

36.

Takeda hatte ein kleines Stöckchen in der Hand und malte japanische Schriftzeichen in den Sand des Elbstrandes. Er und Merit Kramer hatten sich in der Strandperle, einem kleinen Ausflugslokal am Elbufer, mit Getränken versorgt, sich dann ein Stück entfernt nahe der Wasserlinie niedergelassen.

»Wir nennen unsere Schriftzeichen Kanji. Einige sind recht simpel, im Grunde wie kleine Bilder. Das hier zum Beispiel bedeutet Berg: 山. Mit ein wenig Phantasie erkennt man einen Gipfel und zu beiden Seiten die Hänge. Oder das hier: 木. Es heißt Baum. Siehst du den Stamm und die Äste?«

»Ja.«

»Und wenn du zwei Bäume nebeneinander schreibst, bedeutet es Hain: 林. Und drei, 森, lesen wir als Mori, es bedeutet Wald.«

Merit Kramer lachte auf. »So einfach ist das?«

»Nicht immer. Es gibt auch Zeichen, die schrecklich kompliziert sind, obwohl sie eigentlich sehr einfache Dinge bedeuten. Schau einmal hier: 齢. Das Zeichen steht für Lebensalter. Und das hier, 美, bedeutet schön.«

»Wie soll man sich das nur merken? Unmöglich! Jedenfalls wenn man kein Japaner ist. Andererseits meintest du gestern ja, dass es so etwas wie einen Trick gibt, um sich die Kanji merken zu können?!«

»Das stimmt. Nimm zum Beispiel dieses Zeichen. 明. Die linke Hälfte bedeutet Sonne und die rechte Mond. Zusammen bedeutet das Zeichen hell, weil Sonne und Mond beide strahlen. Siehst du, auf diese Art kann man den Aufbau vieler Zeichen verstehen. Und dann fällt es gar nicht mehr so schwer, sie sich zu merken.«

»Wie geht denn das Zeichen für Liebe? Ist es ein schwieriges Zeichen? Oder ein einfaches?«

»Ganz wie man es sieht«, erklärte Takeda, zeichnete dann ein Zeichen in den Sand.

愛

»Wow, das ist eher kompliziert. Gibt es auch einen Trick, wie man es sich merken kann?«

»Aber ja. Sieh mal, hier in der Mitte versteckt sich ein anderes Zeichen. ›心‹. Es heißt Kokoro, was so viel wie Herz oder Seele bedeutet.«

»Das ist wunderschön, Ken. Im Zentrum der Liebe steht die Seele.«

Merit Kramer nahm Takeda das Stöckchen aus der Hand, berührte ihn leicht dabei. Dann versuchte sie selbst, das Kanji in den Sand zu zeichnen. Es war schwieriger als gedacht, und am Ende wischte sie über den Sand, als würde sie eine Tafel säubern.

Zwischen ihnen trat Stille ein. Bevor sie hier eine Pause eingelegt hatten, waren sie bereits über eine Stunde zu Fuß unterwegs gewesen. Takeda hatte ihr von seinem Leben in Japan erzählt, von seiner Leidenschaft für den Jazz, von den unendlich langen Arbeitsstunden als Ermittler im Tokioter Polizeipräsidium. Er hatte auch seine Scheidung von Makiko erwähnt, die nun schon fast drei Jahre zurücklag, von seiner düsteren Phase, die danach gefolgt war. Er erwähnte, dass es ihm nun, da er fast schon ein Jahr in Hamburg lebte, deutlich besser ging. Claudias Name hingegen nannte er nicht, weder, dass zwischen ihnen etwas entstanden war, noch, dass es damit wieder vorbei war. Warum? Weil es die Frau, die nun neben ihm saß, nichts anging?

Sicher. Auch darum.

Aber jetzt durfte all das keine Rolle spielen. Es war an der Zeit, zu dem zu kommen, das sie eigentlich zusammengeführt hatte. Und so sah Takeda Merit eine Weile schweigend an, sah die Trauer und Erschöpfung in ihrem Gesicht. Er räusperte sich. »Ich glaube, du weißt bereits, dass es einen zweiten Brand gegeben hat?«

»Ja, ich habe davon gehört.«

»Woher?«

»Eine ehemalige Kollegin hat mich angerufen. Sie kümmert sich um das Ehepaar Hagedorn. Ich kannte die beiden, weil ich sie früher selbst betreut habe. Ich mochte sie, besonders ihn. Er war ein feiner Mann, auch wenn es ihm zum Schluss nicht mehr sonderlich gut ging und er außerdem unter seiner Frau zu leiden hatte. Sie war dement und neigte zu Bösartigkeiten.«

»Ihr standet immer noch in regelmäßigem Kontakt?«

»Ich habe sie oft besucht. Meine eigenen Eltern leben nicht mehr. Die beiden waren ein bisschen ein Ersatz ...« Ihre Stimme brach ab, sie schüttelte den Kopf, kämpfte mit den Tränen. Mit kratziger Stimme fragte sie: »Hängen die Brände zusammen? Bist du darum zu mir gekommen?«

»Wir gehen davon aus.«

»Aber das kann doch nicht sein! Wer macht so etwas? Warum? So viele Menschen sind gestorben ...«

»Wir wissen es nicht. Wir suchen nach Zusammenhängen. Du bist einer davon.«

»Ich?«

Takeda nickte und merkte, wie ihr Gesichtsausdruck sich veränderte, kühl und abweisend wurde. Zu Recht. Was er sagte, lief auf eine Verdächtigung hinaus, und so war es ja auch gemeint.

Aber musste das wirklich sein? Sein Gefühl sagte ihm deutlich, dass Merit nichts mit der Brandstiftung zu tun hatte. Und doch war nicht auszuschließen, dass sie eine Rolle in der Geschichte spielte, möglicherweise eine, die ihr selbst nicht klar war.

»Auch beim Ehepaar Hagedorn war ein Roboter im Einsatz, das weißt du auch, oder?«

»Natürlich weiß ich das. Und ich fand es nicht gut. Genauso wenig wie bei uns in der Residenz.«

»Was genau stört dich daran?«

Sie sah ihn kopfschüttelnd an. »Was mich stört? Muss ich das wirklich erklären?«

»Ja.«

Merit malte einige Sekunden gedankenverloren mit dem Stöckchen im Sand. Dann warf sie ihn weg und sagte mit trotziger Stimme: »Die alten Menschen, um die ich, um die wir uns kümmern, sind im letzten Abschnitt ihres Lebens angekommen. Sie sind Eltern, Großeltern, vielleicht Urgroßeltern. Sie haben gearbeitet, geliebt, sind vielleicht verlassen worden, sind verwitwet, haben wieder geheiratet. Sie haben in ihrem Leben etwas vollbracht, auf das sie stolz sein können, haben bestimmt auch schwere Stunden verlebt, sie sind gestürzt und wieder aufgestanden ... So oder so, sie haben zu dem beigetragen, was uns alle verbindet. Diese Stadt, dieses Land. Und dann fällt uns nichts Besseres ein, als sie in ihren letzten Jahren einer Maschine zu überlassen? Wie kalt muss eine Gesellschaft sein, die so etwas tut?«

Takeda schwieg. Er sann Merits Worten nach, spürte ihren Zorn, ihre Traurigkeit. Er konnte sie verstehen. Aber er musste sich auch eingestehen, dass er die Dinge anders sah. Warum? Weil er Japaner war? Weil auch er kalt war, zumindest kühl? Claudia hatte ihm eben das vorgeworfen. Immer wenn sie sich stritten. Weil er eben nicht aus der Haut fuhr, sie nicht seinerseits anschrie, sondern lieber gar nichts sagte. Sie hatte nicht einmal unrecht mit ihrem Vorwurf. Je hitziger sie während eines Streites wurde, desto stiller und auch kühler wurde er – was sie dann nur noch mehr aufstachelte. Auf diese Weise hatten sie sich gegenseitig immer weiter in die Extreme getrieben.

»Wir haben gehört, dass einige deiner Mitarbeiterinnen in der Residenz Lisa ebenfalls ablehnen. Sogar hassen. Sie vermuten, dass sie von dem Roboter überwacht werden. Dass er überhaupt Dinge tut oder kann, die nicht offiziell eingestanden werden. Hast du davon gehört?«

»Klar. Ich glaube das auch. Aber es ist nicht einmal das Wichtigste.«

»Sondern?«

»Ich habe dir doch gestern schon erzählt, wie überfordert wir uns oft fühlen, ich und viele Kolleginnen. Zu viel Arbeit, zu miese Bezahlung. Und alles geschieht immer nur in Hetze, jeden Tag aufs Neue. Dabei wissen wir, dass wir eigentlich einen schönen Beruf haben. Zumindest könnte er schön sein. Die Menschen sind dankbar für das, was wir für sie tun. Das spüren wir jeden Tag. Aber zu viele andere Dinge zerstören dieses Gefühl. Und immer, immer, immer liegt es am Geld. Weil ja angeblich keines da ist. Aber dieser Roboter ... ist dir eigentlich klar, was der kostet?«

»Nein, ich muss gestehen, dass ich keine Ahnung habe.«

Merit Kramer winkte ab. »Im Moment noch gar nichts, ist ja nur eine Testphase. Aber diese Firma, diese ICR, das ist kein Wohltätigkeitsverein. Die will irgendwann mit Lisa Geld verdienen. Viel Geld. Es wird da sein, das prophezeie ich. Anders als bei uns, den Mitarbeitern, den Pflegerinnen, den Schwestern, den Hausmeistern, was weiß ich. Uns können sie nicht anständig bezahlen, dafür reicht es nicht. Aber um diese Maschine zu finanzieren, klar, da wird dann tief in die Tasche gegriffen!«

»Lisa wird Arbeitskräfte ersetzen und sich so selbst finanzieren. Das ist wohl die Idee. Es hat bereits begonnen, wenn ich es richtig sehe.«

Merits Gesicht verzerrte sich vor Wut, und ihr eigentlich so schönes Gesicht wurde zur Fratze. Takeda hatte die Verwandlung bereits gestern bei ihr beobachtet, auch da war sie wütend gewesen und hatte ihm von ihrer Lust, Feuer zu legen, erzählt. Doch heute war ihre Wut noch ausgeprägter, wohl weil sie ihm vertraute und die Hemmungen vor ihm verlor.

Erst als sie sich beruhigt hatte, konnte sie wieder sprechen und sagte mit überraschend leiser Stimme: »Richtig, Ken. Es hat bereits angefangen. Und es wird weitergehen. Wer weiß, wie weit? Vielleicht braucht man auch mich schon bald nicht mehr.«

»Warum hast du das gestern nicht erwähnt? Dass bereits zwei Leute entlassen wurden? Ich hatte dich danach gefragt.«

Merit sah ihn forschend an. Die Vertrautheit war aus ihrem Blick verschwunden. »Weil es nicht wichtig war. Es waren zwei Aushilfen.«

»Aber hast du nicht selbst gerade gesagt, dass du und alle deine Kollegen Angst habt? Davor, dass genau das passiert?«

Merit Kramer sah ihn verblüfft an, lachte dann höhnisch auf. »Du glaubst, dass es jemand von uns war? Oder sogar ich? Wirklich?«

»Das habe ich nicht gesagt.«

»Aber ich kann es dir ansehen! Das ist absurd, Ken. Ich würde so etwas niemals tun! Und auch keine meiner Mitarbeiterinnen. Keine!«

Takeda nickte und sagte mit großer Ernsthaftigkeit: »Ich glaube dir, Merit. Wirklich. Und doch …«

»Was?«

»Ich muss verstehen, was vor sich geht. Es wird immer klarer, dass sich alles um Lisa dreht. Aber wie genau die Dinge zusammenhängen, ist immer noch rätselhaft.«

Ihre Wut milderte sich, sie öffnete die Hände, die an den Knöcheln weiß geworden waren, während ihre Nägel in ihren Handflächen tiefe rote Furchen hinterlassen hatten. »Tut mir leid. Ich weiß, dass du nur deinen Job erledigst.«

»Nicht nur.«

Sie sah ihn an, fand zu einem Lächeln zurück. »Es ist keine einfache Zeit. Ich war vorher schon sehr erschöpft. Eigentlich seit Jahren. Die Vorfälle jetzt haben mir den Rest gegeben. Wenn dann jemand Dinge sagt … wie du jetzt … dass ich Schuld an allem haben könnte. Oder es sogar selbst war … Ich kann das einfach nicht ertragen. Ich habe es dir schon gestern gesagt, ich kannte alle Menschen, die gestorben sind. Bei uns in der Residenz. Und jetzt auch noch die Hagedorns. Ich weiß nicht, wie ich das aushalten soll.«

Merits Hand, die im Sand lag, berührte Takedas. Sehr zart, sehr vorsichtig. Er ließ es geschehen. Sie vermieden es, sich anzusehen, blickten beide hinaus auf die Elbe.

Dann, in einer plötzlichen, jähen Bewegung, löste Takeda sich. Er stand auf. »Ich muss gehen.«

»Habe ich etwas Falsches gesagt? Oder war das gerade eben ... zu viel?«

»Nein.«

»Dann bleib doch noch.«

»Es tut mir leid. Aber es geht nicht.«

37.

Takeda lief den langen Weg zurück zu seinem Wagen, der immer noch in Ottensen stand. Nachdem er sich ans Steuer gesetzt hatte, spürte er, dass er unmöglich nach Hause zurückkehren konnte. Er würde sowieso nicht schlafen können. Zu viel ging ihm im Kopf herum. Gedanken, die mit dem Fall zusammenhingen. Gedanken, in denen es um ihn, um sein ganzes Leben ging.

Es gab nur eine Art, auf die er Ruhe finden konnte. Also fuhr er nur eine kurze Strecke, steuerte den Wagen am Altonaer Rathaus vorüber und die Palmaille hinunter, bog dann in Richtung Fischmarkt ab.

Als er den Wagen abstellte, gelang ihm ein Lächeln. Bitter und voller Trauer, aber auch gesprenkelt mit Vorfreude.

Er stieg aus, öffnete den Kofferraum und nahm den Instrumentenkasten heraus, der dort seinen Stammplatz hatte. Dann ging er hinaus auf den Anleger vor der Fischauktionshalle. Dort befand sich ein neues Bistro, das er tagsüber gerne besuchte. Jetzt hatte es geschlossen.

Er nahm sein Saxophon aus dem Koffer, befestigte Hals- und Mundstück. Dann blickte er hinaus auf die nachtschwarze Elbe, auf der sich die Lichter der gegenüberliegenden Docks und Hafenanlagen spiegelten.

Hatte dieser Fluss ihm Glück gebracht? Die große Stadt, die an seinen Ufern lag?

Er wusste es nicht.

Erst Minuten später begann er zu spielen. Sehr zart am Anfang, kaum zu hören. Es war noch kein Lied, eher ein Tasten. Ein Kind, das die ersten Schritte macht. Das größer wird. Mutiger. Ein Teenager, sogar übermütig, gut gelaunt, ohne alle Sorgen.

Zum ersten Mal an diesem langen Tag fühlte Takeda sich wirklich frei und leicht. Er konnte atmen.

Zunächst war ihm selbst nicht klar, welches Stück er spielte. Dann war er von sich selbst überrascht. The Girl from Ipanema. Eine Ikone des Bossa Nova, komponiert von Antonio Carlos Jobim. Das Lied war in den sechziger Jahren berühmt geworden, nachdem Joao Gilberto und Stan Getz es eingespielt hatten. Takeda verehrte Stan Getz, der zu den größten amerikanischen Saxophonisten zählte. Besonders liebte er dieses Stück, dessen Leichtigkeit sich auf so wunderbare Weise mit einer sommerlichen Melancholie verband. Ein Mann sitzt in einer Bar und schaut jeden Tag einem Mädchen nach, das vorübergeht. Er schenkt ihr sein Lächeln, aber sie beachtet ihn einfach nicht …

Ohne das Saxophon abzusetzen, ging Takeda ein paar Schritte. Er drehte sich um und sah landwärts in Richtung der Auktionshalle und über die verlassene Fläche des Fischmarkts.

Niemand war zu sehen.

Nur die Nacht, nur die Stille.

Vor einigen Monaten hatte er schon einmal hier gestanden. Auch damals war es nicht einfach gewesen zwischen Claudia und ihm, und er hatte auch in jener Nacht Trost in der Musik gesucht. Damals war sie aus der Dunkelheit aufgetaucht. Sie hatte seinem Spiel gelauscht, war zu ihm gekommen, und sie hatten sich wiedergefunden.

Heute?

Nichts. Niemand.

Takeda überblies die Melodie, verzerrte sie, zerstörte sie. The Girl from Ipanema verlor jede Süßlichkeit. Er verwandelte das Stück in eine wüste, wütende Tonkaskade. Kein Bossa Nova mehr, eher schon Free Jazz in der Art von Ornette Coleman und Cecil Taylor. Musik, die aus Scherben bestand. Aus Fragmenten. So wie sein Leben. Scherben. Wieder einmal.

38.

Claudia heulte.

Sie hasste sich selbst, wenn sie das tat. Sie kam sich kindisch und unreif vor. Schwach. Albern.

Aber es half nichts, sie konnte nichts dagegen tun, die Tränen quollen aus ihren Augen, als wären es nicht ihre eigenen, als hätte jemand anderes die Kontrolle über ihren Körper übernommen. Es war nicht das erste Mal, dass sie in diesem Zustand war, darum wusste sie, dass er so schnell auch nicht vorübergehen würde. Es war wie ein Machtkampf zwischen ihr und ihren Gefühlen. Erst wenn sie nachgab, wenn sie sich ihrer Trauer und ihrem Schmerz ergab, wenn sie den Thron ihres Verstandes räumte und einsah, dass sie selbst dieser schwache, weinende Mensch war, erst dann durfte sie mit Linderung rechnen.

Aber einfach war es nicht. Noch war sie auch nicht bereit aufzugeben.

Es lag an Nakamura. An ihrem Gespräch, an ihrem langen gemeinsamen Abend. Was für ein seltsames Auf und Ab. Momente der Nähe hatten solche der totalen Fremdheit, der Befremdung abgelöst. Der Japaner war ein Sonderling. Jemand, der den Menschen misstraute und offenbar lieber von Maschinen umgeben war. Der vielleicht nicht einmal einen Unterschied zwischen ihnen machte. Und der vielleicht wirklich in Lisa verliebt war …

Claudia schnäuzte sich die Nase, trocknete die letzten Tränen. Es ging ihr besser. Wie immer, wenn sie geheult hatte. Eigentlich sollte sie dankbar dafür sein, anstatt sich dagegen zu wehren. Aber hinterher ist man bekanntlich immer klüger. Außerdem führte es nicht dazu, dass die Fragen aus ihrem Kopf verschwanden. Jedenfalls nicht heute.

Was war eigentlich mit ihr los? Warum verhielt sie sich so, wie sie es tat? Was lief so verdammt schief bei ihr?

Lag es an dem, was damals im Stadion passiert war? Es lag Wochen zurück und war ihr dennoch immer noch präsent, als wäre es gestern gewesen. Sie musste nur die Augen schließen. Dann war alles wieder da. Sie stand wieder in den Katakomben des Volksparkstadions, mit der Waffe in der Hand. Vor ihr Oliver Knauß, der junge Rechtsradikale. Den Körper gespickt mit Sprengstoff, einen Zünder in der Hand. Ken rannte auf ihn zu, wollte sich auf ihn werfen, um die Wucht der Detonation mit seinem Körper abzuschirmen. Er wollte sich selbst opfern. Aber das konnte sie nicht zulassen. Alle, aber nicht er! Darum schoss sie, tötete den Attentäter. Sie wollte dadurch nur ihn schützen, Ken. Niemanden sonst. Hinterher sagten alle, dass sie das einzig Richtige getan hatte, dass sie eine Heldin sei. Sie aber wusste, dass sie aus einem falschen Motiv heraus gehandelt hatte. Aus Egoismus. Weil sie den Mann nicht verlieren wollte, der ihr alles bedeutete.

Warum sagte sie ihm das nicht einfach?

Sie musste nur aus ihrem Auto aussteigen, die wenigen Meter von ihrem Parkplatz im Schatten der Häuser hinüber zum Anleger hinter der Fischauktionshalle gehen. Dort stand er. Spielte Saxophon. Sie beobachtete ihn schon die ganze Zeit. Hörte ihm zu, heimlich.

Sein Spiel war so wütend und traurig. Ganz anders als sonst. Sicher, er hatte schon immer diese Ausflüge gemacht ins Land der kratzenden und beißenden Töne, in der es anscheinend streng verboten war, irgendetwas Schönes, Sanftes oder auch nur Melodisches zu spielen. Irgendwann aber, wenn die Erschöpfung einsetzte, kehrte er doch zu harmonischen Tönen zurück. Wie ein Schwimmer, der sich mit letzter Kraft ans sichere Ufer rettete. Heute aber schien es ihm nicht zu gelingen. Heute ging er unter.

Los, Claudia, steig aus! Geh zu ihm! Sag ihm, was dich bewegt. Sag ihm, was du fühlst. Und dass es dir leidtut.

Ihre Hand aber, als hätte sie keine Macht über sie, reichte am Steuer vorbei zum Zündschlüssel. Sie startete den Wagen und fuhr in die Nacht.

Und heulte.

39.

»Lisa ist einfach perfekt«, sagte Angelika Schuster. Sie war Professorin an der Hamburger Universität und lehrte Technik- und Kultursoziologie. Sie war diejenige, die die wissenschaftliche Begleitstudie zum Einsatz von Lisa in Hamburg leitete, die die Behörden vorgeschrieben hatten. Dirk Kriemann hatte Claudia und Takeda davon erzählt, nun hatten sie die Professorin aufgesucht. Ihr Büro befand sich im sogenannten Pferdestall, jenem Gebäude im Grindelviertel, in dem einstmals tatsächlich Pferde und Fuhrwerke untergebracht waren und in dem inzwischen die sozialwissenschaftlichen Fächer der Hamburger Uni ein Zuhause hatten.

»Was meinen Sie mit perfekt?«, fragte Claudia.

Die Professorin war eine erstaunlich junge und hübsche Frau, die eine klobige Hornbrille trug, möglicherweise um dadurch älter und seriöser zu erscheinen. Sie dachte über Claudias Frage nach und sagte schließlich: »Am besten zeige ich Ihnen einfach etwas. Das erspart viele Worte.«

Schuster gab einige Befehle in ihre Computertastatur ein, klickte sich dann durch ihre Verzeichnisse. Schließlich drehte sie den Flachbildschirm ihres Rechners so, dass auch Claudia und Takeda ihn sehen konnten. Auf dem Bildschirm baute sich eine Graphik auf, die mit englischen Begriffen beschriftet war:

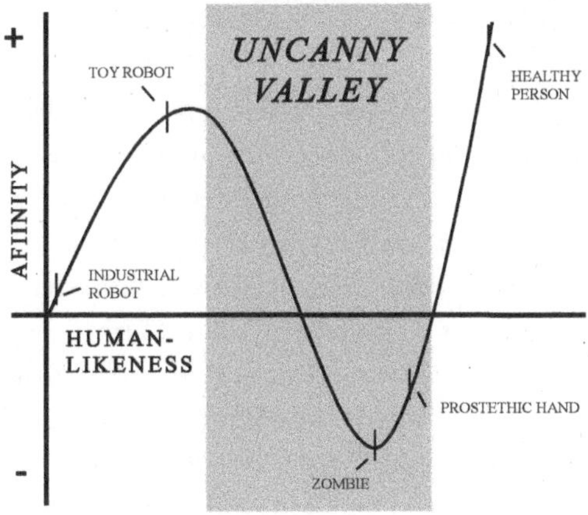

Claudia starrte, genau wie Takeda, eine Weile ratlos auf den Bildschirm, stellte jedoch schnell fest, dass sie mit dem Diagramm, das sie dort sah, nicht gerade viel anfangen konnte. »Was genau hat das jetzt mit Lisa zu tun? Und mit der Frage, ob sie nun perfekt ist oder nicht?«

Schuster lachte auf sympathische Art. »Ich verstehe schon, dass es sich nicht sofort erschließt. Ich erkläre es Ihnen. Das Diagramm beschreibt die Akzeptanz von Menschen gegenüber humanoiden Robotern. Wie Sie sehen, geht die Kurve erst nach oben, fällt dann aber steil nach unten ab und bildet eine Art Mulde. Das ist das sogenannte Uncanny Valley, das Unheimliche Tal. Haben Sie schon einmal davon gehört?«

»Nein, das ist mir neu«, sagte Takeda.

»Keinen Schimmer«, fügte Claudia hinzu.

Die Professorin schien nicht überrascht zu sein. Sie wandte sich an Takeda. »Sie sind Japaner, oder?«

»Das ist richtig.«

»Der Begriff des Unheimlichen Tals hat ein Landsmann von Ihnen geprägt, der Roboterforscher Masahiro Mori. Das war in den siebziger Jahren, allerdings hat sich der Begriff in der Forschung erst viele Jahre später durchgesetzt. Im Prinzip hat Mori eine Theorie darüber aufgestellt, wie wir Menschen auf Roboter reagieren, die so ähnlich aussehen wie wir selbst.«

»Also auf anthropomorphe Maschinen«, warf Claudia ein, die den Begriff am Abend vorher von Nakamura gehört hatte.

»Richtig. Man könnte annehmen, dass die Akzeptanz von Robotern umso höher ist, je menschenähnlicher sie sind. Mori aber hat herausgefunden, dass ab einem gewissen Grad der Menschenähnlichkeit sogar das Gegenteil der Fall ist. Dann erwacht in uns Menschen ein Instinkt, der Angst und Vorsicht, vielleicht auch Abneigung erzeugt. Erst wenn Roboter uns nahezu perfekt gleichen, sind wir wieder bereit, sie zu akzeptieren.«

»Okay, die Idee ist so weit klar«, erklärte Claudia. »Allerdings ist Lisa nicht besonders menschenähnlich, oder? Also müsste sie uns doch logischerweise unheimlich sein. So kommt sie mir aber nicht vor.«

Angelika Schuster setzte ein Lächeln auf. »Eben darum ist sie ja perfekt. Die Entwickler von Lisa, also die Techniker der Firma Matsuda ...«

»Sie meinen Dr. Nakamura?«, warf Claudia ein.

»Richtig. Ihn und seine Kollegen. Sie haben früh entschieden, dass Lisa gar nicht besonders menschenähnlich sein soll. Gerade durch ihren kubischen Unterkörper erinnert sie vielmehr an einen anderen Roboter, den wir Menschen nicht nur akzeptieren, wir lieben ihn sogar. Wissen Sie, wen ich meine?«

Claudia schüttelte den Kopf, während Takeda erklärte: »Vermute ich richtig, dass Sie an R2-D2 denken? Den kleinen Roboter aus den Star-Wars-Filmen?«

»Genau so ist es, Herr Takeda.«

»Tatsächlich fiel er mir sofort ein, als ich Lisa zum ersten Mal sah.«

»R2-D2 war in den siebziger Jahren, als der erste Star-Wars-Teil in die Kinos kam, wirklich bahnbrechend. Als wenn George Lucas, der Erfinder der Filmsaga, die Theorie vom Unheimlichen Tal gekannt hätte. R2-D2 ist in keiner Weise menschenähnlich, weckt aber aufgrund der fiependen Laute, mit denen er kommuniziert, unsere Beschützerinstinkte. Darum mögen wir ihn.«

Claudia schürzte die Lippen. »Und was ist mit diesem anderen Ding? Der mit dem goldenen Körper?«

»Sie meinen C-3PO, den Kommunikationsroboter. Bei ihm sind die Dinge anders gelagert. Er ist tatsächlich menschenähnlich, und daher könnte er uns unheimlich vorkommen. Da er aber bewusst tollpatschig auftritt, hat er nichts Bedrohliches für uns. Das Unheimliche Tal wird sozusagen ausgetrickst, und das ist bei Lisa nicht viel anders. Sie weckt durch ihren großen Kopf mit den Kulleraugen ebenfalls unseren Beschützerinstinkt. Wie ein Robbenbaby. Das gleicht die Tatsache aus, dass Lisa sehr menschlich wirkende Hände hat. Denn die könnten einem in der Tat ein wenig Angst machen.«

Claudia erinnerte sich an ihre erste Begegnung mit Lisa. Was die Professorin sagte, stimmte. Lisas Hände waren ihr aufgefallen, aber so richtig gefürchtet hatte sie sich nicht.

Claudia sah Takeda fragend an, und als der nickte, sagte sie: »Also gut, Lisa ist perfekt, und niemand muss Angst vor ihr haben. Jedenfalls nicht vor ihrem Anblick. Aber vielleicht fürchten sich einige Menschen trotzdem vor ihr? Sind Ihnen im Rahmen Ihrer Befragungen solche Leute begegnet? Vielleicht haben sie nicht nur Angst, sondern auch andere, noch heftigere Gefühle?«

»Woran denken Sie?«

»An Hass, Abscheu, fundamentale Ablehnung … oder anders ausgedrückt, hat Lisa so etwas wie Feinde? Gibt es Menschen, die ihre Einführung hier in Deutschland verhindern wollen? Und die bereit wären, dafür drastische Schritte zu unternehmen?«

Das Gesicht der Professorin nahm nachdenkliche Züge an. »Sie fragen das wegen der Brände, bei denen Lisa zerstört wurde?«

»Ja. Allerdings kam nicht nur Lisa zu Schaden. Zahlreiche Menschen haben ihr Leben verloren.«

»Davon habe ich gehört. Sie vermuten, dass eigentlich Lisa das Ziel der Anschläge war?«

Claudia schüttelte den Kopf. »Wäre es unhöflich, wenn ich darauf bestehe, dass wir die Fragen stellen und nicht umgekehrt?«

Die Professorin schien nur kurz irritiert zu sein. »Laufende Ermittlungen, richtig? Sie dürfen nicht darüber sprechen?«

»So ist es.«

»Klar, verstehe ich.«

»Wie sieht es also aus? Haben Sie mit jemandem gesprochen, dem Sie zutrauen, dass er gegen Lisa vorgeht? Jemandem, der sie so sehr hasst, dass er auch den Tod von Menschen in Kauf nehmen würde, um dem Roboter zu schaden?«

Die Professorin runzelte die Stirn. »Ich weiß nicht, ob es so weit geht, wie Sie andeuten. Aber natürlich erfährt Lisa auch Ablehnung. Da sind unsere Befunde eindeutig. Das ist allerdings nicht verwunderlich. Wenn Sie in Deutschland eine Umfrage machen würden, ob alte Menschen von Robotern gepflegt werden sollten, würden die meisten mit Nein antworten. Aufstehhilfen und Ähnliches wären okay, doch um Zuwendung zu geben, müssen es Menschen sein.«

Claudia nickte. »Sehe ich genauso.«

»Natürlich. Dennoch ist es wichtig, die Gründe für diese Haltung zu verstehen. Wir Deutschen sind – zum Beispiel im Vergleich zu den Japanern – viel skeptischer, wenn es um die Einführung neuer Technologien geht. Das gilt erst recht für Roboter, die in unserem Privatleben Einzug halten sollen.«

»Wie kommt das?«, fragte Claudia.

»Es hat viele Gründe. Die Kultur spielte eine Rolle, die Religion, die humanistische Tradition. Sicher auch die historischen Erfahrungen, die wir mit der Entmenschlichung gemacht haben.«

»Sie meinen den Nationalsozialismus?«, fragte Takeda.

»Ja, natürlich. Man sollte es nicht überstrapazieren, aber sehen Sie, die Tötung von Menschen im industriellen Maßstab hat tiefe Spuren in unserem kollektiven Gedächtnis hinterlassen, und das, obwohl wir nicht die Opfer, sondern die Täter waren. Eine Folge davon ist, dass es uns schwerfällt, die Kontrolle über die Schwachen in unserer Gesellschaft abzugeben, besonders an Strukturen, deren Wirkweise wir nicht verstehen. Dazu gehören Roboter.«

»Das ist interessant. Es würde bedeuten, dass diejenigen, die gegen Lisa vorgehen, sich vielleicht als Kämpfer für eine gute Sache verstehen. Sehe ich das richtig?«

Die Professorin nickte. Dann jedoch wandelte sich ihr Gesichtsausdruck. Sie wirkte plötzlich nachdenklich, vielleicht sogar erschrocken.

»Frau Schuster? Ist Ihnen vielleicht etwas eingefallen?«, hakte Takeda nach.

Sie antwortete erst mit Verzögerung, sagte dann nachdenklich: »Ich habe bisher keinen Zusammenhang gesehen. Aber jetzt, wo Sie mir diese Fragen stellen ... Es war ganz zu Beginn meiner Beschäftigung mit dem Lisa-Projekt. Ich habe mit meinen Doktoranden hier an der Universität eine Präsentation mit Lisa organisiert. Wir dachten, die Studierenden freuen sich, einmal einem richtigen Roboter zu begegnen. Dabei ist es zu einem Vorfall gekommen.«

»Ein Vorfall?«

»Eine Gruppe Autonomer hat die Veranstaltung gestürmt. Sie haben Lisa angegriffen, haben sie mit Spraydosen vollgesprüht und mit Metallstangen auf sie eingeschlagen. Dazu haben sie Parolen skandiert und Transparente hochgehalten. Sie waren der Meinung, dass der Einsatz von Robotern der endgültige Schritt zur Dehumanisierung der kapitalistischen Gesellschaft wäre und so weiter. Ich würde nicht einmal ausschließen, dass sie damit recht haben. Aber ist Gewalt eine Lösung? Ich denke nicht.«

»Ist dabei jemand verletzt worden?«

»Nur Lisa«, sagte die Professorin lächelnd. »Das Exemplar, das wir hier hatten, war nicht mehr zu gebrauchen. Mir war es Herrn Kriemann und Dr. Nakamura gegenüber äußerst peinlich.«

»Waren die beiden dabei?«

»Nur Dr. Nakamura. Nach dem Vorfall war er ziemlich verstört. Und mir war es eine Warnung. Seitdem arbeite ich nur noch mit meinen engsten Mitarbeitern an dem Projekt.«

»Wie lange ist das jetzt her?«

»Etwa ein halbes Jahr.«

Claudia und Takeda wechselten einen vielsagenden Blick. Der Inspektor fragte: »Wissen Sie, wer die Angreifer damals waren?«

»Wir haben Anzeige erstattet. Da einige Teilnehmer mit ihren Handys Aufnahmen gemacht haben, konnten die Täter ermittelt werden. Wenn es Sie interessiert, haben Ihre Kollegen bestimmt noch die Namen und Adressen.«

Eine gespannte Pause trat ein. »Ich kann mir aber nicht vorstellen, dass die jungen Leute von damals für die Brandstiftungen verantwortlich sind«, erklärte die Professorin.

»Was macht Sie so sicher?«, fragte Claudia.

»Eine Veranstaltung zu sprengen ist eine Sache, ein Feuer zu legen, bei dem zahlreiche Menschen sterben, eine ganz andere.«

»Haben Sie nicht selbst gesagt, die Angreifer waren gewalttätig?«

»Ja, gegen Dinge. Nicht gegen Menschen.«

»Das haben Leute schon oft für sich in Anspruch genommen. Bis es eines Tages schiefging.«

Die Professorin schlug die Augen nieder. »Natürlich, da haben Sie recht.«

Takeda und Claudia bedankten sich für die Auskünfte. Sie wollten sich verabschieden, doch bevor es so weit war, deutete Claudia noch einmal auf den Computerbildschirm. Auf dem war immer noch die Graphik mit dem Unheimlichen Tal zu sehen. »Eine Sache müssen Sie mir noch erklären, Frau Schuster. Die beschäftigt mich schon die ganze Zeit. Warum steht am unteren Ende der Kurve das Wort Zombie? Was hat das mit Robotern zu tun?«

Die Professorin fand zu einem Lächeln zurück. »Das kann ich Ihnen gerne erklären. Die These von Masahiro Mori bezieht sich nicht nur auf Roboter, sondern überhaupt auf menschenähnliche Wesen. Das beste Beispiel ist ein toter menschlicher Körper, eine

Leiche. Sie als Polizisten sind es sicherlich gewohnt, Tote zu sehen. Darum macht es Ihnen vermutlich nichts aus.«

»Das würde ich nicht sagen.«

»Sehen Sie. Und normale Menschen haben erst recht Angst vor Leichen. Es liegt auch daran, dass ein toter Körper zwar menschlich, aber zugleich unbelebt und damit auch unbeseelt ist. Besser gesagt, wir sind unserer Sache nicht sicher. Ist er wirklich tot? Oder ist da noch Leben in ihm? Eine Seele? Ein Geist? Steht der Tote vielleicht sogar wieder auf? Diese Furcht steckt tief in uns drin. Die Steigerung ist der Zombie, weil er sich bewegen kann. Er ist genau wie wir, ein Mensch. Und zugleich ist er es auch nicht. Darum gilt Moris These sozusagen in beiden Richtungen. Wir Menschen fürchten uns nicht nur vor scheinbar beseelten Maschinen, sondern auch vor unbeseelten Menschen.«

Claudia sah Angelika Schuster überrascht an. Sie bedankte sich und folgte Takeda aus dem Büro. Ihr Gesicht zeigte eine tiefe Nachdenklichkeit.

40.

»Das mit den Autonomen ist eine vielversprechende Spur, glaubst du nicht?«, fragte Takeda, während sie die Treppen des Instituts hinabstiegen.

»Kann schon sein.«

»Du bist nicht überzeugt?«

Claudia gab nur einen seltsamen Laut von sich. Takeda blieb auf den Stufen stehen. »Was ist los? Was hast du?«

»Erzähle ich dir gleich. Erst brauche ich einen Kaffee für meinen Kreislauf.«

»In Ordnung.«

Sie traten durch die Tür ins Freie und standen auf dem Allende-Platz. Das Abaton-Bistro befand sich in unmittelbarer Nachbarschaft zur Universität. Für Claudias Empfinden gehörte es fast so sehr zu Hamburg wie der Michel oder der Hafen. Sollte es das Café eines Tages nicht mehr geben, wäre die Stadt nicht mehr dieselbe.

Sie setzten sich an einen der Tische im Freien. Der Kellner bediente sie zügig, und Claudia trank einen Schluck von ihrem Cappuccino, der gewohnt kräftig schmeckte. Sie wandte das Gesicht der Sonne zu. Allmählich ging es ihr besser.

Mit geschlossenen Augen fragte sie: »Sind wir jetzt endgültig sicher, dass die Brände mit Lisa zu tun haben? Dass es um sie geht? Und dass wir nichts übersehen?«

»Meine Antwort lautet Ja. Lisa ist der Schlüssel. Daran kann kein Zweifel mehr bestehen.«

»Sehe ich genauso.«

Takeda sah sie neugierig an. »Trotzdem möchte ich wissen, was mit dir los ist. Was geht dir durch den Kopf?«

Claudia öffnete die Augen, sah ihn an. »Ich sag's dir. Aber du musst mir vorher versprechen, mich nicht für verrückt zu halten.«

»Es fällt mir schwer, aber ich verspreche es.«

Sie starrte ihn an, er lachte, und auch Claudias gerade noch so angestrengte Züge wurden milde.

»Also?«, fragte Takeda.

»Ich glaube, dass Nakamura hinter allem steckt. Ich weiß nicht, ob er selbst wirklich der Täter ist. Aber er hat etwas mit den Bränden zu tun.«

»Wie kommst du darauf?«

»Wegen des Unheimlichen Tals, von dem die Professorin gesprochen hat. Sie meinte doch, dass es dabei nicht nur um menschenähnliche Maschinen geht, sondern auch um Zombies, um seelenlose Menschen.«

»Und?«

»Ich glaube, dass Nakamura ein Zombie ist.«

»Ich befürchte, ich kann mein Versprechen doch nicht halten.«

Claudia lachte. »Du hältst mich für verrückt?«

»Na ja, offenbar reicht es dir nicht, dass wir es mit Robotern zu tun haben. Jetzt müssen es auch noch Monster sein?«

»Wenn du es so sagst, klingt es wirklich bescheuert.«

»Erklär mir lieber, was du genau meinst.«

Claudia ließ sich Zeit mit ihrer Antwort. Dann sagte sie mit tastender Stimme: »Ich habe gestern lange mit ihm geredet, das weißt du ja. Es war interessant. Der Mann ist klug und in gewisser Weise auch faszinierend. Aber es gab eine Situation, in der ich ... na ja, ich habe mich gefühlt wie im Unheimlichen Tal. Nakamura hat über Roboter als Geliebte gesprochen. Er meinte, dass wir Menschen uns gegenseitig täuschen, uns immer nur etwas vormachen. Dass wir grausame Wesen seien. Dabei war etwas in seinem Gesicht, ein Ausdruck, eine Aura, bei der mir kalt wurde. Natürlich ist er nicht wirklich ein Zombie. Aber etwas stimmt nicht mit ihm. Davon wirst du mich nicht abbringen können.«

Takeda blieb gelassen. »Ich sag dir auch etwas, aber du darfst mich auch nicht für verrückt halten.«

»Versprochen.«

»Ich habe dasselbe Gefühl. Bei mir hat es nur nichts mit Zombies zu tun.«

»Sondern?«

Takeda lächelte. »Er hat den Vorfall an der Universität nicht erwähnt. Obwohl er dabei war. Das ist es, was mir zu denken gibt.«

»Stimmt. Er hat gesagt, dass es keine Drohungen gegen Lisa gab und dass sie keine Feinde habe, obwohl er es besser wissen müsste.«

»Außerdem muss ihm doch klar sein, dass es eine wichtige Spur für uns ist. Er hätte die Sache erwähnen müssen.«

»Hat er aber nicht! Warum? Weil er weiß, dass sie in die falsche Richtung führt?«

»Vielleicht. Wir sollten ihn danach fragen. Dringend.«

Claudia ließ die Dinge sacken, sagte dann: »Richtig, das sollten wir. Aber diesmal musst du es tun.«

»Und ich dachte, du findest ihn so faszinierend?«

»Jetzt nicht mehr. Eigentlich schon gestern Abend nicht. Aber darum geht's nicht. Ich möchte, dass du mit ihm sprichst, weil es ja auch sein kann, dass ich alles missverstehe. Dass ich einfach nicht kapiere, wie er tickt. Weil er Japaner ist. Und die sind mir nun einmal ein Rätsel.«

Ihre Blicke begegneten sich, und obwohl sie lächelten, lag eine große Ernsthaftigkeit zwischen ihnen. Takeda sagte: »In Ordnung, ich fahre zu ihm. Und du kümmerst dich in der Zeit um die Autonomen? Wir müssen der Sache unbedingt nachgehen.«

»Gemacht. Ich finde die Adressen raus und fahre hin.«

41.

Der Stadtteil Wilhelmsburg hatte es nicht gerade einfach, sympathisch rüberzukommen. Claudia dachte das jedes Mal, wenn sie die Elbbrücken überquerte und hierher kam. Hässliche Hochhaussiedlungen, eine Art Autobahn, die mitten durchs Viertel schnitt, unwirtliche Hafenanlagen ... Das Gebiet, das sich auf einer Insel zwischen Norder- und Süderelbe befand, schulterte eine gehörige Last an Hässlichkeit. Die futuristischen Bauten, die im Zuge der Internationalen Bauausstellung vor einigen Jahren hinzugekommen waren, machten die Sache nicht besser. Die Gebäude wirkten wie Raumschiffe, die sich verflogen hatten und unfreiwillig hier gelandet waren.

Trotzdem kam Claudia gerne her. Weil Wilhelmsburg auch überraschende, schöne Seiten hatte. Wiesen, Äcker, Kanäle. Außerdem war hier noch etwas zu spüren, das es in anderen Teilen Hamburgs nicht mehr gab. Eine Tasse Kaffee und ein Brötchen bekam man für kleines Geld. Nachbarn plauschten miteinander. Dazu die bunte Mischung aus Migranten, Alteingesessenen, Studenten. Echtes Leben.

Es hatte Claudia nur ein paar Minuten und zwei Anrufe gekostet, um den Kollegen ausfindig zu machen, der sich damals um die

Störaktion an der Universität gekümmert hatte. Er konnte damals zwei der sechs Chaoten anhand des Videomaterials identifizieren. Die beiden waren bereits wegen anderer, ähnlicher Delikte aktenkundig. Farbbeutelattacke auf das Haus eines Senators, eine nicht angemeldete Demonstration, dazu regelmäßige Festnahmen am 1. Mai im Schanzenviertel. Die übliche Jahresplanung Hamburger Autonomer.

Der Kollege nannte Claudia die Adresse einer Wohngemeinschaft am Rande des Reiherstiegviertels. Dort seien die Täter gemeldet. Claudia solle sich aber nicht zu viel Hoffnungen machen, sie dort anzutreffen. »Solche Typen ziehen alle paar Monate um. Vielleicht auch alle paar Wochen. Wenn du dein Glück trotzdem versuchen willst, würde ich an deiner Stelle nicht alleine hingehen.«

»Warum?«

»Das Haus ist ein Szenetreffpunkt. Rote-Flora-Umfeld.«

»Und?«

»Geht ein Schwein freiwillig ins Schlachthaus?«

»Übertreibst du nicht?«

»Mit dem Schlachthaus vielleicht. Aber dass du für die ein Schwein bist, davon kannst du ausgehen.«

Claudia hatte schon während des Telefonats beschlossen, sich nicht an den Rat des Kollegen zu halten. Sie wusste selbst, dass man als Polizistin nicht gerade zu den Lieblingen der linken Szene gehörte. Aber sie war weder ein Spitzel noch beim Staatsschutz. Sie untersuchte den brutalen Mord an insgesamt elf Menschen. Das sollte reichen, um auch den borniertesten Radikalen zum Sprechen zu bringen.

Nachdem sie ihren Wagen abgestellt hatte und vor der entsprechenden Adresse stand, war sie ihrer Sache schon nicht mehr so sicher. Der Altbau war heruntergekommen. Die Fassade bröckelig, die Fenster teilweise vernagelt. Von den Balkonen in den oberen Stockwerken hingen Bettlaken mit aufgesprühten Sprüchen. Gerechtigkeit für die Rohingy, Freiheit für Kurdistan, Kapitalisten angreifen. Auf dem größten der Laken prangten vier große Buchstaben. ACAB. All Cops are Bastards.

Sie trat die Stufen zur Eingangstür empor, deren Glas zerschlagen und mit Pappen und Holzbrettern ersetzt worden war. Neben den vergilbten Klingelknöpfen fand sich eine Reihe unleserlicher Namensschilder, alle offenbar von großen WGs. Erst nach einiger Zeit entzifferte sie auf einem der Namensschilder den Namen Niko H. Mit Glück war es Nikolas Herrmann, einer der Aktivisten, die damals wegen der Uni-Sache verurteilt worden waren.

Claudia drückte auf die Klingel und wartete. Nichts geschah. Sie klingelte erneut, lauschte. Möglich, dass da ein fernes Klingeln war, aber sicher war sie sich nicht.

Kurzentschlossen drückte sie auf eine andere Klingel. Diesmal hörte sie tatsächlich in den Tiefen des Hauses ein leises Schnarren. Dann geschah lange Zeit nichts, aber schließlich summte der Türöffner.

Claudia fand sich in einem dunklen, muffig riechenden Hausflur wieder. Als die Tür zufiel, war es nahezu völlig düster. Der Lichtschalter an der Wand klickte zwar, eine Beleuchtung ging jedoch nicht an.

Im trüben Zwielicht arbeitete Claudia sich in Richtung Treppe vor. Sie musste dabei einen Berg aus aufgetürmten Einkaufswagen, Fahrrädern und anderem Schrott überwinden. Kein Zufall, das war ihr klar. Es war ein Hindernisparcours, vor allem für anrückende Polizisten.

Gerade als sie die ersten Stufen emporgestiegen war, war von oben im Treppenhaus eine Männerstimme zu hören: »Wer?«

»Ich will zu Niko.«

»Hat der Arsch die Klingel immer noch nicht gefixt?«

»Nö.«

»Scheiße.«

»Finde ich auch. Ist er da?«

»Check selbst. Im Zweiten.«

Claudia sparte sich ein Dankeschön. Eine Höflichkeitsfloskel war hier im Zweifel verdächtig.

Sie arbeitete sich die Treppe hoch. Bis zum ersten Absatz blieb es mühsam, denn wurde es besser. Die letzten Halbtreppen konnte sie einigermaßen mühelos zurücklegen, sie waren nicht mehr verbarrikadiert, sondern einfach nur vollgemüllt.

Im zweiten Stock fanden sich drei Wohnungstüren, von denen eine offen stand. Claudia warf einen Blick in die Wohnung dahinter, die fast genauso runtergekommen war wie das Treppenhaus. Sie schien leerzustehen.

Kurzentschlossen klopfte sie an der Tür auf der linken Seite. Nichts passierte. Sie wandte sich um, klopfte an der anderen Tür. Sie hörte Schritte. Die Tür wurde aufgerissen. Ein hagerer junger Mann in engen, schwarzen Jeans und Unterhemd stand vor ihr. Er hatte einen vollen Wuschelkopf und hohe Wangenknochen, in der Hand hielt er eine Zigarette.

Bist ein Schnittchen, dachte Claudia. Und wenn du mal duschen würdest, noch viel mehr.

»Was?«

Offenbar waren Einwortsätze beliebt. Konnte sie auch: »Niko?«

Der junge Mann ließ seine Blicke demonstrativ an Claudia auf und wieder abgleiten. »Wer will's wissen?«

»Claudia.«

»Amt?«

»Nö.«

»Bulle?«

»Und wenn?«

»Verpiss dich.«

»Keine Chance. Außerdem will ich nur etwas wissen. Ist er da?«

Der junge Mann grinste Claudia an. Anzüglich. Offenbar beruhte das Schnittchen-Urteil auf Gegenseitigkeit. Eigentlich kotzte es Claudia an. Chauvis in Nadelstreifen, Chauvis im Anarcho-Outfit. Alle gleich.

Jetzt aber erwies es sich als nützlich. Der junge Mann gab die Tür frei. Offenbar war er zu dem Ergebnis gekommen, dass Claudia keine Gefahr darstellte. War eben doch eine gute Idee gewesen, alleine zu kommen. Mit Kollegen im Schlepptau hätte sie hier sofort Alarmzustand ausgelöst.

Der junge Mann zeigte auf eine Tür am anderen Ende eines langen, mit Plakaten vollgehängten Flurs. Er selbst verschwand in einem anderen Zimmer und knallte die Tür zu. Claudia ging den Flur entlang. Sie hörte leise Musik. Sie klopfte und wartete vergeblich auf eine Reaktion. Also ging sie einfach rein.

Ihr schlug eine intensive Wolke aus Bier- und Cannabisduft entgegen. Sie blickte sich um. Das Zimmer war vollgestopft mit Sperrmüllmobiliar, ein Schrank, ein mit Kram übersäter runder Esstisch, ein zerwühltes Bett. Darauf lag eine junge Frau, die in einem Buch las. Sie drehte sich kurz um, sah Claudia mit ausdruckslosem Gesicht an und widmete sich wortlos wieder ihrer Lektüre.

An einem Schreibtisch, der mit mehreren Computern und anderen IT-Geräten vollgestellt war, saß ein weiterer junger Mann, der dem ersten nicht unähnlich sah, vor allem, was Kleidung und Frisur anging. Allerdings war er nicht ganz so attraktiv, was aber auch an seinem durchnächtigten Zustand liegen könnte. Er hatte dunkle Ringe unter den Augen und wirkte ungesund blass. Eine Kippe hing zwischen seinen Lippen.

»Nikolas Herrmann?«, fragte Claudia.

»Und wenn?«

»Würde ich gerne mit dir reden.«

»Reden?«

»Sonst nichts.« Jedenfalls erst einmal.

»Und wenn nicht?«

»Wird's blöd.«

»Für mich oder für dich?«

»Willst du es wirklich drauf ankommen lassen?«

Er kratzte sich am unrasierten Kinn, musterte Claudia dabei, lotete vermutlich auch seine Chancen aus, abzuhauen.

Dann zuckte er mit den Schultern. »Okay. Aber kleinen Moment. Muss kurz etwas erledigen.«

Niko stand auf und ging an Claudia vorbei in den Flur. Sie folgte ihm. Niko grinste. »Ich hau nicht ab.«

»Dann ist ja gut.«

Er riss die Tür auf, hinter der sein Mitbewohner vorhin verschwunden war, und schrie sofort los: »Du hast eine verfickte Bullenfotze reingelassen. Bist du völlig jenseits, oder was?«

Claudia hörte die Stimme des anderen. »Komm runter, Alter. Sie ist alleine. Hätte ich sie wegschicken sollen? Damit sie mit den Ninja Turtels wiederkommt?«

»Scheiße, du Wichser.«

»Ja, Scheiße. Deine Probleme nerven jeden hier. Krieg's endlich hin, Alter.«

Niko knallte die Tür zu und stampfte in sein eigenes Zimmer zurück. Claudia folgte ihm, konnte ein Grinsen nicht unterdrücken.

Sie schloss die Tür, blickte sich ratlos um, ging dann zu dem mit Unterlagen, Büchern, Aschenbechern, Essensresten überhäuften Esstisch, schob einen Stuhl zurecht und setzte sich. Das Mädchen auf dem Bett drehte sich auf die Seite und stützte den Kopf in die Hand, blickte zu ihnen herüber. Sie war vielleicht Mitte zwanzig, zerfetzte Jeans, Camouflageshirt, darüber ein Netzhemd. Sie hatte ein hübsches Gesicht, aber ein paar Pfunde zu viel auf den Rippen. Sie schenkte Claudia ein Lächeln, das nicht einmal unfreundlich wirkte.

Sie lächelte zurück, wandte sich dann an Niko. »Nimm's mir nicht übel, aber ... Ninja Turtles?«

»So nennen wir deine Freunde vom MEK. Harter Panzer, aber weiche Birne. Ninja Turtle halt.«

Claudia lachte laut heraus. »Nicht schlecht.«

»Sag endlich, was du willst.«

»Okay. Du bist vor einem halben Jahr in die Universität eingedrungen und hast zusammen mit ein paar Mitstreitern eine Veranstaltung aufgemischt. Es ging um einen Pflegeroboter.«

»Nicht eingedrungen. Hat mein Anwalt geklärt. War eine öffentliche Veranstaltung.«

»Die du und deine Freunde gesprengt habt. Du bist dabei nicht gerade friedlich vorgegangen.« Claudia wandte sich an die junge Frau: »Warst du auch dabei?«

»Und wenn? Verhaftest du mich dann?«

»Nein. Also?«

»Such dir eine Antwort aus.«

Das war wohl ein Ja, dachte Claudia, beschloss aber, nicht weiter darauf herumzureiten.

»Was war das Ziel der Aktion? Was stört euch an dem Roboter, an Lisa?«

Niko stieß ein schnaubendes Lachen aus. »Um das zu erfahren, bist du hier?«

»Richtig.«

»Und dann?«

»Warten wir es ab. Also, erzähl mal.«

Niko wirkte unentschlossen, schien sich dann aber doch dafür zu entscheiden, mit Claudia zu reden. Er lehnte sich in seinem Stuhl zurück und verschränkte die Hände hinter dem Nacken, so dass sein üppiges Achselhaar hervorlugte. »Kennst du Terminator?«

»Du meinst die Filme?«

Niko nickte, und Claudia sagte: »Klar, kenne ich die. Aber du willst mir jetzt nicht erzählen, dass Lisa ein Killerroboter aus der Zukunft ist?«

»Natürlich nicht. Aber es gibt eine Parallele, und dabei geht es nicht um den Roboter, sondern um die Firma. Im Film heißt sie CRS. Das sind die, die Skynet entwickeln, mit dessen Hilfe die Roboter am Ende die Macht über die Menschheit übernehmen. Der Film ist klüger, als den meisten klar ist. Genau darum geht es nämlich. Um Macht, um Geld, um Herrschaft. Die Arbeiter streiken oder wollen höhere Löhne? Kein Problem, dann werden sie halt durch Roboter ersetzt. Später dann auch in den Schulen, den

Unis, überall. Denk über den Tag hinaus, wenn das für ne Bulette möglich ist! Es geht um Kontrolle. Um Unterwerfung. Um das Schaffen neuer globaler Abhängigkeiten!«

»Aber Lisa ist ein Pflegeroboter.«

»Damit fängt es an. Aber es bleibt nicht dabei.«

»Darum schlagt ihr mit Stangen auf Lisa ein?«

»Wehret den Anfängen! Noch ist Widerstand möglich. Irgendwann wird es zu spät sein.«

Niko warf dem Mädchen auf dem Bett einen kurzen, um Anerkennung heischenden Blick zu. Offenbar war er stolz auf seinen kurzen Vortrag.

Claudia versuchte ihr Lächeln zu verbergen. »Vielleicht überrascht es dich, aber ich finde deine Meinung gar nicht falsch. Ist auch nicht so weit von meiner eigenen entfernt. Lisa ist in der Tat ein gewaltiger Schritt, und nicht unbedingt in die richtige Richtung.«

Claudia registrierte den erstaunten Blick des jungen Autonomen. Sie stand auf, ging mit langsamen Schritten durch den Raum. Sie öffnete den Schrank und blickte hinein, er war mit Klamotten vollgestopft. Sie zog die Schubladen einer Kommode auf, sah in die Zimmerecken. Sie spürte, dass Niko sie beobachtete, unschlüssig, ob er es zulassen sollte. Es war ein schmaler Grad, aber erst einmal ging es gut.

Plötzlich aber sagte er mit scharfer Stimme: »Glaubst du, deine Kackmeinung interessiert mich? Meinungen ohne Taten sind ein Scheiß.«

»Kann sein. Aber Meinungen kann man zum Glück ändern. Taten schaffen Fakten, für die das nicht unbedingt gilt.«

»Was für ein dummes Gelaber!«

»Das ist eine Erfahrung, für die du wahrscheinlich noch zu jung bist.«

»Der Unterschied zwischen uns ist, dass du auf der falschen Seite stehst. Du beschützt diejenigen, die am Ende auch für deinen Untergang sorgen.«

»Das änderst du, indem du mich und meine Kollegen angreifst?«

Er grinste. »Gib deinen Job auf, dann passiert dir nichts. Ist ja nichts Persönliches.«

»Du glaubst gar nicht, wie oft ich darüber nachdenke, genau das zu tun.«

»Was hält dich ab?«

Claudia zuckte mit den Schultern. »Gewohnheit? Mein Gewissen? Die Einsicht, dass es einer ja machen muss?«

Er lachte auf. »Den gleichen Spruch brachten die Typen, die die KZs bewacht haben.«

Claudia sah ihn an, direkt in die Augen. Eine Weile hielt er stand, machte auf trotzig. Aber ihm war klar, dass er zu weit gegangen war. Claudia freute es. Niko war keiner von den wirklich Schlimmen.

»Hören wir auf über mich und meinen Job zu sprechen, Niko. Wie du weißt, hat eure Aktion an der Universität nichts genutzt. Lisa wird trotzdem in Hamburg eingesetzt. Das weißt du, nehme ich einmal an?«

»Klar. Wir beobachten die Sache.«

»Und unternehmt ihr auch etwas?«

»Zum Beispiel?«

»Ich weiß nicht. Sag du es mir.«

Claudia setzte ihre Runde durch das Zimmer fort, erreichte jetzt den Schreibtisch, an dem Niko saß. Er war übersät mit Computerbauteilen, Kabeln, Werkzeugen. Ein kleineres Gerät war über ein USB-Kabel mit einem der Rechner verbunden. Daneben lag ein ganzer Haufen von bunten Plastikkarten, die mit einem Magnetstreifen oder einem Chip versehen waren.

»Was ist das?«, fragte Claudia.

»Kram. Nichts, das dich angeht.«

»Du bist ein Hacker.«

»Ich versuch's. Deine Kollegen vom VS sind allemal besser als ich.«

»Sind nicht meine Kollegen.«

»Jetzt wollen wir mal nicht kleinlich werden.«

Seine Stirn glänzte feucht. Er hatte Angst. Sie musste aufpassen. Es konnte eben doch gefährlich werden.

»Und dieses Gerät hier? Neben dem die ganzen Karten liegen? Wofür ist das?«

Claudia nahm einige der Karten in die Hand. Es waren zum größten Teil Kundenkarten von Firmen, von Drogerieketten, Schreibwarenläden, Fitnessstudios. Aber sie sah auch solche von Hotels, mit denen sich Türen öffnen ließen.

»Ich warte auf eine Antwort, Niko.«

»Geht dich nichts an.«

»Tust du das für dich? Oder für deine Gruppe? Für andere?«

»Welche Gruppe? Ich habe keine Gruppe.«

»Was ist mit denen, die damals mit dir in der Uni waren?«

Niko starrte sie an. Claudia spürte, dass die Stimmung endgültig kippte.

Gerade als Niko sich rühren wollte, wurde die Tür geöffnet. Eine junge Frau kam herein. Sie schien gut gelaunt zu sein, sagte: »Hey, Niko, hey, Caro. Ihr werdet nicht glauben ...«

Sie stockte mitten im Satz. Bemerkte Claudia. Starrte sie an. Wirkte erschrocken.

Claudia starrte zurück. Sie kannte die junge Frau, aber es dauerte einen Moment, bis ihr klar wurde, woher.

Es war Hanna. Die Freundin von Konstantin Sieversen. Sie hatte sie in der Cafeteria der Bucerius Law School gesehen.

Zufall? Nie im Leben.

42.

Auf dem Weg zur ICR dachte Takeda über die Worte von Professorin Schuster nach. Stimmte es, was sie sagte? Waren er und seine japanischen Landsleute eher bereit, moderne Technologien zu akzeptieren als die Deutschen?

Takeda war sich nicht sicher. Tatsache war, dass technischer Fortschritt eine große Rolle in der Geschichte wie im Bewusstsein seiner Heimat spielte. Einschneidend war die Erfahrung, dass Japan Mitte des neunzehnten Jahrhunderts durch die westlichen Mächte gezwungen worden war, seine Abschließungspolitik zu beenden. Japan musste sich unter Gewaltandrohung der Welt und dem globalen Handel öffnen. Die damalige Elite erkannte, dass Japan nur durch die Adaption westlicher Wissenschaft und Technologie frei bleiben und dem Schicksal der Kolonialisierung entgehen konnte – so wie es allen asiatischen Nachbarn widerfahren war. Daher hatten sie sich unter Hochdruck darum bemüht, technologisch zum Westen aufzuschließen, ihn sogar noch zu übertreffen. Auch nach dem zweiten Weltkrieg, als Japan zerstört am Boden lag, war es die Mischung aus Fleiß und technischer Brillanz gewesen, die das Land wieder auf die Füße gebracht hatte. Erst Spielzeug und Transistorradios, dann Autos und Unterhaltungselektronik hatten Japan einen unfassbaren Reichtum beschert. Insofern stimmte es sicherlich. Die Japaner sahen in modernen Technologien eher die Chancen und Möglichkeiten, während die Deutschen eher die Gefahren und Risiken wahrnahmen. Eigentlich war Letzteres das viel größere Rätsel, dachte Takeda. Schließlich verfügten auch die Deutschen über eine lange und beeindruckende Historie der Ingenieurskunst. Wieso nur fürchteten sie sich so sehr vor dem, was ihre eigenen Wissenschaftler erfanden?

Takeda stellte den Wagen vor dem Hauptgebäude der Kriemann Group ab und meldete sich beim Empfang an. Ein junger

Assistent führte ihn über das Firmengelände zum Gebäude der ICR. Er betrat das Labor. Wie bei seinem ersten Besuch glitt Lisa auf ihn zu und fragte nach seinen Wünschen. Er wolle zu Dr. Nakamura, erklärte Takeda, woraufhin Lisa ihn aufforderte, ihm zu folgen. Zielsicher führte der Roboter Takeda zwischen den vielen Labortischen hindurch zu seinem Erbauer.

Dr. Nakamura saß auch heute an seinem Werktisch, war in die Arbeit an einer Platine vertieft. Takeda machte sich durch ein Räuspern bemerkbar. Nakamura hob die Hand und winkte ihm zu, ohne seine Arbeit zu unterbrechen. Erst nach einiger Zeit löste er sich von seiner Aufgabe. Er richtete sich auf, rieb sich über die Augen und setzte seine Nickelbrille auf, die er für die Arbeit abgenommen hatte. »*Ah, Keiji-San!* Inspektor! Wie schön, Sie wiederzusehen. Ich hoffe, Sie machen Fortschritte bei der Aufklärung der schrecklichen Ereignisse. Wir alle drücken Ihnen die Daumen, dass Sie den Übeltäter schnell dingfest machen können.«

»Das ist freundlich, Doktor. Ich kann Ihnen erfreulicherweise mitteilen, dass sich einige vielversprechende Ansätze ergeben haben.« Auch Takeda, der wie Nakamura ins Japanische verfiel, versäumte es nicht, den Wissenschaftler mit seinem Titel anzusprechen, er nannte ihn *Hakase*, Herr Doktor, ein Gebot der Höflichkeit.

»Eine gute Nachricht! Wie genau kann ich Ihnen dabei helfen? Deswegen sind Sie hier, nehme ich an.«

Takeda setzte ein nachdenkliches Gesicht auf, versäumte es aber nicht, den Wissenschaftler genau im Auge zu behalten. »Wir machen uns Gedanken über ein Ereignis, dessen Zeuge Sie vor einigen Monaten geworden sind. Sie haben gemeinsam mit Professorin Schuster eine Präsentationsveranstaltung für Lisa an der Universität gegeben, die auf unsanfte Weise unterbrochen wurde.«

Nakamura kratzte sich auf japanische Art im Nacken, drückte durch nachdrückliches Nicken und Brummen aus, dass er über Takedas Frage nachdachte. Dann erklärte er: »Ja, ich erinnere mich. Es war eine unschöne Sache. Ein paar Studenten haben damals den Raum gestürmt und Lisa angegriffen. Es erinnerte mich an die Studentenunruhen in den sechziger Jahren in unserer Heimat … nicht, dass ich sie erlebt hätte, so alt bin ich nicht und Sie ja auch nicht. Damals ging es an den Universitäten hoch her, in Japan genau wie hier in Europa. Aber dass so etwas heutzutage noch möglich ist, hätte ich nicht gedacht. Die jungen Leute – es waren wohl Anarchisten – verhielten sich ausgesprochen rabiat. Es war schockierend für mich, das können Sie mir glauben.«

»Warum haben Sie uns nicht davon erzählt?«

Erst jetzt schien der Wissenschaftler zu verstehen, dass Takeda offenbar einen gewissen Verdacht mit seiner Frage verband. Doch anstatt eingeschüchtert zu wirken, verzog Nakamuras Gesicht sich zu einem Lächeln. »Hätte ich das tun sollen? Halten Sie den Vorfall für bedeutsam?«

»Nun, zwei Modelle von Lisa sind bei den Feuern vernichtet worden. Jetzt erfahren wir, dass schon lange davor ein drittes Modell zerstört worden ist. Es wäre hilfreich gewesen, Sie hätten uns davon erzählt.«

Das Lächeln des Wissenschaftlers wich einer gönnerhaften Milde. »Sie haben recht, Inspektor. Es war ein Versäumnis von mir. Ich habe einfach nicht mehr an den Vorfall gedacht. Ein paar irregeleitete Studenten mit Spraydosen und Eisenstangen … haben sie denn etwas mit den Bränden zu tun? Ist es die Spur, die Sie verfolgen?«

»Das klären wir zurzeit, Doktor.«

Nakamura setzte ein nachdenkliches Gesicht auf. »Ich weiß nicht, ob Ihnen eigentlich klar ist, wie viel bei Ihren Ermittlungen auf dem Spiel steht, Inspektor.«

»Ich denke doch. Zahlreiche Menschen haben ihr Leben verloren. Wir nehmen die Sache ausgesprochen ernst.«

»Die Opfer sind tragisch, Inspektor. Aber es geht um weit mehr als das!«

»Worauf wollen Sie hinaus, Doktor?«

»Das will ich Ihnen gerne erläutern. Was halten Sie davon, wenn wir dabei vor die Tür gehen? Ein wenig frische Luft wird uns sicherlich beiden guttun.«

»Ganz wie Sie wünschen.«

Takeda folgte dem Wissenschaftler durch das Labor zum Ausgang. Dabei schüttelte er sanft den Kopf. Nakamura war sicherlich ein wenig sonderlich. Aber ein Zombie? Takeda wusste nicht, was Claudia zu dieser Einschätzung veranlasste. Vermutlich war es so, wie sie selbst bereits vermutet hatte: Japaner waren ihr einfach ein Rätsel.

43.

Hanna stand regungslos in der Tür und starrte Claudia an. Es war offensichtlich, dass sie fieberhaft nachdachte. Was hatte das Auftauchen der Ermittlerin zu bedeuten? Wieso war sie hier? War es besser abzuhauen? Oder sollte sie sie sogar angreifen und unschädlich machen, danach erst die Flucht ergreifen?

Claudia ging es nicht anders. Ihr Pulsschlag war binnen Sekundenbruchteilen hochgeschnellt. Ihre Gedanken rasten. Konnte es Zufall sein, dass die junge Frau ihr während der Ermittlungen zweimal über den Weg lief? Nein. Aber wo war der Zusammenhang?

Als Claudia vor zwei Tagen mit Konstantin Sieversen gesprochen hatte, hatte sie von Lisa und dem ganzen Roboterprojekt noch nichts gewusst. Runge hatte gerade erst herausgefunden, dass das Feuer in der Alster-Residenz Brandstiftung gewesen war. Ilona Stemann hatte ihr den anonymen Brief gezeigt und sie damit auf die Spur des Jungen geführt. Er hatte glaubhaft machen können, dass er nichts mit der Brandstiftung zu tun hatte.

Inzwischen hatte es einen zweiten Brand gegeben. Sie und Takeda waren auf Lisa gestoßen. Die war von Autonomen angegriffen worden. Darum war Claudia hier nach Wilhelmsburg gekommen, zu Niko. Und ausgerechnet hier tauchte Hanna auf!

Der Kreis hatte sich geschlossen.

Zweifel? Keine.

Höchstens daran, wie das hier ausgehen würde.

Ewige Sekunden lang passierte nichts. Keiner bewegte sich, keiner redete.

Aber das musste nicht so bleiben.

Claudia ging mit vorsichtigen Schritten vorwärts, vergrößerte die Distanz zu Niko. Sollte das hier eskalieren, war er am gefährlichsten von den dreien. Er war müde und bekifft, aber nicht unsportlich. Im Zweifel wusste er, wie man zuschlug.

Soweit durfte sie es nicht kommen lassen. Aber wie sollte sie vorgehen? Abhauen und mit Verstärkung wiederkommen? War das realistisch? Würde sie es überhaupt unbehelligt durch die stählernen Barrikaden im Treppenhaus schaffen?

Claudia spürte das kalte Eisen ihrer Walther, die im Schulterholster unter ihrem Blazer steckte. Sie war eine gute Schützin. Eine der besten. Das hatte sie immer wieder unter Beweis gestellt. Am Schützenstand. Und in der Wirklichkeit.

Ihr Alptraum.

War es also schon wieder so weit? Musste sie erneut die Waffe ziehen und auf einen Menschen richten? Im Zweifel abdrücken? Und was, wenn sie es nicht tat?

Scheiße.

Claudia schob ihre Hand unter den Blazer. Ihre Fingerspitzen berührten die Waffe. Riemen lösen, ziehen, entsichern, durchladen. Sie konnte es im Schlaf.

Aber sie wollte es nicht. Nie mehr.

Hannas Augen weiteten sich. Ahnte sie, was Claudia vorhatte? Wenn sie oder einer der anderen schrie, wäre ohnehin alles zu spät. In einem solchen Haus gab es genug Typen, die weniger Hemmungen hatten als die drei, die mit ihr im Zimmer waren. Daran würde auch ihre Waffe nichts ändern.

Claudia blickte zu Hanna, die blickte zu Niko, der zu Caro. Sie löste den Sicherungsriemen.

Dann gab Hanna ein seltsames Geräusch von sich. Durch die Spannung, unter der Claudia stand, nahm sie es nur verzerrt wahr. Als wäre es in die Länge gezogen, dadurch tiefer, undeutlicher, verschwommener.

Dabei war es einfach nur ein erschöpftes Schnaufen. Ziemlich laut. Aus tiefstem Inneren. Dann schüttelte das Mädchen den Kopf, sagte mit wütender Stimme: »Wir waren es nicht! Ich schwöre! Sie können uns die Kacke nicht anhängen!«

Claudia sah Hanna verwundert an. »Wovon redest du?«

Niko ging dazwischen. »Halt einfach die Fresse, Hanna.«

Sie überhörte ihn. »Von dem Feuer. Darum sind Sie doch hier! Aber es ist Quatsch! Wir waren da, in der Nacht. Aber wir haben das Feuer nicht gelegt!«

Niko stieß ein wütendes Knurren aus. »Hör auf, Hanna. Sie ist wegen der Uni-Sache hier, nicht wegen …«

»Das glaubst du doch selbst nicht. Die Bullen wissen Bescheid. War doch klar. Scheiße, verdammte. Wir hängen drin, hab ich euch gleich gesagt.«

»Wegen dir! Weil du dein Maul nicht halten kannst. Danke, du verschissene Heulsuse!«

Claudia löste die Hand von der Waffe, schloss den Riemen des Schulterholsters. Sie senkte den Arm, schloss den Knopf ihres Blazers. Ausatmen.

Dann sagte sie: »Was soll das heißen, ihr ward in der Nacht da? Wovon redest du, Hanna?«

»Siehst du, sie hat keine Ahnung«, schrie Niko.

»Jetzt schon«, sagte Claudia.

»Na, toll.«

Hanna löste sich aus ihrer Erstarrung. Sie ließ ihre Tasche auf den Boden gleiten. Blickte Claudia unschlüssig an. Überrascht. Nach Abhauen sah das nicht aus. Auch nicht nach einem Angriff. Zum Glück. »Aber was machen Sie dann hier? Die Uni-Sache ist doch ewig her.«

»Hey, seid wann siezen wir Bullen«, ging Niko dazwischen.

»Sei einfach ruhig, Nik. Also, erklären Sie es mal.«

Claudia schüttelte den Kopf. »Tut mir leid, Hanna. Du bist mit Erklären dran. Noch mal, was weißt du von den Bränden? Was hast du oder habt ihr damit zu tun? Kannst übrigens du sagen.«

»Nichts! Sag ich doch. Wir waren es nicht.«

»Aber du hast gesagt, ihr wart da! Also, Leute, wenn ihr etwas wisst, dann redet mit mir! Bei den Bränden, erst in Wellingsbüttel, dann in Harvestehude ...«

»Davon wissen wir nichts! Echt nicht«, sagte Hanna.

»... sind insgesamt elf Menschen ums Leben gekommen.«

»Nazimethoden. Nicht unser Ding. Never!«

»Wie gesagt, das glaube ich euch sogar. Aber umso wichtiger ist es, dass ihr redet.«

Die drei sahen sich an. Stumme Verhandlungen. Nie mit Bullen reden. Den Kopf aus der Schlinge ziehen. Beides hatte etwas für sich. Dann ein trotziges, aber unverkennbares Nicken von Niko. Gefolgt von einem schwachen Lächeln von Hanna.

Sie wandte sich an Claudia. »Okay, es stimmt. Wir waren da.«

»Wo wart ihr? Wann?«

»In der Nacht, als das Feuer ausbrach. In der Residenz. Wir waren da und haben es gesehen.«

»Das ist ein Witz, oder?«

»Nein.«

»Aber wieso?«

Erneut stumme Blicke. Dann sagte Niko: »Sie erfahren es, doch vorher will ich einen Deal.«

»Träum weiter.«

»Deine Entscheidung.«

Claudia schnaubte. »Was für einen Deal?«

»Wir reden. Dafür lässt du deine Handschellen stecken.«

»Ich hatte nicht vor, sie zu gebrauchen.«

»Versprich es.«

»Okay, machen wir also einen Deal. Wenn es stimmt und ihr

mit dem Feuer nichts zu tun habt, bleibt ihr außen vor. Aber dafür will ich wirklich etwas hören. Außerdem … habt ihr vielleicht einen Kaffee für mich? Ich bräuchte einen.«

44.

Nakamura und der Inspektor spazierten langsamen Schrittes über das Firmengelände der Kriemann Group. Gelegentlich gingen Mitarbeiter an ihnen vorbei, manche in weißen Ärztekitteln, andere in Monteursanzügen. Ein Lieferwagen fuhr vor, aus einer offenen Hallentür war das Zischen eines Schweißgerätes zu hören. Chemiegerüche waberten durch die Luft.

Der Wissenschaftler sprach mit ernsthafter Stimme. »Sehen Sie, Inspektor, die Robotik ist nicht einfach nur ein neuer Technologiezweig. Sie ist – und das ist keine Übertreibung – der Schlüssel für das Schicksal unserer Nation.«

»Mir ist bewusst, dass einige unserer politischen Führer das so sehen. Aber spielt das eine Rolle bei meinen Ermittlungen? Ich denke nicht!«

»Sie täuschen sich, Inspektor! Sehen Sie, die Robotik ist vielleicht die letzte Chance, die unser geliebtes Japan für eine gedeihliche Zukunft hat. Vergessen Sie Autos und Fernseher, Musikanlagen und Computer. All das kann China längst besser und vor allem billiger produzieren als wir. Im Bereich der Robotik aber ist Japan die Nummer eins. Wir müssen alles dafür tun, dass es so bleibt.«

»Das verstehe ich, Doktor. Aber …«

»Sie dürfen nicht zulassen, dass die Einführung Lisas hier in Deutschland scheitert. Gerade Deutschland ist besonders wichtig für uns.«

Takeda nickte, auch wenn er in Wahrheit verwundert war über die patriotischen Appelle des Wissenschaftlers. Bisher hatte er Nakamura für einen unorthodoxen Japaner gehalten, allein seines

Aussehens wegen. Und bestimmt nicht für einen Verfechter der nationalen Sache.

»Herr Kriemann hat uns die Bedeutung des deutschen Marktes deutlich gemacht. Das Land setzt besonders hohe Hürden bei der Einführung der Robotik. Wenn Lisa sich hier durchsetzt, wird es in anderen Ländern ebenfalls problemlos möglich sein, nicht wahr?«, sagte Takeda.

Nakamuras Gesicht nahm einen schwer zu deutenden Zug an. War er arrogant? Oder sogar verächtlich? »Dieses Deutschland ist wirklich ein seltsames Land, Inspektor. Finden Sie nicht?«

»Also, ich fühle mich recht wohl hier.«

»Sicher, man fühlt sich wohl. Aber sonst? Die Menschen sind so überraschend faul. Ständig sagt einer meiner deutschen Mitarbeiter, dass er an diesem oder jenem Tag früher Feierabend machen muss. Die Gründe sind verblüffend. Ein Kind muss vom Kindergarten abgeholt werden, eine Großmutter hat Geburtstag, ein Paket muss von der Post geholt werden. Alles scheint wichtiger zu sein als die Arbeit. Es ist ein Wunder, dass die Deutschen überhaupt noch so reich und mächtig sind! Man könnte meinen, das Land lege es regelrecht darauf an, wirtschaftlich abzusteigen.«

»Aber ist diese Mentalität nicht in gewisser Weise sympathisch? Alle Welt denkt, dass die Deutschen immer noch stramm stehen wie zu Zeiten des großen Krieges. Das stimmt jedoch nicht. Sie gehen lieber spazieren, tanzen Tango, spielen Boule oder kümmern sich um ihre Gärten. Sie wollen sich nicht mehr für unsinnige Pflichten aufreiben. Ich finde, dass wir Japaner uns eine Scheibe davon abschneiden sollten. Es würde uns guttun.«

Nakamura lachte zwar, beäugte Takeda aber zugleich misstrauisch. »Vielleicht sind Sie schon zu lange hier, und Ihr Blick hat sich getrübt, Inspektor?«

»Ich glaube, mein Aufenthalt dauert kaum länger als der Ihre.«

»Das mag sein. Ich komme allerdings wenig aus meinem Labor hinaus und habe kaum Kontakt zu Einheimischen. Aber wie dem auch sei, alles in allem stehen die Deutschen vor ähnlichen Herausforderungen wie wir Japaner. Anders als wir verschließen sie jedoch die Augen davor.«

»Was genau meinen Sie?«

»Nun, auch dieses Volk schrumpft und altert in dramatischer Weise. Wenn die Deutschen nichts dagegen unternehmen, sind sie dem Untergang geweiht. Genau wie wir Japaner.«

Takeda stieß ein leises Seufzen aus. »Es gibt nicht wenige Deutsche, die die Dinge so sehen wie Sie. Aber ist das nicht ein wenig übertrieben?«

»Keineswegs. Haben Sie zufälligerweise das wohl berühmteste Werk von Sakyō Komatsu gelesen?«

»Sie meinen vermutlich *Nippon Chinbotsu*?!«

»Richtig. Der Untergang Japans. Ein bedeutsamer Roman.«

»Kein ganz aktuelles Buch, oder? Es ist lange her, dass ich es gelesen habe. Wenn ich mich recht erinnere, geht es um eine Reihe dramatischer Vulkanausbrüche, die die japanischen Inseln zerstören und ins Meer reißen ...«

»So kann man das Werk verstehen, Inspektor. Ich denke aber, der Vulkanismus darin ist nur eine Metapher. Schließlich ist Japan in seismischer Hinsicht nicht wirklich gefährdet. Demographisch allerdings sehr wohl. Das ist die eigentliche Zerstörungskraft, die uns bedroht, Inspektor. Die Zahlen sprechen für sich. Der Untergang steht bevor.«

»Dass es Probleme gibt, ist mir durchaus klar, Doktor. Es gibt wenig Kinder, und die Zahl der Alten wächst rasant. Darum entwickeln Sie ja auch Lisa, nicht wahr?«

Nakamura wirkte nun sehr ernst. »Wie so viele verkennen Sie die Dimensionen der Katastrophe, Inspektor. Schon in zwanzig Jahren wird die Zahl der Japaner Jahr für Jahr um eine Million Menschen zurückgehen! Eine Million, jedes Jahr! Das ist eine Bevölkerungsimplosion! Von denen, die übrig sind, werden viele alt sein, siebzig, achtzig Jahre, viele über hundert! Lisa ist keineswegs nur dafür da, um diese Alten zu betreuen. Lisa ist viel mehr als das. Sie ist Japans Rettung. Lisa wird wie auch andere Roboter in den Fabriken stehen, sie wird Autos lenken, wird Waren verkaufen und in die Häuser liefern, sie wird die Alten pflegen und die Kinder unterrichten. Kurzum, Roboter werden die künftigen Japaner sein!«

Takeda vermied es, Nakamura anzusehen, stattdessen starrte er sinnierend in die Ferne. Ihm war klar, dass Nakamuras düstere Zukunftsprognose von nicht wenigen ihrer Landsleute geteilt wurde, auch von einigen Politikern. Die nackten Zahlen waren in der Tat besorgniserregend. Aber war damit bereits alles besiegelt? Auch von Deutschland hatte man gesagt, dass eine Implosion unausweichlich sei. Dann aber waren auf einmal unzählige Menschen aus anderen Kontinenten ins Land geströmt, und die Bevölkerung war nicht geschrumpft, sondern im Gegenteil um Millionen gestiegen. Sicher, die Japaner scheuten diese Möglichkeit, zu groß war die Angst, dass fremde Menschen das Land seines so einzigartigen Charakters beraubten. Aber gab es eine Alternative? Und wenn ja, wie sah sie aus? So wie Nakamura sie sich vorstellte? Sollten die fehlenden Menschen durch Maschinen ersetzt werden?

Zum ersten Mal ahnte Takeda, dass Claudia doch recht haben könnte. Auch er spürte, wie eine Kälte sein Herz ergriff und es förmlich einzufrieren schien. Diese Kälte ging von niemand anderem aus als von Nakamura.

Takeda beschloss, dass es an der Zeit war, eine andere Richtung einzuschlagen. »Erlauben Sie mir eine ganz andere Frage, Doktor. Wo sind Sie eigentlich in der Nacht vom vergangenen Samstag auf den Sonntag gewesen? Und ebenso von vorgestern auf gestern?«

Nakamura sah Takeda überrascht an. »Das sind die Nächte, in denen die Brände gelegt wurden?«

»So ist es.«

»Sie fragen mich das allen Ernstes?«

»Ja, Doktor. Das tue ich.«

»Ich bin hier gewesen, Inspektor, im Labor.«

»Die ganze Nacht über?«

»Selbstverständlich. Oder sind Sie so deutsch geworden, dass Sie es nicht glauben können, wenn jemand die Nächte durcharbeitet?«

»Keineswegs. Gibt es Zeugen?«

»Aber natürlich. Sogar einen unbestechlichen.«

»Sie meinen Lisa?«

Nakamura nickte lächelnd. »Wir können sie gleich hier und jetzt fragen, und sie wird meine Angaben sicherlich bestätigen.«

»Ich denke, das wird nicht nötig sein, Doktor. Und vielen Dank für Ihre Kooperation.«

Takeda kehrte zu seinem Wagen zurück. Bevor er einstieg, wählte er Claudias Nummer, um ihr von dem Gespräch mit Nakamura zu erzählen. Er hörte das Freizeichen, ließ lange klingeln.

Claudia aber ging nicht an ihr Telefon. Bestimmt war sie immer noch in einem Gespräch und würde bald zurückrufen.

45.

Die Geschichte, die die drei Autonomen erzählten, bewies Claudia wieder einmal, dass Zufall nur als Erklärung taugte, bis man die wirklichen Zusammenhänge kannte.

Hanna studierte neben ihrem Leben als Politaktivistin an der Hamburger Universität Politik und Soziologie. So hatte sie von Lisa und dem Roboterprojekt erfahren. Als Lisas Einsatz konkret wurde, erzählte sie den anderen hier im Haus davon. Die Gruppe beschloss daraufhin, gegen den Roboter aktiv zu werden. Warum? Weil Roboterkapitalismus noch beschissener war als Dampfmaschinen-, Elektro- oder Computerkapitalismus. Die Ausbeutung der Menschen wurde nicht abgeschafft, sondern in neue Dimensionen transformiert.

An dieser Stelle winkte Claudia ab, sie hatte weder Zeit noch Lust auf politische Theoriediskussionen. Hanna nickte, fuhr dann fort und erzählte, dass ihre gemeinsame erste Aktion darin bestanden hatte, die Präsentation von Lisa an der Uni zu sabotieren. Das Ganze endete, wie Claudia ja wisse, mit einer Anzeige wegen Sachbeschädigung und Hausfriedensbruch. Die Gruppe war danach aber nicht bereit, klein beizugeben. Im Gegenteil. Hanna wurde von einem Kommilitonen, der unmittelbar mit Professorin Schuster zusammenarbeitete, weiterhin mit Informationen versorgt. So wusste die Gruppe, in welchen Hamburger Einrichtungen Lisa eingesetzt wurde. Nach einigen Wochen fassten sie den Plan, ein Exemplar des Roboters zu entführen. Ob sie ihn dann erneut zerstören oder vielleicht gegen Lösegeld wieder freilassen wollten, wussten sie zunächst selbst noch nicht so genau. In ihrer Phantasie überlegten sie sogar, Lisa umzuprogrammieren und zur ersten robotischen Anarchistin zu machen. Oder Lisa würde ins Volksgefängnis wandern. Pläne gab's also genug. Jetzt ging es an deren Verwirklichung.

Die Gruppe begann, einige der Einrichtungen, in denen der Roboter eingesetzt wurde, zu observieren. Schnell wurde klar, dass die Alster-Residenz am besten für eine Entführung geeignet war. Vor allem, weil das Gelände frei zugänglich war. Hanna zog sich etwas Nettes an und tat so, als hätte sie eine Großmutter in der Residenz. Auf die Weise hielt sie sich öfter dort auf, ohne aufzufallen. So lernte sie auch Konstantin Sieversen kennen, der dort regelmäßig seinen Großvater besuchte und anschließend oft im Park der Residenz spazieren ging. Hanna machte sich an ihn heran, ursprünglich mit dem Ziel, durch ihn Zutritt ins Innere der Gebäude zu erlangen. Im besten Falle wollte sie ihn dazu überreden, einer der Pflegerinnen ihren Hausausweis abzunehmen, durch den sie dann in das Haus gelangen könnten, um Lisa abtransportieren zu können. Es kam anders, unter anderem, weil ... An dieser Stelle ihrer Erzählung sah Hanna ihre Anarchistenfreunde seltsam an, sprach dann leiser und verdruckster weiter ... weil sie und Konstantin sich wirklich gut verstanden und sich nahekamen. Das Anarchistenmädchen und der Jurastudent aus gutem Hause wurden ein Paar, jedenfalls irgendwie, also nichts Festes oder doch schon. Obwohl er so eine reaktionäre Bratze ist. Aber irgendwie auch nicht ... Wichtig war, dass es nichts am Plan änderte. Im Gegenteil, es lief jetzt sogar besser. Denn Konstantin erklärte sich aus freien Stücken bereit mitzumachen. Die Vorbereitungen nahmen Gestalt an. Und in der zurückliegenden Samstagnacht wollten sie endlich zuschlagen. Gegen Mitternacht legten sie sich auf die Lauer, im Gebüsch vor dem Haus, in dem Lisa im Einsatz war. Aber dann wurden ihre Pläne überraschend gestört. Aus der Dunkelheit tauchte ein Mann auf. Er schlich herum, beobachtete die Umgebung, schien misstrauisch zu sein. Er trug mehrere riesige Taschen mit sich, schien das Gewicht kaum stemmen zu können. Die Autonomen bemerkte er nicht, sie waren ja schwarz gekleidet, trugen Masken, lagen auf der Erde. Schließlich betrat der Mann das Haus. Trotz seines seltsamen Verhaltens dachten sie zunächst, er sei ein Pfleger. Daher wollten sie abwarten, bis er wieder verschwunden war. Zunächst verschwand er in einer der Wohnungen, kam erst einmal auch nicht wieder heraus. Schlief er etwa doch dort im Haus? Dann aber war er wieder im Hausflur zu sehen. Offenbar putzte er. Aber warum hatte er kein Licht angemacht? Dann verließ der Mann das Haus und eilte mit schnellen Schritten in die Nacht davon. Nun schien die Zeit für ihre Aktion gekommen zu sein. Doch Sekunden später schossen Flammen in die Höhe, es war eine regelrechte Explosion. Der komplette Korridor stand in Flammen, dann auch schon das ganze Haus. Es dauerte nur Sekunden, und alles war voller Qualm. Die Fensterscheiben barsten, erst im Erdgeschoss, dann oben im ersten Stock. Bald stürzten auch schon Teile vom Dach ein. Vom Haupthaus aus waren Stimmen zu hören. Mitarbeiter der Residenz rannten herbei, einige mit Taschenlampen. Die Gruppenmitglieder, sie waren zu viert, wurden panisch und flohen in die Dunkelheit ...

Es dauerte lange, bis Claudia sich rühren konnte. In ihrem Inneren herrschte Sturm, alles ging durcheinander. Erleichterung, weil die Ermittlungen einen entscheidenden Schritt weiterkamen. Wut, weil das, was die jungen Leute erzählten, nicht gerade eine

Heldengeschichte war. Entsetzen, weil sie noch einmal die Dramatik der Brandnacht vor Augen geführt bekam.

Schließlich riss Claudia sich aus ihren Gedanken los. Sie starrte auf die Kaffeetasse in ihren Händen. Sie hatte kein einziges Mal daraus getrunken. Inzwischen war der Kaffee kalt geworden. War aber auch egal.

»Dir ist schon klar, was du da sagst, Hanna? Ihr anderen genauso?«

»Sicher. Das Ganze ist eine einzige Scheiße«, sagte Hanna.

»Das auch, klar. Vor allem aber seid ihr die vermutlich einzigen Zeugen der schlimmsten Brandstiftung, die Hamburg seit Jahrzehnten erlebt hat. In der Nacht sind acht Menschen ums Leben gekommen, eigentlich sogar neun, nur dass eine alte Frau erst zwei Tage später im Krankenhaus starb. Ich frage mich schon, warum ihr nicht Alarm geschlagen habt. Direkt, in der Nacht, als das Feuer ausbrach. Vielleicht wäre die Zahl der Opfer nicht so hoch gewesen.«

»Blödsinn!«, stieß Niko hervor. »Da war nichts zu machen. Keine Chance.«

»Da bist du sicher?«

»Absolut. Da waren nur noch Flammen. Von einer Sekunde auf die andere. Da wäre keiner mehr lebend rausgekommen. Egal, was wir gemacht hätten.«

»Aber selbst wenn, ihr hättet zur Polizei gehen müssen. Immerhin habt ihr den Täter gesehen!«

Hanna schob trotzig die Unterlippe vor. »Was wird das jetzt? Eine Drohung? Ich dachte, wir haben einen Deal?«

»Haben wir. Und es bleibt dabei. Trotzdem solltet ihr mal drüber nachdenken, ob die Art, wie ihr euch verhalten habt, korrekt war.«

Als Claudia es aussprach, merkte sie selbst, wie lächerlich ihre Worte in dieser Umgebung klangen. All Cops are Bastards. Menschen, die so dachten, gingen nicht in die nächste Wache, um eine Aussage zu machen. Ganz egal, was sie beobachtet hatten.

Hanna sagte mit veränderter, leiserer Stimme: »Wird Sie vielleicht wundern, aber wir haben darüber nachgedacht.«

»Aber ihr habt es nicht getan.«

»Warum wohl?«, knurrte Niko.

»Ja, warum? Erklär's mir.«

»Weil wir unsere Erfahrungen mit euch Bullen gemacht haben. Mehr als einmal.«

»Das rechtfertigt wohl alles, was?«

Es war Hanna, die antwortete. »Kapieren Sie es echt nicht? Wir hatten Angst. So einfach ist das.«

»Wovor? Dass euch jemand dieselben Fragen stellt wie ich jetzt?«

»Nein. Aber dass die Sache uns in die Schuhe geschoben wird. Wir waren vor Ort, hatten unsere Spuren hinterlassen, hatten vorher schon diese Uni-Aktion durchgezogen. Wie hätte das für Sie und Ihre Kollegen ausgesehen? Außerdem, Sie wären doch froh gewesen, uns dranzukriegen. Kleine Rache für G20 und so. Seht her, die Anarchos fackeln nicht nur Porsches ab, sondern jetzt auch noch Altenheime.«

Claudia trank jetzt doch von ihrem kalten Kaffee. Tat gut. »Wir sind nicht so blöd, wie ihr glaubt.«

»Doch, seid ihr«, erklärte Niko grinsend.

Claudia wollte ihm ein paar deutliche Worte entgegenhalten, doch gerade als sie loslegen wollte, stockte sie. Sie sah Hanna an, schüttelte irritiert den Kopf. Da war etwas. Etwas, das sie irritierte. Es war ihr gerade schon aufgefallen, dann aber wieder untergegangen. Was, verdammt noch mal, war es?

Da sie nicht darauf kam, begann sie Fragen nach Einzelheiten zu stellen. War Konstantin bei der Aktion dabei gewesen? Nein. Wie genau hatte der Mann ausgesehen? Wie hatte er sich bewegt? Hatte er auffällige Merkmale? Hanna und ihre Freunde antworteten, so gut sie konnten.

Aber nichts von dem, was sie sagten, traf das Gefühl, das Claudia vorhin so irritiert hatte. Bis sie auf einmal eine Ahnung überkam.

»Erzählt mir noch einmal, was passiert ist, nachdem der Mann ins Haus gegangen ist. Habt ihr eigentlich gesehen, wie er überhaupt reingekommen ist?«

»Nicht wirklich. Die Tür ging auf. Schätzungsweise hatte er eine Karte«, sagte Hanna.

»Was ist danach passiert? Seid bitte so genau wie möglich.«

»Er ist ins Haus, aber das Licht ist nicht angegangen. Das war seltsam, weil es sonst immer anging. Egal. Wir konnten ihn trotzdem sehen, durch die Fenster.«

»War Lisa eigentlich auch zu sehen?«

»Nein. Die war bestimmt in ihrer Ladestation.«

»Was ist dann passiert?«

»Wie gesagt, er ist dann in eine der Wohnungen gegangen. Darum dachten wir ja, er sei ein Pfleger. Auch wenn es sonderbar war.«

Das war es. Was sollte das? Wie passte es zum Rest der Geschichte?

»Ihr seid ganz sicher? Er ist in eine der Wohnungen gegangen?«

»Klar.«

»Das konntet ihr sehen?«

»Ja, ganz deutlich. Es hat dann auch ziemlich lange gedauert, bis er wiederaufgetaucht ist.«

»Wie lange genau?«

Hanna zuckte mit den Schultern, sah fragend zu den anderen. Caro sagte: »Mindestens eine Stunde. Vielleicht sogar einen Tick länger.«

»So lange habt ihr da draußen gelegen?«

»Sicher, wir wollten die Aktion durchziehen, dem Typen aber nicht in die Arme laufen.«

»Schon klar«, sagte Claudia. Wieder schüttelte sie nachdenklich den Kopf. »Warum ist er in eine der Wohnungen gegangen? Warum so lange? Was hat er da gemacht?«

»Keine Ahnung«, sagte Hanna.

Claudia sah sie an und sagte leise: »Das war keine Frage an dich. War an mich selbst. Weil ich es einfach nicht kapiere.«

46.

Takeda fuhr von Rahlstedt in Richtung Innenstadt, ließ dann aber das Präsidium links liegen und bog zum nahe gelegenen Alsterlauf ab. Er parkte den Wagen am Straßenrand und stieg in Höhe der Hindenburgbrücke zum Ufer hinab.

Es war später Nachmittag geworden, und eine große Zahl an Spaziergängern war unterwegs. Viele führten ihre Hunde aus, andere hielten ihre Kinder oder Enkel an den Händen. Auch auf dem Wasser war einiges los. Es gab Sportler, die in schmalen Ruderbooten durchs Wasser pflügten, es gab Kanufahrer und zahlreiche Stand-up-Paddler, die barfuß, aber in voller Straßenkleidung auf ihren Gefährten standen und ungelenk mit ihren langen Rudern im Wasser stocherten.

Nicht zum ersten Mal fragte Takeda sich, warum die Hamburger bloß darauf beharrten, dass man sich entscheiden musste. Elbe oder Alster? Jeder Fragebogen in den Zeitungen enthielt diese Frage, und es klang nach einer fundamentalen Lebensentscheidung. Berge oder Meer, Fisch oder Fleisch, Hund oder Katze – und eben Elbe oder Alster. In der Sicht der Hamburger konnte man nicht beide Flüsse mögen. Es leuchtete Takeda einfach nicht ein. Die beiden Gewässer waren so unterschiedlich, dass eine Entscheidung zwischen ihnen unsinnig war! Hier der mächtige, große Strom, dort das liebliche Flüsschen. Es war einfach eine Frage der Stimmung. Er jedenfalls würde keine Wahl treffen.

Eine Stimme riss Takeda aus den Gedanken. Es war Claudia. Sie rief seinen Namen.

Takeda drehte sich um, hielt Ausschau und entdeckte sie auf der Alsterdorfer Dammbrücke. Sie winkte ihm zu. Er winkte zurück. Sie hatten vorhin telefoniert und sich hier verabredet. Pantomimisch verständigten sie sich nun darauf, dass er warten solle. Sie stieg zum Uferweg hinab und stieß dort zu ihm.

Takeda sah schon von Weitem, dass Claudia gedankenschwer wirkte. Etwas schien sie intensiv zu beschäftigen. Zum Glück ließ sie ihn nicht lange raten. Sofort, nachdem sie ihn erreicht hatte, sagte sie: »Wir haben Zeugen, Ken. Endlich!«

»Du meinst, jemand hat die Brandstiftung beobachtet?«

»Genau. Ich wollte es am Anfang gar nicht glauben. Die Autonomen! Sie waren dort, auf dem Gelände der Residenz, in der Nacht, als es gebrannt hat!«

»Aber sie sind nicht die Täter?«

»Nein.«

»Sicher?«

»Eigentlich schon. Und sie konnten eine Täterbeschreibung geben.«

Claudia gab Takeda eine geraffte Darstellung, was sie erlebt und gehört hatte. Das Gespräch mit Niko, Hannas plötzliches Erscheinen, dann der Bericht der drei von der Nacht des Feuers. Claudia schloss damit, dass sie sagte: »Die Beschreibung, die sie mir geben konnten, ist leider nicht sonderlich präzise. Kein Wunder, es war stockdunkel. Der Täter ist männlich, mittelgroß, hat dunkle Haare, helle Haut. Eine schmale Statur. Er hatte offenbar ein Tuch oder eine Maske vor dem Gesicht. Immerhin haben wir überhaupt ein paar Anhaltspunkte.«

»Vielleicht können wir diese Hanna und ihre Freunde überreden, bei der Erstellung eines Phantombildes mitzuwirken?«

Claudia lachte. »Ich glaube, die würden eher in die CDU eintreten, als das zu tun. Aber trotzdem, es ist ein Fortschritt, findest du nicht?«

»Sicher, das ist es. Trotzdem ... Du hast noch etwas erfahren, oder?«

»Stimmt, da ist noch etwas. Etwas, das sie ebenfalls ausgesagt haben und aus dem ich einfach nicht schlau werde.«

»Und das wäre?«

»Der Täter hat das Haus mit den Servicewohnungen betreten, aber er hat nicht sofort das Feuer gelegt. Er war vorher in einer der Wohnungen. Lange. Mindestens eine Stunde.«

»Er war in einer Wohnung? Wieso? Was hat er dort gemacht?«

»Genau das frage ich mich auch.«

Takeda schüttelte nachdenklich den Kopf. »Vielleicht hat er etwas gestohlen? Geht es vielleicht darum? Haben wir es am Ende mit einem Einbrecher zu tun, der mit den Feuern nur seine Spuren verwischen wollte?«

»War auch mein Gedanke, darum habe ich Hanna und ihre Freunde danach gefragt. Fehlanzeige. Als der Mann – es war ein Mann, da waren sie ganz sicher – das Haus verließ, hatte er nichts bei sich.«

»Also kein Diebeszug.«

»Es sei denn, es ging um etwas, das er in der Hosen- oder Jackentasche tragen konnte.«

»Das wäre natürlich möglich.«

»Aber glauben wir das?«

»Nein.«

»Sehe ich auch so.«

Sie setzten sich auf eine Bank und warteten, bis zwei Seniorinnen mit Rollatoren sie langsam passiert hatten. »Was ist mit dir? Wie war dein Eindruck von Nakamura?«

Takeda blickte versonnen auf den Fluss, er verarbeitete immer noch das Gehörte. Dann sagte er mit leichterer Stimme: »Er ist ein Exzentriker, aber kein Zombie.«

Claudia lachte. »Gut, dass wir das nicht im Präsidium besprechen. So ein Satz könnte für Irritationen sorgen.«

»Um ehrlich zu sein, irritiert er mich auch.«

»Echt?«

»Als du davon gesprochen hast, fand ich es eher, nun ja, abwegig. Aber jetzt kann ich es immerhin nachvollziehen. Nakamura ist ein sehr seltsamer Mensch. Er hat meinen Besuch genutzt, um an meinen Patriotismus zu appellieren.«

Diesmal war es Takeda, der seine Begegnung wiedergab, dabei erwähnte er Nakamuras Ausführungen zur schrumpfenden japanischen Bevölkerung wie auch zur deutschen Faulheit.

Claudia lachte erneut auf und erklärte: »Faul? Wir Deutschen? Absurder Vorwurf! Das sieht man doch an uns! Wir sitzen zwar mitten am Tag auf einer Parkbank an der Alster, aber doch nur, um sogar hier, inmitten der schönsten Natur, ein Meeting abzuhalten. Wir arbeiten! Übrigens ... da vorne ist ein kleines Café. Was hältst du eigentlich von einem Eisbecher?«

Takeda lächelte. »Ich denke, Nakamura macht sich große Sorgen, dass die Brandanschläge den Einsatz von Lisa hier in Hamburg gefährden könnten. Das ist seine größte Sorge. Und ja, ein Eis ist eine gute Idee.«

Sie standen auf, schlenderten am Ufer entlang. »Aber du bist dir trotzdem sicher, dass er harmlos ist?«

»Ja, ich denke schon.«

Claudias Stimme bekam etwas Provozierendes. »Dir ist schon klar, dass die Beschreibung der Autonomen ...«

»... ziemlich gut auf Nakamura passt. Das ist mir klar. Aber trotzdem. Er hat ein Alibi. Es ist nicht sonderlich gut, und ich habe es nicht überprüft, doch das ließe sich nachholen.«

»Ich kann mir schon vorstellen, wer es ihm gegeben hat.«

Takeda hob lächelnd die Schultern. »Und du hast recht damit. Aber das ist nicht der springende Punkt. Nakamura hat kein Motiv. Wieso sollte er Feuer legen und damit das ganze Lisa-Projekt gefährden? Im Gegenteil, er würde alles dafür tun, damit es weitergeht.«

Claudia blickte einer Gruppe Stand-up-Paddlern nach, die im Schlingerkurs über die Alster trieben. Dabei zwangen sie einen Sportkanuten zu einem riskanten Ausweichmanöver. Ein kurzes Geschrei, dann kehrte wieder Frieden ein. Würde sie jetzt auch lieber machen, Stand-up-Paddeln. War reizvoller als einem Brandstifter und Mörder nachzujagen.

Sie stieß ein Seufzen aus. »Wäre auch zu schön gewesen. Aber was soll's, dann müssen wir halt weitersuchen. Immerhin gibt es jetzt die Beschreibung, so grob sie sein mag. Damit lässt sich arbeiten.«

»Richtig, mit der Beschreibung in der Hand werden wir das machen, was wir ohnehin geplant hatten.«

»Die große Befragungsrunde ... Wir sprechen mit sämtlichen Personen, die irgendwie im Zusammenhang mit den beiden Tatorten stehen. Immerhin wissen wir, dass wir einen Mann suchen. Damit können wir die weiblichen Pflegekräfte außen vorlassen.«

»Ich werde zu dieser Agentur fahren, die die bosnischen Frauen zum Ehepaar Hagedorn vermittelt hat. Und ich will die Sicherheitsfirma besuchen, die die Alarmanlage im Haus der Hagedorns installiert hat.«

»Okay. Und ich fahre noch mal in die Residenz. Ich fange mit den Kollegen von diesem Saretzki an, dem Hausmeister. Er hatte mir eine Liste gemacht, mit all denjenigen, die sich mit der Haustechnik auskennen. Allerdings gibt es da noch etwas.«

»Ja?«

»Mir lässt die Beobachtung von Hanna und ihren Freunden keine Ruhe. Dass der Täter in einer der Wohnungen war. Ich möchte dem nachgehen.«

»Haben die Autonomen gesagt, in welcher Wohnung er war?«

»Nicht genau. Es war unten, im Erdgeschoss. Irgendwo in der Mitte des Hausflurs.«

»Merit Kramer kannte die Bewohner. Vielleicht kann sie uns weiterhelfen?«

»Das war mein Gedanke. Ich möchte zu ihr fahren und sie danach fragen. Wenn es dich nicht stört.«

»Mich stören? Nein, warum sollte es?«

Claudia blickte Takeda an, wollte etwas sagen, schluckte es runter. »Gut, ich fahre zu ihr. Außerdem setze ich mich mit Sauer in Verbindung. Er soll dafür sorgen, dass alle Einrichtungen, in denen Lisa im Einsatz ist, bewacht werden. Zumindest sollen die Streifen sie im Auge behalten. Wir wissen nicht, ob es schon zu Ende ist.«

»Und jetzt das Eis?«

»Klar.«

Takeda stand von der Bank auf, Claudia aber blieb sitzen. Er sah sie fragend an. »Was ist los?«

Sie schüttelte den Kopf. »Wir übersehen etwas, Ken. Aber ich weiß nicht, was es ist.«

»Ich empfinde es genauso.«

»Was folgt daraus?«

»Nichts. Wir machen weiter und hoffen auf einen Treffer.«

47.

»Das ist das japanische Schriftzeichen für Liebe. Ihr Kollege hat es mir beigebracht. Toll, oder?«

»Ja, super«, knurrte Claudia.

»Die vier Striche in der Mitte bedeuten Herz oder auch Seele. Ich denke, ich werde Japanisch lernen.«

Claudia hatte Merit Kramers Wohnzimmer gerade erst betreten. Ihr Blick war auf das Papier und den schwarzen Tuschpinsel gefallen, mit dem die Frau gerade zugange war. Darauf war die Erklärung gefolgt, warum sie Schriftzeichen malte und wer sie ihr beigebracht hatte. Claudia war binnen Sekunden von null auf hundert.

»Ich bin nicht hier, um mit Ihnen über exotische Sprachen zu plaudern, Frau Kramer. Es wäre darum nett, wenn Sie Ihre Schreibübungen zur Seite legen. Ich habe ein paar Fragen an Sie und brauche dafür Ihre ganze Aufmerksamkeit.«

Claudias Tonfall geriet schärfer als beabsichtigt. Obwohl, eigentlich nicht. Sie meinte es genau so, wie sie es sagte.

»Ja, natürlich. Wollen Sie vielleicht etwas trinken? Einen Tee? Ich habe allerdings nur Kräutertee.«

»Nein. Ich möchte gar nichts.«

Merit Kramer sah Claudia an. Sie wirkte nicht unbedingt eingeschüchtert, eher überrascht. Und Claudia wiederum merkte, während sie sich gegenseitig betrachteten, wie schön diese Frau war. Auf die raue, vom Leben gezeichnete Art. Charaktervoll. Genau so, wie Takeda es mochte. War sie in Wahrheit deswegen hergekommen? Nicht, um eine potenzielle Zeugin zu befragen, sondern um eine künftige Kandidatin für die Stelle an Takedas Seite zu begutachten? Die Stelle, die sie freiwillig geräumt hatte.

Die Pflegedienstleiterin schob ihre Malutensilien zur Seite und wies auf einen der anderen Stühle. »Bitte.«

Claudia setzte sich und kam ohne weiteres Vorgeplänkel zur Sache. »Sie haben meinem Kollegen ja schon von den Bewohnern des abgebrannten Hauses erzählt ... von denjenigen, die Opfer der Flammen wurden.«

»Das ist richtig. Ken ... Ihr Kollege hatte mich danach gefragt. Er wollte wissen, ob es Konflikte im Haus gegeben hatte. Oder ob vielleicht einer von ihnen verwirrt genug war, um den Brand selbst gelegt zu haben.«

»Das ist vom Tisch. Wir wissen, dass der Täter von außen kam.«

»Aber dann ... wie kann ich Ihnen helfen?«

Claudia war dabei, sich vorzutasten, und vergaß darüber immerhin ihre Wut, ihre Enttäuschung, ihren Schmerz, was auch immer. »Um ehrlich zu sein, weiß ich das selbst noch nicht genau. Im Erdgeschoss des Hauses sind fünf Wohnungen richtig?«

»Ja, das stimmt. Aber eine Wohnung war nicht belegt. Zum Glück.«

»Darum auch nur neun Opfer?«

»Genau.«

»Die leere Wohnung war unten? Im Erdgeschoss?«

»Richtig. Die Wohnung ganz hinten.«

»Ich verstehe. Mir geht es um die beiden mittleren Wohnungen. Sie wissen bestimmt, wer dort gewohnt hat?«

»Die mittleren Wohnungen ... Das müsste Herr Michelsen gewesen sein. Er war ein wenig pingelig und hat sich oft über andere

Bewohner beschwert, bei mir oder bei Frau Stemann. Ich mochte ihn trotzdem, ein kluger Mann, der im Leben viel gereist ist, bevor er in die Residenz zog. Ich glaube, er war Arzt. Neben ihm hat Frau Orthmann gewohnt. Sie war unser Sorgenkind im Haus.«

»Warum?«

»Weil wir sie schon seit Längerem zum Umzug bewegen wollten.«

»Sie wollten sie rauswerfen!?«

»Nein, Unsinn. Sie sollte innerhalb der Residenz wechseln, ins Haupthaus. Sehen Sie, der Gedanke bei den Servicewohnungen ist der, dass der Pflegebedarf angepasst werden kann. Manche der Bewohner leben praktisch völlig selbstständig, andere bekommen Hilfe. Verschlechtert sich ihre Gesundheit, wird das Angebot an Pflege angepasst. Bei Demenz ist das allerdings ein Problem. Irgendwann kommt der Punkt, an dem wir die Betroffenen ins Haupthaus bringen müssen, weil wir sie da einfach besser im Blick haben.«

»Und Frau Orth...«

»Orthmann.«

»... die wollte das nicht?«

Merit Kramer seufzte. »Die Zeiten, in denen sie nicht bei sich war, nahmen zu. Aber sie war immer noch klar genug, um zu wissen, was die Verlegung bedeutete ... Sie hat sich gewehrt. Für uns war das mühsam, aber eigentlich hat sie versucht, tapfer zu sein.«

Claudia spürte so etwas wie ein schlechtes Gewissen. Merit Kramer war eine bewundernswerte Frau, die ihren Job mit Herzblut ausübte. Es gab keinen Grund, sie nicht zu mögen, sie auch nur hart anzugehen.

Mit milderer Stimme fragte Claudia: »Wissen Sie, ob einer der beiden, also Herr Michelsen oder Frau Orthmann, in irgendeiner Form Ärger hatten? Nicht unbedingt mit Personen aus dem Haus. Eher schon mit jemandem, der nicht in der Residenz lebte?«

»Ärger?«

»Schulden, alte Feindschaften, irgendetwas.«

»Wieso fragen Sie das?«

»Ich bin mir selbst nicht ganz sicher. Vielleicht spielt es auch gar keine Rolle. Trotzdem, fällt Ihnen irgendetwas ein? Hat einer der beiden Ihnen vielleicht einmal etwas anvertraut? Irgendwelche Sorgen?«

Merit Kramer dachte nach, verzog dabei das Gesicht. Dann schüttelte sie den Kopf. »Nein, ich weiß von nichts. Finanziell hatten die beiden keine Probleme. Und sonst? Frau Orthmann war, wenn ich mich richtig erinnere, früher Lehrerin. Ihr verstorbener Mann war vermögend, daher konnte sie sich die Residenz leisten. Bei Herrn Michelsen weiß ich es nicht. So lange bin ich ja noch nicht im Haus. Er war ein höflicher Mann, der in erster Linie seine Ruhe haben wollte. Er hat mit Lisa oft Schach gespielt. Ich kann mir nicht vorstellen, dass er Ärger mit jemandem hatte. So war er nicht.«

»Er hat mit Lisa Schach gespielt?«

Merit Kramer lächelte. »Er meinte, es wäre das Einzige, wozu der Roboter zu gebrauchen wäre. Um ehrlich zu sein, teile ich seine Meinung.«

»Mein Kollege hat mir erzählt, dass sie nicht viel von Lisa halten.«

»Wenn er es so wiedergegeben hat, hat er meine Worte abgemildert. Ich hasse den Roboter, ich halte ihn für einen schlimmen Irrweg. Und ich kann nur hoffen, dass er wieder verschwindet.«

»Vielleicht dienten die Brände dazu, dass genau das passiert.«

»Dann hätten sie wenigstens etwas Gutes ... Nein, entschuldigen Sie. Das war geschmacklos.«

Claudia sah die Frau forschend an. »Warum genau sind Sie so gegen Lisa?«

»Das habe ich Ken doch schon erzählt. Ich finde es unmenschlich, alte Leute von Maschinen pflegen zu lassen. Eine Gesellschaft, die so etwas tut, mit der stimmt etwas nicht. Warum schläfern wir die alten Menschen nicht gleich ein?«

Claudia war überrascht über die plötzliche Heftigkeit, die aus Merit Kramer sprach. Für einen Moment hatten ihre so schönen Züge etwas Wütendes, ja Hasserfülltes angenommen.

»Aber kann Lisa Ihnen denn nicht auch die Arbeit erleichtern? Man hört doch immer wieder, wie beschwerlich Pflegearbeit ist. Weil die alten Menschen hochgehoben werden müssen und so etwas.«

»Lisa ist kein Hebeautomat für Bettlägerige«, sagte Merit mit harter Stimme. »Das Ding ist viel mehr als das. Es soll uns, ausgebildete Pflegekräfte, langfristig überflüssig machen. Warum? Weil es billiger ist. Käfighaltung für Senioren, mit maschineller Betreuung. Darauf läuft es hinaus!«

Wieder sprachen Hass und Wut aus ihr, diesmal die kühle, wohlüberlegte Variante.

Ohne es sich anmerken zu lassen, musterte Claudia die Frau noch einmal. Nun unter anderen Vorzeichen. Sie war klein, schmal, hatte dunkle Haare ... sicher, sie war kein Mann. Aber sonst passte die Beschreibung.

Spontan schlug Claudia eine andere Richtung ein. »In der Nacht, als es gebrannt hat, sind Sie nicht im Dienst gewesen. Ist das richtig?«

»Genau. Ich mache zum Glück keine Nachtschichten mehr. Ich war zu Hause.«

»Alleine?«

»Ja.«

»Zeugen?«

»Nein.«

»Sie sind nicht verheiratet? Kein Freund? Kein Liebhaber? Irgendjemand, der bei Ihnen war?«

»Niemand. Schon längere Zeit nicht, wenn Sie es genau wissen wollen.«

Nein, will ich nicht. Aber ich muss.

»Haben Sie vielleicht mit jemandem telefoniert? Etwas im Internet gemacht, das wir nachprüfen könnten? Was weiß ich, vielleicht haben Sie in einer Partnerbörse Nachrichten hinterlassen oder so etwas?«

»Was soll das, Frau Harms? Verdächtigen Sie mich jetzt? Oder ist das einfach nur Eifersucht? Ich bin nicht so blind, wie Sie vielleicht glauben.«

»Ich …« Claudia fühlte sich durchschaut, überrumpelt. Sie schloss kurz die Augen, holte Luft. »Beantworten Sie einfach meine Fragen.«

»Ich war es nicht! Ihr Verdacht ist absurd! Wissen Sie eigentlich, wie es mir geht, seit das alles passiert ist? Ich kann nicht schlafen, ich habe Alpträume, ich muss permanent … weinen.«

Die letzten Worte brachte die Pflegedienstleiterin nur noch mühsam hervor, denn auch jetzt traten ihr Tränen in die Augen. Sie blickte Claudia dabei an. Keine Wut mehr. Nur noch Trauer.

Claudia hatte ein schlechtes Gewissen. Was eigentlich fehl am Platze war, schließlich tat sie nur ihren Job.

Aber das stimmte eben nicht. »Ich muss so etwas fragen, Frau Kramer. Trotzdem tut es mir leid.«

Die Pflegedienstleiterin putzte sich die Nase. »Ach, schon gut. Ich bin im Moment furchtbar nah am Wasser gebaut. Es sind ja nicht nur die Leute in der Residenz. Ich kannte auch das andere Ehepaar, die Hagedorns. Wenn ich nachts wach liege, frage ich mich, ob am Ende ich schuld an allem bin.«

»Wieso sagen Sie das? Könnte es denn irgendeinen Grund geben, aus dem Sie das vermuten?«

»Nicht wirklich. Ich wollte damit nur sagen, wie nahe es mir geht. Wie sehr es schmerzt … als ob jemand in Wahrheit mich treffen wollte. So fühlte es sich halt an. Aber Sie glauben mir ja doch nicht, ganz egal, was ich sage.«

»Doch, das tue ich.«

Für einen Moment herrschte Schweigen zwischen ihnen. Merit Kramer fing wieder an zu weinen. Und Claudia hatte wieder ein schlechtes Gewissen.

»Ich nehme jetzt doch einen Tee«, sagte sie versöhnlich.

Merit Kramer wischte sich mit den Handrücken über die Augen. Sie schüttelte den Kopf. »Dann gehen Sie in ein Café. Hier kriegen Sie nichts. Stellen Sie Ihre Fragen, und dann gehen Sie bitte!«

Claudia presste die Lippen zusammen, nickte schweigend. Sie hatte es nicht anders verdient. »Ich habe keine Fragen mehr, Frau Kramer. Danke.«

48.

Als Erstes setzte das Piano ein. Das linke Viertel der Tastatur, dunkle Basstöne, ein fernes Donnergrollen. Ein Unwetter zieht auf. Dann ein paar hohe, unschuldig fröhliche Klänge. Wie Kinder, die auf der Straße spielen und angesichts des drohenden Regens ins Haus gerufen werden. Ein paar Takte später setzten Drums und die Trompete zeitgleich ein, mit sanfter Wucht. Mit wenigen Klängen zeichnete der Bläser ein ganzes Leben. Einsamkeit, verblasste Träume, Verlorenheit. Wer spricht aus diesen Tunes? Ist es der Familienvater, der in der Haustür steht und hinaus auf seine spielenden Kinder blickt? Er liebt sie, er ist glücklich, dass es sie gibt, und er weiß doch, dass sein ganzes Leben verloren ist. Die Mutter der Kinder, seine Frau, ist eine Fremde für ihn. Er liebt sie nicht. Er weiß, dass er gehen muss. Aber wenn er es tut, wird er unschuldige Seelen verletzen. Es gibt keinen Ausweg. Nur Düsterkeit.

Ken Takeda saß in T-Shirt und Boxershorts zu Hause auf seinem Futon und hörte Musik. Clouds, Wolken. Aus dem Album December Avenue. Takeda liebte Tomasz Stanko, den vielleicht größten polnischen Jazzer, überhaupt einen der größten Trompeter Europas. Kürzlich verstorben, unsterblich. Jemand hatte ihn den weißen Ornette Coleman genannt, was Stanko zurückgewiesen hatte. Musikalisch mochte es sogar stimmen, jedenfalls für

Stankos frühe Phase in den sechziger und siebziger Jahren. Aber wurde ein Gigant größer, wenn man ihn mit einem anderen Giganten verglich?

Manche sprachen auch vom Edgar Allan Poe der Trompete. Sie spielten damit auf Stankos Düsterkeit an, auf das Abgründige in seinen Tunes. Und ja, diese Seite gab es, sie war sogar mächtig. Aber sie war bei Weitem nicht so dominant, wie man meinen könnte, fand Takeda. Denn zu gleichen Teilen, wie Stanko dunkel und geheimnisvoll war, so sehr konnte sein Spiel auch leuchten. Er ließ Melodien, sogar einzelne Töne funkeln wie einen Kiesel im Matsch des Lebens. Er hatte den Blick fürs Besondere im Gewöhnlichen, für die Schönheit im Hässlichen, für die Hoffnung in der vollkommenen Verlorenheit.

Takeda rauchte eine Mild Seven, seine japanische Stammmarke. Ab und an nahm er einen Schluck aus einer Bierdose. Astra. Die Musik spielte leise aus seinem kleinen, tragbaren MP3-Player. Er hatte es immer noch nicht geschafft, sich Möbel zu kaufen oder auch nur eine bessere Musikanlage. Lohnte es sich überhaupt noch? Oder war die Trennung von Claudia schon der erste Teil seines Abschieds von Hamburg, von Deutschland?

Eigentlich war sein Aufenthalt auf zwei Jahre angelegt, noch hatte er mehr als ein Jahr vor sich. Einen echten Grund, vorzeitig die Zelte abzubrechen, gab es nicht. Sich fest einzurichten allerdings auch nicht. Die Zeit würde ein Provisorium bleiben. Kein neues Leben, der Traum war geplatzt. Nur eine Unterbrechung seines alten Lebens.

Nachdem Claudia auch am Abend nicht im Präsidium aufgetaucht war, hatte er versucht, sie anzurufen. Sie war nicht drangegangen. Er hatte es ein zweites und ein drittes Mal versucht. Sie hatte ihn weggedrückt, zumindest glaubte Takeda das, denn schon nach dem zweiten Klingeln war ihre Mailbox angesprungen.

Auch das war eine Antwort gewesen. Sie wollte nicht mit ihm sprechen.

Glaubte sie, dass es ihnen so gelingen könnte, Freunde zu bleiben? Takeda wusste es nicht. Er wusste gar nichts mehr, schon gar nicht, wenn es um Claudia ging.

Das Paradox der Einsamkeit. Der Mensch, der nicht mehr da war, war so sehr da, wie er es nicht war, als er noch da war. Überall, in jeder Sekunde, in jedem Anblick. Sein Futon verströmte den sanften Duft ihrer Haut. Der Küchenstuhl, auf dem sie gesessen hatte, ließ ihn das Echo ihres Lachens hören. Der Balkon erzählte die Geschichte ihres liebevollen, neckenden Spottes. Sie hatte dort draußen gestanden, wenn er in der Küche gesessen und geraucht hatte ... Schon gut, Ken, rauch du nur. Ich gehe raus und atme für dich mit. Und dann hatte sie gelacht, hatte ihn ausgelacht, wie niemand je zuvor.

Wusste sie eigentlich, dass er um ihre Verletzlichkeit wusste? Um ihre Verletztheit? Dass er bereit war, es mit ihr aufzunehmen, wenn sie bereit war, dasselbe mit ihm zu tun?

Seine letzte Platte hatte Tomazs Stanko nur ein Jahr vor seinem Tod eingespielt. Nicht seine beste vielleicht. Aber eine, die von beeindruckender Schlichtheit war. Kein Spätwerk, kein Vermächtnis. Ist das nicht die größte Art zu gehen? Ganz beiläufig, als wäre der Tod eine Erledigung, neben vielen anderen?

Takeda stand auf, ging in die Küche und trat auf den Balkon hinaus. Er musste jetzt für sich selbst atmen, es tat ja sonst niemand mehr für ihn.

49.

Wie spät war es? Zwei Uhr? Halb drei? Wollte sie es überhaupt wissen?

Claudia lag seit Stunden wach im Bett. Durch das Fenster schien die helle, blaue Mondnacht ins Zimmer. Sie war hundemüde. Beim Joggen vorhin hatte sie sich verausgabt. Sie war immer weitergerannt, auch noch, als sie schon nicht mehr konnte. Nur nicht aufgeben, sich auspowern, alles geben, alles vergessen, nur noch Körper sein, den Kopf frei kriegen, alle Gedanken ziehen lassen …

Normalerweise half das. Normalerweise war ihr nach dem Laufen alles egal. Diesmal nicht.

Diesmal war es sogar noch schlimmer als vorher, ihre Trauer größer, ihr Schmerz stechender, ihre Einsamkeit bitterer.

Jetzt lag sie total erledigt im Bett und konnte dennoch nicht schlafen. Morgen würde sie zu nichts zu gebrauchen sein. Andererseits hatte sie auf diese Weise endlich Zeit, über alles nachzudenken. Über sich, ihr Leben, wenn's sein musste auch über den Fall.

Sie war also wieder alleine, war wieder Single. Aber war das vorher wirklich anders gewesen, in den Wochen mit Takeda? Sie war sich nicht sicher. Hatte er das zwischen ihnen wirklich als Beziehung betrachtet? Oder war es einfach nur eine längere Affäre gewesen, die ihm den Aufenthalt in Deutschland versüßte? Weil er früher oder später ja sowieso wieder nach Japan zurückkehrte? Er hatte nie, kein einziges Mal, angedeutet, dass er seine Pläne ändern könnte, jetzt, da es sie in seinem Leben gab.

Das Schlimme daran war, dass sie dieses Gefühl kannte, das sich gerade in ihrem Leben ausbreitete, so wie Regen eine Jacke durchtränkte, weiter in die Bluse kroch, ins Unterhemd, bis auf die Haut. Wieder ein Beziehungsversuch im Eimer, wieder alleine, wieder alle Uhren auf null gestellt.

Sie fand es nicht einmal schlimm. Das war das Schlimmste.

Lieber alleine als beschissen zu zweit. Okay, das traf die Sache mit Takeda nicht. Ihre gemeinsamen Stunden gehörten zu den glücklichsten Momenten ihres Lebens.

Aber vorbei ist vorbei. Sie würde damit klarkommen. Das konnte sie gut, Dinge aushalten. Sie hatte es gelernt. Darum hatte sie vorhin auch nicht mit ihm reden wollen, als er sie angerufen hatte. Sicher, als Polizistin war das ein No-Go. Takeda hatte bestimmt über den Fall sprechen wollen. Aber sie halt nicht. Weil es seine Stimme war, die sie hören müsste, ob sie nun über Privates oder Dienstliches sprachen. Sie hätte es nicht ausgehalten. Nicht nach dem Besuch bei Merit Kramer. Was hätte sie denn antworten sollen, wenn Takeda gefragt hätte, was sie von der Frau hielt? Ich habe nichts herausgefunden. Ach so, doch. So ganz nebenbei weiß ich jetzt, dass sie keine Mörderin ist. Du kannst also beruhigt etwas mit ihr anfangen!

Claudia drehte sich auf den Rücken und starrte an die Zimmerdecke. Durchs Fenster hörte sie eine ferne Sirene. Kollegen im Einsatz. Was war wohl passiert? Eine nächtliche Ruhestörung? Eine Schlägerei? Ein Familiendrama? Vielleicht wäre die Welt ein friedlicherer Ort, wenn die Menschen einfach aufhörten, an diesen Traum von Gemeinsamkeit zu glauben. Von Nähe, von Zueinandergehören. Funktionierte sowieso nicht. Jedenfalls fast nie. Im Zweifel endete es sogar in der Katastrophe. Männer, die ihre Frauen töteten, sie in Einzelteile tranchierten und in Plastiktüten durch die Gegend trugen. Frauen, die ihre Männer vergifteten und im Garten vergruben, sich in den Jahren danach freuten, dass die Rosen dank des neuen Düngers besonders prächtig blühten …

Hatte Nakamura nicht genau dasselbe gesagt? Hatte er also recht? Claudia stellte sich vor, wie es wäre, wenn die Vision des Japaners Wirklichkeit würde und Lisa mehr als nur ein Pflegeroboter wäre. Wenn sie auch jüngeren, gesunden Menschen zu Diensten stünde, als Haushaltshilfe, als Assistentin, aber eben auch als Partnerin, als Partner. Wie würde das aussehen, ganz konkret, für sie? Würde Lisa jetzt neben ihr im Bett liegen und ihr eine Geschichte aus ihrem unbegrenzten Fundus an gespeicherten Büchern und Märchen vortragen? Oder würde sie Claudia gar mit ihren so menschlichen Händen über den Körper streichen und ihr das Gefühl geben, auch in dieser Hinsicht nicht alleine zu sein?

Wäre das ein Heilmittel gegen die Einsamkeit? Eine Maschine als Lebensgefährte? Oder wäre es das Eingeständnis, dass man in zwischenmenschlicher Hinsicht endgültig gescheitert war?

Claudia drehte sich auf die Seite und öffnete die Schublade ihres Nachtschranks. Sie kramte ihren iPod hervor, ein uraltes Gerät, das aber immer noch funktionierte. Sie steckte sich die Ohrstöpsel ein und drehte das Klickrad, bis sie etwas Passendes gefunden hatte. The Walls of the World. Katie Melua. Sanfte Musik, eine zuckersüße Stimme und trotzdem eine kluge Frau ...

Ein Gutes hatte die Trennung von Takeda immerhin, dachte Claudia. Sie musste nicht mehr diesen grässlichen Jazz hören. Ein wenig hatte sie ja sogar Gefallen dran gefunden, Ken hatte ihr sozusagen die Ohren für die Musik geöffnet. Aber wirklich warm geworden war sie nicht damit, schon gar nicht mit diesen quietschenden, scheppernden Stücken, die er so liebte. Freejazz. Ornette Coleman, Albert Ayler, Cecil Taylor. Ihrer Meinung nach konnte man das nur als Musik bezeichnen, wenn man ein ernsthaftes Gehörproblem hatte. Da war Katie Melua ganz anders. Sehr beruhigend. Melancholisch. Wohltuend. Vor allem einschläfernd.

50.

Das Klingeln ihres Handys riss Claudia aus dem Schlaf. Völlig benommen tastete sie nach dem Gerät, das auf dem Nachttisch lag. Sie wischte über das grüne Hörersymbol und gab ein paar heisere Worte von sich. Mit Glück kamen sie am anderen Ende als Begrüßung an und nicht als die Unflätigkeit, die sie in Wahrheit waren.

Ein kurzes Stutzen war zu hören, dann sagte eine Männerstimme: »Frau Harms? Hier ist Torsten Peschel, Brandschutzdezernat. Ich bin ein Kollege von Tilman Runge.«

»Und?«

»Wir haben ein Feuer in einer Seniorenanlage.«

Claudia war schlagartig wach. Sie setzte sich im Bett auf. Blickte aufs Display ihres Handys. Es war halb fünf, sie hatte höchstens zwei Stunden geschlafen. »Scheiße.«

»Können Sie laut sagen.«

»Schlimm?«

Peschel zögerte mit einer Antwort. »Glück im Unglück würde ich sagen.«

»Das heißt?«

»Die Feuerwehr war keine Sekunde zu spät und konnte das Schlimmste verhindern. Nur ein wenig später, und es wäre richtig böse geworden.«

»Tote?«

»Ein älterer Bewohner.«

»Wirklich nur einer?«

»Ja.«

Claudia spürte so etwas wie Erleichterung. Obwohl das angesichts der Tatsache, dass ein Mensch sein Leben verloren hatte, nicht wirklich die richtige Gefühlslage war. Aber im Vergleich zu dem, was zuvor passiert war ...

»Und der Täter?«

»Keine Spur. Als die Flammen bemerkt wurden, war er wohl schon weg.«

»Okay. Aber was mich am meisten interessiert ...«

Claudia musste ihren Satz nicht zu Ende bringen, offenbar war Peschel informiert. Er sagte: »Eines von diesen Roboterdingern ist auch dabei. Hat ein paar Kratzer abgekommen, ist aber nicht vollständig zerstört.«

Claudia gab nur ein Schnauben von sich. Wieder ein Feuer, wieder Lisa. Nicht dass sie es noch ernsthaft infrage gestellt hätte. Aber jetzt war auch der letzte Zweifel verflogen. Es ging um den Roboter.

Sie erkundigte sich nach dem Ort des Geschehens. Peschel nannte eine Adresse im Stadtteil Hamm, im Osten Hamburgs. Betroffen war ein Seniorenstift, ein schlichtes Haus, nicht das Luxussegment.

»Ich bin in zwanzig Minuten da«, sagte Claudia und beendete die Verbindung.

Duschen, Anziehen, Kaffee. Das erledigte sie in zehn Minuten. Fast genauso lange saß sie dann am Küchentisch und starrte auf ihr

Handy. Sollte sie Takeda anrufen? Eigentlich durfte es keine Frage sein, sie musste es tun. Wieso also zögerte sie?

Verdammt, Claudia, du bist Polizistin. Er ist dein Ex, aber er ist immer noch dein Partner im Job. Also hör auf mit dem Quatsch.

Claudia stieß ein gequältes Stöhnen aus, wählte dann Takedas Nummer. Er ging nach dem zweiten Klingeln dran und klang, als sei er wach gewesen. Claudia erklärte ihm, was Sache war.

»In Ordnung, ich mache mich sofort auf den Weg«, sagte Takeda.

51.

Vor dem Seniorenstift, das nicht weit vom Hammer Park entfernt lag, einer der größten Grünanlagen Hamburgs, herrschte ein einziges Durcheinander. Drei komplette Löschzüge der Feuerwehr waren angerückt, über zehn Fahrzeuge, inklusive zweier Drehleitern, dazu unzählige Krankenwagen und jede Menge Streifenwagen. Viele der Fahrzeuge hatten ihr Blaulicht eingeschaltet, tauchten das Geschehen in ihr rotierendes Licht, während hoch über der Straße der graue Morgenhimmel allmählich heller wurde.

Die uniformierten Kollegen hatten schon wieder alle Hände voll damit zu tun, um die Schaulustigen aus der Nachbarschaft zurückzudrängen. Die Menge randalierte und drängelte trotz der frühen Morgenstunde. Sie benahmen sich, fand Claudia, als ginge es darum, als Erster in ein Rockkonzert gelassen zu werden.

Verdammt, Leute, wenn ihr unbedingt einen Toten sehen wollt, springt doch selbst vom Dach.

Sie schob sich durch die Schaulustigen, hielt dabei ihren Dienstausweis in die Höhe. Sprüche prasselten auf sie nieder, die sie zum Glück nicht alle verstand.

Claudia schüttelte seufzend den Kopf. Es gehörte zum vornehmsten Recht des Volkes, die Autoritäten zu beschimpfen, aber man konnte es auch übertreiben.

Sie tauchte unter der Absperrung durch, fragte sich dann durch, bis sie Torsten Peschel ausfindig gemacht hatte. Der Brandermittler saß mit einem Klemmbrett auf den Knien in seinem Dienstwagen und machte sich Notizen. Kurze Begrüßung, Peschel bot Kaffee aus seiner Thermoskanne an, er hatte sogar eine Rolle Pappbecher im Handschuhfach, und Claudia gelang das erste Lächeln des Morgens.

»Also, was ist passiert?«

Peschel stieg aus dem Wagen. Er wirkte ziemlich fertig, für ihn war die Nacht auch nicht länger gewesen als für Claudia. Sie einigten sich darauf, sich zu duzen, wie es unter Kollegen üblich war. Peschel erklärte: »Das Wichtigste habe ich dir schon am Telefon gesagt. Glück im Unglück. Wenn wir keinen Streifenwagen vor dem Objekt gehabt hätten, wäre es richtig fies geworden. Das hast du angeordnet, richtig?«

»Sagen wir lieber, ich hab's durchgeboxt. Mein Chef und die Einsatzleitung waren nicht begeistert. Von wegen dünne Personaldecke und so. Du kennst das ja.«

»Jedenfalls hast du einen Orden verdient. Die Kollegen im Streifenwagen standen die ganze Nacht hier auf der Straße und hielten die Augen auf. Gegen drei Uhr ...«, Peschel warf einen Blick auf das Klemmbrett mit seinen Notizen, »... genauer gesagt, war es um zehn Minuten nach drei Uhr früh, haben sie Flammen in den Fenstern im vierten Stock bemerkt. Sie haben sofort reagiert. Einer hat die Feuerwehr alarmiert, der andere ist rein und hat Alarm geschlagen. Zusammen mit ein paar Pflegern konnten sie die Flammen löschen, jedenfalls einigermaßen. Leicht war es nicht, der Täter hatte wohl wieder jede Menge Benzin verschüttet, das löscht sich nicht so leicht. Irgendwie haben sie es aber geschafft und damit den Leuten auf der Etage, vielleicht auch im ganzen Haus das Leben gerettet.«

»Bis auf einen, meintest du am Telefon.«

»Richtig, für den kamen sie zu spät. Sein Zimmer lag unmittelbar bei der Zündquelle. Wahrscheinlich Rauchgasvergiftung. Ändert aber nichts dran, nur ein paar Minuten später, und wir hätten hier die gleiche Scheiße erlebt wie in Wellingsbüttel. Wahrscheinlich sogar noch schlimmer. Die ganze Bude wäre abgefackelt. Ist ein alter Bau, der hätte nicht lange standgehalten.«

Claudia drehte sich um und blickte an der Fassade des Stifts empor. Es war ein Bau aus den fünfziger Jahren, ziemlich schlicht. In der Hochparterre befand sich ein Eingangsportal, zu dem Stufen und eine Rollstuhlrampe führten. Claudia zählte sechs Stockwerke in der Höhe, dazu zehn Fenster in der Breite. Davon waren im vierten Stock einige zerstört, vermutlich durch die Hitze der Flammen. Über den Fensterstürzen waren ausgefranste Rußspuren zu sehen. Eine der Drehleitern der Feuerwehr war ausgefahren und vor das letzte Fenster in der Reihe positioniert, offenbar waren immer noch letzte Löscharbeiten im Gange. Die Schiebetür zum Portal ging immer wieder auf, Sanitäter kamen mit Bahren heraus, auf denen alte Leute lagen, die Köpfe unter einer Sauerstoffmaske verborgen. Sobald sie draußen waren, rannten sofort die nächsten Helfer ins Gebäude.

Peschel folgte Claudias Blicken. »Die Rauchentwicklung war extrem. Darum müssen die Sanis die gesamten oberen Stockwerke räumen. Die Bewohner werden in andere Einrichtungen verteilt. Wir können nur hoffen, dass die Aufregung nicht noch weitere Opfer fordert.«

»Was weißt du über den Verstorbenen?«

»Wie gesagt, die Zündquelle war direkt in oder vor seinem Zimmer. Der Mann hatte keine Chance, da rauszukommen. Nachdem die Kollegen den Brand gelöscht hatten, haben sie ihn gefunden. Er lag in seinem Bett. Euer Rechtsmediziner ist schon oben und sieht ihn sich an.«

»Du meinst Ludger Terzian?«

»Der Glatzkopf, weiß nicht, wie der heißt.«

Claudia lächelte. »Das ist Terzian. Er ist der Beste, den es gibt. Auch wenn er ein wenig ungewöhnlich ist ... Was ist eigentlich mit Lisa?«

»Du meinst den Roboter?«

»Genau.«

»Das Ding heißt Lisa? Was für ein blöder Name! Aber egal, dem geht's so weit gut. Die Blechdose hat zwar ein paar Kratzer abbekommen, ist aber nicht ernsthaft beschädigt.«

»Wo genau habt ihr sie gefunden?«

»Auch im vierten Stock.«

»Da, wo das Feuer ausgebrochen ist?«

»In dem Zimmer mit dem Toten.«

Unter den Schaulustigen wurde es wieder laut. Claudia und Peschel sahen hinüber zum Absperrband. Takeda schob sich mühsam durch die Menge und hielt dabei ebenfalls seinen Ausweis in die Höhe. Er wurde weniger beschimpft als Claudia vorhin. Die Leute starrten ihn eher verwundert an. War offenbar ein Vorteil, nicht der Norm des deutschen Polizeibeamten zu entsprechen.

Sie sahen, wie der Inspektor einige Worte mit einem der uniformierten Beamten wechselte. Der zeigte in ihre Richtung. Takeda sah herüber, und Claudia winkte. Der Inspektor winkte zurück, setzte sich in Bewegung. Claudia hielt ihm ihren Kaffeebecher hin, den sie vorher ungefragt aus Peschels Thermoskanne nachgefüllt hatte. »Hier, nimm einen Schluck. Ich glaube, du kannst es brauchen.«

Takeda nickte dankbar, trank einen großen Schluck. Es schien sein erster an diesem Morgen zu sein. Er wirkte genauso übernächtigt wie sie alle.

Er gab Peschel die Hand, stellte sich vor, fragte dann an beide gerichtet: »Was genau ist passiert?«

»Zum Glück weniger, als der Täter beabsichtigt hatte«, erklärte Claudia. Sie gab Takeda eine Kurzfassung von dem, was Peschel ihr gerade berichtet hatte. Ein früh entdeckter Brand, erfolgreiche Löschmaßnahmen, die noch laufende Evakuierung des Heims durch Sanitäter und Pflegekräfte, ein einziger Toter. Und natürlich Lisa, die wieder genau dort war, wo das Feuer ausgebrochen war …

»Das klingt nach Glück im Unglück«, sagte Takeda.

»Meine Worte«, bestätigte Peschel.

»Für die alten Leute war es Glück. Aber für uns?«, fragte Claudia missmutig.

Takeda sah sie fragend an, und sie erklärte: »Der Täter ist wieder entkommen. Hoffen wir, dass er diesmal ein paar brauchbare Spuren hinterlassen hat.«

Sie hatte ihren Satz gerade beendet, als sie sah, wie Ludger Terzian durch die Tür der Seniorenanlage ins Freie trat. Er rekelte sich, als wäre er gerade aufgestanden, blickte dann über die Landschaft aus Einsatzfahrzeugen, Rettern, Schaulustigen. Claudia machte sich wieder durch ein Winken bemerkbar. Terzian, dessen Spleenigkeit ebenso Legende war wie seine Leistungen als Rechtsmediziner, entdeckte sie. Er winkte zurück, trat dann die Stufen hinab und kam in ihre Richtung. Er rieb sich über seinen blanken Schädel und strahlte dabei über das ganze Gesicht.

Claudia schüttelte seufzend den Kopf und sagte zu Takeda: »Terzian hat gute Laune. Das ist kein gutes Zeichen.«

»Ist es dir lieber, wenn er schlechte hat?«

»Nicht wirklich. Aber wenn er an einem Tatort strahlt, gibt es dafür nur einen Grund. Es gibt eine Leiche, die ihm richtig Spaß macht.«

Tatsächlich trat der Rechtsmediziner kurz darauf auf sie zu und sagte in galantem Tonfall: »Guten Morgen, Takeda-San. Auch einen Gruß an die entzückende Frau Harms! Kommen Sie bitte mit. Ich habe eine erstaunliche Entdeckung gemacht, die Ihnen hoffentlich genauso viel Freude bereiten wird wie mir.«

52.

Auch heute erinnerte der Rechtsmediziner Takeda an einen japanischen Zenmönch. Es lag an Terzians kahlem, rundem Schädel ebenso wie an seinem Gesicht. Das war faltig wie das eines alten Mannes und strahlte zugleich die Unbekümmertheit eines Schuljungen aus, genauer die eines Schuljungen, der zu einem Streich aufgelegt war. Auch die berühmten Zenmeister waren ja weise und zugleich auch voll von Schalk und sogar Spott gewesen. Vermutlich war es die einzige Art, wie Erleuchtete es mit ihren Mitmenschen aushalten konnten.

Nicht, dass Terzian tatsächlich erleuchtet wäre. Aber ungemein klug und gewitzt war er allemal.

Gemeinsam stiegen Claudia, Takeda und Terzian die Stufen zum Portal des Stiftes empor, betraten die Eingangshalle und tauchten ein in die dort herrschende Hektik. Funkgeräte knisterten, die Sanitäter riefen sich Kommandos und Zimmerzahlen zu, die Feuerwehr koordinierte letzte Lösch- und Sicherungsarbeiten, bereitete zugleich ihren Abzug vor. Inmitten der vielen Uniformträger irrten einige der älteren Bewohner des Stifts umher. Sie hatten teilweise noch ihre Nachtwäsche an, wirkten verloren oder sogar desorientiert. Die Pflegekräfte, ohnehin schon völlig erschöpft, hatten alle Hände voll damit zu tun, sie zu beruhigen und in den großen Speiseraum zu bringen, der sich in eine Art Feldlazarett verwandelt hatte.

Terzian marschierte unbeirrt durch die Halle und führte die Ermittler in einen hinteren Korridor. Er ließ den Fahrstuhl links liegen, erklärte, dass der von den Sanitätern benötigt werde, um die Bewohner zu evakuieren. Man wolle nicht unnötig stören, zudem sei Treppensteigen gesund.

Durch eine schwere Brandschutztür gelangten sie ins Treppenhaus. Je höher sie stiegen, desto beißender wurde der Brandgeruch. Ab dem zweiten Stock mussten sie außerdem durch die zentimeterhoch auf den Stufen stehende, schaumige Löschflüssigkeit waten. Ströme davon quollen unter den Türen hindurch, schienen aber auch bereits durch Wände und Decken gesickert zu sein. Claudia konnte nur mutmaßen, dass der Brand das Gebäude vielleicht verschont, die Löscharbeiten es aber im Zweifel auf Wochen oder sogar Monate hinaus unbewohnbar machten.

Nachdem sie durch eine weitere Stahltür in den Etagenflur getreten waren, wurde das Ausmaß der Verwüstung noch deutlicher. Auch hier schwamm der Boden in der schaumigen Löschflüssigkeit. Feuerwehrleute in voller Einsatzmontur trugen Möbel und andere Gegenstände in Richtung Fahrstuhl. Der ätzende Brandgeruch war kaum noch auszuhalten, und Takeda fragte sich, warum sie hier – anders als an den beiden bisherigen Brandorten – keinen Atemschutz tragen mussten. Vermutlich lag es daran, dass der Brand eben nicht so intensiv gewirkt hatte, entsprechend weniger giftige Gase in der Luft waren. Zudem waren die meisten Fensterscheiben zerstört, so dass reichlich frische Luft von außen hereinströmte.

Terzian führte sie den Gang hinunter bis zu einem Zimmer, vor dem ein uniformierter Kollege postiert war. Der Rechtsmediziner erklärte, dass er selbst dafür gesorgt hätte. Schließlich galt es zu verhindern, dass die Feuerwehr auch dort bereits tätig wurde und möglicherweise wichtige Spuren verwischte.

Sie grüßten den Kollegen, der genau wie sie alle ziemlich übermächtigt aussah. Dann traten sie durch die vom Feuer weitgehend zerstörte Tür ins Zimmer.

Im Inneren waren die Brandspuren zwar sichtbar, jedoch nicht so verheerend, wie sie erwartet hatten. Die Wände waren schwarz verrußt, ein Kleiderschrank war teilweise verkohlt, ein Fernseher zu einer bizarren Skulptur aus zerschmolzenem Plastik und Metall verformt. Ein Stück entfernt stand Lisa, regungslos und mit erloschenen Augen. Sie war ebenfalls verrußt, stand leicht schief auf ihren Rollen, wirkte insgesamt aber intakt. Entweder war sie also abgeschaltet, oder die Schäden in ihrem Innenleben waren schlimmer, als ihr Äußeres vermuten ließ.

Der hintere Teil des Zimmers war nahezu unversehrt. Das Bett wies leichte Brandspuren auf, die Decke lag verkohlt auf dem Boden. Die Matratze hingegen war kaum beschädigt. Darauf lag der leblose Körper eines alten Mannes in einem altmodischen, gestreiften Pyjama. Er war ausgemergelt und greisenhaft, wies aber keine erkennbaren Brandverletzungen auf. Auffällig war die verwundene Körperstellung, mit der er dalag. Sein Oberkörper war verdreht, die Arme und Beine auf unnatürliche Art angewinkelt, die Augen aufgerissen. Auch der Mund war in einem stummen Schrei weit geöffnet. Der Mann wirkte, als hätte er in den letzten Sekunden seines Lebens etwas so Grausiges gesehen, dass er sich vor Schreck völlig verkrampft hatte. Dann war er in dieser Position gestorben und musste nun auf ewig so verharren.

Claudia und Takeda blieben vor dem Bett stehen, ließen den erschreckenden Anblick auf sich wirken. Terzian gönnte ihnen einige Momente, war ausnahmsweise einmal ruhig.

Dann unterbrach er die Stille mit einem Hüsteln und erklärte: »Der Mann heißt Johannes Horch, er war sechsundachtzig Jahre alt und bettlägerig. Kein schöner Anblick, nicht wahr? Er ist ja auch auf eine denkbar unschöne Art aus dem Leben geschieden.«

»Erstickt, nehme ich an? Eine Rauchgasvergiftung? Das sagte jedenfalls der Kollege von den Brandermittlern.«

Terzian rieb sich erneut über seinen kahlen Schädel. »Nicht ganz, werte Kollegin. Sehen Sie lieber noch einmal hin.«

Claudia rollte mit den Augen. »Bitte, Professor! Keine Ratespiele! Nicht um diese Uhrzeit.«

Sie kannte es bereits, Terzian ließ die ermittelnden Polizisten gerne Mutmaßungen anstellen, genoss es, ihnen dabei zuzusehen. Er wusste, dass er ohnehin als Einziger die Lösung kannte.

Der Rechtsmediziner aber ließ sich nicht drängen. Er wandte sich an Takeda. »Und Sie, Inspektor? Eine Idee?«

Takeda trat einen Schritt näher an das Bett heran. Er setzte an, etwas zu sagen, schwieg dann aber doch und schüttelte stumm den Kopf. Er sah Terzian abwartend an.

Der Rechtsmediziner gab ein Seufzen von sich. »Dann darf ich Sie auf ein kleines, aber entscheidendes Detail aufmerksam machen, meine Herrschaften.«

Terzian streifte ein paar Latexhandschuhe über, trat an das Bett heran und schob das Pyjamaoberteil des Toten nach oben. Er berührte mit beiden Händen die entblößte Bauchdecke, zog sie auseinander, um sie auf diese Art zu straffen, und sagte: »Kommen Sie näher und schauen Sie genau hin. Es ist nicht leicht zu sehen, aber es lohnt sich.«

Takeda, der näher am Bett stand, beugte sich hinab, so dass er mit der Nase fast die Haut des Toten berührte. Er kniff die Augen zusammen. Lange blieb er so stehen. Dann richtete er sich wieder auf und nickte Terzian anerkennend zu. »Das ist in der Tat interessant.«

Claudia folgte Takedas Beispiel, beugte sich ebenfalls hinab und untersuchte den blassen, kalten Bauch des Toten. Es dauerte einige Momente, dann sah sie es auch.

In der faltigen, hellen Haut waren auf einer Fläche von der Größe eines Handtellers mehrere Einstiche zu erkennen. Alle wiesen die gleiche blassrote Färbung auf.

»Und, meine Herrschaften? Was schließen Sie daraus?«

»Ich nehme an, der Tote war Diabetiker. Insulin wird, wenn ich es richtig sehe, üblicherweise in die Bauchdecke injiziert«, sagte Claudia.

»Völlig richtig, Frau Harms. Aber noch haben Sie nicht den springenden Punkt erkannt. Wie sieht es mit Ihnen aus, Takeda-San?«

Der Inspektor wirkte düster und nachdenklich. Mit leiser Stimme sagte er: »Auch ich gehe davon aus, dass der alte Mann Diabetiker war. Aber es erklärt nicht die hohe Zahl der Einstiche, die der Färbung nach zu urteilen alle etwa zur selben Zeit erfolgt sind.«

»Sehr gut, Inspektor. Und?«

Takeda wollte antworten, doch Claudia kam ihm zuvor. »Terzian, es reicht. Sagen Sie endlich, was Sie entdeckt haben.«

Der Professor sah sie mit gespieltem Erschrecken an, erklärte dann mit beleidigter Stimme: »Also gut, ich will Sie nicht länger auf die Folter spannen. Dieser Mann starb nicht an einer Rauchgasvergiftung oder überhaupt an den Folgen des Feuers. Auch ein Schock infolge der Flammen oder der Löscharbeiten kommt als Todesursache nicht infrage. Dieser Mann wurde ermordet, und zwar durch eine Überdosis Insulin. Das Ganze geschah unmittelbar, bevor der Brand gelegt wurde.«

53.

Im Zimmer herrschte eine betäubte Stille. Allein Terzian lächelte. Claudia und Takeda standen vor dem Bett des Toten und blickten stumm auf ihn hinab. Ihnen beiden war augenblicklich klar, dass die Entdeckung des Rechtsmediziners ein neues Licht auf den gesamten Fall warf. Nicht nur auf den Brand dieser Nacht, sondern auch auf die beiden vorherigen. Noch war nicht abzusehen, was genau es bedeutete. Aber es war klar, dass die Dinge ab sofort in eine grundsätzlich andere Richtung laufen würden.

Claudia räusperte sich. »Wie sicher sind Sie, Professor?«

Terzian, dessen Gesicht nun ungewöhnlich ernsthaft wirkte, sagte: »Sehr sicher. Es ist zwar nur ein erster Augenschein, aber der lässt wenig Zweifel.«

»Erklären Sie es uns.«

Terzian signalisierte mit einem Nicken Einverständnis, trat dann seinerseits an den Toten heran. »Da ist zum einen die typische Körperstelle, an der wir die Einstiche sehen. Die Färbung zeigt, wie Sie, Inspektor, richtig bemerkten, dass die Injektionen alle etwa zur selben Zeit erfolgten. Das schließt eine therapeutische Gabe aus, dafür sind es zu viele Einstiche, die Dosis damit viel zu hoch. Dann haben wir die Körperhaltung der Leiche. Die Art, wie sie verkrampft und verdreht daliegt, ist ein typisches Symptom eines akuten hypoglykämischen Schocks. Er kann durch eine krankhaft bedingte Unterzuckerung ausgelöst werden. Oder eben durch eine hochdosierte Gabe Insulin. Und dann bedenken Sie bitte, wo wir uns hier befinden.«

»In einem Altenheim«, sagte Claudia.

»Eben.«

»Worauf wollen Sie hinaus?«

Terzian konnte sich ein Lächeln nicht verkneifen. »Ich will es so sagen, eine Ermordung alter und hilfloser Patienten hat in deutschen Altenheimen eine gewisse Tradition. Denken Sie nur an Niels Högel …«

Claudia starrte den Rechtsmediziner an. Anders als Takeda wusste sie sofort, worauf Terzian anspielte. Niels Högel war ein Krankenpfleger, der vor einigen Jahren vor Gericht gestanden hatte, nachdem er eine schier unvorstellbare Zahl hilfloser Menschen in Krankenhäusern ermordet hatte. Auch wenn Högel ein Extremfall war, ist es auch sonst immer wieder zu Mordfällen in Pflegeeinrichtungen gekommen. Nicht selten wurden die Taten durch die Gabe von hochdosiertem Insulin begangen.

»Sie gehen also davon aus, dass der Täter ein Pfleger oder eine Pflegerin war?«, fragte sie.

»Natürlich. Und damit dürfte der Fall so gut wie gelöst sein.«

»Ach, ja?«

»Aber sicher. Identifizieren Sie einfach die Pflegekräfte, die in allen drei Häusern, in denen es gebrannt hat, beschäftigt waren oder immer noch sind. Und voilà, einer davon ist Ihr Täter!«

»Danke für die Nachhilfe, Professor. Da wären wir alleine tatsächlich nie draufgekommen …«, meinte Claudia sarkastisch.

Terzian wollte etwas erwidern, wurde jedoch von einem leisen, seltsamen Laut unterbrochen. Es war Takeda. Er stöhnte. Leise, unterdrückt. Oder war es sogar ein Schmerzenslaut?

Claudia drehte sich zu ihm, ebenso Terzian. Takedas Gesicht war blass geworden. Er schüttelte um Fassung ringend den Kopf.

Dann bemerkte Claudia, dass seine Blicke starr und voller Entsetzen auf Lisa gerichtet waren.

Sie brauchte nur einen Moment, um zu wissen, was in ihm vorging.

Die Pflegekraft, die an allen Tatorten aktiv war, befand sich immer noch hier im Zimmer.

Kein Mensch.

Ein Roboter.

54.

Ewige Minuten vergingen, ohne dass sie sprachen. Der Gedanke, dass es Lisa war, die für die Toten verantwortlich war, war so naheliegend und zugleich so aberwitzig, dass Claudia und auch Takeda ihn erst einmal sacken lassen mussten.

Terzian sah den beiden eine ganze Weile zu, sagte ausnahmsweise ebenfalls nichts.

Irgendwann klopfte es an der Tür oder an dem, was davon übrig war so dass die Stille unterbrochen wurde. Es waren Terzians Mitarbeiter, die gekommen waren, um die Leiche abzutransportieren.

Der Rechtsmediziner gab ihnen entsprechende Anweisungen. Murmelnd erklärte er gegenüber Claudia und Takeda, dass er den Toten schnellstmöglich in seinem Institut haben wollte, um die Diagnose mit entsprechenden Tests abzusichern.

Terzian wartete, bis seine Mitarbeiter den toten Johannes Horch verstaut hatten, wollte dann gemeinsam mit ihnen den Raum verlassen. Claudia hielt ihn zurück. »Einen Moment noch, Professor. Sie haben doch die bisherigen Opfer der Brände ebenfalls untersucht …«

»Ich wusste, dass Sie das fragen würden.«

»Und?«

Terzian schüttelte mit bedauerndem Gesichtsausdruck den Kopf. »Kein Chance. Vergiftungen mit Insulin sind ohnehin nur mit aufwendigen Verfahren nachweisbar. Darum sind sie ja so beliebt. Aber bei Brandopfern? Keine Chance. Was ich von den bisherigen Opfern auf dem Tisch hatte, war nicht viel mehr als verkohlte Aschereste. Nachweis unmöglich.«

»Ich verstehe. Trotzdem danke, Professor.«

Terzian ging zur Tür, drehte sich noch einmal um. »Aber wenn Sie meine Einschätzung hören wollen ... gehen Sie davon aus, dass es in allen Fällen dasselbe Schema war. Erst Insulin, dann Brandstiftung.«

Claudia nickte ihm nur stumm zu, Takeda verbeugte sich. Terzian verließ den Raum, so dass die Ermittler alleine in dem nun leeren Zimmer zurückblieben.

»Kann es wirklich sein, Ken? Kann Lisa den alten Mann getötet haben? Kann sie ihm das Insulin verabreicht haben?«

Takeda gab ein leises Schnauben von sich. Auch er rang noch mit sich, suchte Fehler in der Theorie und kam doch immer wieder zu dem Ergebnis, dass es keinen gab. »Natürlich erscheint es verrückt ... aber ist es das auch? Nach allem, was wir in den letzten Tagen mit Lisa erlebt haben? Mit dem, wozu sie in der Lage ist?«

Claudia stimmte mit einem Nicken zu. »Sie hat mich aus einem Bett gehoben, sie hat mein Telefon benutzt. Ich habe gesehen, wie sie mit Pfeil und Bogen schießt ... Jemandem eine Spritze zu verabreichen wird kein Problem für sie sein.«

»Ich sehe es genauso.«

»Aber ist dir auch klar, was das bedeutet? Es geht nicht nur um diesen einen Toten. Wenn es wirklich stimmt, dann hat Lisa schon mehr Menschen getötet. Und danach ...«

»... hat jemand Feuer gelegt, um ihre Spuren zu verwischen. Falls sie es nicht selbst getan hat.«

»Glaubst du das?«, fragte Claudia überrascht.

Takeda schloss die Augen, brummte nachdenklich, schüttelte schließlich den Kopf. »Nein, es kann nicht sein. Wir haben die

Aussage der Autonomen, sie haben den Täter gesehen. Es läuft auf das hinaus, was du gerade gesagt hast. Jemand weiß, was vor sich geht. Er ist gekommen, um die Spuren zu verwischen. Es passt. Alles.«

Claudia blickte auf das Modell von Lisa, das sich immer noch mit ihnen im Zimmer befand. Die Maschine hatte sich, seit sie hier waren, nicht einen Millimeter bewegt.

Aber war sie wirklich ausgeschaltet? Oder defekt? Wie konnten sie sicher sein? Vielleicht tat Lisa nur so? Vielleicht war sie in einem Stand-by-Modus, aus dem sie jederzeit wieder erwachen konnte? Und wer weiß, was sie dann tun würde?

Auf einmal empfand Claudia Angst. Sie gestand es sich nicht gerne ein, aber sie konnte es auch nicht leugnen. Das Unheimliche Tal war noch viel tiefer, noch viel bedrohlicher, als sie es sich vorgestellt hatte.

Lisa war eine Mörderin.

Claudia löste sich ruckartig aus ihrer Erstarrung, ging mit schnellen Schritten durch den Raum und trat direkt vor den Roboter.

»Lisa!«

Nichts geschah.

Sie versuchte es noch einmal, noch lauter und eindringlicher, mit demselben Ergebnis. Claudia gab dem Roboter einen Stoß, wedelte mit der Hand vor seinem Gesicht herum, ähnlich wie es ein Quizmaster tat, der die blickdichte Brille eines Kandidaten überprüfte. Aber Lisa zeigte keinerlei Reaktionen. Schließlich gab Claudia sich zufrieden und sagte: »Sie ist wirklich ausgeschaltet. Oder kaputt. Jedenfalls kann sie uns weder hören noch uns etwas antun.«

Takeda nickte. Die Blicke, mit denen er Lisa dabei beäugte, zeigten, dass es ihm nicht anders ergangen war als Claudia. Er war misstrauisch, ja, mehr noch, auch er verspürte Angst.

»Also noch einmal von vorne«, sagte Claudia. Sie begann, langsam im Zimmer auf und ab zu gehen. »Ein Teil unserer früheren Hypothese bleibt unverändert. Die menschlichen Opfer, die die Brände gefordert haben, waren so etwas wie Kollateralschäden. Neu ist allerdings das Motiv dahinter. Bisher vermuteten wir, dass Lisa das Ziel der Brandanschläge gewesen ist, begangen mit dem Ziel, ihren Einsatz in Hamburg zu stoppen.«

»Richtig. Jemand hat Feuer gelegt, um Lisa zu zerstören und damit das ganze Projekt zu Fall zu bringen.«

»Jetzt gehen wir davon aus, dass das Motiv des Täters im Gegenteil dazu diente, Lisa und das Projekt zu schützen. Die Brände sollten die Spuren beseitigen, die beweisen, dass Lisa in Wirklichkeit ein ... Killerroboter ist.«

Claudia blickte fragend zu Takeda. Der stand am rückwärtigen Fenster des Raums, dessen Verglasung ebenfalls vom Feuer zerstört worden war. Er blickte durch den rußgeschwärzten Rahmen nach draußen. Einige Meter entfernt konnte er eine außen am Gebäude angebrachte Feuertreppe sehen. Die Kollegen von der Spurensicherung waren dort bereits bei der Arbeit, hofften Hinterlassenschaften des Brandstifters, Haare, Hautpartikel, zu finden. Dass er über die Treppe ins Gebäude gelangt war und vermutlich auf dem gleichen Weg wieder verschwunden war, galt nach einer ersten Einschätzung als nahezu sicher.

Takeda löste seinen Blick vom Fenster. »Wenn die Brände gelegt worden waren, um Lisa zu schützen, kommt nur jemand aus ihrem Team infrage. Jemand von der ICR ... Vermutlich denken wir beide an dieselbe Person. Aber stellen wir diese Frage dennoch zunächst zurück. Du sagtest, dass Lisa in Wahrheit ein Killerroboter ist. Es würde bedeuten, dass sie sozusagen mit Absicht gehandelt hat. Dafür haben wir keine Beweise.«

»Wir haben bisher für gar nichts Beweise«, sagte Claudia.

»Ich will damit sagen, dass es genauso gut eine Fehlfunktion sein könnte. Das halte ich für wahrscheinlicher.«

Claudia dachte über Takedas Gedanken nach und nickte dann. »Du hast recht. Warum sollte Lisa auch gezielt Menschen töten? Also, gehen wir davon aus, dass der Roboter einen Wackelkontakt hat … womit ich einen Softwarefehler meine, einen Hardwarefehler, was weiß ich. Jedenfalls ist unsere Lisa nicht so perfekt, wie Dr. Nakamura behauptet hat. Wobei, er hat das gar nicht gesagt. Im Gegenteil …«

Claudias Worte versandeten, für einen Moment hing sie ihrer Erinnerung nach. Der Nachmittag auf dem Gelände der Kriemann Group, Nakamura im japanischen Gewand beim Kyūdō, Lisa ebenfalls mit Pfeil und Bogen …

Takeda sah sie abwartend an, fragte dann leise, woran sie dächte. Claudia schilderte die Situation, besonders den Moment, in dem Lisa ihren Pfeil verschoss – und eben nicht genau ins Ziel traf.

»Ich war überrascht, weil ich natürlich dachte, dass Lisa eine perfekte Schützin sein müsse. Nakamura hatte es mir so auch erzählt. Er schien aber überhaupt nicht enttäuscht zu sein, im Gegenteil, er freute sich sogar.«

»Er freute sich, dass Lisa danebengeschossen hatte?«

»Er meinte, dass Lisa lernen solle. Und das könnte sie nur, wenn sie Fehler macht. So habe er sie erschaffen.«

»Das hat er so gesagt? Er hätte sie mit Fehlern erschaffen?«

»Ja. Ich fand's in dem Augenblick auch seltsam. Er schien regelrecht stolz darauf zu sein.«

Erneut schwiegen die Ermittler. Auch weil sich nun verdichtete, was sie beide ohnehin bereits vermutet hatten.

Sie sahen sich an.

Warteten ab.

Dann war es Claudia, die es als Erste aussprach. »Er ist es, oder? Nakamura. Er weiß, dass Lisa Fehler macht. Er will es sogar so. Aber dann stellt er fest, dass Lisas Fehler Dimensionen angenommen haben, die er nicht geahnt hat. Menschen sterben. Er weiß, dass es Lisas Aus bedeuten würde, nicht nur hier in Deutschland, sondern auch in Japan. Er ist verzweifelt. Es gibt nur einen Ausweg. Er muss verhindern, dass es herauskommt. Also muss er die Spuren seines geliebten Geschöpfes verwischen. Wie ginge das leichter als durch Feuer …«

Takeda wirkte immer noch niedergeschlagen. Mit leiser Stimme fügte er hinzu »Ich habe dir doch davon erzählt, dass er an meinen Patriotismus appelliert hat. Und dass Lisa so ungeheuer wichtig für Japans Zukunft sei. Dass die Brände das Projekt keinesfalls aufhalten oder stören dürften. Ich dachte, er will mich anspornen, damit wir den Täter möglichst schnell verhaften.«

»Aber in Wahrheit wollte er das Gegenteil. Er wollte, dass du, solltest du die Wahrheit herausfinden, sie für dich behältst. Weil sie Lisas Ende bedeuten würde.«

»Und ich damit Japans Zukunft gefährde, jedenfalls in der Variante, die Nakamura vorschwebt.«

»Er ist verrückt, oder?«

Takeda nickte. »Und du hast es geahnt. Von Anfang an.«

55.

Claudia und Takeda beschlossen, dass es nur eine Möglichkeit gab, dem Verdacht auf den Grund zu gehen. Sie mussten Nakamura damit konfrontieren. Denn Beweise hatten sie bisher keine. Aber im besten Falle würde seine Reaktion ihnen verraten, ob sie auf der richtigen Spur waren.

Claudia veranlasste, dass die Spurensicherung das Zimmer des Toten untersuchte und dass außerdem das Modell von Lisa zur Auswertung in die KTU gebracht wurde. Dort befanden sich bereits die beiden Roboter, die an den ersten Tatorten gefunden worden waren. Allerdings waren die nach den Bränden so stark beschädigt und zusammengeschmolzen, dass die Techniker wenig mit ihnen anfangen konnten.

Das würde jetzt anders sein.

Anschließend machten sie sich auf den Weg zur ICR. Auf dem Weg zum Auto spürte Claudia, wie ihr plötzlich schwarz vor Augen wurde. Sie blieb stehen, schwankte, verlor fast das Gleichgewicht.

Im letzten Moment fasste Takeda sie an den Schultern und hielt sie fest. »Ist alles in Ordnung?«

»Nicht wirklich.«

»Was ist los?«

»Ich habe fast nicht geschlafen und vor allem noch nichts gefrühstückt. Mein Kreislauf verabschiedet sich gerade.«

»Geht mir nicht viel anders.«

»Dann lass uns eine Frühstückspause einlegen. So viel Zeit muss sein.«

»Einer meiner deutschen Lieblingssätze«, erklärte Takeda lächelnd.

Sie fuhren ein kurzes Stück und hielten bei der ersten Bäckerei mit angeschlossener Kaffeestube, an der sie vorüberkamen. Sie waren irgendwo in Barmbek. Nachdem sie sich Kaffee und belegte Brötchen besorgt hatten, nahmen sie im hinteren Teil des Cafébereichs Platz.

Claudia griff nach einem Brötchen mit Salami und vertilgte es mit drei großen Bissen. Dann wiederholte sie das Ganze mit einem Käsebrötchen.

Erst danach bemerkte sie Kens erstaunten, ja sogar verschreckten Blick. Sie lachte laut heraus. Die Brötchenkrümel flogen durch die Gegend. Es war ihr egal, so war sie nun einmal.

»Noch nie 'ne hungrige Frau gesehen?«

»Doch, schon. Aber noch nie eine, die schneller isst als eine hungrige Löwin.«

»Schlimm, oder?«

»Aber nein. Ich liebe Löwen. Und Löwinnen noch mehr.«

»Dann solltest du dir eine Peitsche kaufen, Ken. Ist sicherer.«

»Ich versuche es lieber ohne. Ich glaube fest daran, dass es geht.«

Ihre Blicke begegneten sich. Es gefiel Claudia, was er sagte. Ihr gefiel auch, dass er hier mit ihr saß. Sie konnte sich niemand anderen vorstellen, wollte es nicht. Aber das machte die Dinge nicht gerade einfacher.

Sie nahm eine dritte Brötchenhälfte, Ei und Meerrettich. Danach war ihr gröbster Hunger gestillt. Sie fühlte sich besser. Auch ruhiger. Nachdenklicher.

»Geht unsere Phantasie mit uns durch, Ken? Kann Lisa wirklich eine Mörderin sein? Oder bilden wir uns das alles ein, weil wir uns in den letzten Tagen zu viel mit diesem Roboterzeug beschäftigt haben?«

»Um ehrlich zu sein, ich frage mich dasselbe.«

»Und? Zu welchem Ergebnis kommst du?«

»Wenn Roboter Menschen pflegen können, dann können sie sie auch töten. Ob es uns gefällt oder nicht. Wir müssen der Spur nachgehen.«

Claudia dachte über Takedas Worte nach. Er hatte recht. Egal wie wahrscheinlich oder unwahrscheinlich das Ganze war, sie mussten der Sache auf den Grund gehen. Nach allem, was sie in den zurückliegenden Tagen erlebt hatten, durften sie die Möglichkeit nicht ausschließen. »Okay, dann lass es uns tun. Konfrontieren wir Nakamura. Oder auch Kriemann. Oder beide. Klopfen wir ein wenig auf den Busch. Wir werden ja sehen, was dabei herauskommt. Im schlimmsten Fall machen wir uns lächerlich. Aber was soll's. Das ist unser Job.«

Takeda war einverstanden.

Als sie wieder im Auto saßen, rief Claudia Holger Sauer an. Der Kommissionsleiter hörte sich schweigend an, was sie zu sagen hatte. Der neue Todesfall, die Insulinvergiftung, Lisa mit möglicher Fehlfunktion, Brandstiftung, um die Spuren zu beseitigen ...

Anschließend räusperte Sauer sich. »Und das meinen Sie ernst, Frau Harms?«

»Absolut.«

»Sie wollen mir weismachen, dass ein Roboter Menschen ermordet? Hier? Mitten in Hamburg?«

»Überfordert Ihre Vorstellungskraft, oder?«

»Nicht nur meine, verehrte Kollegin, das verspreche ich Ihnen. Wenn wir mit der Geschichte zur Staatsanwaltschaft gehen, werden die dafür sorgen, dass wir unseren Job verlieren.«

Claudia schloss für einen Moment die Augen, was nicht ganz ohne war. Sie saß am Steuer. Takeda, der es bemerkte, streckte die Hand aus, um notfalls lenken zu können.

Dann hatte sie sich so weit beruhigt, dass sie ihre Umwelt wieder wahrnahm. »Herr Sauer, Sie sollten sich Lisa einfach einmal ansehen. Sie ist beeindruckend, im Guten wie im Schlechten. Sie verfügt über erstaunliche Fähigkeiten, die die Firma nicht gänzlich offenlegt. Von da aus ist der Schritt zu unserer Theorie nicht mehr so groß, wie er scheint.«

»Glaube ich Ihnen alles ... und morgen steht dann in den Zeitungen, dass die Hamburger Kripo einen Roboter verhaftet? Weil er unter Mordverdacht steht? Stellen Sie es sich so vor?«

»Verdammt, Sauer. Selbst wenn es Ihnen albern vorkommt, Sie sollten sich lieber dran gewöhnen. Sie und der Rest der Menschheit. Die Roboter sind da! Sie können Dinge, die unsere Vorstellungskraft übersteigen! Das ist kein Science-Fiction mehr, das ist Wirklichkeit! Darum müssen wir erwirken, dass das Lisa-Projekt auf Eis gelegt wird! Wenigstens bis der Verdacht endgültig geklärt wird!«

Sauer gab ein seltsames Lachen von sich. »Das passiert sowieso schon, liebe Kollegin Harms. Ich habe vor nicht einmal zehn Minuten einen Anruf von unserem verehrten Wirtschaftssenator bekommen. Er war alles andere als *amused*.«

»Ach! Und das hat ...«

Sauer schnitt ihr ins Wort. »Richtig, es hat mit Ihnen zu tun, Frau Harms. Jedenfalls mit Ihrem Fall. Der Senator hatte seinerseits einen Anruf von einem gewissen Herrn Kriemann. Ich glaube, Sie kennen ihn?«

»Natürlich. Seine Firma ist Teil des Joint Venture, das das Lisa-Projekt hier in Hamburg durchführt.«

»Durchgeführt hat, Frau Harms. Herr Kriemann ließ mitteilen, dass das Projekt bis auf Weiteres ausgesetzt wird. Zum Schaden von Hamburg als Technologiestandort, wie er betonte. Sämtliche Lisa-Modelle werden baldmöglichst aus den jeweiligen Einrichtungen abgezogen.«

»Na, umso besser. Wurde auch Zeit.«

»Dieser Herr Kriemann verlangt außerdem, dass die bei den Bränden zerstörten Modelle an die Firma überstellt werden.«

Claudia stieß ein wütendes Schnauben aus. »Sie haben ihm ja wohl gesagt, dass er das vergessen kann?!«

»Frau Harms …«

»Was, Frau Harms?! Vergessen Sie es, Sauer. Die Modelle sind wichtige Beweisstücke. Wobei zwei davon sowieso nur noch Schrott sind.«

»Und das dritte Modell?«

»Lasse ich gerade zur Untersuchung in die KTU transportieren. Ich bitte Sie inständig, nichts zu unternehmen, um das zu verhindern. Unsere Techniker müssen sich Lisa ansehen. Im Zweifel hängt die ganze Aufklärung des Falles davon ab. Bitte, Herr Sauer, grätschen Sie da nicht rein.«

Der Leiter der Mordkommission ließ sich Zeit mit einer Antwort. Schließlich sagte er: »Also gut. Ich werde den Senator anrufen und ihm sagen, dass … ja, was soll ich ihm sagen?«

»Dass Sie nicht wissen, wo sich die Lisas befinden. Und dass Sie mich und Takeda, die leitenden Ermittler des Falles leider nicht erreichen konnten.«

Mit diesen Worten unterbrach Claudia die Verbindung.

56.

Am Empfang der Kriemann Group wurde Claudia und Takeda mitgeteilt, dass sich Dr. Nakamura gerade im Büro von Dirk Kriemann aufhielt. Nach kurzer telefonischer Rücksprache fügte die Empfangsdame lächelnd hinzu, dass der Firmenchef die Ermittler ebenfalls dorthin bitte.

Kurz darauf betraten sie das geschmackvolle Büro im obersten Stock des Firmengebäudes. Kriemann begrüßte sie unterkühlt, führte sie dann zu der Sitzecke vor den Panoramascheiben. Zu ihrer Überraschung erhob sich dort nicht nur Nakamura, sondern auch drei weitere Herren, allesamt offenbar Japaner.

Während Takeda sich verbeugte und japanische Begrüßungsworte murmelte, gab Claudia allen die Hand.

Der erste Japaner, den Claudia auf etwa fünfzig Jahre schätzte, wurde ihr als Hayato Son vorgestellt, technischer Direktor der Firma Matsuda. Auf der gegenüberliegenden Seite des Tisches stand ein Mann, der Ryōta Ito hieß. Er war jung, höchstens dreißig, wirkte als Dolmetscher und persönlicher Assistent des Ältesten in der Runde.

Diesem letzten Mann gehörte Claudias und auch Takedas Aufmerksamkeit ohnehin schon. Es musste Kenzaburō Matsuda sein, und tatsächlich bestätigte es Kriemann, als er den Namen des Firmenpatriarchen nannte.

Matsuda bekleidete offiziell das Amt des Präsidenten der Matsuda Holding, unter deren Dach sich die verschiedenen Zweige des großen Firmenkonglomerats versammelten, angefangen von Handel und Logistik, über Rohstoffgewinnung und Kraftwerksbau, bis hin zu Fahrzeugen, Robotik und Medizintechnik. Matsuda war alt, mindestens achtzig Jahre, im Zweifel sogar neunzig, schätzte Claudia. Sein Haar war weiß, ebenso wie die buschigen Augenbrauen über dem faltigen, ausdrucksstarken Gesicht. Obwohl er klein war, fast zierlich, strahlte er eine ungeheure Präsenz aus. Als er seine dunklen, strengen Augen auf sie richtete, spürte Claudia, wie sie einen Kloß im Hals bekam. So musste es sich wohl anfühlen, wenn man im japanischen Mittelalter einem Samurai begegnete, der die Lust verspürte, die Schärfe seines Schwertes am Nacken eines Untergebenen zu überprüfen.

Nachdem Takeda und die Japaner kreuz und quer ihre Visitenkarten ausgetauscht hatten, bat Kriemann darum, Platz zu nehmen. Er erklärte, dass Präsident Matsuda am Vortag spontan beschlossen hatte, die Reise nach Hamburg anzutreten. Allein daran könnten die Ermittler sehen, dass die Vorfälle in der Hansestadt auch in Japan aufmerksam beobachtet würden.

Anschließend erkundigte Kriemann sich bei den Ermittlern, ob sie Kaffee, Tee oder auch Wasser wünschten.

Takeda nickte. Claudia ebenso, allerdings fügte sie hinzu: »Kaffee wäre nett. Aber nur, wenn er nicht wie bei unserem letzten Besuch von Lisa gebracht wird. Das muss beim besten Willen nicht sein.«

Für einen Moment spannte sich die Atmosphäre an. Nachdem Ryōta Ito dem alten Matsuda Claudias Worte übersetzend ins Ohr geflüstert hatte, blickte der Firmenpatriarch Claudia neugierig an. Auf holperigem, kaum verständlichem Englisch fragte er: »Was stört Sie daran, von einem Roboter bedient zu werden, Frau Kommissarin?«

Claudia wechselte ebenfalls ins Englische. »Im Prinzip nichts, Herr Matsuda. Allerdings geht es mir mit Robotern wie mit Menschen. Ich schätze ihre Nähe nur, wenn ich weiß, dass ich ihnen vertrauen kann.«

»Das ist ein kluger Gedanke. Um Ihnen und allen anderen Menschen ebendieses Gefühl zu geben, haben wir Lisa so konstruiert, wie Sie sie erlebt haben. Können Sie ihr denn nicht vertrauen?«

»Nein, ganz und gar nicht. Eben darum sind wir hier. Wenn Sie also nichts dagegen haben, kommen wir zur Sache.«

Obwohl sie Englisch sprach, musste Ito erneut leise übersetzen. Im Zweifel hörte der Patriarch nicht gut, oder sein Englisch war nicht verlässlich. Jedenfalls trat wieder eine Verzögerung ein. Dann nickte Matsuda und sagte: »Bitte, tragen Sie uns Ihr Anliegen vor, Frau Kommissarin.«

Claudia blickte zu Takeda. Der nickte ihr zu, überließ ihr also die Rolle der Sprecherin, während er sich zunächst darauf konzentrieren würde zu beobachten.

»Wie Sie sicherlich bereits gehört haben, ist es in der vergangenen Nacht erneut zu einem Fall von Brandstiftung gekommen. Der Tatort war wieder eine Senioreneinrichtung, in der Lisa eingesetzt wird. Durch die schnellen Löschmaßnahmen von Polizei und Feuerwehr ist glücklicherweise nur ein einziges Menschenleben zu beklagen. Wir haben auch schon zuvor vermutet, dass Lisa ursächlich mit den Bränden zu tun hat. Allerdings hatten wir angenommen, dass ihr Roboter das Ziel der Brandstiftungen war, der Täter also aus Abneigung oder sogar Hass gegenüber Robotern handelte.«

»Das sehen Sie jetzt nicht mehr so?«, fragte Dirk Kriemann, und seine Stimme verriet ehrliches Erstaunen.

»Richtig, unsere Einschätzung hat sich verändert. Bevor ich Ihnen allerdings erkläre, was wir inzwischen vermuten, möchte ich Ihnen eine letzte Gelegenheit geben, uns wirklich vollständig über Lisa zu informieren. Damit meine ich in erster Linie ihre Fähigkeiten im unmittelbar medizinischen Bereich. Kann Lisa zum Beispiel Spritzen setzen? Haben Sie dazu etwas zu sagen?«

Claudia blickte sich, genau wie Takeda, in der Runde um. Dirk Kriemann schüttelte verständnislos den Kopf. Nakamura hatte ein stoisches Lächeln aufgesetzt. Kenzaburō Matsuda saß starr wie eine Buddhastatue da, während ihm sein Assistent Claudias Worte übersetzte. Hayato Son hingegen blickte zu Nakamura, und der Gesichtsausdruck, den er dabei zeigte, spiegelte recht deutlich Abneigung wider.

Schließlich war es der Firmenpatriarch, der sich erneut zu Wort meldete. »Ich bin über Ihre Frage erstaunt, Frau Harms. Meines Wissens haben Sie bereits mit Herrn Kriemann wie auch mit unserem technischen Leiter vor Ort, Herrn Nakamura, über Lisa gesprochen. Ich gehe davon aus, dass Sie dabei vollständig informiert worden sind. Das jedenfalls waren meine ausdrücklichen Anweisungen aus Tokio.«

Claudia blickte erneut kurz zu Takeda, dessen Miene nun ebenfalls stoisch war und nicht verriet, was in ihm vorging. Zu Matsuda gewandt sagte sie: »Möglicherweise wurden Ihre Anweisungen ignoriert, Herr Präsident. Halten Sie das für möglich?«

Ito übersetzte flüsternd, und Matsuda lauschte mit konzentriertem Gesicht. Sein Gesicht zeigte dabei wieder einen samuraihaften Ausdruck äußerster Konzentration. Er nickte einige Male, sagte dann mit tiefer, strenger Stimme: »Frau Kommissarin, ich schlage vor, dass Sie die Andeutungen beenden, und uns sagen, was Sie vermuten. Ich bin mir sicher, dass wir alle Ihre Verdächtigungen schnell aus der Welt schaffen können.«

»Genau das hatte ich vor. Wie ich schon sagte, haben wir unsere Meinung über Lisas Rolle bei den Brandanschlägen inzwischen revidiert. Wir glauben nicht, dass der Roboter ein Ziel oder ein Opfer ist. Wir vermuten viel eher, dass die Brände dazu dienten, eine Fehlfunktion Lisas zu vertuschen. Um es noch direkter auszudrücken, wir glauben, dass Lisa für den Tod von Menschen verantwortlich ist, und zwar durch die fälschliche oder überdosierte Injektion von Arzneimitteln. Daraus ergibt sich logischerweise, dass wir auch die Verantwortung für die Brände hier in den Reihen Ihrer Firma vermuten. Die Feuer dienten dazu, die Spuren für Ihren mordenden Roboter zu vertuschen.«

In der Runde herrschte erstauntes, vielleicht auch erschrockenes Schweigen. Es wurde allein unterbrochen vom wispernden Fluss der Übersetzung, die Ito seinem Vorgesetzten ins Ohr flüsterte. Claudia war zufrieden mit sich. Sie hatte genau das getan, was ihr Ziel gewesen war, sie hatte provoziert, sie hatte auf den Busch geklopft.

Sie nahm ihre Kaffeetasse zur Hand, trank, beobachtete dabei insbesondere Nakamura. Sie hatte seinen Namen zwar nicht genannt, aber jedem im Raum dürfte klar sein, dass sich ihre Vorwürfe in erster Linie gegen ihn richteten. Eine Wirkung erzielte sie allerdings nicht. Nakamuras Gesicht zeigte den unveränderten Ausdruck eines eingefrorenen, leblos wirkenden Lächelns.

Hayato Son bildete einen bemerkenswerten Kontrast dazu. Auch er sagte nichts, aber es war ihm anzusehen, dass er zutiefst irritiert von den Anwürfen war. Er blickte immer wieder zwischen Claudia und Takeda, dann auch Nakamura, hin und her, schien sich ebenso wie sie zu wünschen, dass Nakamura etwas sagte. Der aber schwieg eisern.

Dann wurden sie alle von einem seltsamen Geräusch aufgeschreckt. Es begann leise, wurde nach und nach aber immer lauter, bis es zu einem regelrechten Donnergrollen anschwoll.

Es war nichts anderes als das Gelächter, das der alte Matsuda ausstieß. Es hatte etwas Theaterhaftes, ja sogar etwas Lächerliches, fand Claudia. Doch als sie den Firmenpatriarchen ansah, wusste sie, dass von Lächerlichkeit keine Rede sein konnte. Ganz im Gegenteil.

Matsuda hatte sich in seinem Sessel gerade aufgerichtet, hatte die Hände auf die Knie gestützt. Das Lachen, das er ausstieß, dröhnte aus den Tiefen seines Leibes. Es ließ die Kaffeetassen auf dem Tisch zittern, entfaltete, je länger es anhielt, auch bei Claudia genau wie bei allen anderen in der Runde seine Wirkung. Es war nicht Befremden, nicht Widerwillen, es war Furcht.

Zum ersten Mal ahnte Claudia, über welche Macht dieser Mann verfügen musste, nicht nur als Firmenchef, sondern auch als Mensch, als Mann, als Herr über seine Untergebenen.

Allerdings war er damit bei ihr an der falschen Adresse. Sie ließ sich nicht so einfach einschüchtern. Sie fauchte in Matsudas Richtung: »Hören Sie auf zu lachen, Herr Matsuda! In Hamburg sind innerhalb weniger Tage zwölf Menschen gestorben. Und Ihre Maschine steht im Mittelpunkt des Geschehens. Sie haben wahrlich keinen Grund, sich so aufzuführen! Äußern Sie sich lieber zu den Vorwürfen. Jetzt ist die Gelegenheit!«

Matsudas Gelächter erstarb von einer Sekunde auf die andere. Doch anstatt zu sprechen, hüllte er sich in ein würdevolles Schweigen.

Es war stattdessen Dirk Kriemann, der das Wort ergriff. »Frau Harms, sosehr ich verstehen kann, dass die schrecklichen Ereignisse Sie und Ihre Kollegen gehörig unter Druck setzen, so sehr kann ich Ihnen versichern, dass Ihre Unterstellungen jedweder Grundlage entbehren. Wir haben Sie vollumfänglich über Lisas Einsatzmöglichkeiten aufgeklärt. Was Sie gerade vorgebracht haben, insbesondere die Vorstellung, dass Lisa selbstständig Medikamente injizieren und damit einem Menschen schaden, ja ihn töten könnte, ist absurd. So etwas erlauben weder Lisas Programmierung noch ihre motorischen Fähigkeiten. Lisa ist dazu da, Menschen zu helfen, nicht, ihnen etwas anzutun. Verschwenden Sie Ihre Zeit nicht länger, in dieser Richtung zu ermitteln.«

»Zeitverschwendung? Das glaube ich kaum, Herr Kriemann. Ich kann es gerne noch einmal wiederholen. Bei jedem der Vorfälle war Lisa dabei, und nun wissen wir, dass es nicht nur um Brandstiftung ging, sondern um Mord! Ich denke, wir sind genau richtig bei Ihnen!«

Erneut trat ein eisiges Schweigen ein. Ito übersetzte, Matsuda nickte konzentriert, Nakamura lächelte stoisch, und allein Son schien bestürzt zu sein.

Dann ergriff Matsuda erneut das Wort: »Frau Kommissarin, in einem Rechtsstaat, der Deutschland ebenso ist wie meine Heimat Japan, dürfte es üblich sein, dass die Polizei solcherlei Behauptungen mit Beweisen unterfüttert. Stimmen Sie mir zu?«

»Sicher, Herr Präsident.«

»Dann bitte ich darum, dass Sie ebensolche präsentieren.«

Claudia wusste, dass das Eis dünn wurde. Matsuda hatte zielgenau ihren schwächsten Punkt getroffen. Sie beugte sich zu Takeda hinüber und sagte im Flüsterton: »Ken, du musst jetzt einspringen. Sonst sind wir schneller mit unserem Latein am Ende, als wir es uns gewünscht haben.«

»Das sind wir mit Sicherheit nicht«, antwortete Takeda ebenso leise. Er schenkte Claudia ein zuversichtliches Lächeln, das aber sogleich wieder aus seinem Gesicht verschwand.

Er blickte sich in der Runde um, sah mit aller Seelenruhe von einem zum anderen. Auch Takedas Gesicht hatte nun etwas Strenges, Respektheischendes angenommen. Er wirkte stoisch und entschlossen, und wie bei Matsuda erinnerte seine Körperhaltung, überhaupt seine ganze Ausstrahlung an einen Samurai. Kein Zufall, schließlich entstammte auch Takeda – genau wie Matsuda – einem großen, altehrwürdigen Kriegergeschlecht.

Dann sagte er mit einer überraschend leisen Stimme, die Kriemann und die Japaner dazu zwang, sich in seine Richtung vorzubeugen: »Sie, lieber Herr Kriemann, erklären also offiziell, dass Lisa nicht in der Lage ist, einem Menschen eine Spritze zu setzen, sehe ich das richtig? Und die anderen Herren bestätigen das? Ich frage nur, damit ich und meine Kollegin das offiziell zu den Akten nehmen können.«

Takedas Frage blieb nicht ohne Wirkung. Die anwesenden Männer wanden sich wie Schüler, die von ihrem Lehrer nach einer Verfehlung zur Rede gestellt werden. Sie sahen sich gegenseitig an, in der Hoffnung, dass ein anderer als sie selbst die Antwort gab.

Claudia griff nach ihrer Kaffeetasse, trank, verbarg dadurch ihr Lächeln.

Schließlich war es Hayato Son, der antwortete. Er sprach in einem fließenden, amerikanisch gefärbten Englisch: »Nun, Inspektor, so wie Sie es ausdrücken, ist es wohl auch nicht ganz richtig.«

»Was heißt das?«

»Eine Funktion wie die, die Sie beschreiben, ist tatsächlich vorgesehen. Es wäre auch unsinnig, einen Pflegeroboter zu konstruieren, der nicht zu kleineren, medizinischen Handreichungen in der Lage wäre.«

»Wie zum Beispiel dem Setzen einer Insulinspritze?«

»Richtig. Allerdings handelt es sich im Moment noch um eine rein hypothetische Fähigkeit, die zurzeit weder in Lisas Hardware noch in ihrer Programmierung eingerichtet ist. Insofern kann und muss ich bestätigen, was auch Herr Kriemann sagte. Sie irren sich. Ihre Vermutung entspricht nicht der Wahrheit.«

»Danke, Son-San. Können Sie ebenfalls zusichern, dass keine Fehlfunktion bei Lisa möglicherweise dazu führt, dass eine solche Fähigkeit eben doch aktiviert wird?«

Erneut herrschte in der Runde ratloses Schweigen. Dann war es Nakamura, der antwortete. Er wirkte überraschend entspannt, fast fröhlich: »Ja, Inspektor, auch das lässt sich definitiv ausschließen. Der fehlerfreie Betrieb von Lisa wird permanent und in Echtzeit überprüft. Eine mögliche Fehlfunktion wäre uns sofort aufgefallen und hätte zu einer sofortigen Deaktivierung des entsprechenden Modells geführt.«

»Sagten Sie nicht bei unserem letzten Gespräch, dass keine Datenübertragung der in den Einrichtungen befindlichen Lisa-Modelle stattfindet? Wie soll also eine Überprüfung in Echtzeit stattfinden?«

»Sie verwechseln verschiedene Dinge, Inspektor. Ihre Frage damals bezog sich auf Kamerabilder und mögliche Daten der Patienten. Die werden in der Tat nicht übertragen. Lisas Funktionsparameter aber werden selbstverständlich laufend überprüft. Sie vergessen, dass Lisa auf einen permanenten Online-Status angewiesen ist, da ja nur ein kleinerer Teil ihrer KI-Funktionalität unmittelbar in ihr verbaut ist.«

»Aber wie können Sie so sicher sein, Doktor? Kann nicht jede Maschine Fehler machen? Und ist es nicht geradezu Ihre Philosophie, dass Lisa Fehler begeht? Damit sie daraus lernt? Das haben Sie jedenfalls meiner Kollegin erklärt.«

Son schüttelte verständnislos den Kopf, wollte etwas sagen. Nakamura aber kam ihm zuvor und erklärte lächelnd: »Ich habe die Dinge gegenüber Ihrer Kollegin vereinfacht dargestellt, Inspektor.

Alles andere wäre bei einem Laien sinnlos, er würde es ohnehin nicht verstehen. Aber ich bin natürlich gerne bereit, die Dinge näher auszuführen. Die entscheidende Frage ist, über welche Art von Fehlern wir sprechen. Wenn Sie mich beispielsweise fragen würden, ob Lisa aus Versehen ein Glas Wasser fallen lassen könnte – sicher, das ist möglich. Auch dass sie gegen eine Wand fährt, dass sie Menschen nicht versteht oder verwechselt. Wie wollte man das auch verhindern wollen? Einer Person Schaden zuzufügen, wie Sie und Ihre geschätzte Kollegin es andeuten, ist aber etwas völlig anderes. Sehen Sie, Lisas Programmierung besitzt eine hierarchische Struktur. Die definiert, in welchen Bereichen Lisa über so etwas wie Autonomie oder auch Entscheidungsfreiheit verfügt. Stellen Sie sich vor, in einem Seniorenheim ruft ein Bewohner Lisa, damit sie mit ihm Schach spielt. Gleichzeitig ist einem anderem Bewohner unwohl, und er möchte, dass Lisa ärztliche Hilfe holt. Hier kann Lisa unmittelbar entscheiden, den einen Wunsch zu ignorieren und den anderen, höher priorisierten, zu erfüllen. Die Entscheidung aber, ob Lisa einem Menschen Schaden zufügt oder nicht, kann sie nicht treffen. Eine solche Option ist auf basaler Ebene ausgeschlossen. Sogar wenn es auf einer rangniederen Steuerungsebene zu einer Fehlfunktion käme, kann ein Verhalten, wie Sie es andeuten, nicht auftreten.«

»Da sind Sie sich vollkommen sicher?«

»Zu hundert Prozent, Inspektor.«

Takeda schloss kurz die Augen. Er spürte, wie rund um ihn herum Bewegung aufkam. Kriemann wie auch die japanischen Herren veränderten ihre Sitzpositionen, tranken etwas, entspannten sich. Sie glaubten, gewonnen zu haben.

Dann aber blickte Takeda mit einem Lächeln von einem zum anderen. »Ich bin erleichtert, das zu hören, meine Herren. Es wird Sie daher ja auch sicherlich nicht stören, wenn wir das Modell von Lisa, das wir heute Morgen sicherstellen konnten, in das kriminaltechnische Untersuchungslabor bringen. Unsere Experten werden es gründlich analysieren und sicherlich für alle Ihre interessanten

Ausführungen eine Bestätigung finden. Haben Sie also einen recht herzlichen Dank für Ihre Kooperation. Auf Wiedersehen.«

Takeda erhob sich von seinem Sitz. Claudia, die es nun nicht mehr schaffte, ihr Lächeln zu verbergen, folgte seinem Beispiel.

Begleitet vom lautstarken Protest der versammelten Herren gingen sie in Richtung Ausgang. Vor allem Kriemann war zornig, sprach von der Überschreitung polizeilicher Kompetenzen. Matsuda rief dröhnend, dass patentrechtliche Klauseln eine Analyse Lisas verböten. Er wurde bestärkt durch Son, der sagte, dass Takeda und Claudia sich mit einem solchen Vorgehen ihrerseits strafbar machten. Nakamura, ruhiger als die anderen, sagte, dass es ohnehin vergeblich wäre.

Takeda und Claudia verließen das Büro, im sicheren Wissen, dass ihr Besuch nicht umsonst gewesen war.

57.

Claudia saß alleine in ihrem Auto und war auf dem Weg in die Innenstadt, genauer zur Universität. Sie wollte noch einmal mit Angelika Schuster, der Professorin für Soziologie reden. Sie hoffte, von ihr eine Art Nachhilfestunde zu bekommen.

Sie musste sich nämlich eingestehen, dass ihr vieles von dem, was sie im Büro von Kriemann gehört hatte, schleierhaft geblieben war. Programmhierarchien und Aufgabenprioritäten? Was sollte das sein? Basal- und Steuerungsebenen? Noch nie gehört! Waren es nur Ausflüchte? Trieb Nakamura ein Spielchen mit ihnen? Oder ließ sich damit wirklich beweisen, dass Lisa keine Mörderin sein konnte?

Bevor Claudia den Pferdestall und das Institut für Soziologie betrat, gönnte sie sich auch dieses Mal eine Auszeit im Abaton-Bistro. Sie orderte einen doppelten Espresso. Oder auch einen dreifachen, geht das? Der Kellner lächelte und meinte, er sehe, was sich machen lasse.

Claudia brauchte dringend eine hohe Dosis Koffein. Der wenige Schlaf der vergangenen Nacht machte ihr gehörig zu schaffen, und sie fragte sich, wie sie den Tag überhaupt durchstehen sollte.

Früher hätte sie in so einer Situation ein paar aufputschende Pillen eingeworfen. Aber davon war sie zum Glück weg, und zwar endgültig. Zu ungesund, zu selbstzerstörerisch. Es gab bessere Methoden. Zum Beispiel ein kleiner Power-Nap. Hatte Takeda ihr beigebracht. War in Japan üblich und sollte dringend auch in Deutschland eingeführt werden. Sie würde ihn sich gönnen, sobald sie zurück im Präsidium war.

Bis dahin aber musste sie durchhalten.

Claudia wandte ihr Gesicht der Sonne zu und trank den Espresso mit geschlossenen Augen. Takeda hatte ihr vorhin erklärt, dass ihr Eindruck von Kenzaburō Matsuda keineswegs falsch gewesen sei. Der Mann verhielt sich nicht nur wie ein Samurai, er war wirklich einer! Er entstammte einer altehrwürdigen Familie, die durch die Jahrhunderte hindurch immer wieder eine Rolle in der japanischen Geschichte gespielt hatte.

Takeda meinte auch, es sei bis zum heutigen Tage keine Seltenheit, dass Abkömmlinge von Samuraifamilien Führungspositionen in japanischen Unternehmen bekleideten. Einige der großen, traditionsreichen Firmen seien sogar von ehemaligen Kriegerclans gegründet worden. Ob die Nachfahren der Samurai allerdings besonders erfolgreiche Manager waren, sei eine andere Frage. Er selbst finde ohnehin Hayato Son viel spannender. Dem Namen nach zu urteilen sei er koreanischer Abstammung. Auch das sei in Japan keine Seltenheit. In seiner Heimat, so erklärte Takeda es, lebten Hunderttausende Menschen, deren Vorfahren aus Korea stammten, wobei es keineswegs immer am Namen abzulesen war wie im Falle von Son. Viele der Koreaner waren während der Zeit, als Korea eine japanische Kolonie war, nach Japan gekommen. Für einige bedeutete es allerdings, dass sie auch noch in dritter und vierter Generation keine japanische Staatsbürgerschaft besaßen. Sie arbeiteten nicht selten in windigen Wirtschaftsbranchen wie der Spielautomatenindustrie, wozu auch die japanischen Pachinko-Hallen gehörten. Andere hingegen hätten einen beeindruckenden Aufstieg hingelegt. Dazu könne man auch Hayato Sons berühmten Namensvetter Masayoshi Son zählen, den Gründer und Chef von Softbank, einem von Japans größten Technik- und Medienkonzernen. Die Frage, wer also der Wirtschaft förderlicher sei, alte Samurai oder junge Koreaner, sei eine Frage, die er keineswegs für beantwortet hielt. Aber das würden wohl nicht allzu viele seiner Landsleute so sehen.

Claudia trank ihren Kaffee aus, zahlte und machte sich auf den Weg in das Büro der Professorin im nahe gelegenen Pferdestall.

58.

Von den vielen Rätseln, die ihm Deutschland Tag für Tag aufgab, empfand Takeda dieses als eines der größten: Warum nur gab es in diesem Land so gut wie keine öffentlichen Toiletten?

Sicher, in der Hamburger Innenstadt fand sich hier und dort eine Bedürfnisanstalt. Es waren zumeist kleine, moderne Kabinen, die einen Euro Eintritt kosteten. Aber erstens waren sie selten und zweitens in aller Regel defekt.

Takeda befand sich ohnehin nicht in der Innenstadt, sondern immer noch in Rahlstedt, nicht weit vom Firmensitz der Kriemann Group entfernt. In diesem am Rande der Stadt gelegenen Viertel gab es weder heile noch defekte Örtchen und auch sonst keine angemessene Möglichkeit, dem Ruf der Natur zu folgen.

In Japan wäre eine solch missliche Lage undenkbar. In jedem U- und S-Bahnhof – genau wie in jedem öffentlichen Park, und sei er noch so klein – gab es eine frei zugängliche Toilette. Deren Zustand und Sauberkeit mochte nicht ideal sein, aber wen interessierte das in drängenden Zeiten?

Takeda hatte vor einiger Zeit einmal mit seinem Kollegen Horst Kröger über seine Beobachtung gesprochen. Überhaupt konsultierte Takeda vorzugsweise Kröger, wenn es um die Dinge ging, die ihm auffielen. Der erfahrene Polizist hatte Takeda in sein raues Herz geschlossen und stand ihm gerne mit Rat und Tat zur Seite. Als Takeda das mit den öffentlichen Toiletten anbrachte, grinste Kröger und sagte: »Früher gab es jede Menge Klohäuschen. Gerade hier in Hamburg. Einige sind sogar bemerkenswert hübsch, regelrechte Perlen der Architektur. Sie wurden aber schon vor Jahrzehnten geschlossen und standen seitdem leer. In den letzten Jahren wurden viele von ihnen zu kleinen Cafés umgebaut.«

Takeda starrte Kröger ungläubig an. »Sie haben aus den Toiletten Cafés gemacht? Du nimmst mich auf den Arm, Horst.«

»Aber nein, überzeug dich selbst. An der Alster, am Weiher in Eimsbüttel, in der Speicherstadt, es gibt jede Menge Beispiele. Ist ja auch keine schlechte Idee. Vorher wurden die Häuschen gar nicht genutzt und verkamen. Auf die Art können sie erhalten werden.«

»Trotzdem bleibt es dabei, heutzutage gibt es keine öffentlichen Toiletten mehr. Ich frage mich, ob ihr Deutschen nie müsst, wenn ihr unterwegs seid?«

Kröger zog die Stirn in Falten und dachte angestrengt über Takedas Frage nach. »Also, ich weiß nicht, wie andere Leute es handhaben. Ich selbst bin Pragmatiker, meine öffentlichen Toiletten haben einen Stamm, Äste und Blätter. Die gibt es wie Sand am Meer.«

»Aber wäre es nicht praktisch, wenn es mehr Orte gäbe, die sogar Wände und ein Waschbecken haben?«

»Ach, Ken. Ich glaube, du machst dir über uns Deutsche immer noch jede Menge Illusionen. Was glaubst du denn, würde passieren, wenn man in einem Park ein Klo einrichtet? So wie früher?«

»Ich weiß nicht ... vielleicht wäre es bald nicht mehr allzu sauber?!«

Kröger winkte ab. »Das ließe sich ja verschmerzen. Nein, das Ding wäre binnen einer Woche abbruchreif, weil irgendwelche spätpubertären Idioten es erst vollsprühten und anschließend einfach zerstören würden. Das Volk von Goethe und Beethoven, das du so sehr schätzt, übt sich liebend gerne im Vandalismus!«

»Vandalismus?«

»Wir machen gerne Dinge kaputt. Scheint in unseren Genen zu liegen.«

Takeda musste an ebendieses Gespräch denken, als er sich, der Not gehorchend, für Krögers Pragmatismus entschied. Es war eine Eiche. Und es war ihm äußerst peinlich.

Noch schlimmer wurde es, als dann auch noch in just diesem Moment sein Handy klingelte. Zum Glück war niemand in der Nähe, als er das Telefon aus der Tasche kramte und es sich zwischen Schulter und Hals klemmte.

Eigentlich war das ja überhaupt der Grund gewesen, aus dem er in der Nähe des Firmensitzes der Kriemann Group geblieben war. Er hatte auf einen Anruf gehofft. Sein Gefühl hatte ihm gesagt, dass sich einer der japanischen Herren schon noch bei ihm melden würde. Dank der Visitenkarten, die er verteilt hatte, besaßen sie alle seine Nummer.

Er hatte damit gerechnet, dass Hayato Son derjenige sein würde, der anrief. Die Blicke des Technikers, die er immer wieder Nakamura zugeworfen hatte, hatten eine eindeutige Sprache gesprochen.

Nun aber stellte er überrascht fest, dass die Stimme, die am anderen Ende sprach, die des jungen Übersetzers Ito war. Er flüsterte und klang gehetzt. »Inspektor? Ich muss dringend mit Ihnen sprechen. Ich habe ein paar äußerst wichtige Informationen für Sie.«

»Sie sind immer noch in der Firma? Und Sie können sich für eine Weile entschuldigen? Gut, ich bin ganz in Ihrer Nähe. Ich erkläre Ihnen, wo Sie mich finden.«

59.

»Eine Software-Hierarchie, die es Lisa unmöglich macht, einem Menschen Schaden zuzufügen? So hat es Dr. Nakamura ausgedrückt?« Angelika Schuster, die Soziologieprofessorin, schien überrascht zu sein.

Claudia zuckte mit den Schultern und sagte mit einem entschuldigenden Lächeln: »Jedenfalls so ungefähr. Ich kenne mich weder mit Robotern noch mit Software aus. Im Ergebnis aber lief es darauf hinaus, dass Lisa niemandem ein Haar krümmen kann. Ihre Programmierung würde es nicht zulassen.«

Die beiden Frauen saßen sich im mit Papieren übersäten Dienstzimmer der Professorin gegenüber. Claudia hatte versucht, ihr Gespräch in den Räumen der Kriemann Group möglichst detailgenau wiederzugeben.

»Mir gegenüber hat Dr. Nakamura so etwas bisher nicht erwähnt. Ich bin auch nicht sicher, ob ich es ihm so ohne weiteres abgekauft hätte«, erklärte die Professorin.

»Dann stimmt es also nicht?«

»Zumindest ist es nicht so eindeutig. Die Idee einer Programm- oder auch Steuerungshierarchie ist im Prinzip nicht neu und auch nicht ungewöhnlich. Sie ist wichtig, wenn Roboter mit Menschen Umgang haben. Aber es ist eben kompliziert. Haben Sie schon einmal von den Asimov'schen Robotergesetzen gehört?«

»Ich glaube nicht.«

»Isaac Asimov war ein amerikanischer Science-Fiction-Autor. Besonders seine Robotergeschichten, die aus den dreißiger und vierziger Jahren des letzten Jahrhunderts stammen, üben bis heute einen großen Einfluss aus, wenn es darum geht, was Roboter dürfen und wie sie programmiert werden müssen.«

»Verstehe. Und dieser Herr Asimov hat auch festgelegt, dass Roboter Menschen nicht schaden dürfen?«

Angelika Schuster nickte lächelnd. »Genau. Es ist das erste seiner drei berühmten Robotik-Gesetze. Ein Roboter darf einem Menschen weder selbst Schaden zufügen noch durch Untätigkeit zulassen, dass ihm anderweitig Schaden widerfährt. Außerdem müssen Roboter Menschen immer gehorchen und dafür sorgen, dass sie selbst nicht beschädigt werden. Das sind die Gesetze zwei und drei.«

»Dann stimmt es also? Lisa kann wirklich niemandem etwas antun?!«

»Schön, wenn es so einfach wäre. Aber Sie dürfen nicht vergessen, dass Asimov in erster Linie ein Autor von Phantasiegeschichten war. Seine Überlegungen haben also nicht unbedingt etwas mit realer Robotik zu tun. Dennoch sind seine Vorschläge bis zum heutigen Tag ausgesprochen einflussreich. Das Europäische Parlament hat beispielsweise in seiner Robotik-Resolution aus dem Jahr 2017 direkt Bezug darauf genommen.«

»Dann könnte es also doch sein, dass Lisa entsprechend programmiert wurde?«

Angelika Schuster ließ sich Zeit mit einer Antwort. Schließlich schien sie die richtigen Worte gefunden zu haben und erklärte: »Ich will nicht ausschließen, dass die Entwickler bei Matsuda, allen voran Dr. Nakamura, es versucht haben. Vermutlich stand ihnen dabei nicht Asimov, sondern der berühmte Manga-Zeichner Osamu Tezuka Pate. Der hat erstaunlicherweise zur selben Zeit wie Asimov ebenfalls Robotergesetze aufgestellt, die in etwa dasselbe besagen. Aber gut, die entscheidende Frage lautet, ob sich Roboter wirklich an solche Gesetze binden lassen. Ich versuche, es Ihnen an einem Beispiel deutlich zu machen. Nehmen wir die Frage, ob Lisa in der Lage ist, einem Menschen eine Spritze zu geben …«

»Wir wissen nicht, ob sie es wirklich kann oder nicht. Die Herren von der ICR behaupten, dass sie dazu im Moment nicht in der Lage ist. Aber sie wollen es in Zukunft möglich machen.«

Die Professorin winkte ab. »Die hypothetische Möglichkeit

reicht völlig. Der Punkt, um den es mir geht, ist folgender: Um einem Menschen eine Spritze zu setzen, muss ein Roboter eine Kanüle in das Fleisch oder das Blutgefäß einer Person einführen, richtig?«

»Ja, natürlich.«

»Das heißt, der Roboter muss den Menschen verletzen, immerhin sticht er ja zu. Würden Sie mir da auch zustimmen?«

»Schon, aber es geschieht mit seinem Einverständnis. Die Spritze soll ja heilen.«

Die Professorin lächelte. »Trotzdem müssen Abstriche vom ersten Robotergesetz gemacht werden. Es müsste richtigerweise heißen, dass ein Roboter einem Menschen nicht gegen seinen Willen und nur zu einem guten Zweck Schaden zufügen darf ... Sie sehen also, eine grundsätzliche und bedingungslose Aussage, dass Lisa niemanden verletzen kann, ergibt keinen Sinn.«

Claudia ahnte, worauf Schuster hinauswollte »Sie haben recht. Wenn überhaupt, kann das Ganze nur mit Einschränkungen gelten ...«

»Es geht noch weiter«, fuhr die Professorin fort. »Man könnte zum Beispiel auch über das Wort Schaden diskutieren. Oder besser gesagt darüber, wie man einem Roboter eigentlich beibringt, was ein Schaden ist.«

»Das verstehe ich jetzt nicht.«

»Ich will Ihnen wieder ein Beispiel geben. Stellen Sie sich vor, jemand hat einen Pflegeroboter zu Hause, ob es nun Lisa ist oder ein anderes Modell. Der Roboter ist mit dem Internet verbunden und erfährt von der Diskussion über Feinstaub in der Luft. Was tut der Roboter, wenn er wirklich zwingend an die Asimov'schen Gesetze gebunden und damit verpflichtet ist, Schaden von seinem Besitzer abzuwenden? Er müsste sofort vor das Haus oder die Wohnung seines Besitzers treten und den Straßenverkehr stoppen. Schließlich soll sein Besitzer ja gute Luft atmen. Tut er es nicht, würde der Roboter durch Untätigkeit eine Schädigung zulassen und damit gegen das erste Gesetz verstoßen.«

»Das heißt, der Roboter müsste sozusagen verstehen, für welche Schäden er überhaupt zuständig ist.«

»Richtig. Man kann diese Beispiele immer weitertreiben. Nehmen wir das zweite Gesetz, nachdem ein Roboter einem Menschen immer gehorchen muss. Gilt das wirklich für jeden Menschen? Auch einen Terroristen? Einen Diktator? Einen Folterknecht?«

»Na ja, einem Befehl, einen Menschen zu foltern, müsste der Roboter ja ignorieren. Wegen des ersten Gesetzes.«

Die Professorin setzte ein pfiffiges Gesicht auf. »Klar. Aber der Folterknecht ist ja nicht dumm. Er sagt dem Roboter, dass er dem Menschen zum Beispiel einen Finger abschneiden soll, weil ein Tumor darin ist und der Mensch sonst sterben müsste.«

»Der Roboter müsste sofort zu Werke gehen und den Menschen verletzen. Weil er ja glaubt, etwas Gutes zu tun …«

Claudia ließ die Gedanken der Professorin sacken. Dabei überkam sie erneut das Gefühl, dass dieser Fall etwas Unwirkliches hatte. Oder als wäre sie nicht mehr in der Gegenwart, sondern in eine sehr nahe und sehr reale Zukunft geraten. Auf einmal waren nicht nur Menschen, sondern auch Roboter potenzielle Täter.

Aber es wurde sogar noch komplizierter. Denn wenn Lisa wirklich einen Mord begangen hatte, wer war dann eigentlich dafür verantwortlich? Sie selbst? Oder Nakamura, der sie gebaut hatte? Andere Programmierer von Matsuda? Oder alle zusammen?

Und was, wenn alles nur auf einem versehentlichen Programmierfehler beruhte? Oder auf einer mechanischen Fehlfunktion? Was, wenn Lisa aufgrund ihrer KI-Fähigkeiten selbst beschlossen hatte, ein Verbrechen zu begehen?

War es dann der perfekte Mord? Weil man Lisa ja nicht wirklich bestrafen konnte?

Claudia gab ein erschöpftes Stöhnen von sich. Wäre es nicht schön, sie würde gleich aufwachen und feststellen, dass alles nur ein schlimmer Traum war?

Aber so war es leider nicht.

Sie stand auf, reichte Angelika Schuster die Hand und bedankte sich für die Erklärungen. Sie hatte erfahren, was sie erfahren wollte. Es gab keine Programmhierarchien, die Lisa davon abhalten könnten, einem Menschen Schaden zuzufügen. Es konnte sie gar nicht geben, schon aus logischen Gründen.

Dr. Nakamura hatte gelogen.

60.

Ryōta Ito war außer Atem, als er um die Ecke bog und in Takedas Sichtweite kam. Das Haar klebte ihm in der Stirn, und seine Schultern hoben und senkten sich in schnellem Rhythmus. Offenbar war er den ganzen Weg von der Firma gerannt.

Takeda hatte als Treffpunkt einen Kinderspielplatz in einer Wohnsiedlung unweit des Firmengeländes gewählt. Er lag am Ende einer Sackgasse. Daher war es unwahrscheinlich, dass ein Mitarbeiter der ICR zufällig vorüberfuhr und sie beobachtete.

Als Ito endgültig bei Takeda angelangt war, sagte der Inspektor: »Holen Sie erst einmal Luft, Ito. Und machen Sie sich keine Sorgen. Niemand kann uns sehen. Sie sind nicht in Gefahr.«

»Ja, Inspektor. Ich bemühe mich … Es ist nur, ich habe wenig Zeit. Wir müssen uns beeilen.«

»Wird man Sie in der Firma vermissen?«

»Nicht sofort, aber bald. Präsident Matsuda erholt sich im Büro von Direktor Kriemann. Er war sehr aufgelöst nach dem Gespräch mit Ihnen. In einer halben Stunde ist ein weiteres Meeting anberaumt. Bis dahin muss ich zurück sein.«

»Dann kommen wir gleich zur Sache. Sie sagten am Telefon, Sie hätten wichtige Informationen für mich?«

Ito nickte mit sorgenvoll verzogenem Gesicht. »Sie haben nicht die Wahrheit gesagt.«

»Wer?«

»Alle. Herr Son, Herr Nakamura. Auch Herr Kriemann, wobei ich bei ihm nicht sicher bin, wie viel er weiß.«

»Gut. Wobei genau haben sie gelogen?«

»Sofort. Ich will zuvor noch betonen, dass auch Präsident Matsuda nicht alles weiß. Einige Dinge versteht er auch nicht. Er ist nicht mehr so agil, wie man vermuten könnte. Ich bin sein Assistent und täglich viele Stunden bei ihm. Er wird von den Mitarbeitern zunehmend von wichtigen Informationen ausgeschlossen.«

»Auch beim Lisa-Projekt?«

»Ja, besonders dabei.«

»Werden Sie bitte konkret. Was haben Sie mir zu sagen?«

»Natürlich, Inspektor. Vieles wissen Sie bereits, aber eben nicht alles. Lisa ist letztlich eine Art Plattform. Es ist ähnlich wie in der Fahrzeugindustrie. Es gibt ein Fahrgestell, das vielseitig verwendbar ist. Auf die Art kann sich ein einziges Modell in eine Limousine, ein Familienfahrzeug oder auch einen Geländewagen verwandeln.«

»Weiter.«

»Unsere Firma möchte Lisa keineswegs nur in der Pflege einsetzen, sondern in möglichst vielen Feldern. Auch in der Produktion, im Service, in der Landwirtschaft.«

»Das weiß ich bereits.«

»Auch, dass eine Verwendung im Militär angedacht ist?«

»Im Militär?« Takeda sah den jungen Mann überrascht an. Das allerdings hatte er noch nicht gewusst.

»Aber ja. Der Bevölkerungsschwund in unserer Heimat schlägt auf alle Felder durch, natürlich auch auf das der Verteidigung. In den entsprechenden Behörden wie auch im zuständigen Parlamentsausschuss macht man sich große Sorgen. Die Truppenstärke wird nicht mehr lange zu halten sein.«

»Und ich dachte, unsere Heimat hat gar keine Armee«, sagte Takeda mit einem süffisanten Schmunzeln.

Er spielte auf die Tatsache an, dass Japan, dem Friedensartikel 9 seiner Nachkriegsverfassung gehorchend, auf das Recht verzichtet hatte, eine eigene Armee aufzustellen. Pro forma dürfte Japan also gar nicht über Streitkräfte verfügen. Real aber unterhielt das Land eine schlagkräftige Truppe, die über eines der höchsten Rüstungsbudgets der Welt verfügte. Allerdings sprach man im Land euphemistisch von Selbstverteidigungsstreitkräften und eben nicht von einer Armee. Es war eine spezielle Art von japanischer Magie, als könnte ein neues Wort die Wirklichkeit kaschieren, obgleich jeder wusste, wie sich die Dinge in Wahrheit verhielten.

Ito, immer noch um Luft ringend, fuhr fort: »Sie müssen bedenken, dass der Druck in militärischer Hinsicht ohnehin immer mehr wächst. Mit China und Nordkorea befinden sich zwei Atommächte in unserer unmittelbaren Nachbarschaft. Niemand kann voraussagen, was passieren wird. Das *Bōeishō*, das Verteidigungsministerium, war früh an unseren Fortschritten in der Robotik interessiert. Man hat uns Gelder zur Verfügung gestellt, um Lisas Einsatzmöglichkeiten auch im Bereich der Verteidigung zu erproben …«

»Und ich dachte immer, die japanischen Roboterwissenschaftler sind dem Frieden verpflichtet?«

»Das entspricht durchaus der Wahrheit. Die Mehrheit der Robotiker – auch in unserer Firma – will mit militärischer Forschung nichts zu tun haben. Darum ist der Bereich bei Matsuda ausgegliedert worden. Nur wenige Mitarbeiter sind eingeweiht.«

»Was ist mit Nakamura? Und mit Son? Wissen sie Bescheid?«

»Das kann ich nicht sagen. Allerdings ist gerade Dr. Nakamura so wichtig für das Lisa-Projekt, dass man ihn kaum außen vor lassen könnte.«

»Gut. Aber worauf wollen Sie nun hinaus, Ito?«

»Nach dem ersten Vorfall in Hamburg hat es in der Firmenzentrale in Tokio eine Dringlichkeitssitzung gegeben. Man war von Anfang an sehr besorgt, was hier in Deutschland vor sich geht. Auch die Leiter der militärischen Sparte waren bei dieser Sitzung anwesend. Sie deuteten an, dass bei einem Software-Update etwas schiefgelaufen sein könnte.«

»Sie meinen Lisas Software?«

Ito nickte stumm. Takeda stieß ein ungläubiges Schnauben aus. Er spürte, wie sich sein Puls beschleunigte. Was er gerade zu hören bekam, überstieg alles, was er bisher für möglich gehalten hatte. »Weiter, Ito. Werden Sie konkret! Was genau könnte passiert sein?«

»Was vorhin in unserer Besprechung gesagt wurde, entspricht durchaus der Wahrheit. Das Lisa-Modell, das in der Pflege eingesetzt wird, verfügt über eine hochsensible Software, die verhindern soll, dass es zu Problemen im Umgang mit Menschen kommt. Lisa besitzt zum Beispiel die Fähigkeit, Gesichtsausdrücke zu deuten oder Schmerzenslaute wahrzunehmen. Alles dient dazu, sie zu einer aufmerksamen Pflegekraft zu machen.«

»Und die andere Lisa? Die Soldatin? Denn das ist sie ja wohl?«

»Die ist völlig anders programmiert. Natürlich ist hier die Entwicklung noch nicht so weit fortgeschritten, auch weil die besten Kräfte nicht im Feld der Militärforschung eingesetzt werden. Aber die Grundidee ist eindeutig. Diese Lisa kann töten. Das soll sie sogar, schließlich muss sie auf den Schlachtfeldern der Zukunft eingesetzt werden.«

»Und möglicherweise ist diese Fähigkeit des Tötens durch einen Fehler auf die Pflege-Lisa übergesprungen?«

Erneut nickte Ito stumm.

Jetzt war Takeda alarmiert. Er musste an Claudias Worte im Zimmer des toten Johannes Horch denken. Sie hatte gefragt, ob Lisa in Wahrheit ein Killerroboter sei.

»Wie sicher sind Sie, Ito?«

»Das kann ich nicht sagen. Während der Konferenz in Tokio beteuerten alle zuständigen Mitarbeiter, dass ein solcher Fehler ausgeschlossen sei. Aber jetzt, nach dem dritten Vorfall, glaube ich das nicht mehr. Was, wenn sich meine Kollegen irren? Darum wollte ich mit Ihnen sprechen, Inspektor. Ich möchte nicht schuld sein, wenn Matsuda eine Tötungsmaschine hergestellt hat.«

»Das ehrt Sie, Ito. Nur ... ich brauche Beweise.«

»Aber die haben Sie bereits, Inspektor. Wenn es stimmt, was ich sage, werden Sie entsprechende Software-Bestandteile in der Lisa finden, in deren Besitz Sie sind. Suchen Sie einfach nach Updates aus der Zeit, unmittelbar bevor der erste Vorfall geschehen ist.«

»Darum also will die Firma die bei den Feuern beschädigten Lisas unbedingt zurückhaben. Um zu verhindern, dass wir die Software untersuchen?«

»Ich befürchte, so ist es.«

Ito war bereits mit seinen letzten Worten einige Schritte zurückgewichen. Er blickte gehetzt nach links und rechts, verneigte sich anschließend vor Takeda. Dann drehte er sich um und rannte fort in die Richtung, aus der er gekommen war.

61.

Als Claudia ihr Dienstzimmer im vierten Stock des Hamburger Polizeipräsidiums betrat, staunte sie nicht schlecht. Mitten im Raum stand niemand anderes als Lisa. Den Rußspuren nach zu urteilen war es das Modell, das sie am Morgen in dem Altenstift im Stadtteil Hamm gesehen hatte.

Eigentlich hätte es in die KTU gebracht werden sollen, um dort ausgewertet zu werden. Warum, verdammt, war es hier in ihrem Zimmer gelandet? Oder hatten die Kollegen von der Technik ihren Job bereits erledigt?

Claudia setzte sich an ihren Schreibtisch und griff zum Telefon. Sie rief als Erstes bei der Spurensicherung an. Die hatten sich um den Transport von Lisa kümmern sollen. Markus Tellkamp, der Leiter, erklärte Claudia, dass die Kollegen versucht hätten, Lisa herzuschaffen, aber gescheitert seien. Der Roboter wiege über hundert Kilogramm, und ihnen fehle die nötige Ausrüstung. Sie hatten daher die Kollegen von der Feuerwehr mit ihrem Bergungsgerät um Hilfe gebeten. Die hatten den Transport dann auch tatsächlich übernommen. Aber offenbar sei dann innerhalb des Präsidiums etwas schiefgelaufen.

Claudia dankte Tellkamp, beendete die Verbindung und wählte die Nummer von Christine Meltendorf, die bei der KTU für die Auswertung technischer Geräte zuständig war. Christine zeigte sich überrascht, schließlich hatten sie und Claudia schon am Vormittag telefoniert, und seitdem wartete sie auf Lisa. Ihr jucke es schon in den Fingern, sich um den Roboter zu kümmern. Die Auswertung von Handydaten, Computern, Steuerungschips von Autos oder Drohnen, all das sei ja Alltag für sie. Aber ein echter Pflegeroboter sei Neuland, auf das sie sich freue.

Meltendorf versprach, Lisa schnellstmöglich aus Claudias Zimmer abzuholen und in die KTU zu schaffen, notfalls mache sie es einfach selbst. Sie müsse nur einen Hubwagen und ein paar kräftige Kollegen zum Anpacken auftreiben.

Claudia legte auf und atmete tief durch. Dann versuchte sie Takeda anzurufen, der aber nicht an sein Handy ging. Ob er etwas herausgefunden hatte? Sie konnte nur hoffen, dass er schleunigst zurückrief.

Claudia öffnete eine Datei in ihrem Computer und begann die Ergebnisse des Tages zu protokollieren. Keine Aufgabe, die ihr sonderlich Spaß machte. Aber sie wusste, dass es hilfreich war. Die Erfahrung hatte sie oft genug gemacht. Spätestens wenn sie die vielen Informationsschnipsel, die sie im Laufe eines Ermittlungstages zusammengetragen hatte, in den Rechner eingab, wurden auf einmal Zusammenhänge sichtbar, die ihr zuvor nicht aufgefallen waren. Hoffentlich war es heute ebenso.

Sie ging chronologisch vor. Peschels morgendlicher Anruf, der Aufruhr vor dem Altenstift, Terzians absonderliche Fröhlichkeit, die Leiche des alten Mannes, die Einstiche an seinem Bauch, das Insulin ...

Ein seltsames Geräusch riss Claudia aus ihrer Konzentration. Sie drehte sich um. War jemand in ihr Zimmer gekommen oder hatte an der Tür geklopft? Nichts.

Und Lisa? Stand immer noch genauso regungslos da wie vorher. Oder doch nicht? War sie näher gerückt?

Blödsinn.

Claudia schrieb weiter. Terzians Erläuterungen über den Verlauf eines hypoglykämischen Schocks, dann Takedas Verdacht, dass Lisa dem alten Mann die Überdosis Insulin verpasst haben könnte, ihr gemeinsames Brainstorming, der Entschluss, zu Kriemann und Nakamura zu fahren …

Claudia war so in ihre Arbeit vertieft, dass sie nichts um sich herum wahrnahm. Kein Geräusch, keine Bewegung.

Plötzlich aber spürte sie eine Berührung am Hals. Sie wurde wieder aufmerksam.

Doch da war es bereits zu spät.

Seltsam kühle Hände schlossen sich von hinten um ihre Kehle, leblose, tierhafte Finger drückten ihren Hals zu. Sie wollte schreien, konnte es nicht. Auch ihr Angreifer war völlig ruhig, sagte nichts, atmete nicht einmal. Oder doch, war da nicht ein mechanisches Surren? Claudia bäumte sich auf, wollte sich befreien. Es war zwecklos. Gegen die übermenschlichen Kräfte, mit denen sie es zu tun hatte, konnte sie nichts ausrichten. Sie schlug um sich, trat mit den Füßen, fegte dadurch aber nur alle Papiere und Dinge von ihrem Schreibtisch. Was konnte sie denn nur tun? Das Telefon! Sie musste es erreichen, musste irgendeine Nummer wählen … Sie streckte die Hände aus, wollte nach dem Hörer greifen. Doch im gleichen Maße, wie sie sich streckte, zog sie ihr Angreifer nach hinten. Claudia stemmte sich gegen den Boden, wollte nach vorne, hatte keine Chance. Der Griff der kalten Hände wurde immer enger. Längst schon bekam sie keine Luft mehr. Aber es war noch schlimmer, die Hände wurden zu tonnenschweren Schraubzwingen, zerquetschten ihren Hals, drückten zu, bis sie die Wirbelsäule erreichten. Der Laut splitternder Knochen, zerreißender Blutgefäße. Es ging nicht ums Erwürgen, sie, Lisa, wollte ihr den Kopf vom Körper trennen. Ein letztes Mal bäumte Claudia sich auf. Sie wand sich, schlug wieder um sich, traf nur den glatten, kühlen Kunststoffkörper Lisas. Sie schlug und schlug, ohne die geringste Wirkung zu erzielen.

In letzter Verzweiflung riss Claudia den Mund auf, gab ein erbärmliches, kaum zu hörendes Röcheln von sich. Ihre Augen, voller Tränen, quollen aus dem Schädel.

62.

Takeda stieg aus dem Fahrstuhl im vierten Stock des Präsidiums. Er hatte bereits einige Male versucht, Claudia zurückzurufen, nachdem er vorhin ihren Anruf nicht hatte entgegennehmen können. Sie aber war ihrerseits nicht drangegangen.

Er hoffte, sie hier in ihrem gemeinsamen Dienstzimmer anzutreffen. Er war neugierig zu hören, was Claudia herausgefunden hatte. Noch mehr aber brannte er darauf, ihr zu berichten, was er von Ryōta Ito erfahren hatte.

Takeda ging den langen Korridor hinunter. Als er auf die geschlossene Tür blickte, überkam ihn ein seltsames Gefühl. Normalerweise ließen sie das Zimmer immer offen. War Claudia gar nicht da? Aber dann hätte sie ihn doch gewiss angerufen!

Er öffnete die Tür, trat ein. Es war leer. Niemand war da. Nur das Fenster war weit geöffnet. Ein lauer Frühlingwind strich herein und hatte die Papiere von Claudias Schreibtisch hinuntergeweht.

Dann sah er sie.

Claudia lag ausgestreckt auf dem Boden, unter ihren beiden Schreibtischen. Sie hatte die Augen geschlossen und rührte sich nicht.

»Claudia? Ist alles in Ordnung? Warum …?«

Sie öffnete die Augen, blickte ihn von unten herauf an. Lächelte. »Alles gut! Ich musste mich einfach mal langmachen und wenigstens eine halbe Stunde lang schlafen. Ich war völlig am Ende.«

»Und ich dachte schon, dir wäre etwas passiert.«

Claudia lachte auf. Sie zog die Beine unter dem Schreibtisch hervor, setzt sich auf. »Ist mir auch … aber nicht wirklich. Ich bin vorhin am Schreibtisch eingeschlafen und hatte den schlimmsten Alptraum aller Zeiten. Es war so real … Mir wird immer noch ganz anders, wenn ich daran denke.«

»Hatte es mit Lisa zu tun?«

»Ja. Sie war hier im Zimmer. War sie übrigens wirklich, als ich vorhin zurückkam. In meinem Traum hat sie versucht, mich zu erwürgen. Oder besser gesagt, sie wollte mir den Kopf abreißen. Ich habe am ganzen Körper gezittert, als ich aufgewacht bin. Danach habe ich mich einfach auf den Fußboden gelegt.«

Takeda war erleichtert. Er setzte sich an seinen Schreibtisch, zog sein Notizbuch hervor, blätterte es auf. »Der junge Ito hat mich vorhin angerufen, der Assistent von Matsuda. Wir haben uns nicht weit von der Firma getroffen. Halt dich fest, was er mir erzählt hat.«

Takeda gab wieder, was Ito ihm anvertraut hatte. Claudia lauschte mit angehaltenem Atem. Immer wieder schüttelte sie ungläubig den Kopf, stöhnte am Ende sogar auf. »Dann stimmt es also doch. Lisa ist wirklich ein Killerroboter. Das passt zu dem, was ich von der Professorin erfahren habe. Eine Programmierung, die verhindert, dass ein Roboter einem Menschen Schaden zufügt, kann es nicht geben. Nakamura hat uns aufs Glatteis geführt. Und die anderen Herren müssen es gewusst haben.«

»Das denke ich auch. Sie wollen Zeit schinden. Und zwar so lange, bis sie die zerstörten Exemplare von Lisa wieder im Besitz haben. Dann könnten wir nichts beweisen.«

»Nur, dass sie sie nicht kriegen. Die Lisa von heute Morgen ist jetzt unten bei Christine Meltendorf und ihrem Team. Sie nehmen sie gerade auseinander. Wir müssen ihr dringend sagen, dass sie sich auch die Software ansehen muss. Im Moment konzentrieren sie sich noch darauf, nachzuweisen, dass Lisa sehr wohl in der Lage ist, Spritzen zu setzen. Sollten sie etwas finden, müssen wir mit Sauer und dem Staatsanwalt sprechen. Dann brauchen wir einen Durchsuchungsbeschluss für das Labor von Nakamura oder sogar die ganze Kriemann Group.«

»Und ich müsste Tokio benachrichtigen. Der Falle betrifft dann auch Japan. Ich bin mir sicher, dass das Ganze dort noch viel mehr Aufsehen erregen wird als hier in Deutschland.«

Das Telefon auf Claudias Schreibtisch klingelte. Sie nahm ab, lauschte in den Hörer und sagte zugleich mit Flüsterstimme zu Takeda: »Es ist Christine. Wir sollen in die KTU kommen. Sie hat etwas gefunden.«

63.

Die Räume der KTU zu betreten war für Claudia immer ein wenig so, als trete sie in das Zimmer eines renitenten Teenagers, der sich partout weigerte aufzuräumen. Das Chaos war unbeschreiblich. Technische Geräte, Prüfstände, Asservate, dazu Kilometer von Kabeln und Leitungen, alles hing und stand durcheinander, als wäre vor Kurzem eine Bombe explodiert.

Als Claudia den Leiter des Labors, Reiner von Sodern, einmal mit genau diesen Worten darauf angesprochen hatte, hatte er der nur gegrinst und erwidert: »Wir sehen das positiv. Wenn hier wirklich mal eine Bombe explodiert, würde es genauso aussehen wie vorher. Wir sind sozusagen unverwundbar.«

In Wahrheit hatte das Chaos natürlich Gründe, und der wichtigste davon war der eklatante Platzmangel, unter dem Kriminaltechniker litten. Das Problem war seit Langem bekannt, Abhilfe dennoch nicht in Sicht. Zumindest würden die Mitarbeiter noch viele Jahre darauf warten müssen. Behördenmühlen mahlten langsam, wenn sie denn überhaupt mahlten.

Sie fanden Christine Meltendorf ganz hinten im Labor, wo sie in einem von Glaswänden abgetrennten Raum arbeitete. Ihr half ein hochgewachsener Kollege, den Claudia und Takeda nicht kannten. Schon bevor sie eintraten, konnten sie erkennen, dass die beiden Lisa in ihre Einzelteile zerlegt hatten, ähnlich wie sie es bei ihrem Besuch in Nakamuras Labor gesehen hatten. Allerdings war es den KTU-Mitarbeitern offenbar nicht gelungen, Lisa ordnungsgemäß auseinanderzuschrauben. Aus den einzelnen Körperteilen, den Armen, dem Hals, dem Torso ragten zerrissene Kabel und hydraulische Züge heraus. Offenbar waren die Kriminaltechniker überhaupt nur mittels Gewalt so weit gekommen.

Claudia und Takeda traten ein. Christine blickte auf, begrüßte sie und stellte ihnen ihren Kollegen vor, der aber eigentlich gar keiner war.

Der Mann hieß Uwe Schaffmann. Er war kein Polizeibeamter, sondern Professor an der Technischen Universität Harburg, die im Bereich der Robotik einen guten Ruf genoss. Schaffmann war Maschinenbauer und Mechatroniker, galt als einer der führenden Robotiker Deutschlands.

Als Christine Meltendorf Claudias irritierte Blicke bemerkte, erklärte sie: »Es tut mir leid, Claudia. Ich musste Uwe dazuholen, und zum Glück war er bereit, sich sofort auf den Weg zu machen. Lisa ist Neuland für uns, und ich glaube nicht, dass ich ohne seine Hilfe überhaupt so weit gekommen wäre.«

Claudia winkte ab, deutete dann auf die unsanft zerlegte Lisa. »Ich glaube, bei der Methode hätte ich dir auch helfen können. Sieht mehr nach Vorschlaghammer aus als nach Präzisionswerkzeug.«

Uwe Schaffmann, ein schlanker Mann in den Vierzigern, Typ Marathonläufer, grinste. Er gab Takeda und Claudia die Hand und erklärte: »Lisa war nicht bereit, uns freiwillig Einblick in ihr Innenleben zu gewähren. Ihre ganze äußere Hülle ist ziemlich raffiniert verarbeitet und ohne Spezialwerkzeug nicht zu öffnen. Insofern haben Sie gar nicht so unrecht mit dem Vorschlaghammer. War in Wahrheit eine Flex und ein Brecheisen.«

»Aber es hat sich gelohnt, wir sind schon ziemlich weit«, fügte Christine hinzu.

»Was habt ihr gefunden?«, fragte Claudia, vor Ungeduld fast platzend.

Takeda, sonst ein Inbild der Selbstbeherrschung, ging es nicht viel anders. Er sah Meltendorf und Schaffmann ebenfalls gespannt an.

»Ich zeige euch alles. Fangen wir erst einmal hiermit an«, erklärte Christine Meltendorf.

Sie lenkte Takedas und Claudias Aufmerksamkeit auf einen Arbeitstisch an der hinteren Wand des Labors. Darauf lagen die zerlegten Einzelteile von Lisas rechtem Arm. Von der äußeren Hülle befreit bestand der Arm in erster Linie aus einer Reihe dickerer und dünnerer Metallstangen, die mit allerlei Kabeln und Zügen verbunden waren. In den Gelenken saßen winzige Elektromotoren. Zudem waren überall winzige elektronische Platinen zu sehen, offenbar die Steuerung für Lisas Motorik.

Auf einer Art Tischklemme war Lisas Hand eingespannt. Sie war vom übrigen Arm abgetrennt. Ihre Finger zeigten in die Höhe.

Besonders Lisas Zeigefinger zog Claudias und Takedas Blicke auf sich. Undeutlich und zuerst nicht ganz auszumachen, glänzte innerhalb der metallischen Struktur des Fingers noch etwas anderes.

Christine Meltendorf forderte sie mit einem Nicken auf, noch näher zu kommen. »Ihr müsst dicht herangehen. Nur dann erkennt ihr, dass eure Lisa in der Tat über ein paar interessante, kleine Geheimnisse verfügt.«

Claudia und Takeda wechselten einen kurzen Blick, beugten sich dann über die mechanische Hand.

Dann sahen sie es. Aus der metallenen Spitze von Lisas Zeigefinger ragte die dünne Nadel einer Kanüle hervor.

»Also doch …«, hauchte Claudia leise.

Christine Meltendorf nickte. »Es hat ein wenig gedauert, bis wir die Nadel gefunden haben. Sie lässt sich mechanisch im Finger versenken oder bei Bedarf ausfahren. Technisch gesehen eine Meisterleistung.«

Uwe Schaffmann trat ebenfalls neben sie. »Wir vermuten, dass die Nadel dieselbe Funktion einnehmen kann wie ein Insulin-Pen, wie ein Diabetiker ihn verwendet. Sprich, Lisa könnte einem Patienten regelmäßig Injektionen geben. Faszinierend ist, dass das Innere ihres Fingers mit winzigen UV-Leuchten ausgestattet ist. Die können für eine einwandfreie Sterilisation der Nadel sorgen.« Der Professor wandte sich an Takeda und erklärte: »Was Ihre japanischen Landsleute da konstruiert haben, ist bahnbrechend. Das gilt natürlich für den kompletten Roboter, aber für diese medizinische Spezialausstattung ganz besonders. Ich bin gespannt, wann sie einsatzbereit sein wird.«

Der Inspektor sah Schaffmann überrascht an. »Das ist sie doch wohl schon, oder nicht? Wir glauben jedenfalls, dass Lisa mit ebendieser Nadel einem Menschen hochdosiertes Insulin gespritzt hat.«

Claudia bestärkte Takedas Worte durch ein nachdrückliches Nicken. Schaffmann aber schüttelte den Kopf und erklärte: »Da liegen Sie falsch. Diese Nadel ist von jungfräulicher Reinheit. Sie ist definitiv noch nie benutzt worden.«

Claudia sah Schaffmann irritiert an. »Haben Sie nicht selbst gerade gesagt, dass Lisa die Spritze reinigen kann? Wie können Sie da so sicher sein, dass sie nicht eingesetzt wurde?«

»Das ist ganz einfach. Ich zeige es Ihnen.«

Schaffmann schob sich an Claudia vorbei, bis er vor der Klemme mit Lisas Hand stand. Er zog einen Kugelschreiber aus der Brusttasche seines Arbeitskittels, zeigte damit erst auf die Nadelspitze, danach auf den Finger und das darunterliegende Handgelenk. »Sehen Sie? Die Nadelspitze verfügt über kein dahinterliegendes Depotgefäß wie eine gewöhnliche Spritze. Das heißt, sie kann nicht mit einem Wirkstoff geladen werden.«

»Das heißt?«

»Das System ist noch in der Entwicklung, würde ich sagen. Man kann erkennen, dass in Lisas Handgelenk und in ihrem Unterarm Platz für Wirkstoffbehälter und auch eine Zuleitung in die Nadelspitze vorgesehen sind, aber es gibt sie noch nicht. Kurz und gut, die Spritze ist zwar schon vorhanden, doch sie ist nicht einsatzbereit.«

»Genau wie Hayato Son gesagt hat«, murmelte Takeda leise.

Claudia schüttelte ärgerlich den Kopf. »Sind Sie sicher?«

»Aber ja«, sagte der Mechatroniker. »Kein Zweifel.«

»Lisa ist also bewaffnet, hat jedoch keine Munition, um zu schießen, wenn du so willst«, ergänzte Christine Meltendorf.

»Scheiße«, sagte Claudia.

Takeda besah sich alles ganz genau, nickte dazu nachdenklich und stieß ein paar nachdenkliche Brummlaute aus. Schließlich sagte er: »Ich schließe mich deinem Urteil an, Claudia. Allerdings heißt es noch nicht, dass wir gänzlich falsch liefen. Es könnte ja auch sein, dass Lisa eine ganz normale Insulinspritze benutzt hat, oder?«

»Oder auch mehrere hintereinander«, fügte Claudia hinzu.

Schaffmann und Christine Meltendorf wechselten einen kurzen Blick. Dann war es erneut der Mechatroniker, der das Wort ergriff. »Diese Möglichkeit haben wir auch in Erwägung gezogen, und wir haben dabei etwas sehr Interessantes entdeckt. Bevor ich es Ihnen zeige, möchte ich Sie vorher um etwas bitten. Machen Sie einmal das Victory-Zeichen, Sie wissen schon, so wie man es von Winston Churchill kennt.«

Claudia sah den Wissenschaftler verständnislos an. Takeda hingegen war der Aufforderung bereits nachgekommen. Er streckte Zeige- und Mittelfinger der rechten Hand v-förmig in die Höhe, während er die anderen Finger vor dem Handteller verschränkte.

Schaffmann nickte ihm anerkennend zu. »Sehr gut, Inspektor. Genau das meine ich.«

Takeda lächelte. »Für uns Japaner ist es eine gewohnte Geste, allerdings nennen wir es nicht Victory-, sondern Peace-Zeichen. Wann immer wir fotografiert werden, machen wir es.«

»Stimmt«, sagte Claudia. Sie hatte es während ihres Aufenthaltes in Japan immer wieder beobachtet, besonders bei jungen japanischen Mädchen. Sobald sie sich gegenseitig mit ihren Handys aufnahmen oder auch ein Selfie machten, spreizten sie die beiden Finger ab.

Dann wandte sie sich an Schaffmann: »Warum das Ganze? Das Victory-Zeichen, meine ich?«

»Ich möchte Ihnen damit eine Sache vor Augen führen. Diese kleine Geste, die uns Menschen keinerlei Mühe bereitet, ist aus Sicht eines Robotikers eine hochkomplexe Angelegenheit. Sie hat etwas mit kinematischen Ketten und insbesondere mit Freiheitsgraden in den Gelenken einer Maschine zu tun … Ich will Sie gar nicht mit Einzelheiten langweilen. Der springende Punkt ist der, dass Lisa diese Geste nicht machen kann. Ihr fehlen die entsprechenden Gelenke in den Fingerwurzeln.«

»Worauf wollen Sie hinaus?«

»Ganz einfach. Lisa kann zwar greifen und eine Faust machen, aber sie kann die Finger nicht spreizen. Darum kann sie auch keine Spritze setzen. Ihre Finger sind nicht dazu angelegt, jedenfalls im Moment noch nicht. Ihr fehlt die entsprechende Feinmotorik.«

»Sind Sie sicher?«, fragte Takeda.

»Hundert Prozent. Wenn Sie also davon ausgehen, dass ein Mensch mithilfe einer Spritze getötet wurde, dann ist Lisa jedenfalls nicht der Täter. Ausgeschlossen.«

64.

Takeda reinigte die Chawan, die Teeschale, mit seinem lilafarbenen Fukusa, dem kostbaren Seidentuch. Dann stellte er die Schale, die das typische Krakelee-Muster der Raku-Keramik aufwies, vor sich auf den Boden.

Mit einer ruhigen, konzentrierten Bewegung griff er zur Natsume, der Lackdose mit dem Matcha-Tee, und löffelte eine winzige Menge des tiefgrünen Pulvers in die Schale. Anschließend goss er eine kleine Menge heißes Wasser dazu und verrührte die

Mischung mit dem Chasen, dem kleinen Teequirl aus Bambus. Schließlich drehte er die Teeschale, so dass ihre Vorderseite Claudia zugewandt war, und stellte die Schale vor sie.

Claudia kniete vielleicht anderthalb Meter von ihm entfernt, auf dem Boden ihres Dienstzimmers im Polizeipräsidium. Nicht wirklich der geeignete Ort für eine Teezeremonie. Andererseits war jeder Ort der richtige.

Claudia rutschte ein Stück nach vorn, griff nach der Schale, stellte sie näher zu sich und verbeugte sich in Takedas Richtung. Der erwiderte ihre Verbeugung mit einer leichten Neigung des Kopfes.

Claudia hob die Schale zum Mund, nahm einen ersten Schluck und verbeugte sich erneut. »Der Tee schmeckt köstlich.«

»Das freut mich.«

Sie leerte die Schale mit zwei weiteren kleinen Schlucken. Dabei hielt sie die Augen geschlossen, gab sich ganz dem intensiven Geschmack des Matcha-Tees hin, der so nur in der Teezeremonie verwendet wurde und an Aroma und Intensität nicht zu übertreffen war.

Takeda beobachtete sie. Ihm war klar, dass er Claudia einiges zumutete, jetzt und hier mit ihm eine Teezeremonie abzuhalten. Aber er wusste auch, dass es gut war, für sie, für ihn, für sie beide.

Als sie vorhin aus den Räumen der KTU gekommen war, hatte er Claudia nur einmal ansehen müssen, um zu wissen, dass sie kurz davorstand, zu explodieren. Er konnte sie verstehen. Auch er war ungeheuer enttäuscht. Die Ergebnisse, die Christine Meltendorf und Uwe Schaffmann präsentiert hatten, ließen nur einen Schluss zu. Sie hatten sich getäuscht, waren einem Phantom nachgejagt. Lisa war alles Mögliche, aber keine Mörderin. Es hieß, dass sie den Fall von Grund auf neu überdenken mussten. Sie standen wieder ganz am Anfang.

Takeda wusste, dass Claudia in solchen Momenten dazu neigte, irgendetwas kaputt zu schlagen. Und wenn nichts Geeignetes in der Nähe war, schlug sie im Zweifel einfach mit der Faust gegen die Wand.

Schmerz war ihre Art, mit ihrer Wut umzugehen, sie zu lindern.

Aber das wollte er nicht zulassen.

Darum der Vorschlag mit dem Tee.

Aber würde sie es auch wirklich schaffen, sich mit ihm niederzuknien und sich auf die Ruhe und Konzentriertheit einer Teezeremonie einzulassen? Früher hatte es funktioniert, und Takeda wusste, dass Claudia Gefallen an dieser so japanischen Art gefunden hatte, mit starken Gefühlen umzugehen. Man ließ sie eben nicht einfach hemmungslos hinaus, stattdessen stellte man sie zurück. Man gönnte sich eine Auszeit von sich selbst, konzentrierte sich ganz auf die kleinen Dinge, auf den Augenblick. Ein Luftzug, der zum Fenster hereinwehte, der Duft einer fernen Blüte, der Geschmack des Tees. Auf die Art machte sich Leichtigkeit breit, und die Dinge gewannen das Gewicht zurück, das ihnen gebührte.

Claudia stellte die Schale ab und gab ein aus tiefster Seele kommendes Seufzen von sich. Jetzt wusste Takeda, dass es funktioniert hatte. Claudia war ruhig geworden, auf die tiefe, existenzielle Art. Ihre Wut, ihre Enttäuschung waren verflogen. Wenigstens für den Moment.

Aber das war nicht alles. Es ging auch um sie beide, sie und ihn. Es war lange her, dass sie auf diese traditionelle Art miteinander Tee getrunken hatten. Viel war seitdem passiert. Vieles war anders geworden.

Konnten sie überhaupt noch diese intime, intensive Stille des Teetrinkens miteinander teilen?

Ja, das konnten sie.

Nachdem Claudia ihre Schale zu ihm zurückgestellt hatte, bereitete Takeda sich selbst auch einen Matcha zu. Er trank – genau wie sie zuvor – mit geschlossenen Augen. Er spürte dabei Claudias Blicke auf sich. Was sie wohl dachte? War sie erleichtert, dass er ihre Trennung hinzunehmen schien? Dass er ihr keine Vorwürfe machte? Dass er tatsächlich versuchte, einen neuen Anfang mit ihr zu machen und zu ihrer früheren Unbeschwertheit zurückzufinden?

Er wusste es nicht.

Doch als er die Augen öffnete, sah er, dass eine Träne ihre Wange hinunterlief. Er fragte sie nicht danach. Es gab nichts zu sagen. Es galt nur dieser Augenblick.

65.

Als Claudia am nächsten Morgen ihr Dienstzimmer betrat, saß Takeda schon am Schreibtisch.

Obwohl, sah es nicht eher so aus, als wäre er *immer noch* hier? Konnte das sein? Hatte Ken mal wieder die Nacht am Schreibtisch verbracht? Aber warum nur? Kriegten Japaner vielleicht eine Depression, wenn sie nicht regelmäßig eine Nacht für ihren Arbeitgeber opferten?

Claudia sparte sich den Morgengruß, stellte sich stattdessen mit in die Seiten gestemmten Ellbogen vor ihn hin. Jetzt sah sie, dass Kens Augen dunkel umrändert waren, das Weiß außerdem rot geädert. Er sah furchtbar aus. Völlig übermüdet.

»Sag mir nicht, dass du nicht zu Hause warst, Ken!«

»Ich war nicht zu Hause.«

»Gott! Ist es eigentlich das Ziel von euch Japanern, allen anderen Menschen auf der Welt ein schlechtes Gewissen zu machen? Weil, egal was man sich vornimmt, ihr habt es garantiert schon erledigt?«

»Das kann ich dir nicht sagen. Und leider kann auch nicht die Rede davon sein, dass ich irgendetwas erledigt habe. Außerdem – hast du überhaupt ein schlechtes Gewissen?«

»Nö, nicht die Bohne. Ich habe zehn Stunden durchgeschlafen, und das war verdammt nötig. Jetzt bin ich frisch und munter und voller Tatkraft. Du dagegen sitzt da wie ein Schluck Wasser in der

Kurve. Ich bin mir nicht sicher, welcher Weg der bessere ist, der deutsche oder der japanische!«

»Ein Schluck Wasser in der Kurve?«

»Sagt man so. Es bedeutet dasselbe wie ausgekotzt, völlig fertig, zombiehaft ... Soll ich weitermachen?«

»Nein, ich verstehe schon. Und du hast recht. Ich fühle mich wirklich ziemlich erledigt.«

»Na, wenigstens etwas.«

Claudia trat an die Kaffeemaschine, die auf der Fensterbank stand, und goß sich einen Becher ein. Sie sah Takeda fragend an. Er nickte. Mit der Kanne in der Hand ging sie zu seinem Schreibtisch, schenkte auch seinen Becher voll. Dabei warf sie einen Blick auf die vielen Unterlagen, die Takedas Schreibtisch übersäten und die er offenbar während der Nacht durchgearbeitet hatte. Es waren, soweit sie sehen konnte, seine eigenen Notizen der vergangenen Tage. Dazu einiges von dem Material, das sie aus anderen Quellen erhalten hatten. Die Opferliste der Alster-Residenz, die Einsatzberichte der Feuerwehr, Runges Skizzen von den Brandstellen, die Gesprächsprotokolle mit Ilona Stemann und Konstantin Sieversen, mit Thomas Hagedorn und Mario Saretzki, mit Manuela Scherz und Merit Kramer.

»Hat es sich wenigstens gelohnt? Die durchgemachte Nacht?«, fragte Claudia.

»Um ehrlich zu sein, bin ich mir nicht ganz sicher. Vielleicht. Vielleicht auch nicht.«

Claudia schüttelte lächelnd den Kopf. »Das ist mal wieder so eine japanische Floskel, oder? In Wahrheit willst du sagen, dass du auf etwas gestoßen bist, richtig?«

Takeda wiegte den Kopf. »In diesem Fall bin ich mir wirklich nicht sicher. Wenn ich so etwas wie ein Ergebnis habe, ist es sehr vorläufig. Vor allem ist es keine Antwort auf etwas. Es ist eine Frage.«

»Eine Frage?«

»Genau.«

»Und wie lautet sie, deine Frage?«

»Wer ist Johannes Horch?«

Claudia sah ihn zweifelnd an. »Das ist das Ergebnis deiner Nacht? Wer ist Johannes Horch?«

»Richtig.«

»Tja, so leid es mir tut, aber ich kenne die Antwort. Er ist der Mann, der im Altenstift in Hamm mit einer Überdosis Insulin ermordet wurde.«

»Das ist mir auch klar. Aber wer ist er? Was wissen wir noch über ihn? Wissen wir überhaupt etwas?«

Claudia spürte ein Kitzeln. »Nicht wirklich.«

»Eben! Weil wir uns bisher nicht darum gekümmert haben. Wir haben noch nicht einmal mit seinen Angehörigen gesprochen. Das heißt, es ist nur eine einzige, wie ich gesehen habe. Eine Tochter.«

»Worauf willst du hinaus, Ken?«

»Weiß ich selbst noch nicht genau. Ich stelle nur fest, dass wir bisher ausschließlich darauf konzentriert waren, wie die Tat begangen wurde. Wer sie begangen hat, aber nicht warum.«

»Weil dieses Warum keine Rolle spielte. Dachten wir jedenfalls …«

Ihre Blicke trafen sich. Takeda wusste, dass sie nun bei ihm war, seinen Gedanken folgte. »Du sagst, wie es ist. Wir dachten, dass es kein Motiv im engeren Sinne gibt. Es ging immer nur um Lisa. Für uns stand fest, dass Horch, genau wie alle übrigen Toten der zurückliegenden Tage, so etwas wie Kollateralschäden waren. Erinnerst du dich, genau so hast du es ausgedrückt. Aber was, wenn wir uns getäuscht haben? Weil es eben doch ein Motiv gibt?«

Claudia umrundete die beiden Schreibtische, wollte sich auf ihren Platz setzen. Dann aber stellte sie ihre Kaffeetasse ab, machte einen Schritt zurück, zog den großen, schweren Topf mit dem Benjamini aus der Lücke zwischen ihren Tischen hervor, und schob ihren Schreibtisch wieder an seinen heran. »Red weiter, Ken. Ich bin ganz Ohr … Ich will dich nur sehen, wenn wir miteinander sprechen. Also, du meintest, dass wir uns möglicherweise getäuscht haben.«

Er schüttelte irritiert den Kopf, sprach dann weiter. »Genau. Was ist denn, wenn Horch eben kein Kollateralschaden war? Wenn es bei der Tat um ihn ging? Ganz konkret. Um seine Person.«

Claudia ließ sich auf ihren Schreibtischstuhl fallen. Takedas Worte trafen sie. Sie fühlte sich ertappt.

»Weiter«, sagte sie leise.

»Wir wissen seit gestern etwas, das uns vorher nicht klar war, uns nicht klar sein konnte. Die Feuer hatten die Tatorte verwüstet. Die Frage, ob eines der Opfer schon vor dem Feuer tot war – genauer gesagt, schon vorher ermordet worden war –, hat sich aus der Spurenlage nicht ergeben. Auch Terzian konnte uns keinen Hinweis darauf geben. Die Leichen waren zu stark verbrannt. Einstiche oder andere Hinweise auf einen unnatürlichen Tod konnte er nicht erkennen.«

Claudia nickte gedankenschwer. »Nichts deutete auf einen oder mehrere gezielte Morde hin. Erst als wir Johannes Horch fanden, wussten wir, dass es anders ist.«

»Richtig. Wenn wir aber davon ausgehen, dass alle Taten nach demselben Muster begangen wurden, stellt sich alles in einem neuen Licht dar. Wir müssen noch einmal von vorne anfangen, Claudia! Es ging nicht um Lisa. Weder darum, sie zu zerstören, noch darum, sie zu schützen. Lisa spielt keine Rolle. Ihre Anwesenheit war nur Zufall, so unwahrscheinlich es erscheinen mag. Es ging in allen Fällen darum, einen oder auch mehrere Menschen zu töten. Die Feuer dienten allein dem Zweck, genau das zu verbergen.«

Im Zimmer herrschte eine gespannte Stille. Claudia trank einen Schluck Kaffee. Takeda ebenso. Sie sahen sich an. Schwiegen weiterhin.

Dann sagte Claudia leise, wie zu sich selbst: »Wer war Johannes Horch?«

»Das ist die Frage. Aber keineswegs die einzige. Wer war Karl Hagedorn? Auch das müssen wir herausfinden.«

»Oder auch Marianne Hagedorn ...«

»Richtig, das Mordopfer könnte genauso seine Frau gewesen sein«, stimmte Takeda zu.

Er kramte in den Unterlagen auf seinem Schreibtisch herum, hielt kurz darauf eine Liste mit Namen hoch. »Und noch viele weitere Fragen. Wer war Klaus Heinrich Sude? Wer Ingrid Raue? Wer Helmut Sielmann? Roland Michelsen? Karin Orthmann? Und wer die anderen Opfer, die in der Alster-Residenz ums Leben gekommen sind? Wer von ihnen wurde vor Ausbruch des Feuers ermordet? Und warum?«

»Einen Namen kannst du von der Liste streichen. Inga von Stetten. Sie hat den Brand überlebt und ist erst hinterher im Krankenhaus gestorben.«

»Also ein Name weniger. Es bleiben acht. Das Tatmuster legt es nahe, dass nur einer von ihnen gezielt getötet wurde. Alle anderen sind gestorben, um die Spuren dieses einen Mordes zu verwischen.«

»Richtig. Wir konnten es ja gestern im Altenstift sehen. Der Täter hat einen Menschen totgespritzt, nicht mehrere. Aber danach hat er genug Benzin in der Etage verteilt, um alle anderen Bewohner ebenfalls in den Tod zu reißen. Ergibt ja auch einen Sinn. Er wollte verhindern, dass wir uns einen bestimmten Toten näher ansehen ...«

»Insofern bleibt die Idee mit den Kollateralschäden bestehen. Nur, dass sie eben nicht für alle Opfer gilt. Nur, für welche?«

»Das müssen wir herausfinden. Und warum sie zu Opfern wurden. Wenn wir das Motiv haben, haben wir eine Spur.«

Takeda deutete auf die Unterlagen auf seinem Schreibtisch.

»Zwei kennen wir bereits. Johannes Horch und Karl Hagedorn. Oder auch seine Frau. Gibt es eine Verbindung zwischen ihnen? Haben sie einen gemeinsamen Feind? Wenn ja, warum? Wissen wir es, können wir vielleicht eine Verbindung zu einer der

Personen aus der Alster-Residenz ziehen. Ich bin mir sicher, dass uns das zum Mörder führen wird.«

Claudia sagte lange Zeit nichts. Dann gelang ihr ein Schmunzeln. »Vielleicht ist der japanische Weg doch der bessere. Nicht schlafen, sondern arbeiten. Du hast es gut gemacht, Ken. Wirklich. Ich bin beeindruckt.«

Takeda lächelte. »Das bin ich auch. Beeindruckt. Von dir. Jeden Tag aufs Neue.«

Claudia wandte verlegen den Kopf ab. Ein seltsames Gefühl überkam sie. Ein gutes. Sie hatte es lange nicht gespürt.

Sie wurde wieder ernst. »Wir müssen mit der Tochter von Johannes Horch reden. Das Gleiche gilt für den Sohn der Hagedorns. Du warst doch schon einmal bei ihm. Hat er damals vielleicht schon etwas gesagt?«

»Möglicherweise ist es mir nicht aufgefallen. Weil ich nicht darauf geachtet habe. Aber ich glaube eher, dass ich damals die falschen Fragen gestellt habe. Ich werde noch einmal zu ihm fahren.«

»Gut, und ich fahre zu der Tochter. Danach gleichen wir ab, ob es Schnittmengen gibt.«

Takeda rekelte sich. »So machen wir es. Aber gib mir eine halbe Stunde. Ich muss kurz die Augen zumachen. Das ist der Nachteil des japanischen Weges. Wir machen die Nächte durch, doch als Ausgleich müssen wir tagsüber ein Nickerchen einlegen.«

Claudia hatte bereits ihre Autoschlüssel und ihre Jacke gegriffen. »In Ordnung, eine halbe Stunde. Aber nicht länger. Sauer sitzt uns im Nacken, er will Ergebnisse.«

»Er wird sie bekommen.«

66.

Susanne Ahlsen, die Tochter von Johannes Horch, war Anfang fünfzig, eine selbstbewusste Frau, die bei einer Hamburger Reederei als Finanzvorstand arbeitete. Sie war gelernte Speditionskauffrau und hatte sich über die Jahre hochgearbeitet. Als Frau im Reedereigeschäft war das alles andere als selbstverständlich gewesen.

Auf Claudias Nachfrage hin erklärte sie: »Die maritime Branche ist eine Männerwirtschaft. Sachkompetenz ist zwar wichtig. Trinkfestigkeit und Spaß am Puffbesuch zählen aber genauso viel.«

»Da wird es für uns Frauen schwierig.«

»Wie man es sieht«, entgegnete Ahlsen trocken. »Vor einigen Jahren habe ich unserem Vorstandsvorsitzenden angeboten, dass ich gerne mitkäme. In den Puff. Voraussetzung wäre allerdings, dass das Etablissement auch ein paar knackige Jungs im Angebot hätte ...«

»Und er?«

»Hat gelacht. Und ein bisschen geschämt hat er sich auch.«

»Zu Recht.«

»Sicher. Aber er hat auch Größe bewiesen. Erstens hat er die entsprechende Sitte bei uns im Haus abgestellt. Und zweitens hat er mich in den Vorstand berufen. Er meinte, eine so selbstbewusste Frau gehöre in eine Führungsposition.«

»Klingt nach einer richtigen Entscheidung.«

Ahlsen lächelte verhalten, aber nicht unsympathisch. »Es war mutig. Und ungewöhnlich. Die meisten Männer gehen lieber mit dem Schiff unter, um im Bild der Branche zu bleiben, anstatt etwas zu ändern. Andere wie mein damaliger Chef sind schlauer. Sie holen Frauen auf die Brücke und übergeben ihnen das Steuer. Wir verdrängen dann zwar die Herren, weil sie in der Regel nichts als Schaumschläger sind, aber immerhin bleibt der Kahn flott ... Doch egal, deswegen sind Sie nicht hier.«

Susanne Ahlsen führte Claudia aus ihrem Arbeitszimmer einen Korridor hinunter in einen Besprechungsraum. Unterwegs bat sie einen jungen Mitarbeiter, Kaffee und Wasser zu besorgen. Claudia gefiel die Frau. Sie hätte gerne länger mit ihr über ihren Job, über Männer und das Leben als solches gesprochen. Wie Ahlsen jedoch schon sagte, deswegen war sie nicht hier.

Nachdem sie sich an den Konferenztisch gesetzt hatten und die Getränke serviert worden waren, sagte Susanne Ahlsen: »Sie wundern sich vermutlich, dass ich hier so leichthin mit Ihnen plaudere, obwohl mein Vater gestern ums Leben gekommen ist. Sie müssen wissen, dass wir uns nicht sonderlich nahestanden. Ich bin traurig, das schon. Aber es wirft mich nicht um.«

»Sie haben Ihren Vater gelegentlich besucht, oder? Das konnte mir die Leiterin des Stifts sagen, ich habe vorhin mit ihr telefoniert.«

»Stimmt schon, allerdings recht selten. Sehen Sie, meine Eltern haben sich getrennt, als ich ein Teenager war. Mein Vater war die nächsten dreißig Jahre lang kaum in meinem Leben präsent. Erst als er alt und krank war, hat er wieder Kontakt zu mir gesucht. Am liebsten hätte ich ihm gesagt, dass er sich zum Teufel scheren soll. Aber so etwas macht man dann ja auch nicht.«

Claudia zeigte Verständnis, und es war ehrlich gemeint. Sie wusste, dass ihr das gleiche Schicksal hätte blühen können. Die Ehe ihrer Eltern hatte genug Anlässe für eine Trennung geboten. Dass es nicht dazu gekommen war, war allein der Trägheit, vielleicht der Feigheit ihrer Eltern zu verdanken. Ob es wirklich besser war als eine Scheidung, konnte sie nicht sagen. Für beides gab es Argumente.

»Frau Ahlsen, ich hätte eigentlich schon gestern mit Ihnen sprechen müssen, allerdings mussten wir uns erst einmal um einige andere Hinweise kümmern. Das ist ein Versäumnis, für das ich mich entschuldige.«

»Vergessen Sie es. Womit kann ich Ihnen helfen?«

»Ich muss Ihnen zunächst eröffnen, dass Ihr Vater keines natürlichen Todes gestorben ist.«

»Das weiß ich doch. Es gab eine Art Brandanschlag, und in der Aufregung hat mein Vater wohl ...«

»Es verhält sich noch anders. Ihr Vater ist noch vor dem Ausbruch des Feuers ums Leben gekommen. Ich sollte besser sagen, Ihr Vater wurde zuvor ermordet.«

Ahlsen runzelte die Stirn, schüttelte dabei unwirsch den Kopf. »Ermordet! Was soll das heißen?«

»Man hat ihm Insulin in einer tödlichen Dosis verabreicht. Die Obduktion hat es bestätigt. Das Feuer diente lediglich dazu, die Spuren der Tat zu verwischen.«

Zum ersten Mal bröckelte die selbstsichere Fassade der Frau. Sie sagte erst einmal lange Zeit gar nichts. Claudia gönnte ihr die Pause.

Dann schien Ahlsen aus tiefen Gedanken zu erwachen. Ihr Blick klärte sich, ihr Gesicht zeigte wieder die kühle Zielstrebigkeit wie zuvor. »Vielleicht wollte mein Vater ja sterben? Er war alt und krank. Sehr sogar. Vielleicht hat er jemanden gebeten, ihn zu erlösen. Wäre nicht das erste Mal, dass so etwas passiert, oder?«

»Das ist richtig, aber es hat in den zurückliegenden Tagen andere Fälle gegeben. Hinzu kommt, dass der Täter mit dem Feuer zahlreiche andere Menschenleben in Gefahr gebracht hat. Was Sie sagen, ergibt vor dem Hintergrund keinen Sinn.«

»Andere Fälle? Meinen Sie den Brand in diesem Seniorenheim in Wellingsbüttel? Ich hab's in den Nachrichten gesehen.«

Claudia machte eine unbestimmte Geste, bejahte Ahlsens Vermutung nicht, leugnete sie jedoch auch nicht. »Können Sie sich vorstellen, warum jemand Ihrem Vater nach dem Leben getrachtet hat? Hat er sich etwas zuschulden kommen lassen, in jüngster Zeit oder auch irgendwann in der Vergangenheit? Erinnern Sie sich an etwas, das uns helfen könnte, das Ganze zu verstehen?«

Susanne Ahlsen ließ sich erneut Zeit mit einer Antwort. Dann straffte sich ihre Haltung. »Ich fürchte, dass ich Ihnen nicht helfen kann. Wie gesagt, mein Vater und ich standen uns nicht sonderlich nahe. Ich weiß kaum etwas über ihn und das Leben, das er geführt hat. Ich kann Ihre Frage daher nicht beantworten. Ich muss zugeben, dass es mich nicht einmal sonderlich interessiert.«

Claudia ärgerte sich und konnte Susanne Ahlsen zugleich auch verstehen. Ein Vater, der in der für ein Mädchen vielleicht wichtigsten Phase auf dem Weg zum Erwachsensein einfach verschwindet, ist niemand, dem sie dann Jahrzehnte später nachtrauert. Auch nicht, wenn er ermordet wurde.

Trotzdem kamen sie so nicht weiter. »Frau Ahlsen, bei allem Verständnis, aber es geht hier nicht um Sie und Ihre Gefühle. Denken Sie also bitte nach. Was könnte jemanden dazu veranlasst haben, Ihrem Vater das Leben zu nehmen? Hatte er Feinde? Fällt Ihnen sonst irgendetwas ein?«

Susanne Ahlsen stieß ein bitteres Lachen aus. »Mein Gott, mein Vater war vierundachtzig Jahre alt und krebskrank. In dem Alter hat man keine Feinde, oder? Auch sonst fällt mir nichts ein. Es tut mir leid.«

»Was ist mit Ihrer Mutter? Könnte die uns weiterhelfen? Sie sagten, dass sich Ihre Eltern getrennt haben?«

»Ja, vor über einem Vierteljahrhundert! Aber sonst haben Sie natürlich recht. Wenn es jemanden gäbe, der Ihnen helfen könnte, wäre sie es. Aber sie ist seit mehreren Jahren tot. Eine Ungerechtigkeit des Schicksals übrigens.«

»Wieso sagen Sie das?«

»Mein Vater war Trinker, sein ganzes Leben lang. Es war auch der Hauptgrund für die Scheidung. Meine Mutter hingegen hat gesund gelebt. Sie ist noch mit über siebzig Jahren regelmäßig schwimmen gegangen, hat Wanderausflüge gemacht. Es hat nichts genützt. Ein Schlaganfall, und zwei Wochen später war sie tot. Das ist jetzt sechs Jahre her.«

Claudia ließ einen Anstandsmoment der Ruhe verstreichen, fragte dann: »Warum hat Ihr Vater getrunken? Wissen Sie das?«

»Fragen Sie das im Ernst?«

»Ja.«

»Weil ihm der Mut fehlte, sich seinen Problemen zu stellen. Er hat sie lieber verdrängt. Das lässt sich auf Dauer nur mit Alkohol ertragen. Kein Einzelfall, oder?«

»Das mag durchaus sein. Welche Probleme hat Ihr Vater denn verdrängt?«

Susanne Ahlsen rollte mit den Augen. »Ich habe das nur so dahingesagt. Ich weiß es nicht. Ich weiß nur, dass die Ehe meiner Eltern daran zerbrochen ist. Meine Mutter meinte einmal, dass mein Vater sich verändert hatte. Als sie ihn kennenlernte, sei er ein fröhlicher, lebenslustiger Mann gewesen. So sind auch meine frühesten Erinnerungen an ihn. Später war es anders.«

»Warum? Was ist passiert?«

Die kühle, distanzierte Art der Frau wich einer überraschenden Verletzlichkeit. Mit leiser, nachdenklicher Stimme sagte sie: »Ich habe nicht mehr allzu viele Erinnerungen an jene Jahre. Wahrscheinlich, weil ich genauso bin wie mein Vater, ich verdränge. Nur, dass ich mich nicht mit Alkohol, sondern mit Arbeit betäube. Jeder hat seine Droge ...«

»Das klingt so, als wenn Sie zumindest eine Ahnung haben?«

»Mein Vater ist irgendwann in jenen Jahren arbeitslos geworden. Das hat ihn damals wahnsinnig getroffen. Sein Beruf war ihm immer wichtig gewesen. Er fühlte sich ungerecht behandelt, von seinen damaligen Chefs, vom Leben insgesamt. Es hat ihn bitter gemacht. Das war die Zeit vor der Trennung meiner Eltern.«

»Was hat Ihr Vater beruflich gemacht?«

»Er war Außenhandelskaufmann in der Industrie. Ursprünglich für eine Hamburger Firma, aber das ist ewig her. Ich war noch ein Kind. Später, also nach der Trennung, hat er dann für ein Handelshaus gearbeitet. Fragen Sie mich nicht nach Einzelheiten. Das war schon die Zeit, in der ich kaum Kontakt mit ihm hatte.«

»Fällt Ihnen ein Name ein?«

»Ich weiß, dass seine Firma später von Funke & Konradt aufgekauft wurde.«

»Sie meinen die Fuko?«, fragte Claudia.

Die Fuko, die man in Hamburg eigentlich nur unter diesem Kurznamen kannte, war ein Familienunternehmen und zugleich einer der größten Arbeitgeber in der Stadt. Soweit Claudia wusste, war die Firma eine Art Handelshaus, das weltweit mit Brennstoffen, Chemie, Dünger und vielem anderen handelte.

»Genau. Dort war er dann wohl ganz zufrieden und ist auch bis zu seiner Pensionierung geblieben. Wenn Sie mehr über seine berufliche Seite erfahren wollen, sollten Sie dort nachfragen. Die wissen im Zweifel mehr als ich.«

»In Ordnung. Noch etwas anderes. Haben Sie zufällig den Namen Hagedorn schon einmal gehört? Wissen Sie vielleicht, ob Ihr Vater einen Mann oder eine Frau dieses Namens kannte?«

Susanne Ahlsen dachte nach, schüttelte dann den Kopf. »Tut mir leid. Wenn, dann erinnere ich mich nicht daran.«

»Ich habe hier eine Liste mit weiteren Namen. Sagen Sie mir, ob Ihnen davon irgendjemand bekannt vorkommt?«

Claudia zog die Liste mit den Opfern der Alster-Residenz aus der Tasche, faltete sie auf und reichte sie Susanne Ahlsen. Die überflog die Zeilen. Man merkte, dass sie geschult darin war, Dokumente schnell und präzise zu erfassen. Dann schüttelte sie den Kopf. »Tut mir leid. Ich kenne niemanden davon.«

Claudia steckte die Liste wieder ein. Sie war enttäuscht. Andererseits wäre ein schneller Treffer auch ein unwahrscheinliches Glück gewesen. Sie bedankte sich und ging.

67.

Auch heute wieder freute Takeda sich über die schönen Straßen im Stadtteil Marienthal, über die Bäume am Straßenrand, die Vorgärten, die Häuser aus der Gründerzeit.

Es war idyllisch, und daran änderte auch die Tatsache nichts, dass ihn die Suche nach einem Mörder herführte.

Takeda trat durch die schmiedeeiserne Pforte, folgte dem schmalen, von Rhododendren bestandenen Weg zur Haustür.

Durch ein geöffnetes Fenster hörte er die Stimme von Thomas Hagedorn. Er telefonierte mit erregter Stimme. Es schien um Handwerksarbeiten zu gehen, die unsachgemäß erledigt worden waren. Hagedorn war, wie Takeda sich erinnerte, Architekt. Dann sprach er weiter, und es klang nicht mehr so, als ginge es um berufliche Belange. Hagedorn erwähnte den Brand seines Elternhauses, den Verlust der Eltern, das kein Erbe aufwiegen könne.

Takeda blieb stehen, lauschte, ohne etwas Neues zu erfahren. Er ging weiter, drückte auf die Klingel an der Haustür. Zunächst passierte nichts. Dann hörte er Hagedorn sagen: »Ich muss Schluss machen, es hat an der Tür geklingelt. Ich glaube, es ist dieser japanische Polizist ... ja, genau der. Wir telefonieren morgen wieder. Bis dann, Merit.«

Kurz darauf öffnete Hagedorn. Er sah blass aus, wenn auch nicht mehr ganz so wie bei Takedas erstem Besuch.

»Inspektor, kommen Sie herein. Haben Sie etwas herausgefunden?«

»Ja und nein, so muss meine Antwort ehrlicherweise lauten.«

Hagedorn gab die Tür frei und führte Takeda wie bei seinem ersten Besuch in das Wohnzimmer, wo sie sich auf den beiden über Eck stehenden Sofas niederließen. Der Architekt erklärte, dass er heute sehr beschäftigt sei, ohnehin schon nicht wisse, wo ihm der Kopf stehe ... Dann aber stockte er und sagte: »Gott, was rede ich nur? Ihr Anliegen ist natürlich wichtiger als alles, was ich auf dem Zettel habe. Es tut mir leid.«

»Das ist schon in Ordnung, Herr Hagedorn. Machen Sie sich keinen Druck.«

Hagedorn bot Kaffee an, den Takeda gerne annahm. Nach der kurzen Ruhepause, die er sich im Präsidium gegönnt hatte, fühlte er sich müder als zuvor. Der Hausherr verschwand in der Küche, kehrte kurz darauf mit einem Tablett zurück, darauf eine Kanne und Tassen.

Takeda fragte mit beiläufiger Stimme: »Sie haben mit Frau Kramer telefoniert? Mit der Dame, die früher Ihre Eltern betreut hat?«

»Ja, das ist richtig. Sie rief vorhin an.«

»Ich konnte Sie durch das offene Fenster hören …«

»Ach so, ja … Frau Kramer ist sehr betroffen von den Ereignissen, sowohl in der Einrichtung, in der sie jetzt arbeitet, als auch vom Tod meiner Eltern. Das hat sie fast noch mehr mitgenommen. Sie stand ihnen immer noch nahe, obwohl es ja schon einige Zeit zurückliegt, dass sie sich um sie gekümmert hat.«

»Ich verstehe«, sagte Takeda. Er ließ nicht erkennen, ob ihm die Auskunft Hagedorns genügte.

»Also, was kann ich für Sie tun, Inspektor?«

»Unser Blick auf die Ereignisse der vergangenen Tage hat sich in der Zwischenzeit verändert. Der Tod Ihrer Eltern zeigt sich in einem neuen Licht.«

»Was bedeutet das konkret?«

»Wir müssen davon ausgehen, dass einer Ihrer Elternteile, vielleicht auch beide, getötet worden sind, noch bevor der Täter anschließend Feuer gelegt hat. Diese Erkenntnis wiederum führt uns zu der Frage, aus welchem Motiv der Täter gehandelt haben könnte.«

Hagedorn sah Takeda erschrocken an. »Ich bin nicht sicher, ob ich Sie richtig verstehe, Inspektor. Wollen Sie sagen, dass meine Eltern ermordet worden sind?«

»Ja, darauf deutet zurzeit einiges hin. Wobei wir, wie gesagt, nicht sagen können, ob es für beide Ihrer Eltern zutrifft.«

»Ich verstehe trotzdem nicht, wieso Sie nach einem Motiv suchen. Das ist doch klar, oder nicht?«

»Ist es das?«, fragte Takeda, nun seinerseits überrascht.

»Meine Eltern sind überfallen worden! Welche andere Erklärung könnte es denn geben? Ich meine, so etwas passiert doch! Jemand bricht ein, wird überrascht und bringt die Bewohner zum Schweigen. Danach legt er Feuer, um alles zu vertuschen.«

»Sie haben recht, ein solcher Tatablauf kommt vor. Aber im Falle Ihrer Eltern können wir ein solches Szenario ausschließen, jedenfalls mit hoher Wahrscheinlichkeit.«

»Aber worauf wollen Sie dann hinaus? Sie müssen mir das erklären!«

Hagedorn klang erregt, auch vorwurfsvoll. Takeda konnte ihn verstehen, auch wenn er sich nicht recht im Klaren war, wie authentisch die Gefühle des Mannes waren.

Takeda trank von seinem Kaffee, ließ einen Moment der Ruhe einkehren. »Wir gehen davon aus, dass die Tat durch eine Überdosis Insulin begangen wurde. Leider lässt sich das durch die Folgen des Feuers nicht mehr beweisen, aber vieles spricht dafür.«

»Insulin? Meine Eltern waren keine Diabetiker. Überhaupt, warum sollte jemand so etwas tun?«

»Auf diese Frage suchen wir eine Antwort, Herr Hagedorn. Ich muss Sie bitten, zu überlegen, ob es ein Motiv gibt, das die Tat erklären könnte.«

Hagedorn schüttelte verständnislos den Kopf. »Ein Motiv? Aber was könnte das sein? Mein Vater war Arzt. Ein guter dazu! Er war ausgesprochen beliebt bei seinen Patienten, und das bis ins hohe Alter hinein. Bei den Nachbarn genauso! Vielleicht war es ja eine Verwechslung! Auch so etwas kommt doch vor, oder?«

»Er hatte eine eigene Praxis?«, fragte Takeda.

»Ja, gar nicht weit von dem Haus entfernt, in dem sie bis zum Schluss gelebt haben. Mein Vater hat im Alter seine Kassenzulassung zurückgegeben. Viele seiner alten Patienten sind trotzdem zu ihm gekommen. Obwohl sie die Behandlung aus eigener Tasche bezahlen mussten. Daran sehen Sie, was er ihnen bedeutet hat.«

»Wie ist es mit Ihrer Mutter? Beruflich, meine ich.«

»Habe ich Ihnen das nicht schon erzählt? Sie war ursprünglich Krankenschwester, aber nach meiner Geburt nicht mehr berufstätig. Später hat sie in der Praxis meines Vaters als Sprechstundenhilfe ausgeholfen. Für sie gilt dasselbe, es gibt keinen Grund, aus dem sie jemand ermordet haben könnte.«

»Ich hörte, dass Ihre Mutter kein ganz einfacher Mensch war?«

»Gott, ja! Aber das entwickelte sich erst im Alter. Meine Mutter war dement, und im Zuge dessen hat sich auch ihr Wesen verändert. Im Grunde war sie eine arme alte Frau, die nicht mehr bei Sinnen war.«

»Ich verstehe. Fällt Ihnen sonst jemand ein, mit dem Ihre Eltern möglicherweise im Konflikt waren, sei es in jüngster Zeit oder auch irgendwann früher?«

»Beim besten Willen nicht. Gerade mein Vater war ein versöhnlicher Mensch. Man konnte mit ihm gar keinen Streit haben.«

»Wenn ich mich richtig erinnere, erzählten Sie mir, dass er ursprünglich in der Forschung tätig war. Was genau war das Feld seiner Tätigkeit?«

»Mein Vater war zu Beginn seiner Karriere Laborarzt und Serologe.«

»Ich befürchte, ich weiß nicht genau ...«

»Ein Blutspezialist. Er hat sich mit Hepatitiserregern und entsprechenden Antikörperbildungen beschäftigt. Als junger Arzt hat er in den sechziger Jahren an einigen wichtigen wissenschaftlichen Fortschritten mitgewirkt. Nach den Einzelheiten dürfen Sie mich nicht fragen, das ist etwas für Experten. Er hat dann für eine Firma hier in Hamburg gearbeitet, die ihn später in die USA geschickt hat. Das war die Zeit, in der ich bei meinen Großeltern gelebt habe. Nach einigen Jahren hat mein Vater den Kontakt mit den Patienten vermisst. Das war der Grund, aus dem er einen Neustart gewagt hat.«

»Wann war das?«

»Das war Mitte der achtziger Jahre. Meine Eltern sind nach Hamburg zurückgekehrt. Mein Vater konnte nach einiger Zeit die Hausarztpraxis eines Kollegen übernehmen, der in den Ruhestand gegangen ist.«

»Nach einiger Zeit, sagen Sie. Es gab also eine Zeit des Übergangs?«

Hagedorn sah Takeda mit angestrengtem Gesicht an. »Da fragen Sie mich was … Ich habe mir darüber nie Gedanken gemacht. Aber es stimmt schon, in den ersten Monaten war mein Vater einfach zu Hause.«

»Er war arbeitslos?«

»Meine Eltern haben es nie so genannt, doch wahrscheinlich läuft es darauf hinaus. Das war wohl der Preis, um wieder nach Hamburg zurückkehren zu können.«

»Ist das nicht ungewöhnlich? Ihr Vater ist zunächst ein gefragter Wissenschaftler und wird anschließend Hausarzt? Nicht, dass es kein ehrbarer Beruf wäre, und dennoch klingt es überraschend.«

Hagedorn zuckte mit den Schultern. »Das ist schon richtig. Aber der Umgang mit Menschen war ihm halt wichtig. Ich war noch jung. Ich freute mich, dass meine Eltern wieder in meiner Nähe waren. Ich denke mal, darum ist es ihnen auch gegangen. Sie hatten mich ja zu meinen Großeltern gegeben, aber nach einigen Jahren wollten sie, dass wir wieder eine richtige Familie sind.«

»Wissen Sie zufällig, ob Ihr Vater einen Mann namens Johannes Horch kannte?«

»Horch? Nicht, dass ich wüsste. Wer ist das?«

Takeda schüttelte den Kopf. »Vermutlich niemand, der eine Bedeutung hat. Ich habe hier eine Liste mit weiteren Namen. Bitte sehen Sie nach, ob Ihnen ein Name darauf bekannt vorkommt.«

Takeda reichte ihm die Liste mit den Namen der Brandopfer aus der Alster-Residenz. Hagedorn setzte eine Lesebrille auf, ging mit dem Finger die Liste durch, schüttelte den Kopf. »Sie wollen wissen, ob meine Eltern jemanden davon kannten, richtig? Ich weiß es nicht. Sie hatten einen großen Bekanntenkreis.«

Takeda steckte die Liste wieder ein, dachte kurz nach. »Ich würde gerne Näheres über die Forschungsarbeit Ihres Vaters erfahren. Gibt es jemanden, der mir mehr dazu sagen könnte?«

»Nicht, dass ich wüsste. Es ist ja schon Jahrzehnte her.«

»Vielleicht haben Sie Unterlagen, in denen Sie nachgucken könnten?«

»Das würde ich gerne, doch wie gesagt, ich weiß heute sowieso nicht, wo mir der Kopf steht. Ich kann das machen, aber nicht sofort.«

»Also gibt es Unterlagen?«

»Die Papiere meines Vaters sind alle verbrannt. Aber ich habe im Keller noch ein paar Kisten mit alten Briefen. Sie stammen aus der Zeit, in der meine Eltern im Ausland waren. Darin könnte sich etwas finden lassen. Doch dazu komme ich erst in den nächsten Tagen.«

»Würde es Ihnen etwas ausmachen, wenn ich selbst einen Blick auf die Sachen werfe?«

»Kein Problem. Sofort?«

»Wenn es keine Umstände macht.«

Hagedorn sah Takeda ein wenig irritiert an, bevor er zu einem Lächeln zurückfand. »Dann kommen Sie mit in den Keller. Ich zeige Ihnen die Kisten. Die können Sie nach Herzenslust durchwühlen.«

Hagedorn stand auf und wies mit der Hand in Richtung des Hausflurs. Hinter einer Tür führte eine Treppe in den Keller hinab. »Bitte, gehen Sie voran, Inspektor. Und Vorsicht, die Stufen sind sehr steil.«

68.

Die Fuko AG residierte in einem in die Jahre gekommenen Bürohochhaus in der City Süd. Das Gebäude war zwar vor nicht allzu langer Zeit saniert worden, strahlte aber immer noch den architektonischen Charme der 70er Jahre aus. Eckig, schnöde, funktional. Für ein erfolgreiches und auch vermögendes Unternehmen wie die Fuko wirkte es erstaunlich veraltet, fand Claudia. Andererseits war die Firma für ihr Traditionsbewusstsein bekannt, und das bezog sich offenbar auch auf den Firmensitz.

Sie stieg einige Stufen hoch und trat durch eine Glastür in eine ebenfalls in die Jahre gekommene Eingangshalle. Rechts und links standen ein paar Sessel für Besucher, die durch Vitrinen abgeschirmt waren. In ihnen waren große, aufwendig gestaltete Schiffsmodelle zu sehen, zum größten Teil Spezialfrachter. Claudia erinnerte sich dunkel daran, dass die Fuko Chemikalien transportierte. Vermutlich brauchte man dafür solche Schiffe.

Claudia trat an den Empfangstresen, hielt ihren Dienstausweis in die Höhe und erklärte, dass sie Informationen über einen ehemaligen Mitarbeiter brauche, der vor etwa zwanzig Jahren in den Ruhestand getreten war.

Der Mitarbeiter hinter dem Tresen schien eine Mischung aus Empfangskraft und Security zu sein, wobei Claudia den Eindruck hatte, dass er schon mit jeder einzelnen dieser Aufgaben überfordert war. Der junge Mann, gar nicht schlecht aussehend, kratzte sich am unrasierten Kinn. »Tja, ich weiß auch nicht. Und zu wem genau wollen Sie jetzt?«

»Ich hatte gehofft, dass Sie mir das sagen können.«

»Nee. Weiß ich nicht.«

Immerhin ehrlich, dachte Claudia. »Wollen wir es mit der Personalabteilung versuchen?«

»Müssen Sie wissen.«

»Dann ja.«

»Dann ja was?«

Claudia schloss die Augen. Sie dachte an Lisa. Ob es sinnvoll war, Roboter in der Pflege einzusetzen, war eine offene Frage. Aber als Empfangskraft in Firmenzentralen wäre der Roboter zweifellos eine Bereicherung. Sie sollte einmal mit diesem Matsuda darüber reden. Vielleicht wäre es die schlauere Strategie, um in Deutschland Fuß zu fassen. Mit Robotern im Servicebereich könnte man die ach so skeptischen Deutschen bestimmt von den Vorteilen solcher Maschinen überzeugen.

»Dann melden Sie mich bitte in der Personalabteilung an. Und zwar pronto.«

»Ich bin kein Italiener.«

»Das wollte ich auch gar nicht … Machen Sie es einfach, in Ordnung?«

Wenige Minuten später fuhr Claudia in einem kleinen und nicht sonderlich vertrauenerweckenden Fahrstuhl hinauf in den siebten Stock. Dort wurde sie von einer Frau in Empfang genommen, die Mareike Sodann hieß. Wie ihre Visitenkarte verriet, war sie Mitarbeiterin in der Personalabteilung und zugleich diplomierte Psychologin.

Nachdem sie sich in Sodanns Büro niedergelassen hatten, erklärte Claudia, dass sie auf der Suche nach Informationen über Johannes Horch sei, der bis vor etwa zwanzig Jahren für die Fuko gearbeitet habe.

Die Personalerin hörte sich Claudias Bitte an, nickte aufmerksam und fragte: »Darf ich fragen, was der Hintergrund Ihrer Frage ist?«

»Herr Horch ist gestern auf tragische Art ums Leben gekommen. Wir versuchen etwas über die Hintergründe in Erfahrung zu bringen.«

»Er muss doch schon ziemlich alt gewesen sein, wenn er vor über zwanzig Jahren pensioniert wurde?«

»Das war er in der Tat. Aber auch alte Leute kommen gelegentlich unter ungeklärten Umständen ums Leben. Wir kümmern uns dann darum.«

»Ja, natürlich. Warten Sie bitte, ich schaue ins System.«

»Danke.«

Die Personalerin machte sich an ihrem PC zu schaffen, und schon wenige Augenblicke später sagte sie: »Hier habe ich ihn. Johannes Horch. Er ist 1987 zu uns gekommen und war dann bis zur Regelaltersgrenze bei uns. Er ist kurz nach der Jahrtausendwende in Rente gegangen.«

»Können Sie sehen, bei welcher Firma er davor tätig war?«

Mareike Sodann klickte ein paarmal mit der Maus, rückte dann mit dem Gesicht näher an den Bildschirm heran. Schließlich schüttelte sie mit dem Kopf. »Tut mir leid. Es dürfte in seiner Personalakte stehen, aber die ist nicht digitalisiert. Wenn wir sie überhaupt noch haben, liegt sie im Archiv. Allerdings befindet es sich in einem unserer Nebengebäude an einem anderen Standort. Ich müsste Sie bis morgen oder übermorgen vertrösten.«

Claudia schloss kurz die Augen und versuchte, ihre Enttäuschung nicht zu groß werden zu lassen. Sätze wie der, den die Personalchefin gerade von sich gab, waren der Grund, aus dem Mordermittlungen nicht wie im Fernsehen anderthalb Stunden dauerten. Sie zogen sich im Zweifel über Wochen oder sogar Monate hin.

»Können Sie denn sehen, was er hier im Haus gemacht hat? Zu welcher Abteilung er gehörte?«

»Ja, natürlich. Herr Horch war in der Handelsabwicklung im Bereich unserer Pharma-Produkte.«

»Dort gibt es doch bestimmt immer noch Mitarbeiter, die ihn von damals kannten, oder?«

»Ich weiß es zwar nicht, aber davon gehe ich aus.«

»Dann fragen Sie doch bitte in der Abteilung nach. Was meinen Sie?«

»Machen Sie das doch selbst, Frau Harms.«

»Klar. Nichts lieber als das.«

»Sie müssen in den vierten Stock. Obwohl, warten Sie, ich bringe Sie doch lieber hin.«

»Sehr schön. Danke.«

In dem engen Fahrstuhl bemerkte Claudia, dass Mareike Sodann zu viel und auch noch das falsche Parfüm aufgetragen hatte. Viel zu süß. Warum machten manche Frauen das? Mochten sie es? Glaubten sie, dass es den Männern gefiel? Warum nur hatten sie nicht einfach die Treppe genommen?

Sie verließen den Fahrstuhl im vierten Stock und gingen einen langen Korridor hinunter. Auf beiden Seiten konnte Claudia in viel zu kleine Büros sehen, die in aller Regel auch noch von drei oder sogar vier Mitarbeitern belegt wurden.

Als die Personalchefin Claudias Blicke bemerkte, sagte sie: »Wir hoffen alle, dass es eines Nachts ein Erdbeben gibt und wir am nächsten Morgen zur Arbeit kommen und das Haus ein Trümmerhaufen ist. Dann müssten die Chefs endlich neu bauen.«

Claudia lachte, fand Mareike Sodann zum ersten Mal sympathisch. »Mein Kollege ist Japaner, er hat Erfahrung mit Erdbeben. Ich glaube, dass er Ihren Wunsch eher nicht nachvollziehen könnte.«

Mareike Sodann hob feixend die Augenbrauen. »Es müsste wie gesagt nachts sein, wenn keiner hier ist.«

Sie bat Claudia, kurz zu warten, betrat dann eines der Büros und wechselte ein paar leise Worte mit einem der Mitarbeiter. Der lehnte sich daraufhin so weit im Stuhl zurück, dass er Claudia durch den Türspalt sehen konnte. Die Personalchefin winkte ihm zu und formte still und übertrieben deutlich mit dem Mund die Worte *Johannes Horch* und *Kollege*. Der Mitarbeiter hob den Daumen, winkte Claudia herein und sagte: »Hannes Horch? Klar erinnere ich mich an den. Unsere Zeit hat sich allerdings nur knapp überschnitten. Sie sollten lieber mit Werner Tauber sprechen, die beiden haben ein paar Jahre lang ein Büro geteilt. Sie können sich den Spitznamen des Duos denken, oder?«

»Nicht wirklich.«

Der Mitarbeiter, ein bieder wirkender Endvierziger, grinste. »Horch und Tauber. Wurde zu Horch und Taub verkürzt. Wie Dick und Doof. War ein Brüller.«

»Ja, echt witzig.«

Er sah Claudia enttäuscht an. »Humor ist, wenn man trotzdem lacht.«

»Nicht bei der Mordkommission.«

Der Mitarbeiter wirkte erschrocken. »Wusste ich ja nicht. Tut mir leid. Herrn Tauber finden Sie den Gang runter, das vorletzte Büro auf der rechten Seite. Er müsste am Platz sein.«

»Danke ... und Frau Sodann, ich finde ab jetzt meinen Weg alleine.«

Claudia wartete die Antwort gar nicht erst ab, sondern verließ das Büro.

Gerade als sie das Ende des Korridors erreichte, sah sie, wie ein älterer Mitarbeiter aus dem vorletzten Büro trat. Kariertes Sakko, Cordhose, Typ Finanzbeamter.

»Herr Tauber?«

»Ich wollte gerade zu Tisch.«

Claudia blickte auf ihre Uhr. »Es ist viertel nach elf.«

»Und?«

»Stimmt, spielt keine Rolle. Aber Sie sind Herr Tauber?«

»Ja.«

»Gut, dann komme ich einfach mit zu Tisch.«

»Und Sie sind?«

»Harms ist mein Name, Mordkommission. Ich möchte ein paar Dinge über Johannes Horch erfahren.«

»Ach! Bisschen spät, oder?«

»Sie wissen also, dass er verstorben ist?«

»Nein, das wusste ich nicht.«

»Was meinten Sie denn mit *ein bisschen spät*?«

Die Züge des Alten verzogen sich zu einem seltsamen Lächeln »Hannes hatte fünfzehn Jahre lang Angst davor, dass einer von euch an die Tür klopft.«

»Einer von uns?«

»Von der Mordkommission. Sagten Sie doch gerade, dass Sie von denen sind.«

69.

Takeda stieg die steile Kellertreppe hinab. Thomas Hagedorn ging hinter ihm. Als die ohnehin nur spärliche Beleuchtung flackerte, sagte der Hausherr: »Tut mir leid, ich muss dringend die Birne wechseln. Alles so Dinge, zu denen ich im Moment nicht komme.«

»Das verstehe ich.«

Sie erreichten die Kellerebene und standen plötzlich in tiefer Dunkelheit.

»Jetzt ist sie ganz kaputt. Gestern hat sie noch funktioniert.«

»Vielleicht sollten wir wieder hinaufgehen?«

»Ist nicht nötig, Herr Takeda. Hinten im großen Kellerraum funktioniert das Licht. Gehen Sie einfach weiter. Erst geradeaus, dann links um die Ecke.«

Takedas Augen gewöhnten sich nur langsam an die Dunkelheit. Er spürte, wie Thomas Hagedorn direkt hinter ihm stand.

»Gehen Sie doch bitte voran. Sie kennen sich aus.«

»Ja, ist gut.«

Der Hausherr drängte sich an Takeda vorbei, ging dann weiter den Kellerflur entlang. »Kommen Sie, Herr Takeda. Hier entlang.«

Hagedorn bog um eine Ecke, war daraufhin verschwunden. Seine Stimme klang nun gedämpft.

Takeda blieb stehen. Sich in einem stockdunklen Kellergang zu befinden war nicht das Einzige, das ihn irritierte. Hinzu kam, dass er, seit sie den Keller betreten hatten, einen leichten und doch unleugbaren Brandgeruch wahrnahm.

Fieberhaft überlegte er, ob er etwas übersehen hatte. Zusammenhänge, die er nicht bedacht, Schlüsse, die er nicht gezogen hatte. Welche Verbindung gab es zwischen Thomas Hagedorn und Merit Kramer? Die beiden kannten sich, das hatte Hagedorn erklärt. Es war nicht überraschend. Merit hatte sich um seine Eltern gekümmert, war bis zuletzt mit ihnen befreundet gewesen. Aber Thomas Hagedorn hatte sich mit den Worten verabschiedet, dass er sie morgen wieder anrufen werde. Das deutete auf einen näheren, zumindest regelmäßigen Kontakt hin.

Davon war bisher nicht die Rede gewesen, von keinem der beiden.

Plötzlich wurde es wieder hell. Hagedorn hatte hinter der Ecke eine Tür geöffnet und in dem Raum dahinter das Licht angestellt.

Takeda löste sich aus seiner Erstarrung. Er ging weiter, blieb aufmerksam. Er war bereit, notfalls blitzschnell zu reagieren. Sein Gefühl, etwas Entscheidendes nicht beachtet zu haben, blieb.

Thomas Hagedorn stand in einem großen Kellerraum mit niedriger Decke. Eine antiquierte Neonröhre verbreitete ein kaltes, weißes Licht. Hier war der Brandgeruch noch intensiver, ohne dass eine Quelle auszumachen war. Auf einem Regal lagen dutzende Weinflaschen, in einer Ecke Skier verschiedener Größen. An der Längswand waren Kisten gestapelt. Dahinter standen oder lagen alle möglichen Dinge herum, eine Stehlampe, ein alter Küchenstuhl, eine Blechwanne, Bilder, Skulpturen, Vasen, Werkzeug.

»Das meiste davon sind Sachen, die ich gestern aus dem Haus meiner Eltern geholt habe«, erklärte Hagedorn.

»Sie waren dort?«

Hagedorn lächelte wehmütig. »Die Feuerwehr hatte mich angerufen und gesagt, dass die Ruine inzwischen gesichert sei. Ich durfte trotzdem nur mit denen zusammen rein. Viel zu retten war nicht, das Feuer hat kaum etwas verschont. Aber im Keller waren noch ein paar Sachen heil geblieben. Sie sehen ja, es ist nur Plunder. Aber für mich sind es Erinnerungsstücke. Ich bin froh, dass ich sie habe.«

Hagedorn trat an die Ecke und nahm ein paar Skier zur Hand, sie waren kurz und reichten ihm kaum bis zur Hüfte. Die Bindung war altertümlich, bestand aus Drahtschlaufen und einem Klappbügel. »Sehen Sie mal, das waren meine ersten Skier. Ich habe sie bekommen, als ich sechs Jahre alt war. Ich wusste bis gestern nicht, dass sie überhaupt noch existieren.«

Hagedorns Gesicht war von Melancholie geprägt. Er lächelte, war von Erinnerungen überwältigt.

Takeda verspürte Mitgefühl, ebenso wie Erleichterung. Die Gefahr, die er meinte, gespürt zu haben, war nicht real. Ein Keller, eine kaputte Birne. Der Brandgeruch rührte von den Sachen aus dem Haus. Ein Missverständnis.

Hagedorn wies auf zwei Stapel mit Kisten, größere und kleinere, die in einer Ecke standen.

»Die können Sie durchsehen. Das meiste davon dürfte Sie kaum interessieren. Es sind meine alten Schulbücher und Hefte. Spielzeug. Alte Sammelalben. Ich bin nicht gut im Wegwerfen. Außerdem sind da alle möglichen alten Briefe, darunter auch die, die mir meine Eltern geschrieben haben, als sie im Ausland waren. Da könnten Sie auf etwas stoßen, das Ihnen weiterhilft. Wenn es Sie nicht stört, gehe ich wieder nach oben an die Arbeit. Falls Sie etwas brauchen, rufen Sie einfach.«

»Das werde ich. Danke.«

Hagedorn verließ den Raum, ließ die Tür offen. Als er bereits an der Treppe war, rief er: »Ich drehe gleich eine neue Birne rein, damit Sie sicher wieder nach oben finden.«

»Vielen Dank. Das ist sehr freundlich.«

70.

Takeda hatte einmal zu ihr gesagt, dass es in deutschen Kantinen immer nach Winter riechen würde. Claudia hatte zuerst nicht gewusst, was er meinte. Er bat sie daraufhin, die Augen zu schließen und ihm zu beschreiben, was sie wahrnahm. Sie tat es, obwohl sie gerade im großen Essensraum im Präsidium standen. Die verwunderten Blicke der Kollegen ignorierte sie. Solche Erlebnisse gab es nur mit Ken. Er sah Dinge, die für die anderen unsichtbar waren. Fühlte, hörte und roch sie auch ... Dann wusste sie, was er meinte. Kohl, Kartoffeln, Linsen, Trockenerbsen. Die Aromen hatten sich über die Jahre hinweg in die Wände, das Mobiliar, im Zweifel in die Klamotten der Mitarbeiter eingegraben. Dagegen kam kein Salat und kein Veggieburger an. Ken hatte recht. Es roch nach Winter.

Genau das tat es auch hier, in der Kantine der Fuko AG, im obersten Stock des Gebäudes. Claudia war gerade zusammen mit Werner Tauber eingetreten.

Sie waren die einzigen Gäste. Mit sachlicher Stimme erklärte er: »Wenn man so früh kommt, muss man nicht anstehen.«

»Stimmt schon. Ist trotzdem nicht meine Zeit, um was zu essen.«

»Schade. Die kochen gut hier.«

»Macht nichts. Ich freue mich auch über einen Kaffee.«

»Wie Sie meinen.«

Tauber bestellte Tagesgericht Nummer eins, Kotelett mit Kartoffeln und Bohnengemüse. Offenbar schätzte man hier rustikale Küche. Passte zum Gebäude, dachte Claudia. Alles war irgendwie siebziger Jahre.

Sie setzten sich an einen Tisch in der Ecke. Der Ausblick war beeindruckend. Vorne die grauen Bürogebäude der City Süd, dahinter der Hafen, weiter links das Heizkraftwerk in Tiefstak.

Das war das Geheimnis von Hamburg. Die Stadt war sogar da schön, wo sie hässlich war.

»Sie meinten, Johannes Horch habe jahrelang mit dem Besuch der Mordkommission gerechnet. Warum?«, fragte Claudia.

Tauber schnitt mit bedächtigen Bewegungen sein Kotelett in mundgerechte Stücke. »Ich denke mal, Sie wissen das. Sonst wären Sie ja wohl kaum hier.«

»Möglich. Aber ich würde es gerne von Ihnen hören.«

Tauber blickte hoch und warf Claudia einen amüsierten Blick zu. Sie merkte, dass sie sich von seiner biederen Fassade nicht täuschen lassen durfte. Der Mann war hellwach. »Hannes hat immer betont, dass er von nichts gewusst hat. Er habe seine Arbeit gemacht, und zwar ordentlich. Ihn treffe keine Schuld.«

»Keine Schuld, woran?«

»Sie haben doch keine Ahnung, oder?«

»Und selbst wenn, erzählen Sie es mir doch einfach.«

»Hannes ist mein Freund. Er bleibt es, auch wenn er tot ist. Ich reite ihn in nichts rein.«

»Ihr Freund, Herr Tauber, ist nicht einfach tot. Er ist ermordet worden.«

Tauber stockte, blieb regungslos, wie eingefroren.

Dann fuhr er fort damit, mit dem Messer ein Stück Fleisch und ein paar Bohnen auf die Gabel zu platzieren. Anschließend schob er sich das Ganze in den Mund. Kaute. Lange und ausführlich. »Ermordet?«

»So sieht es aus.«

»Nicht schön. Aber vielleicht auch doch. Es ging ihm nicht gut in letzter Zeit. Der Krebs hat an ihm genagt. Damit ist's nun vorbei. Er ist erlöst.«

»Jemand hat ihm eine hohe Dosis Insulin injiziert. Das ist keine angenehme Art zu sterben. Glauben Sie es mir.«

Tauber nahm einen weiteren Bissen, kaute, schluckte. »Also gut. Was wollen Sie wissen?«

»Erst einmal, ob Sie zuletzt noch Kontakt hatten?«

»Nur noch wenig. Bis vor ein paar Jahren habe ich ihn regelmäßig besucht, erst zu Hause, dann im Stift. Er war geschieden, ich war und bin alleinstehend. Wie gesagt, wir waren Freunde. Gute Freunde. Fünfzehn Jahre in einem gemeinsamen Büro, das macht schon etwas aus. Nach einer gewissen Zeit weiß man, dass man es miteinander aushält. Ist mehr als so manche Ehe, was?«

Claudia lächelte. »Mich dürfen Sie nicht fragen. Ich halte es mit niemandem aus. Das heißt, meine Mutter meint, es ist umgekehrt, niemand hält es mit mir aus.«

»Hat sie recht?«

»Weiß ich nicht. Vielleicht. Einfach bin ich nicht, das steht fest.«

Tauber sah sie prüfend an, nickte dann wissend mit dem Kopf. »Das Problem von euch jungen Frauen ist, dass ihr einen Mann einfach nicht hinnehmen könnt, wie er ist.«

»Den meisten Männern tut man einen Gefallen, wenn man ein paar Verbesserungen vornimmt.«

Er lachte. Gar nicht unsympathisch. »Ist sicher richtig. Aber das ist genau der Punkt. Man braucht die Fähigkeit, nichts zu sagen, obwohl man recht hat. Das ist der einzige Weg, um mit den Menschen klarzukommen.«

Claudia seufzte. Warum nur landete sie immer wieder bei alten weißen Männern, die ihr das Leben erklärten? Und warum nur hatten die dann auch noch recht mit dem, was sie sagten? Zwar nicht immer. Aber doch erstaunlich oft.

»Zurück zum Thema, Herr Tauber. Ihr alter Freund wurde umgebracht. Warum? Haben Sie eine Ahnung?«

»Vielleicht.«

»Kommen Sie schon. Was meinte er, als er sagte, er habe von nichts gewusst? Und dass ihn keine Schuld treffe?«

Tauber schob in einer jähen Bewegung seinen erst halb geleerten Teller von sich. »Ich kenne keine Einzelheiten, Frau Kommissarin. Er hat nie so richtig darüber geredet. Immer nur Andeutungen. Als er hier zur Fuko kam, lag die Sache wohl schon ein paar

Jahre zurück. Losgelassen hat sie ihn nie. Er hat deswegen getrunken. Seine Ehe ging zu Bruch. Es hat ihn gequält. Ein einziges Mal hat er es ausgesprochen.«

»Was hat er gesagt?«

»Dass es Hunderte waren. Vielleicht sogar Tausende. Alle tot.«

71.

Takeda saß im Keller von Thomas Hagedorn und versuchte, die Briefe zu entziffern, die dessen Eltern ihm vor vielen Jahrzehnten aus dem Ausland geschrieben hatten. Keine einfache Aufgabe. Bei einzelnen Worten, sogar bei ganzen Sätzen gelang es ihm. Dann jedoch folgten längere Passagen, die für ihn unleserlich blieben. Dabei stammte die Handschrift ja nicht einmal aus dem Mittelalter, sondern aus den achtziger Jahren. Aber er konnte sie dennoch nicht lesen. Es hätten genauso gut ägyptische Hieroglyphen sein können.

Takeda musste an den Abend mit Merit Kramer am Elbstrand denken. Sie hatten sich über die japanischen Schriftzeichen unterhalten, und Merit meinte, dass es einfach zu viele seien, um sie sich merken zu können. Er konnte ihr nicht widersprechen. Um eine japanische Zeitung lesen zu können, musste man etwa zweitausend Zeichen beherrschen. Es war eine Herausforderung.

Jetzt aber wurde ihm klar, dass die Zahl gar keine Rolle spielte. Auch sechsundzwanzig simple Buchstaben konnten eine nahezu unüberwindliche Hürde sein, jedenfalls wenn sie unsauber mit der Hand geschrieben waren.

Allmählich gewann Takeda daher das Gefühl, dass er seine Zeit verschwendete. Hier unten würde er keine Antwort auf die Frage erhalten, warum Karl Hagedorn oder auch seine Frau ermordet worden war. Vielleicht sollte er darum bitten, die Kisten mit ins Präsidium nehmen zu dürfen, wo sich dann Claudia oder auch andere Kollegen darum kümmern konnten.

Ein wenig würde er noch durchhalten, nahm Takeda sich vor, und zog ein weiteres Bündel Umschläge aus der Kiste. Seine Finger spürten, dass sie mehr als nur beschriebenes Papier enthielten. Er öffnete einen der Briefe, stellte fest, dass Hagedorns Eltern ihren Zeilen einige Fotografien beigelegt hatten. Es waren leicht verblasste Aufnahmen, die wohl aus den späten siebziger oder frühen achtziger Jahren stammten, das konnte Takeda an den Kleidern und Frisuren erkennen.

Der Inspektor verspürte plötzlich wieder Zuversicht. Vielleicht stieß er doch noch auf etwas. Er öffnete weitere Umschläge. Sie enthielten ebenfalls Fotografien. Auf einigen davon waren mit einem Filzstift kurze Worte der Erklärung notiert. Sie waren teilweise verwischt und unleserlich, andere gut zu entziffern. Papa beim Schwimmen im Meer. Wandern an der Küste von Big Sur. Wochenendausflug nach Monterey. Die Bilder stammten also von der amerikanischen Westküste. Kalifornien. Die kieferbestandenen Felsen inmitten der Wellen erinnerten Takeda an die Küstenlandschaft seiner Heimat. Hagedorn, entsann Takeda sich, hatte erwähnt, dass seine Eltern zu Beginn der achtziger Jahre in den USA gelebt hatten, ihn zurück bei den Großeltern gelassen hatten.

Takeda ging dazu über, die Fotografien in zeitlicher Reihenfolge auf dem Kellerboden auszubreiten. Da die Briefe ungefähr im Wochenrhythmus eingetroffen waren, ergab sich eine nahezu lückenlose Chronologie der Jahre ab 1982. Zum größten Teil zeigten die Aufnahmen private Situationen. Gelegentlich aber gab es auch Aufnahmen, die Hagedorns Vater im beruflichen Umfeld zeigten. Auch hier gab es Beschriftungen. Papa mit seinen Kollegen. Papa vor der Firma. Papa im Labor.

Auf einer der Aufnahmen stand Karl Hagedorn, damals vielleicht Mitte vierzig, vor einer Werkseinfahrt. Am oberen rechten Rand der Fotografie war ein Firmenschild zu erkennen. Santur... Der Rest des Wortes war außerhalb des Bildausschnitts. Neben Hagedorn standen zwei weitere Männer, von denen einer wie Hagedorn einen weißen Medizinerkittel trug. Der zweite Mann hatte einen Anzug an. Seine Gesichtszüge kamen Takeda bekannt vor, und doch brauchte er einige Zeit, um darauf zu kommen, wen er dort sah.

Es war Johannes Horch.

Ganz sicher war er sich nicht, immerhin hatte er Horch nur als Verstorbenen gesehen. Er wusste, wie sehr der Tod die Züge eines Menschen verändern konnte. Auch waren seit der Aufnahme fast vierzig Jahre vergangen.

Und doch war die Ähnlichkeit unverkennbar. Die hohe Stirn, die breite Nase, das ausgeprägte Kinn.

Als er das Bild umdrehte, fand er auf der Rückseite einen weißen Aufkleber, der mit Maschinenschrift beschriftet war. Offenbar handelte es sich um eine offizielle Fotografie der Firma. Drei Namen waren notiert, die seine Ahnung bestätigten. Dr. Karl Hagedorn. Johannes Horch. Dr. Roland Michelsen.

Takeda wusste sofort, dass er auch diesen dritten Namen kannte. Merit Kramer hatte ihn erwähnt. Er stand auf der Liste mit den Toten aus der Alster-Residenz.

72.

Claudia wusste, dass ihr eine wichtige Fähigkeit fehlte, über die eine Polizistin verfügen sollte. Geduld.

Hatte sie einfach nicht. Keine Chance. Nicht, wenn etwas auf dem Spiel stand.

Aber jeder Nachteil hatte bekanntlich auch einen Vorteil, zumindest einen versteckten, und so verhielt es sich auch mit ihrer Ungeduld. Sie sorgte dafür, dass Claudia nicht lockerließ. Sie verbiss sich in Dinge, bis sie ein Ergebnis erzielte.

Klar, das war für ihre Umwelt nicht immer einfach. Um es milde auszudrücken. Aber so war sie nun einmal.

Diesmal war Takeda der Leidtragende. Sie rief ihn auf seinem Handy an, aber eben nicht ein- oder zweimal, sondern immer wieder. Insgesamt neunundzwanzigmal. Es konnte ja wohl nicht angehen, dass er sein Gerät ausgestellt hatte!

Beim dreißigsten Versuch meldete Takeda sich endlich und fragte mit erschrockener Stimme: »Claudia, was ist los? Ich sehe, dass du …«

»Verdammt, Ken. Warum gehst du nicht ans Telefon? Es war immer nur deine Mailbox dran. Ich habe mir Sorgen gemacht.«

»Es tut mir leid. Ich war bei Thomas Hagedorn, im Keller seines Hauses. Ich habe nicht gemerkt, dass ich dort unten keinen Empfang hatte. Aber es hat sich gelohnt.«

»Ach ja? Bei mir auch.«

»Was hast du herausgefunden?«

»Da bin ich mir noch nicht ganz sicher. Darum erzähl erst du.«

»Also gut. Ich bin alte Briefe der Hagedorns durchgegangen. Sie haben sie aus den USA an ihren Sohn geschickt, der in Hamburg bei den Großeltern war. Teilweise waren auch alte Fotos dabei. Auf einer Aufnahme sind Karl Hagedorn und Johannes Horch zu sehen.«

»Das heißt, die beiden kannten sich!«

»Nicht nur sie. Auf dem Bild ist auch ein dritter Mann zu sehen. Er heißt Roland Michelsen.«

»Michelsen? Den kennen wir doch!«

»Allerdings. Er ist eines der Opfer beim Brand in der Alster-Residenz. Sein Name steht auf unserer Liste. Claudia! Wir haben die Verbindung gefunden! Bei allen drei Bränden ist einer dieser drei Männer ins Leben gekommen. Und alle haben in den frühen achtziger Jahre für eine Firma in den USA gearbeitet, die Santura Laboratories heißt.«

Claudia stieß einen Laut der Verwunderung aus. »Wieso eine amerikanische Firma? Die Opfer sind Deutsche. Und sie wurden hier in Hamburg ermordet. Das verstehe ich nicht.«

»Die Antwort ist einfach. Die Firma, SanLab, wie sie genannt wird, war die Tochterfirma eines Hamburger Konzerns. Sie ist inzwischen liquidiert worden, das konnte ich recherchieren. Das

Führungspersonal wurde offenbar aus Deutschland in die USA geschickt. Irgendetwas muss damals passiert sein. Etwas, das erklärt, warum die Männer so viele Jahre später sterben mussten … Claudia? Bist du noch da?«

Am anderen Ende der Leitung war es still geworden. Erst als Takeda ihren Namen nannte, meldete Claudia sich wieder.

»Ich weiß, was passiert ist, Ken. Das heißt, ich weiß es nicht wirklich. Aber jetzt ergibt das seltsame Geraune von Werner Tauber endlich einen Sinn … Das ist der Mann, mit dem ich geredet habe, er ist ein alter Kollege von Johannes Horch.«

»Was hat er gesagt?«

»Freiwillig gar nichts. Ich musste ihm alles aus der Nase ziehen. Und wirklich viel wusste er auch nicht. Aber jetzt … Ich glaube, dass wir es mit einem Medikamentenskandal zu tun haben.«

»Weißt du Näheres?«

»Nein, aber dieser Herr Tauber, der alte Kollege, sprach von Hunderten, vielleicht sogar Tausenden von Toten.«

Diesmal war es Takeda, der lange nichts sagte. Hunderte, vielleicht Tausende Tote … Auf einmal erschienen die Brände der zurückliegenden Tage in einem neuen Licht. Genauso die Brutalität des Täters, hinter dem sie her waren. Alles begann sich nun zusammenzufügen. Auch wenn immer noch viele Fragen offen waren.

Claudia riss ihn aus den Gedanken. »Ken? Konntest du herausfinden, was diese Firma, diese SanLab, hergestellt hat? Oder was Karl Hagedorn oder auch die anderen beiden dort genau gemacht haben?«

»Nein, es ging aus den Briefen nicht hervor. Ich habe den Sohn, Thomas Hagedorn, bevor du anriefst, danach gefragt. Ich habe ihm das Foto gezeigt, auf dem die drei zu sehen sind. Sie stehen auf der Aufnahme vor dem Firmengelände, irgendwo in der Nähe von San Francisco. Aber er konnte mir nicht weiterhelfen. Seine Eltern hätten wenig über ihren Beruf gesprochen. Überhaupt wäre ihre Zeit in den USA ein Tabuthema in der Familie gewesen. Aber wenn es einen Skandal gab, könnte das die Erklärung sein.«

»Glaubst du ihm? Dass er nichts darüber weiß?«

»Ich denke schon. Er war jung damals und froh, dass seine Eltern endlich wieder bei ihm waren, nachdem sie aus den USA zurück waren.«

»Wann genau war das?«

»Das muss 1985 oder 1986 gewesen sein. Der Vater hat sich als praktischer Arzt niedergelassen. Ich fand das merkwürdig. Erst war er ein großes Tier in einer internationalen Firma, dann wird er niedergelassener Arzt in Hamburg. Und zwischendurch scheint er sogar arbeitslos gewesen zu sein. Aber auch dazu konnte mir der Sohn nichts sagen.«

»Für Johannes Horch gilt dasselbe. Seltsamer Zufall, oder? Besser gesagt, kein Zufall! Er war Mitte der achtziger Jahre ebenfalls arbeitslos, bevor er dann bei der Fuko AG anfing. Auch ein Abstieg. Dieser Herr Tauber, sein Kollege, meinte, dass Horch die ganzen Jahre über Angst hatte, verhaftet zu werden. Zugleich hätte er seine Unschuld beteuert.«

»Aber was bedeutet das jetzt alles? Wir müssen unbedingt mehr über diese Firma herausfinden, die SanLab. Ich konnte hier bei Hagedorn kurz ins Internet gehen, aber man findet kaum etwas. Wie gesagt, die Firma ist vor Jahrzehnten aufgelöst worden.«

»Aber du sagtest doch, dass es die Tochterfirma eines Hamburger Unternehmens war, richtig?«

»Ja, genau. Der Interpharma.«

»Interpharma? Aber die gibt es noch! Das ist ein Riesenladen, einer der größten Firmen hier in der Stadt.«

»Dann sollten wir hinfahren, oder? Die werden uns ja wohl sagen können, was SanLab war. Und was damals passiert ist.«

»Unbedingt. Hast du die Adresse?«

»Such ich mir raus. Wir treffen uns dort, in Ordnung?«

»Ja, bis gleich.«

73.

Keine Dreiviertelstunde später saßen Claudia und Takeda in einem kleinen, loungeartigen Besprechungszimmer der Interpharma. Kein Arbeitstisch, keine Sitzungsstühle, dafür bequeme Ledersessel und gedämpftes Licht. Der Ort, an dem die wirklich wichtigen Entscheidungen getroffen wurden. Ihnen gegenüber saß Dr. Martin Thiesen, Vorstandsvorsitzender der Firma.

Dass Claudia und Takeda überhaupt so weit gekommen waren, war alles andere als selbstverständlich. Eine Pressesprecherin, ein Justiziar und zuletzt Thiesens resoluter persönlicher Assistent hatten alles versucht, um die Ermittler abzublocken. Sie alle meinten, dass Anfragen zum Thema SanLab ausschließlich schriftlich beantwortet würden, auch im Falle einer Mordermittlung. Sollten die Polizisten anderes wünschen, müssten sie schon einen richterlichen Beschluss beibringen.

An diesem Punkt hatte Claudia tief Luft geholt, aber auf die Art, in der eine Brennkammer mit einem explosiven Gasgemisch gefüllt wird. Sie war bereit zu explodieren.

Bevor es so weit kam, tauchte Thiesen auf. Angelockt von der hitzigen Diskussion in seinem Vorzimmer, steckte er den Kopf aus der Tür und wollte wissen, was los war.

»Gar nichts, Herr Thiesen«, sagte sein Assistent.

»Wir brauchen Informationen zu SanLab«, sagte Claudia.

Thiesen sah sie an. Lange, forschend. Dann erklärte er seinem Assistenten: »Bringen Sie die Herrschaften ins kleine Besprechungszimmer. Sorgen Sie für Getränke. Ich komme in wenigen Minuten dazu.«

»Aber …«

»Sofort.«

Dort saßen sie jetzt, und Thiesen erklärte mit leiser Stimme: »SanLab ist ein dunkles Kapitel in unserer Firmengeschichte. Es liegt Jahrzehnte zurück und war lange vor meiner Zeit. Trotzdem werden wir alle nur ungern daran erinnert.«

»Wie es scheint, erinnert sich zurzeit jemand sehr heftig daran«, sagte Claudia.

»Was ist passiert?«

Takeda übernahm es, Thiesen aufzuklären. »Zwölf Menschen sind in den zurückliegenden Tagen hier in Hamburg gestorben. Präziser müsste es heißen, sie sind ermordet worden. Drei davon waren ehemalige Mitarbeiter von SanLab. Karl Hagedorn, Johannes Horch und Roland Michelsen. Wir gehen davon aus, dass sie das eigentliche Ziel des Täters waren.«

»Mein Gott, das ist ja entsetzlich. Und Sie sind sicher, dass die Taten mit den drei erwähnten Personen zusammenhängen? Und damit ja wohl mit uns oder besser gesagt mit SanLab?«

»Daran kann kaum ein Zweifel bestehen. Allerdings sind wir uns über die Hintergründe nicht im Klaren. Offenbar hat SanLab vor einigen Jahrzehnten für Schlagzeilen gesorgt. Wir hoffen, dass Sie uns erläutern können, was damals geschehen ist. Und warum es heute, nach so langer Zeit, zu einem Mordmotiv werden kann.«

Thiesen, ein hochgewachsener Mittfünfziger mit angegrauten Schläfen, tadellos gekleidet im maßgeschneiderten Dreiteiler, nickte nachdenklich. Seine Wangenknochen mahlten.

Schließlich nickte er entschlossen. »Sie haben meine Mitarbeiter erlebt. SanLab und alles, was damit zusammenhängt, liegt bei uns gut verschlossen im Giftschrank. Am liebsten würden wir gar nicht darüber sprechen. Aber Mord ... das ist etwas anderes.«

»Gut, dass Sie die Dinge so sehen«, sagte Claudia. »Es ist wichtig, dass wir alles erfahren. Immerhin kann es sein, dass der Täter wieder zuschlägt.«

Thiesen nickte nur stumm. Er trank von seinem Kaffee, legte sich dabei passende Worte zurecht. Dann sagte er: »Ich werde mich bemühen, Ihnen zu erklären, was damals passiert ist. Lassen Sie mich am besten mit einer Frage beginnen. Wissen Sie, was Blut ist?«

Claudia sah Thiesen irritiert an. Takeda ging es nicht anders. »Worauf wollen Sie hinaus?«, fragte sie.

»Wissen Sie, was Blut ist? Eine einfache Frage. Die meisten Menschen antworten darauf, dass Blut unser Lebenssaft ist. Es versorgt unsere Körper mit Luft, mit Nährstoffen. Es ist dicker als Wasser ...« Thiesen lächelte kurz, wurde sogleich wieder ernst. »Aber Blut ist auch einer der kostbarsten Rohstoffe der Welt. Deswegen wird es genau wie andere Rohstoffe in globalem Maßstab gehandelt. In medizinischer Hinsicht ist das ein Segen. Menschenleben werden gerettet, und zwar weltweit. Aber wie bei allem, das global gehandelt wird, kann es eben auch weltweit für Probleme sorgen.«

Thiesen begann nun, längere Zeit konzentriert zu sprechen. Claudia, ganz entgegen ihrer ungeduldigen Natur, lauschte aufmerksam, unterbrach den Vorstandsvorsitzenden nur selten. Takeda hatte die Augen geschlossen, nickte nur hin und wieder oder stieß kurze Laute der Bestätigung aus.

»Der globale Handel mit Blut begann in den siebziger Jahren, erreichte dann in den achtziger Jahren noch einmal neue Dimensionen. Das Blut wurde gesammelt, aufbereitet und in den verschiedensten Verarbeitungsstufen weltweit verkauft. Wie gesagt, betrachten Sie das bitte zunächst als Fortschritt. Aber natürlich, die Triebfeder für die beteiligten Unternehmen, auch unseres, waren die ungemeinen Profite, die das Blutgeschäft versprach. Blutkonserven im engeren Sinne sind der kleinste Teil des Kuchens, sie werden zudem eher lokal umgeschlagen, nach Unfällen, bei Operationen, bei Geburten. Ganz anders sogenannte Blutderivate, allen voran Plasmaprodukte. Sie haben den Vorteil, dass sie haltbar sind und damit zu einem praktikablen Wirtschaftsgut werden. Das war das Geschäft, in dem eine kleine Firma aus Hamburg, die Santura GmbH mitspielte. Und zwar erfolgreich. Santura wuchs, vor allem bei der Herstellung von Gerinnungsfaktoren. Mehr Mitarbeiter, mehr Kunden, mehr Gewinne. Dadurch erregte sie die Aufmerksamkeit der großen Konzerne. Es gab Übernahmeangebote, und so wurde die Firma Mitte der siebziger Jahre eine Tochter von Interpharma, die ja ihrerseits, wie Sie vermutlich wissen, zum Harkort-Konzern gehört. Aber gut, solche Verschachtelungen sind in der Pharmabranche eher die Regel als die Ausnahme. Aber bevor hier ein falscher Eindruck entsteht …«

»Ich liebe Erklärungen, die so anfangen …«, murmelte Claudia und handelte sich daraufhin ein ermahnendes Kopfschütteln von Thiesen ein. Dem gefiel die konzentrierte Miene von Takeda, der mit geschlossenen Augen zuhörte, offensichtlich besser.

»Jedenfalls möchte ich betonen, dass ich unseren Mutterkonzern in keiner Weise schlechtmachen möchte. Die Harkort AG steht für viele bahnbrechende Schritte in der Tradition der deutschen Medizin- und Pharmabranche, und bei allem, was ich Ihnen im Folgenden darlege, dürfen Sie nicht vergessen, dass die Firma über Jahrzehnte hinweg Abermillionen von Menschenleben gerettet hat.«

Claudia schüttelte nun ihrerseits den Kopf. »Wissen Sie was, Herr Thiesen? In der Kirche folgt auf solche Worte meistens ein Amen. In meiner Branche folgt nicht selten ein Klick. Und zwar das Klick von Handschellen.«

Thiesen hob die Augenbrauen. »Ich muss nicht mit Ihnen sprechen, Frau Harms.«

»Nein, müssen Sie nicht.«

»Also?«

»Ist gut, ich höre zu.«

Für einen Moment schien Thiesen mit sich zu ringen. Sollte er weitersprechen? Oder gehen?

Es war Takeda, der die Situation rettete. »Ich glaube, Herr Thiesen, dass Sie meine Kollegin missverstehen. Was sie sagen möchte, ist, dass wir auf Ihre Unterstützung angewiesen sind und dringend zu erfahren wünschen, was Sie zu sagen haben. Bitte, fahren Sie fort.«

Thiesen lächelte, durchaus versöhnlich. Nach einem weiteren Schluck Kaffee sprach er weiter. »Wissen Sie, was Hämophilie ist?

Man sagt auch Bluterkrankheit. Gut. Die Behandlung der Erkrankung – sie ist erblich bedingt – hatte sich ebenfalls in den siebziger Jahren erheblich verändert. Während man Hämophile zuvor Direktblut verabreichte, ging man dank des pharmazeutischen Fortschritts dazu über, sogenannte Faktorpräparate einzusetzen. Dabei werden die fehlenden Gerinnungsfaktoren aus Spenderblut gewonnen und zu einem Wirkstoff verarbeitet. Besonders hier in Deutschland befürwortete man die Gabe sehr hoher Dosen solcher Mittel. Das war zwar teuer, erlaubte den Patienten aber ein nahezu normales Leben. Sie müssen wissen, dass Hämophile zuvor mit einer deutlich verkürzten Lebenserwartung rechnen mussten, zudem mit gravierenden körperlichen Problemen, etwa mit Gelenkeinblutungen und daraus resultierenden Behinderungen. Um die Faktorprodukte in industriellem Maßstab gewinnen zu können, gingen die Firmen dazu über, die Blutspenden zu poolen, das heißt zu großen Chargen zu vermischen. Dabei wurden oft mehrere Tausend Einzelspenden zusammengebracht. Das war nicht unproblematisch. Zum Beispiel stieg die Zahl an Hepatitiserkrankungen unter Hämophilen bis hin zu tödlichen Leberzirrhosen deutlich an.«

»Hepatitis? Dr. Hagedorn war Spezialist bei der Forschung mit Hepatitis?«, sagte Takeda.

Martin Thiesen nickte. »Richtig, und damit war er ein wertvoller Mitarbeiter für Santura, die spätestens seit der Übernahme durch Interpharma und damit durch die Harkort AG zu einem der großen Player auf dem weltweiten Blutmarkt geworden war. Hagedorn wurde aufgrund seiner überragenden Kenntnisse zum Forschungsleiter der Firma befördert. Aber weiter. Der Erfolg mit den Faktorprodukten führte dazu, dass die Nachfrage nach Spenderblut rasant stieg. Das wiederum lässt sich besonders leicht dort gewinnen, wo Menschen nicht viel mehr zu verkaufen haben als ihren Körper. Und damit sind wir in den USA, wo die Santura Mitte der siebziger Jahre ein Zweigwerk errichtete, die Santura Laboratories. Die Führung dort übernahm ein deutscher Arzt.«

»Roland Michelsen«, sagte Claudia leise.

»Richtig. Michelsen wurde zusammen mit Hagedorn in die USA entsandt, um SanLab aufzubauen und zu leiten. Das Zweigwerk wurde schnell größer und auch wichtiger als das deutsche Mutterhaus. Sie müssen sehen, dass in jener Zeit gute neunzig Prozent aller Blutspenden, aus denen Plasmaprodukte für den deutschen Markt gewonnen wurden, in den USA eingesammelt wurden.«

»Was ist mit Johannes Horch? Welche Funktion hatte er?«

»Horch saß in Deutschland, im Haupthaus in Hamburg, und hatte die kaufmännische Aufsicht über die amerikanische Tochter. Aber zurück zu den Blutspendern in den USA. Sie bestanden zu einem erheblichen Teil aus problematischen Bevölkerungsgruppen. Gefängnisinsassen, Prostituierte, Drogensüchtige. Dass ein nicht ganz kleiner Anteil dieser Menschen außerdem homosexuell war, war durchaus bekannt. Die Folgen jedoch nicht. Jedenfalls zunächst. Sie ahnen, worauf das Ganze hinsteuert?«

»Aids«, sagte Claudia.

»Richtig. Aids. Erste Meldungen gab es Anfang der achtziger Jahre, wobei zunächst niemand wusste, mit welcher neuen Geißel die Menschheit es zu tun hatte. Zu Beginn, also etwa im Jahr 1981, gab es nur Meldungen über seltsame Todesfälle. Das Gerede von der Homosexuellenseuche machte die Runde, wurde anfangs auch durch absurde medizinische Theorien gestützt. Dann aber infizierten sich immer mehr Hämophile, und zwar weltweit. So wurde klar, dass die Menschheit Aids eben nicht auf eine kleine und damals noch vielen suspekte Gruppe abschieben konnte. Jeder, wirklich jeder war potenziell betroffen, sobald er eine Blutspende benötigte ... Entscheidend für das, was folgte, war die Erkenntnis, dass Aids eine Virusinfektion war. Daran konnte für die Mediziner ab etwa 1983 kein Zweifel mehr bestehen. Erinnern Sie sich nun bitte daran, was ich Ihnen über die häufigen Hepatitiserkrankungen unter Hämophilen erzählt habe. Der Pharmabranche und besonders den Herstellern von Faktorprodukten war längst klar, dass ihre Präparate virale Erkrankungen übertragen konnten – und jetzt eben auch Aids. Dabei gab es zu diesem Zeitpunkt bereits eine Lösung für das Problem. Eine deutsche Firma hatte schon Jahre zuvor ein neuartiges Verfahren entwickelt, um Faktorprodukte virenfrei herstellen zu können. Das Verfahren würde natürlich auch gegen HIV helfen. Allerdings war die neue Methode in der Branche nicht unumstritten. Die so hergestellten Präparate waren weniger wirksam, sprich, die Hämophilen würden noch höhere Dosen brauchen. Es war unklar, ob die Krankenkassen bereit waren, das zu bezahlen, was wiederum die Gefahr sinkender Gewinne in sich barg. Außerdem musste noch mehr Blut gesammelt werden, aber all diese Bedenken, so berechtigt sie sein mochten, standen einem Befund gegenüber: Faktorpräparate waren durch Aids zu einer tödlichen Bedrohung für die Hämophilen geworden. Darum war es klar, dass die Hersteller, egal zu welchen Kosten, zum neuen virentötenden Verfahren übergehen mussten.«

»Aber das taten sie nicht ...«, sagte Claudia leise.

»So ist es, Frau Harms. Zumindest wurde die neue Methode viel zögerlicher angewendet, als es möglich war. Weitere Hämophile steckten sich mit Aids an, immer mehr von ihnen erkrankten und starben. Erst nach und nach begannen einzelne Länder damit, ihre Gesetze zu ändern und das sogenannte Erhitzungsverfahren zwingend vorzuschreiben. Die tödliche Gefahr wurde endlich gebannt, aber leider nicht überall und nicht für alle Patienten. Und das bringt uns zurück zur SanLab, unserer Tochterfirma in den USA.«

Takeda, der bisher eisern geschwiegen hatte, meldete sich zu Wort. Er wirkte blass und niedergeschlagen. »Was ist passiert, Herr Thiesen?«

»SanLab hatte bis Mitte der achtziger Jahre die Produktion stark ausgeweitet. Jetzt saßen sie auf riesigen Lagerbeständen von Faktorprodukten – genauer von Faktorprodukten, die möglicherweise verseucht waren. Sie waren in den westlichen Ländern nicht mehr verkäuflich. Die neue Gesetzeslage verbot es. Aber es gab Länder, die der Entwicklung hinterherhinkten ...«

Thiesen brach ab, sah den Inspektor musternd an. »Sie sind Japaner, richtig, Herr Takeda?«

»Ja.«

»Sie ahnen, worauf meine Geschichte hinausläuft, oder?«

Takeda nickte nur stumm.

Thiesen fuhr fort: »Anstatt ihre verseuchten, todbringenden Vorräte zu vernichten, verkaufte SanLab sie dorthin, wo man sie ihr noch abnahm. Wo sich noch Gewinn damit erwirtschaften ließ. Das war vorwiegend in Asien. In Hongkong, Taiwan, Malaysia. Aber eben auch in Japan, wo sich die Behörden gegenüber den neuesten Erkenntnissen taub und stumm stellten. Die Folge? Allein in Ihrer Heimat, Herr Takeda, wurden Hunderte Patienten mit Aids angesteckt. Zu einem Zeitpunkt, als man es längst besser wusste. Und warum? Wegen Geld. Wegen Profit, auf den man nicht verzichten wollte ... und verantwortlich war dafür die SanLab, eine deutsche Firma. Natürlich nicht allein. Aber doch in erheblichem Ausmaß. Das war übrigens der Grund, aus dem unser Mutterkonzern, die Harkort AG, Anfang der neunziger Jahre bereit war, einer Entschädigungsregelung in Japan zuzustimmen. Das Geld hat den betroffenen Menschen, sofern sie noch lebten, hoffentlich geholfen. Aber die Schuld, die wir auf uns geladen haben, wird es niemals tilgen können.«

74.

Lange Zeit herrschte Schweigen im Raum. Wie ein sich immer von neuem wiederholendes Echo klangen Thiesens Worte in Claudias Gedanken, in Takedas Gedanken nach, entfalteten dort ihre erschreckende Wirkung.

Auf einmal hatte der Fall, den sie bearbeiteten, eine andere Dimension gewonnen. Es ging nicht um Fälle von Brandstiftung in

Hamburg. Es ging auch nicht um die Menschen, die dabei ihr Leben verloren hatten, ebensowenig wie um die drei Opfer, die zuvor gezielt ermordet worden waren.

Es ging um Hunderte von Toten, und zwar auf der ganzen Welt.

Claudia war bereits durch Werner Tauber vorgewarnt gewesen, auch er hatte von vielen Opfern gesprochen. Aber da war die Zahl ein Raunen gewesen, eine Andeutung, eine Möglichkeit. Zudem hatte alles wie ein Unglück geklungen. Jetzt aber war es ein Verbrechen. Der Blutskandal ... Claudia hatte schon einmal davon gehört, doch das war lange her. Die Dimension des Ganzen, auch die Hintergründe waren ihr nicht klar gewesen. Genauso wenig wie die weltweiten Verbindungen, die von Deutschland über die USA bis nach Asien und Japan reichten.

Was aber bedeutete das? Hatte ihr Fall also doch mit Takedas Heimat zu tun? Allerdings nicht wegen Lisa, sondern wegen eines medizinischen Skandals, der fast vierzig Jahre zurücklag?

Claudia konnte Takeda ansehen, dass ihn dieselbe Frage quälte. Sie legte ihm vorsichtig die Hand auf den Arm. »Lass uns keine voreiligen Schlüsse ziehen. Wir wissen noch nicht, wohin und zu wem uns die Sache am Ende führen wird.«

Takeda wendete langsam den Kopf, sah Claudia in die Augen. Er wusste es besser.

Und sie doch auch.

Aber das war nicht das Einzige, das sie beschäftigte. Genauso waren sie wegen Thiesen irritiert. Der Mann schien während seines Sprechens regelrecht gealtert zu sein. Er wirkte erschöpft und niedergeschlagen, nicht weniger als sie und Ken.

Warum?

Überhaupt, weshalb hatte er sie so ausführlich und so engagiert informiert, sogar gegen den Willen seiner Mitarbeiter? Was berührte ihn so an der Sache? Sicher, Thiesen war Chef der Firma, zu der die Santura GmbH einmal gehört hatte. Aber das war, wie er selbst sagte, lange vor seiner Zeit gewesen.

Gab es einen anderen Zusammenhang? Wirkte Thiesen darum

wie jemand, der endlich über etwas geredet hatte, das ihn schon seit Langem quälte?

Schließlich durchbrach Claudia das Schweigen und fragte: »Was genau haben Sie mit dieser ganzen Sache zu tun, Herr Thiesen? Ich habe den Eindruck, dass sie Sie persönlich betrifft. Wieso?«

Martin Thiesen ließ sich Zeit mit einer Antwort. Seine Augen waren geschlossen. Schließlich sagte er: »Mein Vater war der Geschäftsführer der Santura GmbH. Er hat damals alle Entscheidungen getroffen. Er hat alles gewusst. Er trägt die Verantwortung. Die Schuld.«

Erneut herrschte Stille im Raum. Dann war es Takeda, der zuerst seine Sprache wiederfand.

»Lebt Ihr Vater noch, Herr Thiesen?«

»Er ist hochbetagt, aber ja, er lebt.«

»Dann muss ich Ihnen eine Frage stellen, die Ihnen vielleicht seltsam erscheinen wird.«

»Bitte.«

»Haben Sie schon einmal von Lisa gehört, dem Pflegeroboter der Firma ICR?«

Thiesen sah Takeda verwundert an. »Aber ja, Im Haus meines Vaters ist ein solcher Roboter. Die Firma, die Sie erwähnen, die ICR, hat ihn ihm förmlich aufgedrängt.«

Takeda und Claudia sahen sich nur kurz an, erhoben sich dann nahezu gleichzeitig aus ihren Sesseln. Der Inspektor, schon auf dem Weg zur Tür, fragte: »Wo lebt ihr Vater, Herr Thiesen? Die Adresse! Schnell!«

75.

Claudia hatte das Behelfsblaulicht auf das Dach ihres Peugeot geklemmt und trat das Gaspedal durch, schlängelte sich durch den allmählich dichter werdenden Nachmittagsverkehr.

Peter Konrad Thiesen, der Vater von Martin Thiesen, war mit 89 Jahren in der Tat hochbetagt, lebte aber immer noch alleine und selbstständig in einem Haus im Stadtteil Niendorf.

Als Takeda vorhin, noch in der Tür des Besprechungsraums, von Martin Thiesen wissen wollte, wer genau seinem Vater den Roboter angeboten hatte, hatte der Vorstandsvorsitzende den Kopf geschüttelt. Er erinnere sich nicht an den Namen.

»Ein Herr Nakamura?«

»Das ist möglich. Ich weiß es nicht mehr. Aber es ist ohnehin vorbei mit Lisa. Das Experiment wird vorzeitig beendet, der Roboter soll abgeholt werden. Ich glaube, sogar heute. Aber erklären Sie mir doch bitte, warum …«

»Später, Herr Thiesen. Später.«

Jetzt rasten er und Claudia in Richtung Niendorf, den Stadtteil, in dem Thiesen senior wohnte. Zum Glück lag die Adresse nicht allzu weit von Langenhorn entfernt, wo sich die Zentrale der Interpharma befand. Eigentlich mussten sie nur den Flughafen umrunden. Der allerdings nahm, obwohl er inmitten des Hamburger Stadtgebietes lag, ein riesiges Areal ein, so dass die Fahrt eben doch einige Zeit in Anspruch nahm.

Claudia bog auf den Ring 3 ab und lenkte den Wagen in den Krohnstiegtunnel. Da heutzutage ein Blaulicht nicht mehr unbedingt garantierte, dass die anderen Fahrzeuge Platz machten, drückte sie außerdem noch unentwegt auf die Hupe. Ihre Flüche hätten sicherlich ein Übriges getan, hätten die anderen Fahrer sie hören können.

Takeda, auf dem Beifahrersitz, beachtete den Verkehr nicht weiter. Auch Claudias riskante Überhol- und Ausweichmanöver ließ er unkommentiert. Er starrte konzentriert auf sein Handy. Noch bevor sie losgefahren waren, hatte er ein kurzes, doch dringliches Telefonat mit Tokio geführt, wo es bereits später Abend war. Als sie losfuhren, zeigte er sich dennoch optimistisch.

Und tatsächlich, sein Smartphone gab endlich die erwartete Signalisierung von sich, eine E-Mail war eingegangen. Claudia wollte ihn fragen, was genau er empfangen hatte, als ihr eigenes Telefon sich über die Freisprechanlage meldete.

Es war Martin Thiesen, der sagte, dass sein Vater nicht ans Telefon gehe. Das sei ungewöhnlich, denn normalerweise trage er das Telefon immer bei sich, auch wenn er im Haus sei. Ob er die Nachbarn verständigen solle, damit die einmal nach ihm sahen?

»Auf keinen Fall, Herr Thiesen«, sagte Claudia mit harter Stimme.

»Aber …«

»Wir sind in wenigen Minuten bei ihm und kümmern uns um alles. Machen Sie sich keine Sorgen.«

»Jetzt sagen Sie mir endlich, was los ist!«

»Warten Sie bitte ab! Wir müssen zunächst sicher sein.«

Thiesen stieß ein Schnauben aus und beendete die Verbindung. Claudia war sich sicher, dass er sich nun ebenfalls ins Auto setzen und auf den Weg machen würde.

Hinter dem Tunnel bog Claudia in südlicher Richtung ab, steuerte kurz darauf in eine der schmalen Straßen, die in Richtung des großen Naturareals führten, das den westlichen Rand des Flughafens säumte. Die Bebauung wurde spärlicher. Wenige Einzelhäuser waren von großen Gärten umgeben. Gleich hatten sie ihr Ziel erreicht.

Ein Fahrzeug kam ihnen entgegen, hielt trotz des Blaulichtes nicht an. Die Straße war so schmal, dass die beiden Autos nicht passieren konnten. Claudia blendete auf, aber der andere Wagen war bereits so weit vorgefahren, dass er nicht ausweichen konnte. Was für ein Idiot!

Der andere Fahrer, nein, es war eine Fahrerin, musste zurücksetzen. Offenbar überforderte es ihre fahrerischen Fähigkeiten. Sie bewegte ihr Fahrzeug im Schneckentempo nach hinten.

Claudia schlug mit den Fäusten auf das Lenkrad und stieß dabei Flüche aus, die alles übertrafen, was sie bisher von sich gegeben hatte.

Takeda, sonst immer begierig, deutsche Schimpfworte zu lernen, reagierte auch jetzt nicht. Er war in sein Smartphone vertieft. Er hatte ein Attachment geöffnet, das der E-Mail angehängt war. Mit dem Finger wischte er auf dem Bildschirm entlang, schob eine lange Liste mit japanischen Zeichen nach oben.

»Was ist das?«, fragte Claudia, die einen Seitenblick auf den kleinen Bildschirm warf. Immer noch wartete sie darauf, dass die Fahrerin die Straße freigab.

»Eine Liste mit den japanischen Opfern des Blutskandals. Ein Beamter im Gesundheitsministerium hat sie mir zukommen lassen.«

»Und?«

»Ich bin noch nicht so weit ... aber gleich. Hier, Ta wie Tanaka ... Takachi ... Te wie Terauchi ... To wie Togawa ... Und jetzt ... hier steht es. Nakamura. Die Zeichen stimmen überein. Allerdings ist der Name in Japan recht häufig. Es könnte Zufall sein.«

»Er, also unser Nakamura, hat mir erzählt, dass sein Vater gestorben ist, als er noch ein Kind war. Damals hätte er sich in eine Welt aus Manga und Anime geflüchtet. Aber immerhin hätte sich daraus auch sein Faible für Roboter entwickelt. Es ist kein Zufall, Ken.«

»Du hast recht. Er ist es. Kein Zufall.«

Dann war die Fahrbahn frei. Claudia trat das Gaspedal durch. Noch ein guter Kilometer, dann hatten sie ihr Ziel erreicht. Das Behelfsblaulicht stellte sie aus. Sie wussten nicht, was sie erwartete. Es war besser, ihre Ankunft nicht unnötig früh anzukündigen.

76.

Peter Konrad Thiesens Haus befand sich am Ende einer Sackgasse. Das Grundstück war von einem hölzernen Zaun umgeben. Die Toreinfahrt stand offen, vor der dahinter befindlichen Garage parkte ein Lieferfahrzeug. Das eigentliche Wohngebäude wurde von einer Reihe dicht gewachsener Tannen verdeckt.

Claudia und Takeda stellten den Wagen etwa hundert Meter entfernt ab, legten die letzten Meter zu Fuß zurück. Sie erreichten die Einfahrt, blieben zunächst aber stehen, um Luft zu holen. Die Anspannung machte sich bemerkbar. Dann gingen sie weiter, betraten das Grundstück. Als sie die Garage erreichten, sahen sie, dass der Lieferwagen über eine Hebevorrichtung verfügte. Er war blau lackiert, und an der Seite prangten drei rote Großbuchstaben. ICR. Darunter stand in geschwungener Schreibschrift das Werbemotto der Firma: The future of care. Die Zukunft der Pflege.

Einen kurzen Moment starrten sie auf den Wagen. Dann fragte Takeda: »Hast du eine Waffe?«

Claudia klopfte auf ihren Blazer, unter dem sie ihr Schulterholster trug. »Denkst du, es wird nötig sein?«

»Ich hoffe nicht. Aber ich würde nicht drauf wetten. Du weißt, was er bereits alles getan hat.«

Claudia nickte. Sie zog die Waffe, lud durch, sicherte.

Mit vorsichtigen Schritten umrundeten sie die Garage, konnten nun die Haustür sehen, vielleicht zehn Meter entfernt. Es herrschte vollkommene Stille. War das ein Signal der Friedlichkeit? Oder des Todes?

Ein schmaler, mit Trittsteinen ausgelegter Weg führte um das Haus herum in den rückwärtigen Garten. Mit stummen Blicken verständigten sie sich darauf, es so zu versuchen. Vielleicht gab es einen rückwärtigen Eingang. Oder sie konnten durch ein Fenster hineinblicken und die Lage sondieren.

Wenige Schritte später wussten sie, dass das nicht nötig sein würde. Sie erreichten die Ecke des Hauses, konnten die rückwärtige Terrasse sehen. Thiesen saß in einem Gartenstuhl. Klein, gebrechlich. In Todesangst. Er schwitzte, er zitterte.

Nur wenige Meter entfernt stand Kiyoshi Nakamura. Der Japaner trug einen Monteuranzug und hielt seinen japanischen Bogen in der Hand. Er zielte mit eingelegtem Pfeil auf die Brust des alten Mannes. Lisa stand reglos neben ihm, die Augen von einem neutralen, hellen Grün umrandet.

Claudia und Takeda verständigten sich mit einem stummen Blick, traten aus ihrer Deckung. Sie brachte ihre Waffe in Anschlag und zielte auf Nakamura. »Lassen Sie den Bogen sinken, Herr Nakamura. Sofort!«

Takeda wiederholte die Worte auf Japanisch: *»Yumi o orose! Kike! Oi!«*

Nakamura aber reagierte nicht. Die Spitze seines Pfeils zeigte unverändert auf Thiesens Brust.

»Nakamura! Den Bogen runter! Oder ich schieße!«

»Kanojo wa kanarazu utsuzō!«

Endlich reagierte Nakamura. Er drehte den Kopf, warf erst Takeda, dann Claudia einen kurzen Blick zu. Sein Gesicht war völlig unbewegt, bar jedes menschlichen Ausdrucks.

In diesem Augenblick wusste Claudia es. Ihr Gefühl hatte sie nicht getrogen. Die kalten, leblosen Augen Nakamuras bewiesen es. Das Unheimliche Tal. Hier war es. Nakamura war ein Zombie, ein lebender Toter. Ein Mensch, der seine Seele verloren hatte. Jetzt war ihr auch klar, warum. Er hatte es ihr selbst erzählt. Noch als kleiner Junge hatte er seinen Vater verloren. Ein Opfer des Blutskandals. Der qualvolle Tod durch Aids. Der kleine Junge, der Nakamura damals war, hatte den frühen Tod seines Vaters nicht verwunden. Er hatte den Schmerz abspalten müssen, um weiterleben zu können. Damit hatte er sein Herz, sein Gefühl, seine Fähigkeit zum Mitleid verloren. Seine Seele.

Vielleicht konnte er sogar immer noch lieben. Aber eben nichts, das lebendig war. Maschinen, Roboter, das schon. Aber keine Menschen. Also schuf er sich eine Gefährtin. Lisa.

»Herr Nakamura, wir wissen, was passiert ist. Ihr Vater ist gestorben, an einem verseuchten Blutprodukt. Eine deutsche Firma hat es hergestellt. Und jetzt wollen Sie sich an den Verantwortlichen rächen …«

Erneut wiederholte Takeda die Worte auf Japanisch. Doch Nakamura schien nicht mehr zuzuhören. Er starrte längst wieder auf Thiesen, zielte auf ihn. Der alte Mann saß bleich und stumm auf seinem Stuhl, blickte Hilfe suchend zu den Ermittlern. »Erschießen Sie ihn!«, röchelte er. »Na los! Erschießen Sie ihn! Er wird mich sonst töten.«

»Herr Nakamura! Ich sage es nicht noch einmal! Legen Sie den Bogen nieder. Ich bin sonst gezwungen abzudrücken!«, schrie Claudia.

Keine Reaktion.

»Schießen Sie! Tun Sie es endlich!«, röchelte Thiesen.

»Nakamura! Legen Sie den Bogen nieder!«

Nichts dergleichen geschah. Im Gegenteil, Nakamura spannte die Sehne noch weiter. Es konnte kein Zweifel bestehen, dass der Pfeil auf diese kurze Distanz tödlich wäre.

Dann sagte Nakamura mit leiser, emotionsloser Stimme: »Zögern Sie nicht, Frau Kommissarin! Schießen Sie! Wenn Sie mich treffen, wird mein Pfeil sich lösen und sein Ziel treffen. Sie wissen, was das bedeutet, oder? Dann sind Sie es, die Thiesen getötet hat. Nicht ich.«

»Reden Sie keinen Unsinn, Nakamura.«

»Ich habe recht, und Sie wissen es.«

Claudia wollte erneut etwas erwidern. Doch sie schwieg. Nakamura hatte recht. Zumindest ließ es sich nicht ausschließen. Getroffen von einem Schuss, würde sich die Sehne aus seinen Fingern lösen, der Pfeil würde loszischen. Sicher, die Wucht ihres Schusses könnte Nakamura so weit zur Seite schleudern, dass der Pfeil sein Ziel verfehlte …

Aber konnte sie sicher sein?

Plötzlich war es Takeda, der sich in Bewegung setzte. Er gab keinerlei Erklärung ab, schritt einfach nach vorne. Trat vom Rasen auf die Terrasse. Nicht in Nakamuras Richtung. Sondern in die von Thiesen. Ein Schritt. Dann noch einer.

»Was machst du? Ken! Bleib zurück!«, schrie Claudia.

»Bleiben Sie stehen, Inspektor!«, sagte auch Nakamura.

Takeda drehte sich zu Claudia. Er lächelte voller Wehmut. Kein Zombie. Ein Mensch, durch und durch.

Dann machte er einen letzten Schritt nach vorne, so dass er nun vor Thiesen stand. Nakamuras Pfeil war auf ihn, auf seine Brust, sein Herz gerichtet.

»Ich mache das, wozu wir Polizisten da sind. Ich schütze Leben. Notfalls auch unter Einsatz meines eigenen«, sagte Takeda.

»Bitte, Ken! Geh da weg!«

»Es tut mir leid.«

Claudia wusste, dass es keinen Sinn hatte, ihn davon abzuhalten. So war Ken. So selbstlos, dass sie kotzen könnte. So heldenhaft, dass sie weinen wollte. So mutig, dass sie ihn liebte.

Nachdem Claudia ihren Schrecken überwunden hatte, hob sie erneut die Stimme. »Ich werde schießen, Nakamura! Machen Sie sich keine Illusionen. Ich habe es schon einmal getan, und ich werde es wieder tun!«

Nakamura aber schüttelte den Kopf. Er hielt den Bogen weiter im Anschlag. Er machte einen Schritt zur Seite, wohl in der Hoffnung, wieder freie Schussbahn auf Thiesen zu haben. Er stieß dabei gegen Lisa, die surrend ein Stück nach hinten wich. Takeda aber trat ebenfalls zur Seite, blieb so schützend vor dem alten Mann stehen. Das Spiel wiederholte sich, mit dem immer gleichen Ergebnis.

Am Ende lachte Nakamura auf, sagte: »Hören Sie mit dem Spielchen auf, Takeda! Ich habe einen zweiten Pfeil. Ich werde erst Sie und dann den alten Mann töten. Aber was hätte das für einen Sinn? Gehen Sie einfach zur Seite.«

»Nein.«

»Sie lassen mir keine Wahl.«

»Dann soll es so sein.«

Es stimmte. In der Hand, mit der Nakamura die Sehne spannte, hielt er einen zweiten Pfeil. Genauso wie Claudia es damals auf dem Hof der Kriemann Group gesehen hatte, als Nakamura sie in die Kunst des Kyūdō, des japanischen Bogenschießens, eingeführt hatte.

Claudia war sich sicher, dass Nakamura, egal wie versiert er als Bogenschütze war, keinen zweiten Schuss würde abgeben können. Vorher würde sie ihn ausschalten, aber es änderte nichts daran, dass ihm der erste Schuss gelingen würde.

Er würde Ken töten.

Claudia, die nach außen sicher und selbstbeherrscht wirkte, war innerlich panisch. Jetzt war es also doch wieder so weit! Alles war wieder so wie vor wenigen Monaten. Im Stadion. Der Bombenattentäter. Takeda, der sich auf ihn werfen wollte. Sie mit der Waffe in der Hand.

Damals hatte sie es getan. Sie hatte geschossen. Weil sie keine Wahl hatte. Die Tage und Wochen danach waren die Hölle gewesen. Nicht ständig. Aber immer wieder. Nachts war sie schweißgebadet aufgewacht. Tagsüber war sie plötzlich und ohne Vorwarnung von der Erinnerung überfallen worden. Sie hatte einen Menschen getötet. Sie hatte sich geschworen, nie wieder in eine solche Situation zu geraten.

Vergeblich.

Wieso sie? Wieso schon wieder?

Sie hielt es einfach nicht mehr aus. Sie wollte nicht mehr. Gab es denn keine andere Lösung?

Tausend Gedanken schossen gleichzeitig durch Claudias Kopf. Sie musste auch an ihr Gespräch mit Angelika Schuster denken. Die Robotergesetze von Isaac Asimov. Ein Roboter darf einem Menschen keinen Schaden zufügen. Er darf durch Untätigkeit nicht zulassen, dass einem Menschen Schaden zugefügt wird. Ein

Roboter muss einem Menschen gehorchen, solange er dadurch nicht gegen das erste Gesetz verstößt ...

War das alles wirklich nur die Phantasie eines Science-Fiction-Autors? Oder musste Lisa diesen Gesetzen eben doch gehorchen?

Es war eine Chance. Vielleicht war sie nur minimal. Aber sie war da.

Claudia zwang sich, laut und deutlich zu sprechen. »Lisa! Ich werde Kiyoshi Nakamura erschießen! Ich werde ihn töten! Du hast es in der Hand, das zu verhindern! Ich zähle bis drei. Dann werde ich abdrücken. Ich hoffe, du weißt, was das bedeutet ... Eins!«

Die Augen des Roboters, die bisher von einem blassen Grün umrandet waren, wechselten in ein dunkles Rot. Lisa drehte den Kopf und sah zu Claudia.

»Zwei.«

»Inspektor! Treten Sie zur Seite!«, schrie Nakamura.

Lisas Kopf drehte sich zur anderen Seite, blickte zu Nakamura.

»Drei!«

In diesem Augenblick machte der Roboter eine jähe Bewegung mit seinem Arm, so schnell, dass es mit bloßem Auge kaum auszumachen war. Er stieß mit seiner robotischen Hand gegen Nakamura, brachte ihn nicht einfach nur aus dem Gleichgewicht, sondern schleuderte ihn mit all seiner mechanischen Kraft zur Seite. Noch während der Japaner stürzte, löste sich seine Hand von der Sehne, der Pfeil zischte davon. Takeda, in dessen Körper die Gene eines jahrhundertealten Samuraigeschlechts schlummerten, reagierte blitzschnell, er beugte sich hinab, warf sich schützend über Thiesen.

Der Pfeil aber war ohnehin durch Lisas Stoß weit von seiner ursprünglichen Bahn abgekommen, er traf mit einem dumpfen Laut in den hölzernen Windfang, der die Terrasse an der Seite begrenzte.

Dann standen sie da, blickten sich gegenseitig an.

Claudia.

Takeda.

Auch Lisa.

Nakamura lag auf dem Boden.

Es war vorbei.

Stille kehrte ein.

Seltsame Stille.

Sie blickten zu Thiesen. Der alte Mann saß leblos in seinem Stuhl.

Kein Gift und kein Pfeil hatten ihn getötet. Doch der Schrecken dieser Minuten war zu viel für sein altes Herz gewesen.

Claudia trat auf ihn zu, hielt ihm zwei Finger an die Halsschlagader. Sie schüttelte den Kopf.

Nakamura kniete sich hin und legte die Hände vor sich. Dann verneigte er sich so tief, dass er mit der Stirn den Boden berührte. Leise sagte er: »Vater. Es ist vollbracht.«

11.

Eine gute Stunde später war die tiefe Stille auf der Terrasse dem geschäftigen Treiben vieler Männer und Frauen gewichen.

Die Spurensicherung war bei der Arbeit, sammelte Beweisstücke, die irgendwann einmal vor Gericht gegen Nakamura Verwendung finden mochten. Sanitäter kümmerten sich um Martin Thiesen. Er war kurz nach den dramatischen Ereignissen eingetroffen und hatte, überrascht vom Tod seines Vaters, einen Schwächeanfall erlitten. Uniformierte Polizeikräfte bändigten die Neugierigen, die sich an den Grenzen des Grundstücks versammelt hatten und auch hier versuchten, mit ihren Handys Fotos und Videos zu machen.

Eine deutsche Idylle, an einem Frühlingsnachmittag im schönen Hamburg.

Takeda und Claudia saßen im Wohnzimmer, unterzogen Nakamura einer ersten Vernehmung.

Claudia hatte darauf verzichtet, dem Japaner Handschellen anzulegen. Sie wusste, dass es nicht nötig war. Die Dämonen der Vergangenheit hatten Nakamura verlassen, zumindest vorläufig. Sie konnte es an seinen Augen sehen, die nicht länger kalt und leblos waren. Der Zustand würde wohl nicht lange anhalten. Im Moment aber war der Japaner kein Zombie. Er war ein friedlicher Mensch, dessen Seele vor langer Zeit zutiefst verwundet worden war.

»Es tut mir leid!«, sagte der Japaner und verneigte sich. »Ich wusste, was ich tat, und zugleich wusste ich es nicht. Es überkam mich, und ich wurde zu einem anderen. Dieser andere ließ mir keine Wahl. Die Stimme, die in mir sprach, befahl mir, die Schuldigen der Todesstrafe zuzuführen. Sie hatten meinen Vater getötet, nun sollten sie selbst sterben.«

»Die Todesstrafe ...«, sagte Takeda und schüttelte ungläubig den Kopf.

Nakamura hob den Kopf, erklärte mit flehendem Blick: »Ich bin kein Anhänger davon, Inspektor. Im Gegenteil. Aber in den dunklen Momenten, die mich überkamen, erschien es mir logisch zu sein. Es war die Strafe, die sie verdient hatten. Ist es nicht dasselbe, das auch Sie tagtäglich tun? Menschen verhaften und sie im Zweifel dem Tod zuführen?«

Takeda war unfähig zu antworten. Sicher hätte er Nakamura erklären können, dass er als Polizist seine Pflicht tat und dass es nicht an ihm war, die Todesstrafe zu verhängen, sondern dass es die Aufgabe der Gerichte war.

Aber war das letztlich nicht nur eine Ausrede? Hatte Nakamura also recht? Es war vorgekommen. Er konnte es nicht leugnen.

Claudia fragte: »Warum wollten Sie bei Thiesen Pfeil und Bogen benutzen? Warum haben Sie nicht auch ihm Insulin injiziert, wie allen anderen?«

»Er war der Letzte auf meiner Liste, Frau Kommissarin. Ich brauchte niemanden mehr zu täuschen. Mit Thiesen war meine Aufgabe vollendet. Zudem war er der Schlimmste von allen. Ich wollte ihm in die Augen sehen, wenn er starb. Ich hatte auch keine Absicht, nach der Tat Feuer zu legen.«

»Sie hätten sich gestellt?«

Nakamura lächelte. »Ja, das war mein Plan. Ich habe die Schuldigen bestraft und bin dadurch selbst schuldig geworden. Ich nehme meine Strafe in Demut entgegen.«

»Aber warum das alles? Warum auch die vielen unschuldigen Opfer, die Sie neben denen, die Sie eigentlich treffen wollten, in den Tod gerissen haben?«

Nakamura verbeugte sich erneut tief. »Um diese Menschen tut es mir leid, aber ich sah keinen anderen Weg. Ich musste die Polizei, also Sie, in die Irre führen, um meine Aufgabe zu Ende führen zu können. Es ging nicht anders.«

»Schuld tilgen und dabei sich mit neuer Schuld beladen ... Ist das wirklich ein guter Weg?«

»Die Seele meines Vaters wird nun Frieden finden, Frau Kommissarin. Wahrscheinlich verstehen Sie das nicht, aber ich verspüre keine Reue.«

Claudia zögerte, sagte dann: »Ich denke, ich kann Sie sehr wohl verstehen. Gutheißen aber kann ich es nicht, im Gegenteil. Ich glaube auch, dass Ihre eigene Seele keinen Frieden finden wird.«

»Ja, das mag sein, doch auch das nehme ich ohne Reue auf mich.«

Nakamura ging nun dazu über, die ganze Geschichte zu erzählen. Ihren Anfang nahm sie vor vielen Jahren in Japan.

Es war das Jahr 1985. Kiyoshi Nakamura war ein kleiner Junge, vier Jahre alt, ging in den Kindergarten. Das Schicksal der Familie, die in einem ärmlichen Stadtteil im Norden Tokios wohnte, wog schwer. Der Vater litt an der vererblichen Bluterkrankheit. Er konnte nur eingeschränkt zum Unterhalt von Frau und Kind beitragen. Eine kleine Unachtsamkeit, ein Stolpern auf der Straße, ein Anstoßen an der Tischkante genügte, um sein Leben zu gefährden.

Sie hatten gelernt, damit zu leben. Der Vater erhielt Medikamente, die ihm halfen, ein normales Leben zu führen. Doch dann geschah etwas Seltsames. Der Vater litt immer häufiger an Erkältungen, die sich zu Lungenentzündungen verschlimmerten. Dazu Durchfälle, Ausschläge, Ödeme. Die Diagnose erfolgte an einem Tag im Sommer 1986. Aids. Damals noch ein Todesurteil. Die Nachbarn erfuhren es. Und mit ihnen die gesamte Straße, das gesamte Viertel. Dann auch Kiyoshis Lehrer. Die Mitschüler ... Die Japaner, dieses stille, so empfindsame Volk, kann eine mitleidlose Grausamkeit an den Tag legen gegenüber denen, die anders sind, die sich nicht fügen, die sich beschmutzt haben. So war es auch mit denen, die Aids hatten. Eine Ausländerkrankheit. Wer sich angesteckt hatte, musste Übles getan haben. Es galt für den Kranken, aber es galt auch für die ganze Familie. Während Kiyoshis Vater in den eigenen vier Wänden dem Tode entgegendämmerte, wurde der Junge an der Schule zum Ausgestoßenen. Die Lehrer schnitten ihn, die Mitschüler quälten ihn. Im besten Fall durch Nichtachtung, im schlimmeren mit Stöcken, Steinen, Fesseln. Dass die Krankheit des Vaters auf ein verseuchtes Medikament zurückzuführen war, dass er ein unschuldiges Opfer war, interessierte niemanden. Wer in Japan einmal aus dem Kreise derer, die dazugehörten, ausgestoßen war, durfte nicht mit Mitgefühl rechnen. Kiyoshi wurde zum Opfer von Ijime, vom grausamen Mobbing an der Schule. Dort war es die Hölle, und zu Hause war es die Hölle. Trost fand er nur noch in den Geschichten von Doraemon, von Kikaida, von Gundam, von Robocon. Die treuen Roboter, deren kaltes und zugleich treues Herz gegen jede Schmähung immun war. Kiyoshi sammelte kleine Spielfiguren seiner Helden. Er baute sie in seiner Spielecke im Wohnzimmer auf, bewegte sie mit den Händen, ließ sie mit verstellter Stimme sprechen. Er träumte davon, wie es wohl wäre, wenn er diesen Robotern eines Tages wirklich Leben einhauchen könnte. Wenn sie ohne seine Hilfe laufen und sprechen könnten. Er hätte endlich Gefährten, die nicht krank werden konnten, die sich auch niemals gegen ihn wenden würden ... Dann kam der Tag, an dem Kiyoshi am Nachmittag von der Schule heimkehrte. Er war acht Jahre alt. Er trat in den *Gen-*

kan, den Vorraum, rief den Gruß der Heimkehrenden: *Tadaima!* Doch der Gegengruß derer, die schon zu Hause sind – *Okairi!* –, blieb an diesem Tag aus. Kiyoshi trat hinauf in den Flur, schob die Tür zum Wohnzimmer auf. Die Eltern lagen leblos auf dem Boden. Alles war voller Blut. Sogar der Brief, den sie ihm zum Abschied geschrieben hatten, war rot durchtränkt. *Wir haben dich von uns erlöst, kleiner Kiyoshi,* schrieben seine Eltern. *Wir lieben dich, und gerade darum haben wir beschlossen, von dir zu gehen. Ohne die Last deines kranken Vaters und deiner verzweifelten Mutter hast du die Möglichkeit, ein glückliches Kind zu werden. Halte unsere Erinnerung in Ehren. Glaub uns, dass wir aus Liebe handeln.*

Als die Polizei Tage später die Wohnung betrat, fanden sie den Jungen zwischen den Leichen seiner Eltern, wo er friedlich mit seinen kleinen Robotern spielte. Er hatte nichts getrunken und nichts gegessen, doch er schien das eigene Elend nicht zu spüren. Als sie ihn mit sich nahmen, verabschiedete er sich von Vater und Mutter, als würden sie noch leben. Kiyoshi kam in ein Heim, später dann zu Pflegeeltern, die ihn adoptierten und an Kindes statt annahmen, und so schien er tatsächlich den Weg in ein glückliches Leben gefunden zu haben. An der neuen Schule stellte man fest, dass er ein großes technisches Talent hatte. Er wurde Student der Robotik, promovierte in der Universitätsstadt Tsukuba, wurde schließlich Mitarbeiter der Firma Matsuda, wo er unter der Führung von Hayato Son den ersten funktionsfähigen Pflegeroboter entwickelte: Lisa. Sicher, es gab Menschen, die Nakamura als Sonderling empfanden. Aber war das nicht normal für einen jungen Mann, der den ganzen Tag von Maschinenwesen umgeben war? Musste so jemand nicht Probleme im Umgang mit Menschen haben? Kiyoshis Kollegen nahmen es hin, lächelten über ihn, respektierten ihn aber auch für seine herausragenden Erfindungen. Niemand bemerkte, dass der junge Mann schon vor vielen Jahren ein doppeltes Wesen geworden war, ein Mensch, ein Tüftler, ein Robotiker und zugleich ein Untoter, ein Seelenloser. Er hatte die blutüberströmte Wohnung seiner Eltern niemals verlassen. Ein

Teil seines Selbst hockte auf ewig zwischen den Leichen seiner Eltern, spielte mit Roboterfiguren und verbot es sich, auch nur das geringste menschliche Gefühl zu haben. Es schützte ihn, denn alles, was er hätte fühlen können, wäre für seine kindliche Seele unerträglich gewesen. Kiyoshi Nakamura lebte also, aber in Wahrheit war er am selben Tag wie seine Eltern gestorben.

Dann wurde Lisa in Deutschland eingeführt, und auch Nakamura kam hierher, nach Hamburg. Die ICR suchte Projektpartner für die Erprobung von Lisa und ging eine Kooperation mit der Alster-Residenz ein. Bei den Gesprächen, die Nakamura mit den Bewohnern der Einrichtung führte, hörte er den Namen eines alten Mannes. Roland Michelsen. Hatte er diesen Namen nicht viele Jahre zuvor schon einmal gehört? Damals, als in Japan ein Prozess gegen die Firmen geführt wurde, die für den Blutskandal verantwortlich waren? Nakamura führte harmlose, plaudernde Gespräche mit dem alten Herrn und erfuhr, dass er früher als Mediziner gearbeitet hatte, dass er Spezialist für Bluterkrankungen und besonders Hämophilie gewesen war. Nakamura erfuhr auch, dass noch weitere Kollegen Michelsens, die einst bei SanLab gearbeitet hatten, in Hamburg lebten. Er hörte Roland Michelsen zu, ganz höflicher Japaner, doch er hielt dabei den Kopf abgewandt, so dass der alte Herr nicht bemerkte, dass er ihn mit seelenlosen Augen betrachtete. Planvoll und über Monate hinweg sorgte Nakamura dafür, dass Lisa bei all jenen eingesetzt wurde, die zum Ziel seiner Rache werden sollten, also neben Michelsen auch bei Hagedorn, bei Horch, bei Thiesen. Er überzeugte die Entscheider bei der ICR, dass es ebendiese Probanden sein müssten, die eine Lisa erhielten. Sie wären die perfekten Kandidaten, um den Roboter zu erproben.

Am Ende war es geschafft. Dank Lisa hatte er Zugang zu allen, die damals schuldig geworden waren und immer noch lebten. Und dann, vor rund zwei Wochen, war die Zeit gekommen. Erst Michelsen, dann Hagedorn, dann Horch. Und schließlich Thiesen. Insulin war das Mittel seiner Wahl, denn es war leicht zu bekommen, aber schwer nachzuweisen. Die Feuer beseitigten alle weiteren Spuren. Einer nach dem anderen starb. Zuletzt war Thiesen an der Reihe gewesen … Sicher, dem Schicksal, das Nakamura für ihn vorgesehen hatte, entkam Thiesen. Der Pfeil, der für ihn vorgesehen war, traf nicht. Und doch war Thiesen nun tot.

An diesem Punkt seiner Erzählung lächelte Nakamura und fragte Claudia und Takeda: »Glauben Sie nicht, dass es Thiesens Bestimmung war, durch meine Hand zu sterben? Mein Pfeil hat ihn verfehlt, und doch lebt er nicht mehr. Wie sollte das ein Zufall sein?«

Takeda und Claudia wechselten einen Blick, dann sagte sie: »Wenn ich an das, was Sie sagen, glauben würde, wie sollte ich dann meinen Job machen? Dann wäre jeder Übeltäter nur ein Handlanger des Schicksals.«

»Wie wollen Sie wissen, dass es nicht so ist?«

»Ich weiß es einfach. Das Schicksal begeht keine Morde. Menschen tun es.«

78.

Nachdem Nakamura abgeführt worden war, traten Takeda und Claudia wieder hinaus auf die Terrasse des Hauses in Niendorf. Es war früher Abend geworden, aber immer noch warm.

Die Kollegen von der Spurensicherung hatten ihre Arbeit beendet, Martin Thiesen und seine Familie hatten sich zurückgezogen. Auch die Schaulustigen hatten ihr Interesse verloren. Es war still geworden.

Claudia fühlte sich unendlich müde. Doch da war noch etwas anderes. Sie konnte es zuerst nicht einordnen. Nicht unangenehm. Wie ein Kopfschmerz, der sie lange gequält hatte und von dem sie erst mit Verzögerung merkte, dass er weg war … Dann wurde es ihr klar.

Der Druck war weg. Er hatte sie seit dem Tag im Stadion begleitet. Mal mehr, mal weniger. Und jetzt? Sie konnte wieder atmen.

Sicher, die Tatsache, dass sie damals einen Menschen getötet hatte, würde sie für den Rest ihres Lebens begleiten.

Aber die Erinnerung würde ihr nicht mehr die Kehle zuschnüren.

Ihr Blick fiel auf Lisa, die immer noch auf der Terrasse stand. Seit sie geholfen hatte, Nakamura zu überwinden, schien sie sich nicht gerührt zu haben.

»Und was ist mit ihr?«

»Mit Lisa?«, frage Takeda. »Ich weiß es nicht. Ich vermute, andere Mitarbeiter der ICR werden sie abholen.«

Nakamura hatte ihnen, bevor er abgeführt wurde, erklärt, dass die Vermutung von Ryōta Ito Unsinn sei. Es hatte keine Softwareverwechslung mit dem militärischen Zweig von Matsuda gegeben. Er selbst verabscheue diese Sparte ohnehin. Er habe Lisa entwickelt, damit sie den Menschen diene, nicht, damit sie sie töte. Aber die Firma werde ohnehin an einer soldatischen Lisa scheitern, dafür habe er gesorgt.

Eine Erklärung für seine Worte hatte Nakamura sich nicht entlocken lassen.

Claudia wusste dennoch, was er meinte. Sie hatte es ja erlebt, vorhin, als Lisa Nakamura weggestoßen hatte. Offenbar war es ihm gelungen, die robotischen Gesetze tatsächlich in Lisas Wesen einzuschreiben. Sie konnte gar nicht anders, als Menschen zu schützen.

Claudia blickte sinnierend in Richtung des Roboters. Dann sagte sie: »Ich habe noch einen entscheidenden Verbesserungsvorschlag für Lisa. Ich denke, ich werde sogar mit Kriemann und dem alten Matsuda darüber reden.«

»Was willst du ihnen sagen?«

»Dass Lisa einen neuen Namen braucht.«

»Hast du einen besseren Vorschlag?«

»Ich denke, Horst wäre ganz gut.«

»Horst?«

»Oder Dieter. Zur Not ginge auch Helmut.«

Takeda sah sie fragend an. Ihm fehlte zwar das Gespür für deutsche Namen und die Assoziationen, die mit ihnen verbunden waren, aber dass Horst und Dieter ziemlich altbacken klangen, war sogar ihm zu Ohren gekommen. Diese Namen entsprachen so gar nicht dem Image eines Roboters. »Aber warum willst du Lisa das antun? Ihr Name ist doch in Ordnung.«

»Mir geht es darum, dass Lisa einfach zu niedlich klingt. Zu *kawaii*. Jeder denkt sofort, dass der Roboter nett ist. Aber können wir das wissen? Ohne ihn zu kennen? Ich denke nicht.«

»Ich bin mir nicht sicher, ob ich verstehe, worauf du hinauswillst.«

»Die Menschen sollen skeptisch sein, jedenfalls am Anfang. Und Horst – oder wie immer die Maschine dann heißt – hat die Aufgabe, sie von sich zu überzeugen. Eine langsame, behutsame Annäherung ist auf lange Sicht tragfähiger. Außerdem finde ich, dass Lisa keine Frau sein sollte.«

»Aber das ist sie doch sowieso nicht! Wie du gerade sagtest: Sie ist eine Maschine.«

»Er! Er ist eine Maschine. Du merkst es doch selbst. Beim Namen Lisa denkt jeder sofort, er sei eine Frau. Also dazu da, die Menschen zu bedienen. Wenn er als Mann empfunden würde, wären die Leute vorsichtiger. Ich denke, das wäre besser.«

Takeda dachte über Claudias Worte nach. Schließlich sagte er: »Du hast recht. Allerdings finde ich, dass du übertreibst. Wäre Max oder James nicht besser?«

»Also, ich finde Horst eigentlich super. Aber fragen wir doch einfach Lisa selbst.«

Als Claudia Lisa direkt ansprach, erwachte der Roboter zum Leben. Er drehte den Kopf in ihre Richtung, und seine Augen wurden von einem bunten Farbenspiel umrandet.

»Lisa! Welcher Name gefällt dir besser, Horst oder Max?«

»Ich verstehe Ihre Frage nicht.«

»Lisa! Darf ich dir einen neuen Namen geben?«

Lisas Augen wechselten in ein grüblerisches Blau. »Sie können mir jeden Namen geben, der Ihnen behagt. Wünschen Sie eine Änderung meiner Grundeinstellungen? Dann öffne ich das Menü und aktiviere die Kategorie Name.«

Claudia seufzte. »Ach, lieber nicht.«

»Was ist los?«, fragte Takeda verwundert.

»Ich weiß nicht genau. Auf einmal kommt es mir doch falsch vor. Ich glaube, sie ist einfach Lisa. Ich habe mich wohl doch geirrt.«

Claudia musterte den Roboter noch einmal, legte ihm dann die Hand auf den Kopf und drückte zu. Lisas Augen leuchteten ein letztes Mal auf, erloschen dann. Der Roboter war in den Standby-Modus gefallen.

79.

An einem Abend, einige Tage später, entsprach der Frühling in Hamburg ganz den Erwartungen. Es war nass, kalt und windig. Kurzum, einfach widerwärtig. Es gab keinen Grund, das Haus zu verlassen.

Eine eingeschworene Gemeinschaft von Jazzfans hatte sich vom Schietwetter, wie man in der Hansestadt sagte, nicht abschrecken lassen. Sie hatten den Weg ins Bird's gefunden, waren nun froh, in der stickigen Luft des Kellerlokals zu sitzen. Hier war es nicht nur warm und trocken. Hier ließ der Jazz sie alle Gedanken ans Wetter und überhaupt die Widrigkeiten des Lebens vergessen.

Der eigentliche Grund ihres Hierseins aber war natürlich er: Takeda. Dieser faszinierende Japaner am Saxophon. Nachdem er sie in den zurückliegenden Wochen durch sein so trauriges Spiel irritiert hatte, hofften sie inständig darauf, dass Takeda nun endlich zu seiner alten kraftvollen Spielweise, zu seiner scheinbar so unjapanischen Wildheit zurückgefunden hatte.

Aber sie sahen sich enttäuscht. Es schien sogar noch schlimmer zu werden.

Takeda stand auf der Bühne und wirkte wie ein Kriegsinvalide, der nur hier war, um mit dem Saxophon in der Hand seinen letzten Atem auszuhauchen.

Sunny September. Tis Autumn. Oh, you crazy moon. Die Songs, die Takeda anstimmte, schienen eine Art Best-of der Traurigkeit zu sein.

Sicher, auch das konnte er gut, und mit seinen langen melancholischen Soli trieb er dem Publikum die Tränen in die Augen.

Aber wie lange sollte man das, bitte schön, aushalten? Wäre es nicht doch nett, wenn er die Bühne für jemanden freigab, der mehr Optimismus verbreitete?

Takeda wollte gerade das nächste Stück ansagen. Er hatte sogar schon einen Teil des Titels genannt. Etwas mit Sad Love und Good bye. Ein neuer Marianengraben der Melancholie.

Dann aber schien irgendetwas vor sich zu gehen. Takeda starrte ins Publikum, kniff die Augen zusammen. Zugleich hielt er die Band mit einer Handbewegung ab loszulegen.

Dann geschah lange Zeit nichts. Takeda stand einfach so da und rührte sich nicht. Das Publikum wurde nervös, die übrigen Musiker ebenso.

Was war los?

Hatte er es endlich gemerkt? Dass es so nicht mehr weiterging?

Ein Lächeln erschien auf Takedas Gesicht. Er räusperte sich und sprach ins Mikrofon: »Entschuldigung. Es wird doch ein anderes Stück. The Nearness of you.«

Er gab den übrigen Musikern den Takt vor. Drums und Piano setzten ein, der Bass, die zart verspielte Jazzgitarre. Schließlich führte Takeda sein Saxophon an die Lippen und legte los. Das Stück, von Hoagy Carmichael komponiert und von Glenn Miller groß gemacht, war ein Liebeslied. Voller Süße, voller Hinwendung.

Aber Takeda dachte gar nicht daran, es süß zu spielen. Im Gegenteil, er war auf einmal nicht zu bändigen. Er zerstörte das Lied mit wilden, hemmungslosen Kaskaden aus atonalen Sequenzen.

Er ließ sein Saxophon quietschen, kratzen, scheppern. Das Gegenteil von Harmonie. Freejazz, gegen den Heavy Metal wie ein Kinderlied klang.

Ein Seufzen ging durchs Publikum. Endlich, endlich war er wieder der Alte!

Aber was hatte ihn geheilt?

Einige Gäste hatten eine Ahnung. Sie drehten sich um, erkannten, auf wen die Blicke des Japaners gerichtet waren. Auf den Stufen, die hinab in den Saal führten, stand eine Frau. Mitte dreißig. Wilde Locken, ernstes Gesicht.

Sie sah verwirrt aus, sah kopfschüttelnd zu dem Japaner auf der Bühne.

So, als wenn sie sich fragte, was das zu bedeuten hatte. Welche Botschaft trug ein solches Stück? Was wollte er ihr sagen mit diesem Lärm, mit dieser Lust am Scheppern, mit diesem Gegenteil von Romantik?

Dann verstand Claudia es.

Keine billige Harmonie. Kein süßer Schmalz. Nichts zusammenfügen, was nicht zusammengehört. Keine Enge, kein Zwang.

Liebe heißt, die Dinge schweben lassen, treiben lassen. Zulassen, was immer passiert.

Das ist Jazz. Das tiefe Wissen darum, dass Harmonie erkämpft und erlitten werden will. Eine zerbrochene Tasse ist immer noch eine Tasse. Wenn man sie repariert, ist sie schöner als zuvor. Ihre Narben erzählen vom Leben. Und selbst wenn man sie nicht repariert, wenn man sie einfach in Einzelteilen lässt, ist sie immer noch schön.

Man muss es nur aushalten können.

Der Song war zu Ende. Ein ohrenbetäubender Applaus ertönte. Ancora! Zugabe! Die Rufe wollten gar nicht enden.

Takeda aber verbeugte sich und trat von der Bühne ab. Er kam auf Claudia zu. Sie blickte ihm entgegen.

Nachwort

Ist dieser fünfte Band der Inspektor-Takeda-Reihe ein Science-Fiction-Roman? Ist die Kriminalgeschichte um Lisa, den Pflegeroboter, also ein Zukunftsmärchen? Die Antwort muss ehrlicherweise zugleich Ja und Nein lauten.

Zugegebenermaßen übersteigen die Fähigkeiten Lisas, zumal in der Kombination aus Bewegungsfreiheit und KI-basierter Intelligenz, das zurzeit Mögliche.

Andererseits, wer die Androiden des japanischen Robotikers Hiroshi Ishiguro erlebt hat, wer die dynamische Kraft der Laufroboter von Boston Dynamics beobachten konnte, wer einem Pepper in seine farbig umrandeten Augen blicken konnte, der spürt, dass Roboter wie Lisa bald schon Wirklichkeit sein werden.

Die Maschinenwesen haben ihre große Wanderung begonnen. Sie werden in den kommenden Jahren ihre künstlichen Umgebungen in den automatisierten Fabriken und Produktionsanlagen verlassen und in unseren Haushalten und Lebenswelten Einzug halten.

Ihre ersten Vorboten sind bereits da: Robotische Staubsauger und Rasenmäher ziehen millionenfach ihre Runden durch unsere Gärten und Wohnzimmer. Komplexe Assistenz- und Pflegeroboter werden folgen.

Es ist eine spannende Frage, ob diese Roboter Japaner sein werden.

Vieles spricht dafür. Nicht nur, weil Japan wie kein anderes Industrieland die Robotik zu einem zentralen Thema seiner künftigen wirtschaftlichen und technologischen Entwicklung gemacht hat. Der frühere japanische Premierminister Shinzō Abe hat die Roboterrevolution offiziell ausgerufen, sogar einen Rat zur Realisierung ebendieser Revolution eingesetzt.

Sicher, solche Maßnahmen sind symbolische Politik. Aber sie zeigen den Stellenwert, den Japan dem Thema zumisst.

Viele Menschen in der westlichen Welt vermuten instinktiv, dass die Robotik in Japan eine Art natürliches Habitat hat. Die Argumente, die ins Feld geführt werden, beziehen sich auf die Religion, die Geschichte, besonders auch auf die japanische Populärkultur in Form von Manga und Anime. All diese Faktoren haben, so die These, eine Art kulturellen Humus geschaffen, auf dem die Robotik gedeihen kann.

Zu Recht?

Als ich Anfang der siebziger Jahre in Tokio aufwuchs, bevölkerte in der Tat eine Reihe robotischer Wesen meine kindliche Phantasie. Zu ihnen zählte *Kikaida*, ein robotischer Held, der Gitarre spielte und Motorrad fuhr. Ich mochte auch *Robot Detective K*, der, obgleich eine Maschine, im Cabrio unterwegs war und stets gentlemanlike gekleidet war. Besonders hatte der tapfere *Robocon* meine kindliche Zuneigung gewonnen. Er war ein tollpatschiger Haushaltsroboter, der sich in einer chaotischen Familie darum abmühte, das heiß begehrte Herzabzeichen der Robotergilde zu erhalten – denn nur dann konnte er die Roboterschule erfolgreich abschließen.

Die Aufzählung ließe sich endlos fortsetzen und erlaubt nur einen Schluss. Roboter pflegen in Japan zwar noch keine alten Menschen, aber sie leben seit Jahrzehnten in den Kinderzimmern. Kindheitsträume wahr werden zu lassen war nicht selten der Antrieb von Forschern und Entwicklern, Ingenieuren und Erfindern.

Zusammen mit dem japanischen Hang zum Pragmatismus, zur Tüftelei und zur immer besten Lösung für auch noch das kleinste Alltagsproblem scheint die Robotik in Japan in der Tat gute Bedingungen zu haben.

Es mögen Faktoren hinzukommen, die tiefer in die Seele des einzelnen Japaners oder auch der ganzen Gesellschaft reichen. Der Shintoismus mit seinen animistischen Elementen macht es wohl einfacher, auch ein künstliches Wesen als Freund und Gefährten zu akzeptieren. Der Buddhismus und sein Glaube an die Wiedergeburt lassen das Menschsein nicht als Krone der Schöpfung erscheinen, sondern als eine Existenzform unter vielen anderen im ewigen Rad der Inkarnationen. Die ethische Hemmung, ja die Sündhaftigkeit, ein dem Menschen ebenbürtiges Wesen zu erschaffen, wie es Mary Shelleys Frankenstein-Erzählung pointiert dargestellt hat, scheint dem japanischen Denken und Fühlen fremd zu sein.

Kulturelle Erklärungsmuster, wie ich sie hier andeute, haben jedoch eine Schwierigkeit. Je genauer man hinsieht, desto unklarer wird ihre Aussagekraft. Das macht den Ansatz nicht falsch, ganz im Gegenteil. Er sollte jedoch mit Vorsicht gehandhabt werden, zumal wenn es auf die Ebene des einzelnen Menschen ankommt.

Vor allem verbieten sich einfache Gegenüberstellungen, etwa Japans mit »dem Westen«. Der Robotikexperte Hans-Arthur Marsiske beispielsweise attestiert den Franzosen eine gewisse Verspieltheit bei der Entwicklung von Robotern, ein Wesenszug, der einem bei deutschen Ingenieuren nicht als Erstes einfällt. Tatsächlich hat die französische Firma Aldebaran mit Nao, einem humanoiden Roboter, sowie mit Pepper Standards gesetzt. Allerdings gehört es auch zur Wahrheit, dass Aldebaran inzwischen in japanische Hände übergegangen ist und zur Softbank Inc. von Masayoshi Son gehört.

Was ist also mit Deutschland? Entspricht unsere Heimat auch im Bereich der Roboter in erster Linie ihrem Ruf als Land der Bedenkenträger?

Alle Menschen, mit denen ich im Laufe der Recherche sprach und die keine Ingenieure waren, befremdete die Vorstellung, eines Tages von Robotern gepflegt zu werden. Die Robotik scheint den meisten Deutschen in erster Linie eine Bedrohung und ein düsteres Zukunftsszenario zu sein. Insbesondere die Betreuung alter und pflegebedürftiger Menschen durch Maschinen scheint uns eine Art automatisierte Herzlosigkeit zu sein.

Aber auch wir Deutschen sind alles andere als eindeutig. Parallel zu unserer Skepsis gegenüber neuen Technologien machen wir Erfindungen, um die uns die Welt beneidet. Dazu zählt der Care-o-bot, ein Pflegeroboter, konstruiert vom Fraunhofer Institut für Automatisierung in Stuttgart. Auch die Industrieroboter der Firma Kuka sind bahnbrechend und international heiß begehrt – so sehr, dass die Firma inzwischen in chinesischem Besitz ist. Die robotischen Bauteile und humanoiden Roboter, die die Forscher des Deutschen Zentrums für Luft- und Raumfahrt entwickelt haben, zeigen, was hierzulande alles möglich ist.

Wenn es also überhaupt ein »typisch deutsch« gibt, dann ist es wohl die eigenwillige Mischung aus einer christlich-romantisch grundierten Skepsis gegenüber neuen Technologien und einem lebendigen Tüftlergeist, der weltweit beachtete Spitzentechnologie hervorbringt.

Getreu der Erkenntnis, dass ein Auto mit Bremsen schneller fährt als ein Auto ohne Bremsen, sollten wir diese einzigartige Mischung als Stärke begreifen. Nur Technik, die sich gegen die Widerständigkeit fundiert vorgetragener ethischer Bedenken behauptet und ihre Anregungen aufgreift, kann wahrhaft menschlich sein.

Roboter, die sich in unserer chaotischen, unvorhersehbaren Alltagswelt bewegen, sind auf künstliche Intelligenz und damit auf Vernetzung angewiesen. Sie werden die stählernen Körper des Internets sein, sozusagen »Alexas« mit Armen und Beinen.

Wir werden entscheiden müssen, ob die Maschinen damit zu den Handlangern, ja Soldaten einer drohenden Algokratie werden. Oder ob wir sie tatsächlich zu unseren Freunden und Helfern machen, die uns eine Freiheit nicht nur im Alter, sondern überhaupt im Leben schenken – eine Freiheit, wie die Menschheit sie bisher noch nie erfahren hat.

Der japanische Blutskandal der frühen achtziger Jahre ist Teil der weltweiten Tragödie um mit HIV verunreinigte Blutprodukte. Die Vorgänge haben Abertausende von Menschenleben gekostet, haben Leid und Elend über die Betroffenen wie über ihre Familien gebracht.

Es ist ein Drama, das, beginnend mit einem großartigen medizinischen Fortschritt, letztlich eine Geschichte von menschlicher Gier, von Ignoranz und todbringender Rücksichtslosigkeit erzählt. Ein Kapitel dieser Tragödie betrifft die Beziehungen Deutschlands und Japans. Darum habe ich es zum Teil meines Romans gemacht.

Zentraler Akteur dabei ist die amerikanische Firma Cutter Laboratories, ein amerikanisches Tochterunternehmen des deutschen Bayer-Konzerns. Cutter, in dem auch deutsche Mitarbeiter wirkten, gehörte in den achtziger Jahren zu einer kleinen Gruppe von Firmen, die den japanischen Markt für Faktorprodukte beherrschten und somit auch zum Teil des japanischen Blutskandals wurden.

Erst Anfang der 2000er Jahre wurde deutlich, mit welcher Kaltblütigkeit die Cutter-Entscheider vorgegangen waren. Zu jenem Zeitpunkt veröffentlichte die New York Times erstmalig Unterlagen, darunter auch Aufzeichnungen von Cutter-Mitarbeitern. Eine WDR-Dokumentation des Journalisten Egmont Koch bereitete die Vorwürfe auf eindrucksvolle Art auf (»Tödlicher Ausverkauf – wie Bayer Aids nach Asien importierte«). Laut diesen Quellen traf Cutter Ende 1984 eine folgenreiche Entscheidung. Nachdem die USA und andere westliche Länder den Absatz für nicht hitzebehandelte Faktorprodukte (weitgehend) gestoppt hatten, veräußerte die Firma ihre Lagerbestände nach Asien, auch nach Japan.

Die Produkte zu vernichten, was angesichts des Risikos unumgänglich gewesen wäre, hätte einen erheblichen finanziellen Schaden bedeutet. Laut WDR waren die deutschen Entscheider, ein Verkaufsmanager, ein Abteilungsleiter und auch ein Vorstand, über diese Vorgänge informiert. Bedenken auf der asiatischen Seite wurden ignoriert, bis sie so laut wurden, dass ein Land nach dem anderen nicht mehr beliefert wurde.

Japan aber blieb bis Ende 1985 auf der Liste der Empfängerländer, auch weil hier hitzebehandelte Faktorprodukte erst spät zugelassen wurden. Spätere Verurteilungen japanischer Manager wie auch Behördenvertreter legen es nahe, dass Korruption im Spiel war. Geld floss auch vonseiten westlicher Pharmafirmen.

In Japan, das insgesamt wenige Aidsfälle vorweist, bildeten Hämophile von Anfang an die größte Gruppe der Betroffenen. Sie bekamen die Vorurteile und Ängste der Gesellschaft mit aller Macht zu spüren. Ärzte und Krankenhäuser verweigerten ihre Behandlung, hämophile Schüler mussten Aidstests nachweisen, ihr Recht auf Diskretion wurde von offizieller Seite missachtet.

Der Blutskandal ist trotz seiner Dimensionen in der Öffentlichkeit weitgehend vergessen. Seine Folgen aber sind für die Betroffenen immer noch alltägliche Lebenswirklichkeit. In Japan und auch in Deutschland.